KB021038

셰익스피어 4대 비극

셰익스피어
4대 비극

2판 1쇄 인쇄 | 2023년 08월 10일
2판 1쇄 발행 | 2023년 08월 15일

지은이 | 셰익스피어
옮긴이 | 김지영
펴낸이 | 윤옥임
펴낸곳 | 브라운힐

주 소 | 서울시 마포구 독막로 28길 34
전 화 | (02)713-6523, 팩스 (02)3272-9702
이메일 | yuchulki@hanmail.net
등록 제 10-2428호

© 2023 by Brown Hill Publishing Co. 2023, Printed in Korea

ISBN 979-11-5825-146-8 03840
값 25,000원

*무단 전재 및 복제는 금합니다.
*잘못된 책은 바꾸어 드립니다.

SHAKESPEARE

FOUR TRAGEDIE

HAMLET

OTHELLO

KING LEAR

MACBETH

셰익스피어
4대 비극

윌리엄 셰익스피어 | 김지영 옮김

탐욕, 증오, 음모, 질투, 배신, 욕정, 슬픔, 좌절 등
인간의 다양한 본성과 감정!

브라운힐
BrownHillPub

셰익스피어는 세계 연극사에서 가장 위대한 극작가이며 영국을 대표하는 시인이다. 그는 총 37편의 희곡(38편 또는 39편이라는 주장도 있다.)을 썼으며 3권의 시집을 남겼다. 뛰어난 시적 상상력, 인간성을 깊게 꿰뚫어 보는 통찰력, 놀랄 만큼 풍부하고 아름다운 언어의 구사로 세계 문학의 최고봉이 되었다. 그는 햄릿, 로미오와 줄리엣을 비롯하여 문학사에 빛나는 유명한 등장인물을 수없이 창조해 냈고 많은 이의 머릿속에서 맴돌고 있는 숱한 명언들을 남겼다.

셰익스피어와 동시대의 극작가였던 벤 존슨은 셰익스피어에 대해 '한 시대가 아닌 모든 시대를 위한' 작가라고 말하기도 했는데, 그 말을 입증하듯 그의 작품들은 사후 400여 년이 지난 오늘날에도 전 세계에서 끊임없이 공연되고 있으며 대중문화의 홍수 속에서도 여전히 뜨거운 인기를 누리고 있다.

셰익스피어의 희곡 작품들은 상연 연대에 따라 대개 4기로 분류되고 있다. 1기는 습작기(1590~1594년)로 이 기간 동안에는 주로 사극과 희극을 집필했고, 2기는 성장기(1595~1600년)로 습작기의 희극 세계가 더욱 확대되었다. 3기는 원숙기(1601~1607년) 그리고 4기(1608~1613년)는 셰익스피어가 전기(傳記) 및 비희극(悲喜劇)이란 새로운 장르를 시험한 시기이다.

이 책에 담긴 4대 비극 작품인 〈햄릿〉, 〈오셀로〉, 〈리어왕〉, 〈맥베스〉가 상연된 것은 3기인 원숙기 중이었고, 이 작품들로 인해 셰익스피어는 세계 문학사에서 불후의 명성을 얻을 수 있었다. 무엇보다도 사회 질서가 무너지고 등장인물들의 삶이 극심한 혼란에 빠지는 비극 장르에서 최고의 걸작을 남겼는데, 후대 사람들은 그의 비극 중 앞의 대표작 네 편을 가리켜 '4대 비극'이라고 일컫는다.

그는 '4대 비극'을 쓰기 전에 이미 초기에 2편의 비극, 즉 〈타이터스 앤드로니커스(Titus Andronicus)〉와 〈로미오와 줄리엣〉을 발표했다. 그러나 이들 작품의 명성과 인기에도 불구하고 1600년 이후에 쓰인 4대 비극을 뛰어넘지는 못했다.

잠깐 첨언한다면, 〈로미오와 줄리엣〉이 4대 비극에 들지 못하는 것에 대해 의아하게 여기는 사람들이 적지 않다. 하지만 엄밀히 따진다면 〈로미오와 줄리엣〉은 내용의 전개에서 미숙한 부분이 많이 드러난다. 작품 내의 갈등도 단지 집안의 문제이고, 그 갈등이 복잡하게 얽혀 두 주인공이 마주치게 되는 비극적인 결말에도 우연의 요소가 너무 많다. 집안의 갈등과 우연에 의한 사건 전개 때문인지 〈로미오와 줄리엣〉은 인물의 심리 묘사가 4대 비극보다 가볍고, 4대 비극의 주인공들과 비교하여 로미오와 줄리엣의 무게감이 떨어지는 것이 사실이다.

그의 대표적인 4대 비극 중 가장 먼저 쓴 〈햄릿(Hamlet)〉은 우유부단한 주인공 햄릿을 통해 복수와 관련한 윤리성, 삶과 죽음의 문제, 정의와 불의의 문제를 조명하고 있다. 〈오셀로(Othello)〉에서는 무어인 장군 오셀로와 베니스의 귀족 여성 데스데모나, 그들 사이에서 이간질을 일삼는 이아고를 통해 사랑과 신뢰와 질투의 문제를 다루었으며, 〈리어왕(King Lear)〉에서는 리어왕과 그의 세 딸인 고네릴, 리건, 코델리아를 통해 효와 불효, 말과 진실, 외양과

실재의 문제를 제시하고 있다. 〈맥베스(Macbeth)〉에서는 야심에 찬 맥베스와 그의 아내가 보여 주는 권력을 향한 욕망 그리고 그로 인해 벌어지는 고통과 비극을 통해 선과 악이라는 주제를 심도 있게 조명하고 있다.

이처럼 4대 비극은 탐욕·증오·음모·질투·배신·욕정·슬픔·좌절 등 인간의 다양한 본성과 감정을 적나라하게 드러내고 있다.

인간의 본성을 꿰뚫어 본다는 공통성을 지닌 셰익스피어의 비극 작품은 인물들이 몰락해 가는 과정을 통해 인간의 본질이 무엇인지를 생각하게 할 뿐 아니라, 사회의 이성이 어떻게 작동해야 하는지를 비로소 돌아보게 이끈다.

독자들은 셰익스피어 극(劇)의 절정이자 세계 문학의 금자탑인 4대 비극의 작품 속 인물들을 통해 인간 본성에 대해 더 깊은 이해를 갖게 될 것이다. 일독(一讀)을 권한다.

2021년 7월
옮긴이

|차 례|

리어왕

맥베스

Hamlet 햄 릿

햄릿 : 덴마크 왕자. 선왕의 아들, 현재 왕의 조카
클로디어스 : 덴마크 왕
거트루드 : 덴마크 왕비, 햄릿의 어머니
폴로니어스 : 클로디어스 왕의 고문관이며 재상
오필리어 : 햄릿을 사랑한 폴로니어스의 딸
레어티스 : 폴로니어스의 아들, 오필리어의 오빠
호레이쇼 : 햄릿의 친구
로젠크랜츠, 길덴스턴 : 햄릿의 동창들
볼티먼드, 코닐리어스 : 노르웨이로 파견되는 사절
마셀러스, 버나도, 프란시스코 : 경호병들
오즈리크 : 시종
레날도 : 폴로니어스의 하인
포틴브라스 : 노르웨이 왕자
그 밖의 인물 : 햄릿 아버지 유령, 배우들, 어릿광대들, 노르웨이
부대장, 영국 사절들, 무덤 파는 일꾼, 귀족, 군인, 선원, 사제, 시종들

장 소
덴마크

제 1 막

제1장

엘시노어 성(城).
성벽 위 좌우에는 망대로 통하는 문이 있다. 별이 총총하게
뜬 매우 추운 밤, 창을 든 보초 프란시스코가 왔다 갔다 하고
있다. 자정을 알리는 종소리가 들린다. 곧 다른 보초 버나도가
무장을 하고 성 안에서 나온다. 그는 어둠 속에서 들려오는
프란시스코의 발소리를 듣고 경계한다.

버나도　거기 누구냐?
프란시스코　너야말로 누구냐? 서라! 어서 이름을 밝혀라.
버나도　국왕 만세!
프란시스코　버나도?
버나도　그래, 맞아.
프란시스코　제시간에 맞춰 와 줬군.
버나도　지금 막 열두 시 종을 쳤어. 가서 자게, 프란시스코.
프란시스코　교대해 줘서 고맙네. 가슴이 오그라들 정도로 추운
날이군.

버나도 그나저나 별일 없었나?

프란시스코 쥐죽은 듯 조용했네.

버나도 그럼 어서 가서 자게. 호레이쇼와 마셀러스를 만나거든 빨리 나오라고 말해 주게. 함께 보초를 서야 하거든.

프란시스코 발자국 소리가 들리는 걸 보니 오나 보군.

　　　호레이쇼와 마셀러스 등장.

프란시스코 서라! 누구냐?

호레이쇼 이 나라 백성.

마셀러스 국왕의 신하.

프란시스코 그럼 애쓰게. 난 그만 가겠네.

마셀러스 그래, 잘 가게. (프란시스코 퇴장.)

마셀러스 이봐, 버나도! 그래, 그것이 오늘 밤에도 나타났나?

버나도 아직 보지 못했어.

마셀러스 호레이쇼는 우리가 헛것을 보았다며 도무지 믿질 않네. 우리가 두 번씩이나 봤는데 말이야. 그래서 함께 망을 보자고 했지. 만약 그 귀신이 다시 나타나면 말을 걸어 보는 게 어떤가?

호레이쇼 제발 헛소리 좀 하지 말게. 아무것도 나타나지 않을 거야.

버나도 아무튼 좀 앉게. 우리가 하는 말에 자네는 무조건 귀를 틀어막고 있네만, 한 번 더 들어 보게.

호레이쇼 그래. 자, 얘기해 보게.

버나도 이봐, 호레이쇼. 내 눈으로 틀림없이 봤다네. 바로 어젯 밤에도 봤단 말일세. 북두칠성이 지금 저 별처럼 하늘을 비추고 있을 때였지. 마셀러스와 나는 한 시 종이 울리자…….

유령 등장. 갑옷 차림을 하고 손에 지휘봉을 들고 있다.

마셀러스 쉿! 가만있어. 저것 봐, 또 나타났어!

버나도 선왕과 똑같은 모습이야!

마셀러스 호레이쇼, 자네는 학자야. 말 좀 걸어 보게.

호레이쇼 정말 닮았군. 몸서리가 쳐질 정도야.

버나도 말을 걸어 주었으면 하는 눈치야.

마셀러스 어서 말해 보게나, 호레이쇼.

호레이쇼 넌 무엇이냐? 선왕께서 즐겨 입으시던 갑옷 차림으로 나타나다니, 무엄하구나. 정체를 밝혀라!

마셀러스 화가 난 모양이야.

버나도 저것 봐. 가 버리잖아.

호레이쇼 거기 서라! 명령이다. 어서 말을 해라!

유령이 사라진다.

마셀러스 사라졌어. 말하기 싫은 모양이야.

버나도 이봐, 호레이쇼. 자네 떨고 있군. 아예 새파랗게 질려 버렸네. 어떤가? 아직도 우리가 말한 것이 헛소리라고 생각하나?

호레이쇼 내 눈으로 똑똑히 보았는데 어떻게 믿지 않을 수 있겠나…….

마셀러스 선왕과 똑같지?

호레이쇼 두말하면 잔소리지. 야심 많은 노르웨이 왕과 싸웠을 때, 바로 저 갑옷이었지. 또 협상이 깨져 폴란드 놈들을 얼음판 위에 패대기칠 때에도 저 표정이었어. 참 이상한 일이군.

마셀러스 이번이 세 번째야. 늘 같은 시간에 망을 보고 있는 우리 옆을 지나갔지.

호레이쇼 도무지 갈피를 잡을 수 없군. 내 생각으로는…… 나라에 큰일이 터질 징조 같아.

마셀러스 자, 차분히 앉아 얘기해 보세. 아무래도 이상해. 뭣 때문에 이렇듯 백성들을 힘들게 하는지 말이야. 날마다 철통같은 경비를 세우고 대포를 만들지 않나, 외국에서 무기를 사들인다고 하면서 왜 야단법석을 떠는지? 조선공들은 쉴 틈도 없지 않은가. 도대체 무슨 일이 일어나려는 건지 누가 좀 말해 보게.

호레이쇼 소문은 이렇다네. 자네들도 알다시피 선왕께서는 노르웨이 왕에게 도전을 받았었지. 포틴브라스가 지독할 정도로 야욕에 가득 차 있었거든. 하지만 용감하신 선왕은 그의 목을 베셨지. 그래, 그놈은 목숨과 더불어 땅을 모조리 빼앗기고 말았지. 그건 기사도의 법칙대로 맺은 약조였어. 그런데 포틴브라스의 아들놈이 젊은 혈기에 나선 거야. 변두리를 떠도는 부랑아들을 끌어모아 일을 꾸미고 있다네. 그건 바로 아비가 잃은 땅을 수단과 방법을 가리지 않고 되찾겠다는 속셈이지. 그러니 온 나라가 떠들썩하고 부산스럽게 굴 수밖에 없는 거야. 우리가 이렇게 망을 보는 까닭도 모두 그 때문이 아니겠나.

버나도 그렇겠군. 다른 까닭이 있을 리가 없지. 우리 앞에 나타난 불길한 그림자는 전쟁 때문에 생긴 일이야. 그나저나 별일이나 없었으면 좋겠네.

호레이쇼 어지러운 일이야. 옛날 번영을 자랑하던 로마제국도 영웅 시저가 살해되기 전날 무덤들이 텅 비고, 수의를 입은 송장들이 음흉한 소리를 내며 거리를 떠돌아다녔다네. 별은 불꼬리를 매단 채 핏빛 이슬이 내리고, 태양은 빛을 잃고, 바다를 지배하는 달조차도 말세가 온 듯 병들어 사그라졌지. 이 유령도 그때와 똑같은 재앙이 일어날 징조임에 틀림없어.

유령 다시 등장.

호레이쇼 쉿! 저것 보라고. 또 나타났어! 벼락을 맞더라도 한번 막아 보자. (유령이 팔을 벌린다.) 야, 멈춰라! 거기 서라! 말을 할 수 있다면 해 봐. 네 원한을 풀어 줄 테니 아무 말이라도 해 봐. 혹시 나라의 재앙을 알고 있거든 미리 피할 수 있도록 말하라. 아니면 생전에 땅속에 재물을 파묻어 둔 것이라도 있어서, 미련을 버리지 못하고 유령이 되어 지상을 떠돌아다니는 거냐? (닭이 운다.) 어서 말하라. 이봐, 마셀러스! 자네가 못 가게 좀 막아 보라구.
마셀러스 이 창으로 찌를까?
호레이쇼 그래, 그게 좋겠네. 멈추지 않으면 그렇게 하게나.
버나도 여기다!
호레이쇼 여기야!

유령이 사라진다.

마셀러스 가 버렸어. 그래도 선왕의 모습으로 나타난 유령인데, 주먹다짐으로 윽박지르는 건 잘못이야. 아무리 창을 휘둘러도 허공에다 찌르는 것밖에는 안 되는데 말이야.

버나도 입을 열려고 할 때 마침 닭이 울게 뭐람?

호레이쇼 닭이 울자 누가 부르기라도 한 듯 깜짝 놀라더군. 새벽을 알리는 닭의 울음소리를 들으면 사방을 떠돌던 영혼들이 황급히 자신의 거처로 도망간다지 않는가. 이제 보니 그 얘기가 틀리지 않는 모양이야.

마셀러스 맞아! 닭이 울자 그만 사라졌어. 또한 듣자니, 성탄절이 되면 새벽을 알리는 닭이 밤새도록 노래를 해 유령들이 얼씬도 하지 못한대. 별들도 마력을 잃고, 요정들도 장난기를 거두고, 마녀들도 맥을 추지 못한다는 거야. 그래서 성스러운 기운이 넘치는 그때는 모든 것을 정결하게 해야 된다는 거지.

호레이쇼 나도 그런 소릴 들었어. 그럴 법도 하지. 자, 저것 좀 봐! 해가 붉은 망토를 걸치고 이슬을 밟으며 떠오르네. 자, 이제 우리도 그만 내려가세. 그런데 내 생각엔 아까 본 일을 햄릿 왕자님께 아뢰는 게 좋겠어. 그 유령이 우리한테는 입을 다물고 아무 말도 하지 않았지만 왕자님께는 털어놓을지도 모르지 않는가. 왕자님께 이 일을 말씀드리는 것이 어떤가? 우리의 의무와 책임으로 보아 마땅히 그래야 할 것 같은데……

마셀러스 그렇게 하세. 마침 오늘 아침에 왕자님을 만나 뵐 수 있는 곳을 내가 알고 있네. (모두 퇴장.)

제2장

성 안 회의실.
나팔 소리가 울려 퍼진다. 덴마크 왕 클로디어스, 왕비 거트루드,
시종들, 폴로니어스와 그의 아들 레어티스, 볼티먼드와 코닐리어
스 그리고 검은 상복을 입은 햄릿 왕자 등장.
왕과 왕비가 옥좌에 앉는다.

왕 사랑하는 형 햄릿 왕의 죽음이 아직도 생생하게 떠오른다.
우리 모두가 슬퍼하고 가슴 아파하는 것은 당연한 것이오. 하지만
선왕을 깊이 애도하면서도 이제는 정신을 차려야 할 때가 된 것
같소. 짐은 한때 형수님이었던 분을 왕비로 맞았소. 이는 이 나라의
주권을 잃지 않고, 국왕으로서 체모를 지키기 위해서였소. 다시 말
해 얼룩진 기쁨이라고나 할까. 한쪽 눈으로는 울고, 다른 쪽 눈으
로는 웃는 것 말이오. 장례식은 슬프게, 결혼식은 즐겁게, 기쁨과
슬픔을 똑같이 저울질하면서 왕비를 맞이한 것이오. 또한 짐은 이
일에 그대들의 뛰어난 지혜를 막지 않고 모두 반영했소. 짐의 뜻에
그대들이 기꺼이 찬성해 주었소. 모두 고맙소.
　다음 건은 이미 그대들도 알고 있듯이 포틴브라스 2세에 관한
얘기요. 그가 우리를 얕잡아 보고 있는지, 아니면 선왕의 죽음으로
나라가 혼란에 빠졌다고 생각하는지 자꾸 사절을 보내고 있소.
제 아비가 선왕한테 빼앗긴 땅을 내놓으라는 거요. 상황이 이러니
대책을 세우지 않을 수가 없소. 여기 노르웨이 국왕에게 보내는
칙서가 있소. 왕은 포틴브라스의 삼촌으로, 노쇠하여 병상에 누워

있소. 그러다 보니 조카의 속셈을 아직 모르고 있을 것이오. 따라서 포틴브라스가 왕의 백성들을 소집해서 대군을 조직하지 못하도록 단속해야 한다는 내용이오. 이에 그 사절로서 코닐리어스와 볼티먼드를 임명하오. 그럼 그대들은 임무를 충실히 완수하여 충성하기를 바라겠소.

코닐리어스, 볼티먼드 맡은 바 임무를 다해 충성하겠나이다.

왕 부디 잘 부탁하오. (코닐리어스와 볼티먼드 퇴장.) 그나저나 레어티스, 무슨 일이냐? 나한테 할 얘기가 있다고 했지. 어서 말해 보거라. 이 덴마크 왕이 안 들어줄 리가 있겠느냐? 도대체 네 청이 뭐냐? 나와 네 아버지는 머리와 심장을 따로 떼어 놓고 생각할 수 없는 것처럼, 손이 입을 도와 먹을 수 있는 것처럼 서로 가까운 사이니라. 그래, 바라는 게 무엇이더냐, 레어티스?

레어티스 저를 프랑스로 돌아가도록 허락해 주십시오. 제가 이곳에 온 것은 전하의 대관식에 참석하기 위해서였습니다. 이미 그 의무를 다한 지금, 솔직히 말씀드려 다시 프랑스로 돌아가고 싶은 생각뿐입니다. 제발 제 뜻을 허락해 주십시오.

왕 아버지의 허락은 받았느냐? 폴로니어스, 그대의 생각은 어떻소?

폴로니어스 네, 자식 놈이 어찌나 졸라 대는지 어쩔 수 없이 허락을 해 준 셈입니다. 이제는 아비로서 간청하오니, 부디 허락해 주소서.

왕 그렇다면 좋다, 레어티스. 가서 잘 지내도록 하거라. 마음껏 시간을 즐기되 유익하게 쓰도록 하려무나. 그리고 이제, 내 조카며 내 아들 햄릿 차례인데…….

햄릿 (방백 : 연극 대사의 일종. 작중 인물이 관객에게는 들리지만 상대역에게는 들리지 않는다는 설정 아래 하는 독백.) 핏줄은 통해도 마음은 통하지 않아.

왕 요즘 네 얼굴엔 먹구름이 잔뜩 끼어 있구나. 무슨 걱정이라도 있느냐?

햄릿 그럴 리가 있나요? 햇볕을 너무 많이 쬐고 있어 탈인걸요.

왕비 햄릿, 이제 그 어두운 상복은 벗고 전하께 좀 더 밝은 얼굴을 보여 드려라. 마냥 고개만 숙이고 다니면서 돌아가신 아버지 생각만 해서야 되겠느냐. 살아 있는 것은 언젠가는 죽게 마련인 것을 너도 잘 알고 있지 않느냐. 누구든 때가 되면 이 세상을 떠나 저승으로 가는 것이 당연하잖니.

햄릿 저도 알고 있습니다.

왕비 그런데도 왜 너만 유별나게 구는 것처럼 보이는 거냐?

햄릿 보이는 게 아니라 사실이 그렇습니다. 어머니, 이 어두운 상복 차림이나 억지로 내쉬는 한숨으로도 제 심정을 다 드러내지는 못한답니다. 마르지 않는 눈물, 슬픔으로 일그러진 표정 따위는 그저 꾸밀 수도 있겠지요. 그러나 제 마음속에 있는 것은 그렇게 꾸밀 수 있는 것이 아니랍니다.

왕 햄릿, 돌아가신 아버지를 사랑하는 마음이 깊구나. 하지만 네가 알아 둬야 할 것이 있다. 네 아버지도 그 아버지를 여의셨고, 네 할아버지 또한 그 아버지를 여의셨다. 그래서 뒤에 남은 유족들은 자손된 도리로서 일정 기간 반드시 상복을 입고 지내야 한다. 그러나 한없이 상복을 입고 애통해 하는 것은 오히려 신의 뜻을 거역하는 일이야. 그렇게 고집을 부려서야 어디 사내라고 할 수 있겠느냐. 죽는 것이야 사람의 힘으로 할 수 없는 것인데, 네가 반항을 한다면 하늘을 배반하고 망자에게도 옳지 못한 행동을 하는 거다.

그러므로 제발 부탁한다. 그 부질없는 슬픔을 거두고, 나를 아버지로 여겨 주렴. 이 자리에서 말하지만, 너는 왕위를 이어받을 사람이다. 내가 친아버지 못지않은 애정을 갖는 것도 다 이 때문이다. 네가다시 비텐베르크 대학으로 돌아가고 싶어 하는 것은 내 뜻과 맞지않는다. 제발 부탁한다. 이곳에 남아 부디 내 신하, 내 핏줄, 내아들로서 있어다오.

왕비 얘야, 이 어미의 청도 들어다오. 비텐베르크로 돌아가지 말고 제발 내 곁에 있어다오.

햄릿 알겠습니다. 어머니 말씀대로 따르겠습니다.

왕 오, 정말 기특한 대답이구나. 정말 기쁘다. 이 덴마크 땅에서나와 함께 살자꾸나. 여보, 왕비! 햄릿이 이렇게 우리의 뜻을 따라주니 내 마음이 한결 가벼워지는구려. 오늘 이 일을 축하하는 뜻으로 축배를 들어야겠소. 내가 축배를 들 때마다 축포를 쏘아 올려하늘과 온 나라에 알리도록 하라.

나팔 소리가 울린다. 햄릿을 남겨 두고 모두 퇴장.

햄릿 아! 너무나도 더럽혀진 몸이여, 차라리 녹아 이슬이나 되었으면! 신이시여, 왜 자살을 허락하지 않으십니까? 이 지긋지긋한 세상을 견뎌 내야 하다니, 참으로 고통스럽나이다. 에이, 더러운 세상! 뜰에는 잡초만 무성하고, 주위는 온통 악취로 덮여 숨을 쉴 수 없구나. 돌아가신 지 두 달도 채 안 됐는데, 이런 꼴이 되어 버리다니……. 그토록 훌륭하신 아버지가 태양이라면, 지금의 왕은 암흑이구나. 어머니가 바람을 맞는 것조차 안타깝게 여기시던 아버지와 늘 아버지에게 매달려 사랑을 속삭이시던 어머니, 아아, 생각하는 것조차 괴롭구나. 욕심은 끝도 없다더니, 한 달도 못 되어 ……. 약한 자여, 그대 이름은 여자로다! 니오베 여신처럼 온통 눈물에 젖어 아버지 무덤의 흙이 마르기도 전에 삼촌의 품에 안기다니……. 오, 신이시여! 이성이 없는 짐승이라 해도 그보다 더 오래 슬퍼했을 게 아닌가. 마음에도 없이 흘린 눈물의 소금기로 눈동자의 핏발이 채 가시기도 전에, 아버지와 조금도 닮지 않은 삼촌과 결혼하시다니……. 오, 어머니! 어쩌면 이렇게 빨리 아버지를 떠날 수 있나요? 그토록 빨리 더러운 잠자리로 달려갈 까닭이라도 있었나요? 하지만 가슴이 터지는 한이 있더라도 입을 다물고 살아야지.

호레이쇼, 마셀러스, 버나도 등장.

호레이쇼 왕자님, 안녕하십니까?

햄릿 오! 자네는 호레이쇼 아닌가? 내가 정신이 없어서……. 잘 있었나?

호레이쇼 네, 맞습니다. 왕자님의 한결같은 충복 호레이쇼입니다.

햄릿 여보게, 그런 말 말게. 우린 친구 사이 아닌가. 그런데 호레이쇼, 비텐베르크에서 무슨 일로 돌아왔나? 아, 마셀러스도 왔군.

마셀러스 아, 왕자님!

햄릿 참으로 반갑네. 자네도 잘 있었나? 그런데 자네들 무슨 일로 비텐베르크에서 돌아왔나?

호레이쇼 제가 워낙 빈둥대며 놀기를 좋아하는 놈이라서요.

햄릿 적들이 자네를 두고 그런 욕을 한다 해도 난 믿지 않을걸세. 자네들처럼 부지런한 자들이 절대 그럴 리가 없지. 그래, 이곳

엘시노에 온 까닭이라도 있나?

호레이쇼 실은 장례식에 참례하러 왔습니다.

햄릿 자네들, 제발 나를 놀리지 말아 주게. 어머니의 결혼식을 보러 왔겠지.

호레이쇼 그러고 보니 잇따라 있었군요.

햄릿 호레이쇼, 그게 바로 절약이야! 제사상에 올린 고기가 식기 전에 잔칫상에서 먹을 수 있단 말이지. 그따위 혼례식을 보느니 차라리 천당에서 원수를 만나는 게 낫지 않겠나. 호레이쇼, 난 지금도 아버지가 눈에 보이는 듯하네.

호레이쇼 정말입니까?

햄릿 그렇다네. 늘 마음의 눈으로 아버지를 보고 있다네.

호레이쇼 참 훌륭한 왕이셨죠. 어젯밤에 저도 그분을 보았답니다.

햄릿 봤다고? 아버지를……?

호레이쇼 잠시 진정하시고 제 얘기를 들어 주십시오. 무슨 말을 먼저 꺼내야 할지……. 기막힌 일이라서…… 물론 지금 이 사람들이 증인이지만요.

햄릿 뜸들이지 말고 어서 말해 주게.

호레이쇼 마셀러스와 버나도는 이틀 밤 연이어 보초를 섰습지요. 쥐죽은 듯 조용한 밤이었어요. 그때 선왕과 똑같은 모습을 한 유령이 이 두 사람 앞을 지나갔답니다. 겨우 손에 쥔 지휘봉이 닿을락말락할 정도로 가까웠답니다. 그것도 세 번씩이나 말입니다. 이 두 사람은 어찌나 무섭던지 벌벌 떨리고 말문이 꽉 막히더랍니다. 말 한마디 건네지 못했던 게지요. 그래서 사흘째 되던 날 밤, 저는 이 두 사람과 함께 망을 봤지요. 그러자 그들이 말한 똑같은

시각에 똑같은 모습을 하고, 유령이 나타난 것입니다. 정말 선왕이
셨습니다. 왼손과 오른손이 그렇게 똑같을 수는 없을 겁니다.

햄릿 그래, 그곳이 어디였나?

마셀러스 저희가 보초 섰던 망대였습니다.

햄릿 한마디 말도 건네지 못했단 말이냐?

호레이쇼 물론 제가 걸어 보았지요. 하지만 소용없었습니다.
다만 얼굴을 들며 무슨 말을 하고 싶다는 듯한 시늉을 했습니다.
그때 그만 새벽닭이 울어 대는 바람에 허겁지겁 우리 눈앞에서 사라
져 버렸습니다.

햄릿 참 이상한 일이구나······.

호레이쇼 맹세코 틀림없는 사실입니다. 그래서 저희는 이 일을
왕자님께 아뢰는 것이 의무라고 생각했습니다.

햄릿 물론이지. 자네들은 오늘 밤에도 보초를 서는가?

모두 네, 왕자님.

햄릿 갑옷을 입고 있었다고?

모두 네, 그렇습니다.

햄릿 그럼 표정은 어떠하던가?

호레이쇼 마침 투구 앞덮개를 올리고 있어서 볼 수 있었지요.
서글퍼 보였습니다.

햄릿 얼굴빛은 어떠하던가?

호레이쇼 몹시 창백해 보였습니다.

햄릿 자네들을 쳐다보던가?

호레이쇼 네, 뚫어지게 보았습니다.

햄릿 나도 함께 있었으면 좋았을걸.

호레이쇼 계셨더라면 무척 놀라셨을 겁니다.

햄릿　하긴 그랬을 테지. 그래, 얼마 동안 머물러 있었는가?

호레이쇼　그저 천천히 백까지 헤아릴 동안만큼 머물러 있었습니다.

마셀러스, 버나도　아니에요, 좀 더 오래예요.

호레이쇼　내가 봤을 때는 그 정도밖에 되지 않아.

햄릿　수염은 희끗희끗하던가?

호레이쇼　네, 살아 계셨을 때 뵙던 그대로였습니다.

햄릿　오늘 밤엔 나도 망을 보겠다. 혹시 또 나타날지도 모르니까…….

호레이쇼　틀림없이 나타날 겁니다.

햄릿　정말 아버지 모습을 하고 나타난다면, 내가 말을 걸어보겠어. 너희에게 부탁이 있다. 이 일을 없었던 일로 해 다오. 그리고 오늘 밤 어떤 일이 일어나더라도 절대로 입 밖에 내지 마라. 자네들의 우정엔 보답할 테니까. 그럼 오늘 밤 자정이 되기 전에 망대에서 만나세.

모두　왕자님을 위해 충성을 다하겠습니다.

햄릿　충성이 아니라 우정일세. 내 다정한 친구들, 잘 가게. (햄릿만 남고 모두 퇴장.) 아버지 혼령이 갑옷을 입고 나타나셨다고! 이건 보통 일이 아니야. 뭔가 흉측한 일이 일어날 것만 같구나. 밤이 기다려지는군. 그때까진 꾹 참아야지. 비록 온 땅이 악을 덮어 눈가림한다 해도 결국 사람 눈에 드러나는 법이지. (퇴장)

제3장

폴로니어스 저택의 방.
레어티스와 오필리어 등장.

레어티스 짐을 배에 실었으니, 이제 떠나야겠다. 자, 오필리어,
잘 있거라. 바람이 심하지 않으니, 배편이 있거든 잠만 자지 말고
편지를 보내야 한다.

오필리어 걱정 마세요.

레어티스 그리고 햄릿 왕자님에 관한 얘긴데, 너에게 관심을
보이신 모양이야. 그냥 한때의 바람기라 생각해 둬. 그야말로 이른
봄에 피는 오랑캐꽃과 같은 거란다. 일찍 피기는 해도 금세 시들고,
향기로우나 오래가지 못한다. 한순간의 달콤한 향기요, 재미에 지
나지 않아.

오필리어 정말 그럴까요?

레어티스 물론이지. 사람은 몸만 자라는 것이 아니라, 정신과
마음도 성숙해져야 하는 법이거든. 왕자님께서 어쩌면 지금은 너를
사랑하시는지도 모르지. 그분은 워낙 마음이 깨끗하고 순수한 분
이니까. 하지만 문제는 왕자님의 신분이 너무 높다는 거야. 무엇이
든 뜻대로만 일을 처리할 수 없는 상황이 아니냐. 왕실의 체통을
지켜야 하는 법도가 있으니, 평민들과는 달리 왕자님 맘대로 할
수는 없단 말이다. 게다가 나라의 안정과 번영이 왕자님의 선택에
따라 크게 영향을 미치기 때문에 왕자님의 배필을 간택하는 것도
백성의 뜻에 따라 결정될 수 있다는 거야. 그러니 왕자님께서 너를

좋아한다고 말씀하시더라도, 너로서는 그런 말을 믿지 않는 것이 현명한 일이야. 오필리어야, 내 말을 명심해라. 왕자님의 말만 믿고, 몸을 허락하는 일이 없도록 해야 한다. 기분에 이끌려 위험에 빠지지 않도록 하란 말이지.

정숙한 처녀는 달빛에 얼굴을 드러내는 것조차 부끄럽게 여기는 법이야. 아무리 정숙한 여인이라도 비껴가기 어려운 것이 소문과 험담이란다. 봄에 싹트는 새싹은 활짝 피기도 전에 벌레 먹기 십상이고, 아침 이슬처럼 빛나는 청춘일수록 무서운 독기에 찔리기 쉬운 법이야. 그러니 조심하는 게 상책이다. 젊을 땐 유혹의 손길이 닿지 않아도 저절로 유혹에 빠져들게 마련이지만……

오필리어　값진 충고 깊이 간직할게요. 하지만 오라버니, 방탕한 사제들처럼 입으로는 험한 가시밭길을 천당 가는 길이라 일러 주고, 정작 자신은 환락의 꽃밭을 걷는 일은 없도록 하세요. 제게 일러 준 말씀을 오라버니께서도 기억하시란 뜻이에요.

레어티스　내 걱정은 말아라. 자, 시간을 너무 지체했구나. (폴로니어스 등장.) 아버지께서 오신다. 축복을 두 번 받으면 행복도 두 배가 된다는데, 작별 인사를 두 번이나 받는 행운을 얻었구나.

폴로니어스　아직도 여기 있었느냐? 어서 배를 타거라. 모두 기다리고 있어. 자, 축복해 주마. 몇 마디 말해 둘 테니 단단히 명심해라. 함부로 입을 놀리지 말고, 엉뚱한 생각을 실천으로 옮기지 말아라. 천박한 친구들을 사귀지 말고, 사귄 친구들이 진실하다면 끝까지 우정을 지켜야 한다. 싸움판에는 끼어들지 않아야겠지만, 일단 끼어들면 용감하게 싸워 다시는 너를 얕보지 않도록 만들어라. 남의 말에 귀를 기울이되, 너는 말을 삼가는 게 좋아. 어떠한 일이든 여러 번 생각하고 판단해라. 옷맵시는 내되 지나치면 안 된다. 돈은 빌리지도 말고, 빌려주지도 말아라. 돈을 꾸면 돈과 친구를 모두 잃는다는 사실을 늘 명심해라. 게다가 돈을 꾸면 점점 헤퍼지게 되지. 무엇보다도 네 자신을 소중하게 여겨라. 그렇게 하면 밤이 지나 낮이 오듯이, 남들도 소중하게 여기기 마련이란다. 그럼 잘 가거라. 내 충고가 네 마음속에서 무르익기를 바라마.

레어티스 그럼 안녕히 계십시오.

폴로니어스 시간이 없다. 하인들이 기다리고 있으니, 어서 서둘러 타거라.

레어티스 오필리어야, 너도 잘 있거라. 내가 한 말 절대 잊지 말고…….

오필리어 제 마음속에 자물쇠가 채워졌으니, 열쇠는 오라버니가 가져가세요.

레어티스 아버지, 다녀오겠습니다. (레어티스 퇴장.)

폴로니어스 얘야, 레어티스가 뭐라고 하더냐?

오필리어 햄릿 왕자님에 대한 얘기예요.

폴로니어스 음, 그래. 듣자니 햄릿 왕자님이 너를 찾는 시간이 많아졌다면서? 그렇다면 내가 한마디 안 할 수 없구나. 내 딸로서 평판을 생각해야 하는데, 넌 아직 분별이 없어. 그래, 왕자님과는 어떤 관계냐? 이 아비에게 솔직하게 말해 봐라.

오필리어 저…… 왕자님께서 요즘 여러 번 저에게 사랑을 고백하셨어요.

폴로니어스 사랑이라고? 이런! 하기야 험난한 꼴을 당해 봐야 알지. 그런 말을 그대로 믿느냐?

오필리어 어떻게 생각해야 할지 저도 잘 모르겠어요.

폴로니어스 음, 내가 가르쳐 주지. 부도 수표 따위를 현찰인 줄 알고 받는 것은 철부지나 하는 일이다. 좀 더 비싸게 굴어야 돼. 그렇지 않으면 세상 사람들이 이 아비를 바보 취급할 거다.

오필리어 저…… 그분은 진실한 태도로 사랑을 고백하셨는 걸요.

폴로니어스 정말 답답하구나. 겉으로만 그렇다는 걸 왜 모르느냐?

오필리어 하늘을 보며 맹세하셨는데요.

폴로니어스 그게 바로 덫이란 말이다. 피가 끓어오르면 무슨 맹세인들 못하겠니? 애야, 그런 맹세는 불꽃처럼 활활 타오르지만, 금세 사라지는 거야. 그걸 진심으로 받아들였다간 큰일이야. 앞으로는 순결한 처녀답게 왕자님과 쓸데없이 만나는 일을 삼가도록 해라. 순순히 따르지 말고 좀 도도하게 굴란 말이다.

햄릿 왕자님은 아직 젊고, 너와는 달리 자유로운 분이시다. 때문에 왕자님의 맹세를 그대로 믿어서는 안 돼. 남자의 맹세 따위는 겉과 속이 다르기 때문이지. 실은 수치스러운 욕망을 채우려고 말만 그럴싸하게 하는 거야. 여자에게 불륜을 권하는 뚜쟁이 같다고나 할까. 그러기에 더 잘 속아 넘어가지. 이제는 단 한순간이라도 햄릿 왕자님과 얘기를 주고받아서는 안 된다. 알겠지? 단단히 조심해야 해. 자, 들어가자.

오필리어 아버지 말씀대로 따르겠습니다. (두 사람 퇴장.)

제4장

망대 위.
햄릿, 호레이쇼, 마셀러스 등장.

햄릿 바람이 살을 에는 것 같구나.

호레이쇼 꽁꽁 얼어붙는 것 같습니다.

햄릿 몇 시지?

호레이쇼 아직 자정은 안 된 것 같습니다.

마셀러스 아닙니다, 지금 열두 시 종을 쳤습니다.

호레이쇼 그래? 난 못 들었네. 그럼 유령이 나타날 때가 됐구먼. (갑자기 나팔 소리와 축포 소리가 들린다.) 왕자님, 이게 무슨 소립니까?

햄릿 왕께서 밤새도록 술잔치를 벌이고 있는 거야. 부어라, 마셔라 하며 난장판을 치고 있다네. 왕이 포도주를 들이킬 적마다 북을 치고 나팔을 불어 왕의 축배를 백성들에게 알린다는 걸세.

호레이쇼 늘 저렇습니까?

햄릿 저렇다 뿐인가. 나도 여기서 태어나 이곳 관습에 젖어 있지만, 저런 풍습은 차라리 없애 버리는 것이 좋겠어. 저렇게 술을 마셔 대니까 이웃 나라 사람들이 우리더러 주정뱅이니 돼지니 하며 욕을 해 대는 거야. 망신스런 일이지. 우리가 아무리 훌륭한 업적을 쌓는다 해도 말짱 헛일이야. 사람의 경우도 마찬가지고. 어떤 사람이 태어날 때부터 결점을 가지고 태어났다고 치자. 그런데 그것은 자신이 선택할 수 없는 일이니까 어쩔 수 없는 일일지도 몰라. 그렇지만 그것을 더욱 드러내 다른 사람에게 피해를 준다고 생각해 봐. 그 사람이 다른 뛰어난 재주를 지니고 있을지라도, 그 결점으로 비난을 받게 될 거야. 티끌만한 흠 때문에 남들 눈 밖에 나는 거야.

　　　갑자기 유령 등장.

　　호레이쇼　왕자님, 드디어 나타났습니다.

　　햄릿　신이시여, 우리를 지켜 주소서! 그래 그대는 천사냐, 악마냐? 아무튼 사람의 탈을 쓰고 나타났으니 어서 말을 해라. 오, 이제 그대를 덴마크의 왕, 아버지라 부르겠다. 자, 죽어 땅에 묻힌 자가 어떻게 수의를 벗고 나올 수가 있는가? 어찌하여 갑옷을 걸치고 한밤에 나타나 간담을 서늘하게 하는가? 사람의 머리로는 도저히 풀지 못하겠구나. 무슨 까닭인지 말해 봐라. (유령이 햄릿에게 손짓을 한다.)

　　호레이쇼　손짓을 하는군요. 왕자님께만 따로 알려 드릴 것이 있는 모양입니다.

　　마셀러스　저것 보세요! 진지한 표정으로 손짓을 하고 있군요. 하지만 왕자님, 따라가지 마십시오!

　　호레이쇼　그래요, 가시면 안 됩니다!

　　햄릿　여기까지 와서 내가 무엇이 두려워 못 가겠는가. 내 목숨은 티끌만큼의 가치도 없어. 또한 내 영혼을 저 유령이 어쩔 수 있겠느냐. 나에게도 절대 죽지 않는 영혼이 있지 않겠느냐. 그러니 못 갈 것이 없느니라.

　　호레이쇼　강이나 바다로 끌려가면 어떡합니까? 아니면 벼랑으로 끌고 간 뒤, 괴물로 변하여 혼을 빼놓을지도 모르는 일입니다.

왕자님, 이성을 찾으십시오! 절벽 위에서 거친 파도 소리만 들어도 불안해지는 법이랍니다.

햄릿 여전히 나를 부르고 있다. 나는 따라가겠다.

마셀러스 왕자님, 제발 가지 마십시오!

호레이쇼 진정하십시오. 절대 가시면 안 됩니다!

햄릿 운명이 나를 부르고 있다. 온몸의 핏줄이 네메아 산중의 사자 힘줄처럼 기운이 솟는구나. 날 붙잡지 말게. 방해하면 목을 벨 테다. 비켜라, 비켜! 난 저 유령을 따라갈 것이다. (유령과 햄릿 퇴장.)

호레이쇼 유령에 홀려 넋이 빠졌어. 큰일 났구나.

마셀러스 지금 잠자코 있을 때가 아니야. 우리 얼른 따라가 보자.

호레이쇼 물론 따라가 봐야지.

마셀러스 그럼 가 봅시다. (퇴장)

제5장

성벽 밑 빈터.
유령 등장. 햄릿은 칼을 십자가처럼 받쳐 들고 그 뒤를 따라 걸어 나온다.

햄릿 어디로 가느냐? 말하지 않으면 더는 따라가지 않겠다.

유령 잘 들어라. 유황불에 이 몸을 맡겨야 하는 시간이 다 되었다.

햄릿 오, 불쌍한 유령이여!

유령 동정할 것 없다. 자, 내 얘기나 잘 들어 봐라.

햄릿 말하라!

유령 내 말을 들은 뒤 너는 복수를 하면 된다.

햄릿 뭐라고?

유령 나는 네 아비의 혼령이다. 밤이 되면 잠깐 돌아다니다가 낮이 되면 불길 속에 틀어박혀 있어야 하는 운명이다. 저승의 비밀은 말할 수 없다. 만일 내가 그 비밀을 털어놓는다면 네 영혼은 상처를 입고 젊은 피조차도 얼어붙으며, 두 눈은 별똥처럼 튀어나와 사라지고 곱슬머리는 고슴도치 털처럼 곤두설 것이다. 그러니 저승 세계의 비밀을 이 세상 사람에게 털어놓을 순 없다. 자, 듣거라. 네가 나를 단 한번이라도 사랑한 적이 있다면 잘 듣거라!

햄릿 오, 신이시여!

유령 비열하게 살인을 저지른 자에게 복수해 다오.

햄릿 살인이라고요? 어서 말씀해 주세요. 사랑의 화살보다 더 빠르게 날아가 살인자를 해치우겠습니다.

유령 암, 그래야지. 내 말을 듣고도 분개하지 않는다면 저승에 흐르는 망각의 강기슭에 자라는 잡초보다도 우둔한 자로다. 햄릿, 잘 듣거라. 세상에 알려진 바로는, 내가 정원에서 낮잠을 자다가 독사에게 물려 죽은 것으로 되어 있지. 이 나라 백성들은 그 날조된 얘기에 감쪽같이 속고 있다. 그러나 사실은 나를 죽인 그 독사는 지금 왕관을 쓰고 있느니라.

햄릿 정말로 삼촌입니까? 어쩐지 그런 느낌이 들더라니!

유령 그렇다. 그놈은 짐승보다 못한 놈이다. 교활하고, 음탕한 재주로 정숙한 체하던 왕비를 끌어들였다. 아, 햄릿! 이 얼마나 천박한 배신이냐. 백년해로를 약속한 나를 배반하고, 형편없이 비열한 녀석에게 마음을 빼앗기다니! 진정 정숙한 여인이라면 천사의 탈을 쓰고 유혹할지라도 결코 마음이 흔들릴 수 없는 법이다. 이와 반대로 음탕한 여인이라면 천사와 관계를 맺는다 해도 썩은 고기를 탐내는 법이다. 오, 벌써 새벽이 밝아 오나 보구나. 간단히 말하마. 나는 늘 해 오던 버릇대로 정원에서 낮잠을 자고 있었다. 그런데 네 삼촌이 내가 잠든 틈을 타 독약을 귓속에 부었다. 그 독약은 순식간에 몸을 썩게 하고, 피를 굳게 만든다. 이렇게 해서 나는 목숨과 왕관, 왕비마저도 한꺼번에 빼앗기고 말았다. 게다가 아직 죄를 씻지 못한 탓에 성찬식도 못하고 마지막 참회 기도도 없이 지옥에 끌려가 심판을 받게 된 것이다. 오, 끔찍하구나! 정말 끔찍한 일이야! 만약에 네가 아들로서 도리를 다하고 싶다면 그냥 참아서는 안 된다. 덴마크 왕실의 침상을 패륜과 정욕 속에 그대로 버려두지 마라. 그렇지만 아무리 복수의 피가 들끓더라도 어머니를 해치지는 말아라. 하늘의 심판에 맡겨 둬라. 마음속에 박힌 가시에 찔리도록 놔둬라. 그럼 잘 있거라. 반딧불이 희미해지는 것을 보니 날이 새는 모양이다. 아들아, 아비를 잊지 말아다오. (유령이 사라지고, 햄릿은 무릎을 꿇는다.)

햄릿 오, 하늘이여! 오, 땅이여! 지옥이여! 오, 맙소사! 이건 아니야. 정신을 차려야지. 정신을……. 내 몸의 살점들이여, 심장이여, 나를 튼튼히 설 수 있게 해 다오. 잊지 말라고? 오, 혼령으로 나타나신 아버지! 제가 어찌 잊을 수 있겠습니까? 모든 기억을 다 지우더라도 아버지의 말씀만은 깊이 새겨 두겠습니다. 몸과 마음을 바쳐 맹세하지요. 그건 그렇고, 참으로 악독한 여인! 악당, 악당이구나. 태연하게 미소를 띠고 있다니, 괘씸하다. 그래, 수첩에 적어 두자. (무엇인가를 적는다.) 자, 삼촌! 당신을…… 적어 두마. 이번엔 내 좌우명을 적자. '잘 있거라, 아들아. 아비를 잊지 말아다오.' (무릎을 꿇고 칼자루에 손을 얹으며 맹세한다.) 거기에 맹세했다.

　　호레이쇼와 마셀러스 등장.

　　호레이쇼, 마셀러스　왕자님, 햄릿 왕자님!
　　마셀러스　신이시여, 왕자님을 보살펴 주옵소서!
　　햄릿　어이! 여길세, 여기! 어서 이리 오게.
　　마셀러스　왕자님, 괜찮으십니까?
　　호레이쇼　도대체 어떻게 됐습니까, 왕자님?
　　햄릿　놀라운 일이야.
　　호레이쇼　말씀해 주십시오.
　　햄릿　안 돼. 말이 새어나가면 절대로 안 될 일이네.
　　호레이쇼　왕자님, 절대 비밀을 지키겠습니다.
　　마셀러스　저도 입을 꼭 다물겠습니다.
　　햄릿　도대체 상상조차 할 수 없는 일이야. 그래, 비밀을 지키겠단 말이지?
　　호레이쇼, 마셀러스　왕자님, 하늘에 맹세합니다!
　　햄릿　덴마크의 악당치고 잔인하지 않은 놈은 없단 말이야.
　　호레이쇼　그런 말을 하려고 유령이 무덤에서 나온 건가요?
　　햄릿　맞아, 그렇다니까. 그러니 구구절절 더 말할 것 없이 악수나 하고 헤어지는 게 좋겠구나. 자네들도 해야 할 일이 많을 테니까……. 자, 나는 이제 기도하러 가야겠네.

호레이쇼 왕자님께서 뜬구름 같은 말씀만 하시니 도무지 알아들을 수가 없네요.

햄릿 미안하네. 기분이 언짢다면 정말 미안하네.

호레이쇼 왕자님, 그런 게 아닙니다.

햄릿 아냐, 언짢은 마음 이해하네. 다만 내가 말할 수 있는 것은 그 유령이 악령은 아니라는 거야. 그 정도만 일러두겠네. 유령과 무슨 얘기를 했는지 궁금하겠지만 제발 참아 주게. 그나저나 자네들에게 부탁이 있네.

호레이쇼 무슨 부탁이십니까? 물론 기꺼이 들어드리겠습니다.

햄릿 오늘 밤에 일어난 일을 절대로 입 밖에 내지 말게.

호레이쇼, 마셀러스 왕자님, 절대 말하지 않겠습니다.

햄릿 그럼 내 칼에 걸고 맹세해 주게.

호레이쇼, 마셀러스 결코 말하지 않을 것을 다시 한 번 맹세합니다.

유령 (지하에서) 맹세하라!

햄릿 이것 좀 봐. 말을 다 하네? 자, 친구들 땅속에서 하는 말을 들었지?

호레이쇼 이번에는 왕자님께서 선창하십시오.

햄릿 오늘 밤 본 것을 절대로 말하지 않겠노라.

유령 (지하에서) 칼에 손을 얹고 맹세하라!

햄릿 잘한다, 두더지 양반! 그렇게 빨리 땅속을 뚫고 다닐 수 있나?

호레이쇼 아, 참으로 해괴한 일이군요.

햄릿 그러니까 아무것도 묻지 말게. 이봐, 호레이쇼! 이 세상에는 우리의 학식으로 도저히 풀 수 없는 일들이 얼마든지 있는 거야. 자, 아까처럼 맹세하게. 하늘이 지켜보고 있다네. 그리고 앞으로 내가 이상한 행동을 하더라도, 자네들은 모른 척해야 하네. 무엇을 알고 있다는 듯 고개를 끄덕인다거나, 애매한 말투를 써서는 안 된다네. 알겠나? 그렇게 하면 만약 자네들에게 위험이 닥치더라도 반드시 하늘이 도와주실 걸세. 자, 다시 맹세하게.

　유령　(지하에서) 맹세하라! (모두 맹세한다.)

　햄릿　유령 양반, 이제 그만 진정하시오. 그럼 잘 부탁하네. 지금은 보잘것없는 햄릿이지만 하늘이 도와주신다면 언젠가는 자네들 우정에 보답하게 될걸세. 자, 이만 가 보세. 다시 한 번 부탁하네. 입을 꼭 다물어 주게. (혼잣말로) 어지러운 세상이야. 오, 이 무슨 저주받은 운명이란 말인가. 하필이면 세상을 바로잡기 위해 태어나다니! (모두 퇴장.)

제 2 막

제1장

폴로니어스와 레날도 등장.

폴로니어스 레날도, 레어티스에게 이 돈과 편지를 전해 다오.

레날도 네, 알겠습니다.

폴로니어스 너라면 믿을 수 있겠다. 가서 레어티스를 만나기 전에 뒷조사를 해 보거라.

레날도 나리, 그렇지 않아도 그럴 참이었습니다.

폴로니어스 음, 잘 생각했다. 우선 파리에 도착하면 어떤 덴마크 사람들이 와 있는지 알아보거라. 또 누구와 교제하며 돈은 얼마나 쓰고 있는지도 알아봐야 해. 그렇게 먼발치에서 물어가다 보면, 레어티스를 알고 있는 사람을 만나게 될 걸세. 그렇다고 무턱대고 맞장구를 치지 말고, 슬쩍 아는 척만 하는 게 좋아. 이를테면 '그분 아버지를 좀 압니다. 그분 친구들도 압니다. 그분도 조금은 알죠.' 이런 식으로 말이다. 레날도, 알아듣겠느냐?

레날도 잘 알겠습니다.

폴로니어스 '레어티스를 약간은 압니다.'라고 말해 놓고는

'잘은 모릅니다만, 그분은 굉장한 난봉꾼이라면서요?' 이렇게 말을 붙이는 거지. 레어티스에 대해 험담을 조금 늘어놓아도 좋지만, 명예를 손상시키는 말은 하지 말게. 그 점을 각별히 조심하게. 젊은이에게 으레 따라다니는 방탕이나 난잡한 실수 따위는 상관없겠지.

레날도 도박 같은 것도요?

폴로니어스 그렇지. 또는 음주, 싸움, 욕설, 오입질 정도는 괜찮아.

레날도 하지만 나리, 그런 것은 명예에 관한 일 아닌가요?

폴로니어스 괜찮다. 말이야 어떻게 하느냐에 달렸으니까 적당히 얼버무리면 돼. 하지만 엉뚱한 말로 완전히 바람둥이로 만들면 곤란해. 그건 내가 원하는 것이 아니거든. 하여튼 험담을 하되 교묘하게 하란 말이다. 젊은 혈기에 흔히 있을 수 있는 탈선이라는 식으로 말하란 말이다.

레날도 하지만 저…….

폴로니어스 뭣 때문에 그렇게 해야 하느냐고?

레날도 네, 그 까닭을 알고 싶습니다.

폴로니어스 음, 내 본뜻은 이거야. 내 딴엔 참으로 좋은 생각이라고 믿네. 우선 내 아들의 흉을 보란 말이야. 그것도 어쩌다가 튀어나온 실언인 것처럼. 그러면 자네 말을 듣고 있던 사람이 맞장구를 치거나 반박을 하겠지. 레어티스의 잘못을 보았다면 함께 맞장구를 치며 마구 험담을 늘어놓을 거야. 이렇게 거짓 미끼를 던져서 대어를 낚는 거지. 원래 지혜로운 자는 으레 먼발치에서 뒤통수를 치는 간접 방법으로 목표를 달성하지. 자, 이제 내가 가르쳐 준 비결로 레어티스의 행적을 파악해 주게. 무슨 뜻인지 알아듣겠지?

레날도 이제 잘 알겠습니다.

폴로니어스 좋아, 그러면 다녀오게나. 레어티스가 눈치채지 않
도록 하게.

레날도 네, 나리. 그럼 다녀오겠습니다.

폴로니어스 무슨 일이 있어도 스스로 실토하게 해야 해.

레날도 네, 명심하겠습니다. (레날도 퇴장.)

　　　오필리어 등장.

폴로니어스 오필리어야, 무슨 일이냐?

오필리어 아버지, 아버지! 큰일 났어요. 정말이지 무서운 일이
에요.

폴로니어스 아니, 대체 무슨 일로 그러느냐?

오필리어 제가 방에서 바느질을 하고 있는데, 느닷없이 햄릿
왕자님께서 웃옷 단추를 풀어헤치고, 모자도 벗어 버린 채 나타나
셨어요. 더러운 양말은 대님도 매지 않아 발목까지 흘러내리고, 창
백한 얼굴로 와들와들 무릎을 떨면서 달려드셨어요. 마치 지옥에서
빠져나온 사람처럼 무서운 표정을 지으며 말예요.

폴로니어스 드디어 사랑 때문에 미치셨구나.

오필리어 그건 알 수 없지만, 어쨌든 정말 무서웠어요.

폴로니어스 그래, 뭐라고 하시더냐?

오필리어 제 손목을 꼭 붙잡더니 팔 길이만큼 뒤로 물러서서,
한쪽 손으로 이렇게 이마를 가리셨어요. 마치 초상화라도 그리려
는 듯 물끄러미 제 얼굴을 바라보시는 거예요. 한참을 그러시더니,

이번엔 제 팔을 가볍게 흔드신 다음 고개를 세 번 흔들고 나서 한숨을 푹 내쉬더군요. 어찌나 처량하던지 그분의 온몸이 부서지고 숨까지 끊어지는 듯했어요. 그리고 나서야 손목을 놔주셨어요. 그러나 어깨 너머로 제 얼굴을 보면서 문 쪽으로 걸어 나가셨어요. 보지 않아도 앞길은 훤하다는 듯이 끝까지 제 얼굴에서 눈을 떼지 않으셨어요.

폴로니어스 자, 함께 가자. 전하께 아뢰어야겠다. 왕자님께서 상사병에 걸리신 것 같구나. 일단 사랑에 빠지면 이성을 잃게 되거든. 사람의 마음을 괴롭히는 격정이 다 그러하지만, 사랑만큼 사람을 엉망진창으로 만드는 것은 없지. 큰일이다. 그런데 요즘 네가 왕자님께 차갑게 대하기라도 했니?

오필리어 아니에요, 아버지. 그저 분부대로 편지를 모두 돌려보내고, 찾아오지 마시라고 전했을 뿐이에요.

폴로니어스 아마 그래서 실성하셨구나. 내가 좀 더 주의했어야 했는데 말이다. 왕자님을 믿지 못하고, 한때 객기로 네 신세를 망치려는 줄로만 알았지. 늙으면 괜스레 사서 걱정하는 일이 많아진난 말이야. 정반대로 젊은이들은 지나치게 분별이 없어서 탈이지만……. 어서 전하께 이 일을 말씀드려야겠다. 한동안 노여워하시겠지만, 숨기려다 일이 커지면 더 큰일이야.

제2장

나팔 소리. 클로디어스 왕과 거트루드 왕비, 로젠크랜츠, 길덴스턴, 그 밖의 시종들 등장.

왕 오, 로젠크랜츠와 길덴스턴! 잘 왔구나. 진작부터 만나고 싶기도 했지만, 급히 부탁할 일이 있어 불렀다. 너희도 얘기를 들어 알겠지만, 햄릿이 이상해졌다. 겉으로 보나 생각하는 것으로 보나 예전과는 영 딴판이거든. 물론 아버지를 여읜 탓도 있지만 그렇게까지 이성을 잃다니, 아무래도 이상해. 그래서 너희에게 청이 있다. 너희는 어릴 적부터 햄릿과 함께 자라 왔으니 햄릿에 대해 누구보다도 더 잘 알고 있으리라 생각한다. 잠시 성 안에 머무르면서 왕자의 벗이 되어 주기 바란다. 혹시 우리가 모르는 고민이 있을지도 모르니 잘 지켜보아라. 그 원인을 알아내면 치료 방법이 생기지 않겠느냐.

왕비 햄릿은 줄곧 그대들에 관한 이야기를 했었소. 그대들을 그리워하고 있었다오. 그러니 이곳에 머무르면서 우리에게 힘이 되어 주시오. 그보다 더 고마운 일이 어디에 있겠소. 이렇듯 일부러 찾아 준 것에 대해서는 왕께서 잊지 않고 그에 대한 보상을 내리실 거요.

로젠크랜츠 이렇게 말씀을 듣고 나니, 황송할 따름입니다. 분부대로 따르겠습니다.

길덴스턴 몸과 마음을 바쳐 충성을 다하겠습니다.

왕 오, 고맙구나. 로젠크랜츠, 길덴스턴.

왕비 고맙소. 부탁하건대, 지금 곧 햄릿한테 가 주오. 여봐라, 두 분을 햄릿 왕자가 있는 곳으로 모셔다 드려라.

길덴스턴 저희가 하는 일이 햄릿 왕자님께 위로가 되고 도움이 되길 빌 따름입니다.

왕비 함께 빌겠소. (로젠크랜츠와 길덴스턴, 시종들 퇴장.)

폴로니어스 등장.

폴로니어스 전하, 노르웨이에 파견했던 사절 일행이 좋은 소식을 갖고 돌아왔습니다.

왕 그대는 언제나 반가운 소식만 가지고 오는구려.

폴로니어스 그렇게 여겨 주시니 황송하옵니다. 마땅히 해야 할 일을 했을 따름입니다. 전하께서 베풀어 주신 은혜는 하늘에서 내려 주신 은혜와 같다고 생각합니다. 실은 새로 알아낸 사실이 있습니다. 바로 햄릿 왕자님께서 발작을 일으킨 까닭을 말입니다.

왕 오, 그것이 정말이냐? 참으로 궁금하구나.

폴로니어스 먼저 사절 일행을 맞으시지요. 제 얘기는 좋은 소식을 들으신 뒤 입가심으로 들으시고요.

왕 그럼 어서 사절단을 들여보내라. (폴로니어스 퇴장.) 여보, 왕비! 당신 아들이 실성한 까닭을 폴로니어스가 알아냈다는구려.

왕비 그저 짐작을 했다는 거겠지요. 선왕의 죽음이라든지, 우리의 갑작스런 결혼 따위가 아니겠어요?

왕 하여튼 알아봅시다. (폴로니어스가 볼티먼드와 코닐리어스를 데리고 등장.) 어서 오게. 그래 볼티먼드, 노르웨이 왕께서 뭐라고 하시던가?

볼티먼드 전하의 칙서에 대해 정중하게 답하셨습니다. 칙서를 보시고 노르웨이 왕께서는 즉시 조카의 군사 모집을 중단시켰습니다. 그 일이 폴란드를 상대로 한 준비인 줄로만 알았는데, 조사해 본 결과 사실은 전하에 대한 음모였다는 것이 드러났습니다. 노르웨이 왕은 자신을 속였다 하여 몹시 노하시어 포틴브라스 2세를 나무랐습니다. 그리하여 그는 두 번 다시 덴마크 왕가에 대해 무력 행사를 시도하지 않겠다고 노르웨이 왕 앞에서 맹세했습니다. 이에 노르웨이 왕은 기쁨을 감추지 못하며 많은 양의 금화를 그에게 주었습니다. 이미 모집한 군대는 폴란드 정복에 쓰도록 권한을 주었습니다. 자세한 것은 여기 적혀 있습니다만, 원정시 덴마크 영토를 무사통과할 수 있도록 허락을 요청하셨습니다. 또한 통과시 우리 측의 안전과 그쪽 병사들의 규율에 관해서는 여기에 적혀 있습니다. (서류를 바친다.)

왕 잘 되었소. 서한은 차차 천천히 검토해 보겠소. 깊이 잘 생각해 본 다음 회답을 하도록 하지. 그대들의 노고에 감사하오. 오늘 저녁에는 축배를 들어야겠군. 그대들의 귀국을 진심으로 환영하오. (볼티먼드와 코닐리어스 퇴장.)

폴로니어스 이번 일은 잘 매듭지어졌습니다. 그런데 전하, 그리고 왕비 마마! 도대체 왕권은 무엇이며 신하의 본분은 무엇인지, 또한 어째서 낮은 낮이고 밤은 밤이며, 시간은 왜 있는 것인지 따지는 것은 시간을 허비하는 것밖에 안 됩니다. 그러니 무릇 간결한 것이 지혜롭다고 할 수 있지요. 장황하게 늘어놓는 것은 포장 따위밖에 되지 않으니 간단히 아뢰겠습니다. 왕자님은 정신이상입니다. 정신이상이라고 말씀드린 까닭은 정신이상자를 말하는 데 있어서 다른 적당한 용어가 없는 탓입니다.

왕비 수다는 그만 떨고 어서 요점을 말하시오.

폴로니어스 왕비 마마, 저는 수다를 떠는 것이 결코 아닙니다. 왕자님께서 정신이상이 된 것만은 사실입니다. 그것이 사실이라 유감스러울 뿐입니다. 그런데 문제는, 이 같은 결함에는 반드시 어떤 까닭이 있다는 것입니다. 그런데 이 문제란, 바로 이런 것입니다. 제게는 딸이 하나 있습니다. 그 딸애가 효심이 지극하여 저에게 이것을 건네주었습니다. 들으시고 판단을 내리소서. (햄릿의 편지를 읽는다.) '천사 같은 내 영혼의 우상, 아리따운 오필리어에게. 별이 반짝이는 것을 의심하여도, 태양이 움직이는 것을 의심하여도, 진실을 거짓이라고 의심하여도, 그러나 내 사랑만은 어이 의심하리. 사랑하는 오필리어! 내 시가 서툴구나. 애타는 마음을 시로 다 표현할 수는 없지만 그대를 누구보다도 사랑하고 있다는 것을 믿어 주시오. 이 생명 다할 때까지 목숨처럼 사랑하는 그대여! 그대의 영원한 종 햄릿으로부터.' 이 편지를 딸은 순순히 저에게 보여 줬습니다. 뿐만 아니라 왕자님께서 이느 때 어디서 어떻게 사랑을 속삭였는지도 모조리 다 털어놨습니다.

왕 그럼 오필리어는 햄릿의 사랑을 어떻게 받아들였소?

폴로니어스 저는 딸아이가 고백하기 전에 눈치채고 있었습니다. 만일 제가 알고도 모른 척했다면 전하께서는 저를 어떻게 생각하셨겠습니까? 전하, 저는 강 건너 불 보듯 구경만 하고 있을 수 없었습니다. 그래서 즉시 딸을 불러 이렇게 타일렀습니다. '햄릿 왕자님은 너와 신분이 다르다.'고 말입니다. 그리고 나서 앞으로는 왕자님이 다니시는 곳에는 얼씬도 하지 말고, 심부름 온 사람도 만나지 말 것이며 선물도 받지 말라고 일러 주었습니다. 딸아이는 물론 그 말대로 따랐지요. 햄릿 왕자님께서는 사랑의 고배를 마신 셈이죠. 그래서 왕자님께서는 슬픔에 빠져 식음을 전폐하시고 불면증에 시달리시다가 결국 정신착란에 이르게 된 것입니다. 그저 송구스럽고 슬플 따름입니다.

왕 당신은 어떻게 생각하오?

왕비 듣고 보니 그럴 법도 하네요.

폴로니어스 제가 분명히 단정 지은 일치고 어긋났던 적이 단 한 가지라도 있었습니까?

왕 그런 일은 없었지.

폴로니어스 (자기 머리와 어깨를 가리키며) 만일 그렇지 않을 경우 제 머리를 어깨에서 떼어 버리십시오. 실마리만 잡히면 저는 반드시 이 사건의 진상을 밝혀내겠습니다. 비록 그것이 지구 한가운데 숨겨져 있더라도 말씀입니다.

왕 그걸 어떻게 알아낸단 말인가?

폴로니어스 아시다시피 왕자님께서는 가끔씩 복도를 거닐 때가 있습니다.

왕비 그래요, 그럴 때가 있지요.

폴로니어스 그때를 노려 왕자님 앞에 제 딸아이를 풀어놓겠습니다. 그런 다음 전하와 함께 커튼 뒤에 숨어서 둘이 만나는 것을 살펴보는 겁니다. 만일 왕자님께서 상사병에 의한 발작이 아니라면 저는 시골로 내려가서 농사나 지으며 살겠습니다.

왕 그렇게 해 보세.

햄릿, 책을 읽으며 등장.

왕비 가엾은 햄릿! 슬픈 얼굴로 책을 읽으면서 오네요.

폴로니어스　자, 저쪽으로 비켜 주세요. 제가 만나 보겠습니다. (왕과 왕비 그리고 시종들 퇴장.) 햄릿 왕자님, 안녕하신지요?

햄릿　덕분에 잘 있네.

폴로니어스　왕자님, 저를 알아보겠습니까?

햄릿　물론이지. 자넨 생선 장수 아닌가……?

폴로니어스　틀렸습니다, 왕자님.

햄릿　아, 그게 아니라면 자네가 그만큼이라도 정직한 사람이라면 오죽 좋겠나…….

폴로니어스　정직한 사람이라니요?

햄릿　하기야 요즘 세상에 정직한 사람이 만 명 가운데 하나라도 있을까?

폴로니어스　옳으신 말씀입니다.

햄릿　햇살이 비쳐 죽은 개에 구더기가 끓는다면, 그 햇살이 썩은 고깃덩이를 핥게 되는 셈이지. 그런데 자네한테 딸이 있던가?

폴로니어스　네, 있습니다.

햄릿　그렇다면 햇볕 아래 거닐지 못하도록 하게. 지혜가 늘어나는 것은 좋은 일이지만, 배라도 불러오면 큰일이니까. 조심하게.

폴로니어스　(방백) 거봐, 여전히 내 딸 타령이군. 그렇지만 나를 두고 생선 장수라 했겠다. 완전히 맛이 갔어. 하기야 나도 젊었을 땐 사랑 때문에 꽤나 속을 썩었지. 한 번 더 말을 걸어 보자. 왕자님, 무엇을 읽고 계십니까?

햄릿　말이다, 말, 말!

폴로니어스　어떤 내용이냔 말입니다.

햄릿　험담이지. 늙은이들은 모두 수염이 희끗희끗하고, 얼굴은 쭈글쭈글하며, 눈알에는 누리끼리한 송진 같은 눈곱이 끼고, 노망이 들어서는 정신이 오락가락하고, 무릎에는 힘이 없다는 거야. 다 맞는 말이지만, 여기다 이렇게까지 적을 필요는 없잖아. 안 그래? 자네도 나만큼 젊어질 수 있어. 게처럼 뒷걸음질만 할 수 있다면 말일세.

폴로니어스 (방백) 돌긴 했어도 일리 있는 말을 하는걸. 왕자님, 바람이 찹니다. 안으로 드십시오.

햄릿 무덤 안으로 말이지.

폴로니어스 (방백) 하기야 무덤도 방은 방이지. 대답이 기가 막힐 정도로 의미심장하군! 가끔 미치광이들이 그럴 때가 있지. 그럼 이쯤 해 두고, 오필리어와 만나게 할 방법이나 찾아보자. 왕자님, 저는 이만 물러가겠습니다.

햄릿 어서 물러가라. 내가 허락할 것이라곤 그것뿐이구나. 내 목숨을 빼놓으면 말이야.

폴로니어스 왕자님, 안녕히 계십시오. (절을 한다.)

햄릿 귀찮고 따분한 늙은이 같으니라고. (다시 책을 읽는다.)

로젠크랜츠와 길덴스턴 등장.

폴로니어스 햄릿 왕자님을 찾고 있나? 저기 계시네.

로젠크랜츠, 길덴스턴 (폴로니어스에게) 어르신, 고맙습니다.

폴로니어스 퇴장.

길덴스턴 왕자님!

로젠크랜츠 햄릿 왕자님!

햄릿 오, 이거 참 반가운 친구들이로군! 요새 어떻게 지내는가?

로젠크랜츠 그럭저럭 잘 지내고 있습니다.

길덴스턴 지나치게 잘 지내는 것도 탈이라면 탈이겠지요. 그렇다고 행운의 여신 모자 깃을 잡은 것은 아니고요.

햄릿 여신의 발바닥에 있는 것도 아니지 않나?

로젠크랜츠 네, 어느 쪽도 아닙니다.

햄릿 그럼 허리께쯤 되는가? 그렇다면 혹시 여신의 가장 소중한 곳 한가운데쯤인가?

길덴스턴 아, 실은 여신의 은밀한 곳이라고 할 수 있죠.

햄릿 뭐, 여신의 은밀한 곳이란 말이지? 그럴 테지. 행운의 여신은 화냥년이니까. 그런데 무슨 소식이라도 있나?

로젠크랜츠 왕자님, 별다른 건 없습니다. 세상이 점점 더 부패해진다는 것 밖에요.

햄릿 말세가 가까워져서 그렇다네. 그런데 도대체 자네들은 행운의 여신에게 무슨 죄를 졌기에 이곳에서 감옥살이를 하게 됐니?

길덴스턴 감옥살이요?

로젠크랜츠 그렇다면 이 세상도 감옥이겠군요.

햄릿 물론 훌륭한 감옥이지. 독방이 있고, 지하 감방도 있지만 그 가운데 덴마크가 가장 끔찍한 감옥이지 뭔가.

로젠크랜츠 왕자님, 저희는 그렇게 생각하지 않습니다.

햄릿 자네들은 그렇게 생각하지 않는다고? 원래 좋고 나쁜 것은 다 생각하기 나름이지. 나에게 이 나라는 감옥이야.

로젠크랜츠 그건 왕자님께서 큰 뜻을 품고 계시기 때문일 겁니다. 왕자님의 포부에 비하면 이 땅은 좁쌀만큼 작겠지요.

햄릿 천만에! 나는 호두껍데기에 갇혀 있더라도 무한한 우주의 왕이라고 생각할 수 있는 사람일세. 이 고약한 꿈으로 괴롭지만 않다면 말이야.

길덴스턴 그 꿈이 바로 야망이라는 겁니다. 야망의 실체는 꿈의 그림자에 지나지 않습니다.

햄릿 꿈 자체가 그림자에 지나지 않는 걸세.

로젠크랜츠 옳습니다. 야망이란 것은 허망한 것으로, 결국은 그림자의 그림자에 지나지 않는 듯싶습니다.

햄릿 어쨌든 이런 토론은 그만두고 싶네.

로젠크랜츠, 길덴스턴 저희가 모시겠습니다.

햄릿 그럴 필요 없네. 자네들을 하인처럼 부리고 싶지는 않아. 솔직히 묻겠네. 친구로서 대답해 주게. 도대체 무슨 일로 엘시노에 왔는가?

로젠크랜츠 왕자님을 뵈러 왔습니다. 다른 일은 없습니다.

햄릿 내 신세가 이러니 감사할 마음조차 넉넉하지 못하다네. 하지만 고맙네. 그나저나 자네들 부름을 받고 온 건가, 아니면 정말로 마음이 내켜서 온 건가? 자, 솔직히 말해 보게.

길덴스턴 왕자님, 뭐라고 말씀드려야 합니까?

햄릿 뭐든지 솔직하게만 털어놓게. 누가 불렀는가? 얼굴에 다 씌어져 있는걸. 딴전을 부릴 만큼 자네들은 능청스럽지 못하니까. 왕과 왕비가 불러서 왔지?

로젠크랜츠 불러서 왔다니요? 무슨 까닭으로요?

햄릿 내가 묻고 싶은 것이 바로 그거라네. 우리는 친구 사이가 아닌가? 누가 불러서 온 게 틀림없지?

로젠크랜츠 (길덴스턴에게 방백) 뭐라고 할까?

햄릿 (방백) 나를 친구로 여긴다면 제발 속이지 말게. 자, 내 눈을 보고 말해 보게.

길덴스턴 왕자님, 실은 부름을 받고 왔습니다.

햄릿 그 까닭을 내 입으로 말해야겠군. 그래야 자네들이 비밀을 누설하지 않아도 될 테니. 요즘 나는 우울증에 걸렸다네. 늘 해 오던 운동도 하지 않고 있네. 이 아름다운 대지도 황무지처럼 느껴진다네. 저 푸른 하늘도 내게는 독기 서린 음흉한 골방처럼만 보이고 말이야. 만물의 영장인 인간이 나에게는 티끌로만 여겨지네. 꼴 보기 싫은 인간들, 물론 여자도 마찬가지네. 자네들, 웃는 걸 보니 그렇지 않은 모양이지?

로젠크랜츠 왕자님, 그런 게 아닙니다.

햄릿 그럼 왜 자네들은 인간의 꼴이 보기 싫다고 말했을 때 웃은 건가?

로젠크랜츠 인간이 꼴 보기 싫다면, 배우들이 대우를 받기는 다 글렀구나 싶어서 웃었습니다. 오는 길에 배우들을 만났는데, 왕자님께 연극을 보여 드리려고 이곳으로 온다 했거든요.

햄릿 그럼 환영해 주어야지. 특히 왕의 역을 맡는 자라면 대환영이다. 기사 역에게는 창과 방패를 실컷 휘두르게 하고, 어릿광대 역에게는 마음껏 웃음거리를 만들게 해야지. 그리고 귀부인 역에게는 멋대로 수다를 떨도록 내버려 두어야지. 그렇게 해야 연극 대사가 술술 나올 테니까. 그래, 대체 그들은 어떤 배우들인가?

로젠크랜츠 왕자님께서 늘 즐겨 하시던 비극 배우들입니다.

햄릿 어떻게 해서 이곳에 오게 된 것인가? 도심에 자리 잡고 있는 편이 이름도 나고 돈벌이가 괜찮을 텐데 말이다.

로젠크랜츠 아마 최근에 사고를 일으켜 공연이 금지되어 있나 봅니다.

햄릿 요즘도 인기는 여전한가?

로젠크랜츠 예전만 같지 못합니다.

햄릿 왜? 벌써 한물간 건가?

로젠크랜츠 여전히 열심히 합니다만, 요즘에는 어린 배우들이 나와서 꽥꽥 소리를 질러 대야만 박수갈채를 받거든요. 그게 유행이죠. 이제 예전 연극들은 통속극이라 하여 사정없이 배척당하고 있습니다. 칼자루를 차고 점잔을 빼는 자들도 비평가들의 악담이 두려워 극장 근처엔 얼씬도 하지 않는답니다.

햄릿 뭐 어린 배우들? 누가 극장을 맡고 있는가? 생활은 어떻게 꾸려가고? 변성기가 될 때까지만 배우 노릇을 하나? 그 애들도 자라면 보통 배우가 될 텐데, 그때가 되면 다른 일자리를 찾아야 한단 말이냐? 그렇다면 지금 작가들을 원망하지 않을까? 앞날의 자기 직업을 욕했다고 해서 말일세.

로젠크랜츠 아닌 게 아니라 양쪽은 지독히 싸우고 있답니다. 세상 사람들은 얼씨구 좋다고 싸움에 부채질까지 하지요. 한때는 작가와 배우의 싸움을 소재로 다루지 않은 연극은 상연되지도 않을 정도였답니다.

햄릿 그게 정말인가?

길덴스턴 굉장했습니다.

햄릿 그래, 결국 어린 배우들이 이겼는가?

로젠크랜츠 네, 당당하게 해치웠지요.

햄릿 하기야 그다지 이상할 것도 없지. 아버지가 살아 계실 적에는 삼촌의 험담을 늘어놓던 자들이 이젠 서로 삼촌의 초상화를 못 사서 안달을 내니 말일세. 어쨌든 이 부조리를 철학자인들 설명할 수 있겠는가.

나팔 소리.

길덴스턴 아, 배우들이 도착했나 봅니다.

햄릿 하여튼 자네들 엘시노에 잘 왔네. 자, 우리 서로 악수를 나누세. 사람을 환영하는 데는 이것이 최선의 예의요, 격식 아닌가. 내가 배우들을 더 정중히 환영한다는 오해를 받아선 안 되니까. 정말 잘 왔네.

폴로니어스 등장.

폴로니어스 어이, 반갑소!

햄릿 (방백) 여보게 길덴스턴, 로젠크랜츠, 두 귀로 잘 듣게나. 저 늙은 갓난아기는 아직도 기저귀를 차고 있다네.

로젠크랜츠 (방백) 아마 다시 어린애가 됐나 보죠. 늙으면 다시 어린애가 된다고 하니까요.

햄릿 (방백) 어디 한번 맞춰 볼까? 배우들이 왔다고 얘기하겠지. 두고 보게나. (큰 소리로) 자네 말이 맞았어. 월요일 아침이었지. 참 바로 그랬어.

폴로니어스 왕자님, 반가운 소식이 있습니다. 배우들이 막 도착했습니다.

햄릿 알고 있어, 알고 있다고.

폴로니어스 최고의 명배우들입니다. 비극, 희극, 역사극, 전원극은 물론이고 전원 희극, 역사 전원극, 역사 비극, 전원 비희극, 완벽한 고전극, 로맨스 극 모두를 훌륭히 해냅니다. 세네카의 비극은 지나치게 무겁지 않게, 폴로터스의 희극은 지나치게 가볍지 않게 잘 연기해 내는 명배우들입니다.

햄릿 아, 이스라엘의 이름난 재판관, 딸을 제물로 바친 에프타여! 그대는 훌륭한 보물을 갖고 있었군!

폴로니어스 보물을 갖고 있다뇨? 왕자님, 어떤 보물 말입니까?

햄릿 노래와 같아. '오직 하나뿐인 딸을 아버지는 극진히 사랑했네.'

폴로니어스 (방백) 여전히 내 딸 타령이군.

햄릿 에프타, 내 말이 틀렸는가?

폴로니어스 왕자님, 제가 에프타라고요? 제게도 극진히 사랑하는 딸이 있긴 있습니다.

햄릿 다음 소절은 이렇지. '어떤 인연인지 알 순 없지만, 이 세상 운명처럼 되어 갔네.' 자, 때마침 배우들이 오는군.

배우들 등장.

햄릿 어서들 오게. 오랜만이군. 정말 잘들 왔네. 아, 자네는 수염까지 길렀군. 그 수염을 자랑하러 덴마크에 왔군. 아, 아가씨 배우들도 왔군. 지난번보다 구두 뒤축 높이만큼 하늘에 가까워졌군. 목소리가 갈라져서 쓸모없는 금화처럼 되지 않도록 기도하게나. 여보게들, 대환영이네. 프랑스의 매사냥꾼들처럼 당장 닥치는 대로 읊어 보게. 어서 맛 좀 보여 주게.

배우 1 어떤 장면으로 할까요, 왕자님?

햄릿 아, 언젠가 들려준 것 있잖소. 너무 고상해서 무대에 올린 적이 없는 걸로 알고 있네. 내가 보기에는 훌륭한 작품이었는데 말이야. 알 만한 사람들에게 구성도 짜임새가 있고 쓸데없이 멋을 부리지 않아 우아하다는 평을 들었지. 그 가운데 한 대목이 특히 내 맘에 들었소. 아에네이스가 디도에게 얘기하는 대목일세. 특히 프리암을 살해하는 장면이 좋았어. 여기부터 시작해 보게. 무엇이었더라. '히르카니아의 호랑이처럼 영웅 피러스…….' 아니지, 그게 아니라 이렇게 시작되지. '영웅 피러스, 갑옷을 입고 캄캄한 밤에 불길한 목마 속에 숨었도다. 이제 그 무시무시한 모습은 머리끝부터 발끝까지 피로 물들어 있으니, 보기에도 섬뜩하구나. 지옥의 등불이 살인마의 만행을 비추고 치솟는 분노의 불길이 타오르는 가운데 살기등등한 눈초리로 피러스는 트로이의 늙은 왕 프리암을 찾아 나섰노라.' 자, 이어서 자네가 계속하게.

폴로니어스 정말이지 참으로 잘하십니다. 발음도 좋으시고, 내용 전달도 훌륭하십니다.

배우 1 '이윽고 발견된 프리암, 그리스 군을 물리치고자 칼을 휘둘렀건만 늙은 팔에 힘이 빠져 허공만 휘젓다가 칼을 땅에 떨어뜨린다. 피러스가 늙은 왕을 향해 분노의 칼을 내리치자 왕이 힘없이 쓰러졌도다. 무심한 트로이 성이여, 타오르는 불길 속에서 하늘이 우레 같은 소리를 내며 땅 위에 무너져 내리는구나. 피러스는 귀가 멍멍한 채 어리둥절할 뿐이다. 보라! 폭풍이 오기 직전 하늘과 대지가 고요함에 휩싸였다가 느닷없이 천둥이 내리치는 것을. 피러스, 잠시 망설이다가 사정없이 프리암을 찌른다. 물러가라, 갈보 같은 운명의 여신이여! 여신의 수레바퀴를 산산조각으로 부숴 지옥의 밑바닥까지 굴러떨어지도록 해 다오.'

폴로니어스 좀 길군요.

햄릿 자네 수염과 함께 좀 잘라 버리라고 이발사에게 부탁할까? 어서 그다음을 계속하게. 저 사람은 웃음거리나 음탕한 얘기가 아니면 졸고 말지. 자, 이번에는 헤쿠바(프리암의 아내)의 대목을 읊으시오.

배우1 '아, 애처롭구나. 얼굴을 감싼 여왕의 모습을 보라. 맨발로 이리저리 뛰어다니며 흘리는 눈물은 타오르는 불길도 끌 것 같구나. 왕관을 쓰던 머리에는 너덜너덜한 천 한 조각, 한평생 아이를 낳느라고 뼈만 앙상하게 남은 허리에는 누더기 한 장뿐이구나. 누군들 오만한 운명의 여신에게 저주의 독설을 퍼붓지 않으리. 남편의 사지를 토막 내는 광경을 보고 늙은 왕비는 울부짖는다. 밤하늘의 빛나는 별들도 이 광경에 눈시울을 적시리.'

폴로니어스 저런! 왕자님 안색이 좋지 않습니다. 제발, 그만하게나.

햄릿 그래, 오늘은 그만하게. 나머지는 다음에 다시 듣기로 하지. 영감, 배우들을 잘 대접해 주게. 배우란 시대의 축도요, 기록이야. 죽은 뒤에 고약한 묘비명을 얻는 것보다는 살아 있을 때 혹평을 듣는 게 더 괴로운 법이니까.

폴로니어스 잘 알겠습니다. 왕자님 분부대로 분수에 맞는 대접을 해 주지요.

햄릿 뭐? 분수에 맞게? 그러지 말고 잘 대접하시오! 신분에 맞게 대우한다면 이 세상에서 회초리를 면할 사람이 누가 있겠소. 그러니 자기 명예와 체면에 어울리도록 상대방을 대접하란 말이오. 저쪽에 그만한 자격이 없으면 없을수록 이쪽의 친절은 더 빛이 날게 아니오. 안으로 안내하시오.

폴로니어스 자, 이쪽으로 오시오.

햄릿 그럼 영감을 따라서 가 보시오. 내일 여러분의 연극을 보기로 합시다. (배우 1을 붙들고) 여보게, 부탁이 있네. 〈곤자고의 살해>를 해 줄 수 있겠나?

배우 1   네, 물론입니다.

햄릿   그럼 내일 밤 그걸 상연해 다오. 어쩌면 열대여섯 줄쯤 내가 써서 삽입하려고 하는데, 외워 줄 수 있겠나?

배우 1   문제없습니다. (폴로니어스와 배우들 모두 퇴장.)

햄릿   (로젠크랜츠와 길덴스턴에게) 친구들이여, 내일 밤에 다시 만나세.

로젠크랜츠, 길덴스턴   그럼 안녕히 계십시오. (두 사람 퇴장.)

햄릿   잘들 가게. 아, 이제야 나 혼자 남았구나. 난 어쩌면 이렇게 어리석을까? 저 배우는 한낱 꾸며 낸 얘기에 몰입해 갖은 감정을 표출해 내는데 난 내 감정 하나 다스리지 못하다니. 만약 나만큼 슬픈 일이 있다면 저들은 어떻게 표현할까? 무대를 눈물로 흠뻑 적실 것인가? 무시무시한 대사로 관객들의 고막을 찢을 것인가? 죄지은 자들을 미치게 할 것인가? 죄 없는 자들까지 두렵게 할 것인가? 그리고 관객들의 눈과 귀를 멀게 만들어 버릴 것인가! 나는 둔하고 미련하여 그저 얼빠진 사람처럼 서성대고만 있지 않은가. 왕관과 왕비를 빼앗기고, 귀중한 생명까지 빼앗기신 아버지를 위해 나는 무엇을 하고 있단 말이냐? 나는 겁쟁이인가? 나는 비열한 놈인가? 누구냐, 내 머리통을 후려갈길 자가 누구냐? 내 수염을 뽑아 내 낯짝에 집어던질 자가 누구냐? 제기랄! 아, 나는 욕을 먹어도 싸지. 비둘기처럼 순하고 약한 나는 용기라고는 눈곱만큼도 없으니까. 용기가 있었으면 벌써 저 악한을 독수리 밥으로 만들었을 텐데. 음탕한 악한! 잔인한 난봉꾼! 아아, 복수할 거다. 이 얼마나 못난 자식이냐! 거 참 장하기도 하지. 사랑하는 아버지를 악한에게 참살당하게 하고, 하늘과 지옥으로부터 원한을 풀라는 독촉을 받고도, 창부처럼 입으로만 나불대고 있으니……. 아, 가만 생각해 보자. 머리를 써야 해. 그래, 생각났어. 죄인들이 연극을 보다가 그만 깊이 감동된 나머지 그 자리에서 자신의 죄를 고백하겠다고 하지 않는가. 글쎄, 살인죄는 입이 없어도 스스로 실토한다지 않는가. 저 배우들을 시켜 삼촌 앞에서 아버지 살해 장면과 비슷한 연극을 하게 해야겠다. 그리고 그 얼굴색을 살펴보면서, 급소를 찔러보는 거야. 움찔하면 그땐 더는 주저할 게 없는 거지. 내가 보았던 그 유령은 마귀였는지도 모르잖아. 어쩌면 우울하고 허약한 틈을 타서 나를 지옥으로 떨어뜨리려는 것인지도 모르지. 그러니까 유령보다 더 확실한 증거를 잡아야겠어. 연극이야말로 가장 좋은 방법이군. 이 연극을 통해 왕의 속마음을 알아내고야 말겠다. (퇴장)

제 3 막

제1장

접견실로 이어지는 복도 벽에는 휘장이 드리워져 있다. 가운데에는 탁자가 놓여 있고, 한쪽 구석에는 십자가가 달린 기도대가 있다.
왕과 왕비 등장. 그 뒤에 폴로니어스, 로젠크랜츠, 길덴스턴 등장. 조금 뒤에 오필리어 등장.

왕 도대체 햄릿이 어째서 미친 척하며 날마다 소란을 피우는지 그 까닭을 끝내 알아낼 수 없었단 말이지?

로젠크랜츠 스스로 이상하다는 것을 인정하고 계십니다. 그러나 무엇 때문에 그렇게 되셨는지에 대해서는 말씀이 없으십니다.

길덴스턴 게다가 캐묻는 것을 싫어하셨습니다. 막상 속마음을 알아내려고 이것저것 물어보면 미친 척을 하십니다.

왕비 그대들을 반갑게 맞으시던가?

로젠크랜츠 네, 반가워하셨습니다. 스스로 말문을 열지는 않으셨지만 이쪽에서 묻는 말에는 잘 대답해 주셨습니다. 특히 배우들을 만난 일을 말씀드렸더니 무척 기뻐하셨습니다. 배우들은 왕궁에 와 있습니다. 아마 오늘 밤 왕자님 앞에서 연극을 하게 되는 모양입니다.

폴로니어스 그렇습니다. 왕자님께서는 제게 두 분 전하께서 꼭 이 공연을 구경하시도록 간청할 것을 분부하셨습니다.

왕 기꺼이 구경하겠다. 연극에 관심이 있다니, 반가운 일이구나. 앞으로 그런 일에 재미를 붙일 수 있도록 계속 권유해 보라.

로젠크랜츠 네, 알겠습니다. (로젠크랜츠와 길덴스턴 퇴장.)

왕 왕비, 당신도 이만 쉬시오. 실은 햄릿을 이리로 은밀히 불렀소. 이곳에서 오필리어와 우연히 만나도록 일을 꾸몄다오. 나는 폴로니어스와 함께 몸을 숨기고 살펴볼 참이오. 그래서 햄릿의 고민이 상사병 때문인지 아닌지를 판단해 봐야겠소.

왕비 말씀을 따르겠습니다. 그런데 오필리어야, 햄릿이 네 아름다운 모습에 빠져 미쳤다면 얼마나 다행이겠느냐? 그렇다면 네 상냥한 마음씨로 햄릿을 정상으로 돌려놓을 수 있을 텐데 말이다.

오필리어 왕비님, 저도 그렇게 되기를 간절히 바라고 있습니다. (왕비 퇴장.)

폴로니어스 오필리어, 여기서 이 기도서를 읽고 있거라. 전하, 함께 숨으시지요. 기도서를 읽고 있으면, 혼자 있더라도 이상하게 보지는 않을 게다. 그리고 신앙심 깊은 표정을 지어야 돼. 악마의 본성을 사탕발림으로 감추는 일은 옳지 못하지만, 때로는 세상에 흔히 있는 일이니라.

왕 (방백) 아, 참으로 옳은 말이로다. 저 한마디가 내 양심을 찌르는구나. 분칠한 창부의 얼굴도 내 행실보다는 추악하지 않으리. 오, 죄지은 마음이 참으로 무겁구나!

폴로니어스 이리로 오시는가 봅니다. 전하, 숨으세요. (왕과 폴로니어스 퇴장.)

　　햄릿, 침통한 표정으로 등장.

　햄릿　사느냐 죽느냐, 이것이 문제로다. 가혹한 운명의 화살을 맞고도 죽은 듯 참는 것이 장한 일인가, 아니면 성난 파도처럼 밀려오는 고난과 맞서 싸워 물리치는 것이 옳은 일인가? 죽는 건, 그저 잠드는 것일 뿐…… 그뿐 아닌가. 잠들면 우리 마음과 육체에 따라붙는 무수한 고통이 모두 끝난다. 그렇다면 죽음, 잠 — 이것이야말로 우리가 열렬히 원하는 생의 결말이 아니겠는가! 잔다, 그러면 꿈도 꾸겠지. 아, 그것이 문제로다. 이 세상의 번뇌에서 벗어나 영원한 잠을 잘 때마저 악몽을 꾸게 되면 어쩌나…… 이를 생각하면 망설이지 않을 수가 없다. 이런 망설임 때문에 인생은 불행할 수밖에……. 그렇지 않으면 누가 이 세상의 채찍과 모욕을 참겠는가. 폭군의 횡포와 권력자의 오만함, 좌절한 사랑의 고통, 엉터리 재판과 오만방지한 관리들…… 소인배가 덕망 있는 사람을 모욕하는 그 비극을 도대체 누가 참아 낸단 말인가. 그저 칼 한 자루로도 이 모든 것을 깨끗하게 끝장낼 수 있는데 말이다. 결국 죽은 뒤의 세상에 대한 불안, 한번 길을 떠나면 두 번 다시 돌아올 수 없는 그 미지의 나라가 사람의 결심을 망설이게 하는 것……. 알지도 못하는 저 세상으로 달아나느니, 차라리 이대로 이 세상의 고통을 참고 견디기 마련이지. 그렇지 않다면 그 누가 무거운 짐을 걸머지고 평생 괴로운 삶을 신음하며 견딘단 말인가. 이래서 결국 분별심은 우리를 모두 겁쟁이로 만들고 만다. 우리의 결심은 겉으로는 건강한 혈색을 가진 것 같지만, 그 뒤에는 창백한 병과 죽음의 그림자가 드리워져 있다. 그리하여 뜨겁게 타오르던 큰 뜻도 마침내 방향을 잃고, 실천과는 멀어지고 마는 것……. 가만 있자, 저게 누군가? 오, 사랑스런 오필리어! 숲의 여신이여, 그대는 기도하고 있는가? 기도를 하려거든 잊지 말고 나의 죄를 위해서도 빌어 주오.

오필리어 왕자님, 그동안 어떻게 지내셨습니까?

햄릿 덕분에 아주 잘 지내고 있소.

오필리어 왕자님, 저에게 보내 주신 선물들을 오래전에 돌려드리려고 했습니다. 화내지 마시고 받아 주십시오.

햄릿 아니오, 나는 선물한 적이 없으니 받을 것이 없소.

오필리어 잘 아시면서 농담하시는 거지요? 선물에다 달콤한 말씀까지 덧붙여 보냈잖아요. 하지만 아무리 훌륭한 선물도 준 사람의 마음이 식으면 볼품없어지는 법이죠. 왕자님, 여기 있습니다.

햄릿 하하, 당신은 정숙하오?

오필리어 네?

햄릿 당신은 아름답소?

오필리어 왕자님, 그게 무슨 뜻입니까?

햄릿 글쎄, 정숙하고 아름답다면 말이오, 그 둘 사이가 서로 친하지 않도록 조심하시오.

오필리어 여자에게 있어서 아름다움과 정숙함을 함께 갖추는 것보다 더 조화로운 게 어디 있습니까?

햄릿 천만의 말씀이오. 아름다움이 정숙한 여인을 타락시키는 것은 쉬운 법이오. 요즘 같은 세상엔 더욱 그렇소. 나도 한때는 당신을 사랑했었지.

오필리어 왕자님, 저도 그렇게 믿었습니다.

햄릿 믿지 말았어야 하는 것을……. 걸레를 아무리 빤다 해도 행주가 될 수는 없소. 나는 당신을 사랑하지 않았소.

　오필리어　그렇다면 제가 속은 거로군요.

　햄릿　더는 죄짓지 말고 수녀원으로 가시오. 나 역시 차라리 어머니께서 나를 낳지 말았으면 좋았을 걸 할 정도로 많은 죄를 범한다오. 거만하고 복수심에 불타서 어떤 죄를 저지를지도 모르지. 분별력도 모자라는 내가 도대체 무슨 일을 할 수 있겠소? 우린 모두 악당들이니 아무도 믿지 마시오. 제발, 수녀원으로 가시오. 그나저나 아버지는 어디 계시오?

　오필리어　아, 네. 집에 계십니다.

　햄릿　그럼 바깥세상에 나와 미친 수작을 하지 못하도록 집에 가둬 두시오. 잘 있어요, 오필리어.

　오필리어　오, 신이시여! 왕자님을 구해 주소서.

　햄릿　만약 당신이 결혼한다면 선물 대신 저주를 당신께 보내리다. 비록 눈송이처럼 결백하다 할지라도 이 세상 험담은 피할 수 없는 법이오. 그래도 굳이 결혼을 해야겠다면 비보하고 하시오. 똑똑한 녀석들은 결혼하고 나면 오히려 멍청이가 되는 세상이니 말이오.

　오필리어　오, 신이시여! 제발 왕자님이 제정신을 찾도록 도와주소서.

　햄릿　빌어먹을 세상! 더는 참을 수가 없어. 더는 결혼해선 안돼. 이미 결혼한 놈들은 한 쌍만 빼고 어쩔 수 없이 살아야지. 하지만 미혼인 자들은 평생 혼자 사는 게 좋아. 오필리어, 어서 수녀원으로 가란 말이야. (햄릿 퇴장.)

　오필리어　아, 그토록 고결하던 분이 저렇게 실성하다니! 귀공자다운 눈매, 군인다운 기량, 학자다운 말솜씨는 이 나라의 꽃이었는데, 만인이 우러러보던 분이 완전히 폐인이 되셨구나. 나는 이 세상에서 가장 불행한 여자, 활짝 핀 꽃처럼 아름다운 젊음이 광란의 독기를 머금고 시들어 가는구나. 아, 어쩌면 좋아. 옛날 그 아름다운 일을 보았던 눈으로 참혹한 꼴을 보다니! (엎드려 흐느낀다.)

왕과 폴로니어스 등장.

왕 뭐, 사랑 때문이라고? 그게 아니잖아. 횡설수설하고 있긴 하지만, 미치광이 짓이라고는 볼 수 없어. 무언가가 마음속 깊은 곳에 도사리고 있기에 저렇게 우울한 거야. 그것이 폭발하면 아무래도 위험하렷다. 그걸 막아야 해. 음, 이렇게 하면 어떨까? 햄릿을 영국으로 보내는 거야. 밀린 세금을 급히 거둬들이는 명목으로 말이야. 아마 다른 나라에 가서 색다른 풍물을 구경하다 보면 가슴에 맺힌 괴로움도 사라지겠지. 밤낮 골똘히 생각하고 있으니 미칠 수밖에 없지 않은가. 폴로니어스, 그대 생각은 어떤가?

폴로니어스 좋은 생각이십니다. 하지만 연극이 끝난 뒤에 왕비님께서 조용히 왕자님을 만나셔서 친히 물으시는 것이……. 그때도 알아내지 못하시면 영국에 보내시든지 아니면 어디 적당한 곳에 가두어 두시든지 하시지요.

왕 그렇게 하지. 아들이 미치광이가 되어 가는 것을 그대로 놔둘 수는 없는 노릇이오. (모두 퇴장.)

제2장

햄릿과 배우 세 사람 등장.

햄릿 대사는 아까 내가 해 보인 것처럼 자연스럽게 해야 하네. 감정이 폭풍처럼 격하게 솟구칠 때에도 자제력을 잃지 말아야 한다는 얘기야. 손짓도 부드럽게 해야 하네. 가발을 쓴 엉터리 배우들이 나와 제멋대로 소리를 지르면 볼기짝을 때려 주고 싶어져. 그들은 난폭한 터마간트나 폭군 헤롯 왕보다도 한술 더 뜨는 작자들이야. 제발 그 짓만은 말아 주게.

배우 1 절대로 그런 일이 없도록 하겠습니다.

햄릿 그렇다고 활기를 잃어선 안 돼. 말과 동작을 잘 맞춰야 하네. 절도를 지키라는 말이지. 지나치거나 반대로 너무 모자라게 연기하면 어설픈 관객을 웃길지는 모르지만 안목 있는 관객들은 분노마저 느끼게 돼. 이런 분들의 비난은 수많은 관객의 박수갈채보다 더 중요한 법이지.

배우 1 그 점에 대해서는 꽤 많이 바로잡았습니다.

햄릿 아주 철저하게 고쳐야 해. 어릿광대 역을 맡은 배우는 주어진 대사보다 더 많이 말하지 않도록 하게. 개중에는 저 혼자 떠들다가 관객보다 먼저 웃는 녀석들이 있어. 그러는 동안 연극의 중요한 대목을 까맣게 잊어버리는데도 말이야. 참으로 딱한 일이지. 그런 짓을 하는 동안 속이 빤히 들여다보인다는 거야. 자, 그럼 연극을 준비하게. (배우들 퇴장.)

폴로니어스, 로젠크랜츠, 길덴스턴 등장.

폴로니어스 왕비님께서도 곧 나오실 겁니다.
햄릿 배우들에게 서두르라고 일러 주게. (폴로니어스 퇴장.)
로젠크랜츠, 길덴스턴 네, 알겠습니다. (로젠크랜츠, 길덴스턴 퇴장.)
햄릿 어이, 호레이쇼!

호레이쇼 등장.

호레이쇼 왕자님, 부르셨습니까?
햄릿 호레이쇼, 어서 오게. 내가 믿을 사람은 오로지 자네뿐이네.
호레이쇼 왕자님, 별말씀을······.
햄릿 내가 무슨 득이 된다고 자네에게 아첨을 떨겠는가. 나 혼자만의 생각으로 자네를 진정한 친구로 정했다네. 실상, 허다한 고난을 겪으면서도 자네는 조금도 마음이 흔들리지 않았어. 운명의 고난과 영광을 똑같이 감사하게 받아들이고 있지. 자네는 감성과 이성이 잘 어우러져 운명의 여신 손끝에 놀아날 일이 없지. 그런 사람은 행복한 사람이야. 격정의 노예가 되지 않는 그런 사람이 나에게는 필요하네. 자네가 꼭 그런 친구야. 부질없는 넋두리를 늘어놓았군. 실은 오늘 밤에 연극 공연이 있네. 그 가운데 한 장면은 내가 지난번에 자네에게 말했던 아버지의 살해 장면과 아주 비슷해. 그 장면이 시작되면 정신을 바짝 차리고 삼촌의 얼굴색을 살펴 주게. 만일 삼촌의 숨겨진 죄악이 드러나지 않는다면 우리가 보았던 그 유령은 마귀가 분명하네. 내 추리력도 불의 신 헤파이스토스의 대장간처럼 너저분한 것이 되고 말겠지. 나도 눈을 떼지 않을 테니, 자네도 주의를 집중해서 봐 주게. 그런 다음 서로 의견을 종합하여 판단을 내려 보세.

호레이쇼 알았습니다. 단 한순간이라도 한눈을 판다면 그 벌을 달게 받겠습니다.

나팔 소리와 북소리가 안에서 들린다.

햄릿 구경하러 오는군. 시치미를 떼고 있겠어. 호레이쇼, 자리를 잡게.

왕과 왕비 등장. 뒤를 이어 폴로니어스, 오필리어, 로젠크랜츠, 길덴스턴, 그 밖의 시종들 등장.
호위병들은 횃불을 들고 있다.

왕 요즘은 어떠냐, 햄릿?

햄릿 아주 좋습니다. 카멜레온이 좋아하는 공기를 먹고 뱃속을 거짓 약속으로 가득 채우고 있습니다. 수탉인들 이렇게 기를 수는 없을 거예요.

왕 무슨 소린지 알 수가 없구나. 아예 동문서답을 하고 있으니.

햄릿 입 밖으로 나왔으니 이젠 제 말도 아니죠. (폴로니어스에게) 영감은 대학 시절에 연극을 했다고? 무슨 역을 맡아 봤나?

폴로니어스 줄리어스 시저 역이었죠. 브루터스에 의해 신전에서 살해당했지요.

햄릿 그토록 어리석은 바보를 죽이다니, 브루터스란 놈도 참으로 잔인한 놈이로군. 배우들 준비는 다 되었는가?

로젠크랜츠　네, 왕자님의 분부만 기다리고 있습니다.

왕비　햄릿, 이리 와서 내 곁에 앉거라.

햄릿　아닙니다, 앉고 싶은 자리가 있습니다. 아가씨, 당신의 무릎 위에 누워도 괜찮겠습니까? (오필리어의 발밑에 눕는다.)

오필리어　왕자님, 이러시면 안 됩니다.

햄릿　내 말은 그저 머리를 좀 기대자는 얘기요.

오필리어　네, 그렇다면 괜찮고요.

햄릿　내가 무슨 천박한 짓이라도 할 줄 아셨소?

오필리어　아닙니다.

햄릿　처녀 허벅지 사이에 눕는다는 건 꿀맛 같은 일이지.

오필리어　왕자님, 기분이 무척 좋으신가 보네요.

햄릿　그야 타고난 익살꾼이기 때문이지. 어머니를 좀 봐. 아주 유쾌해 보이는 얼굴이시잖아. 아버지가 돌아가신 지 두 시간도 못 되었는데 말이야.

오필리어　아니에요. 두 달의 갑절이나 되었는걸요.

햄릿　벌써 그렇게 되었어? 그럼 검은 상복은 악마에게 돌려주고, 누런 수달피 옷이나 걸쳐야겠군. 돌아가신 지 두 달이나 지났는데도 아직 잊지 못하다니, 이거 참 놀라운 일이군. 위인의 명성은 죽어도 반년쯤은 더 계속될 희망이 있군.

　　　나팔 소리와 함께 무대가 나타나고, 무언극이 시작된다.

　　(무언극)
왕과 왕비가 아주 정답게 나타나 껴안는다. 왕비는 무릎을 꿇고 왕에게 사랑을 맹세한다. 왕은 왕비를 일으켜 안은 뒤 꽃이 만발한 둑에 드러눕는다. 왕비는 왕이 잠든 것을 보고 그 자리를 떠난다. 곧 한 사나이가 나타나 왕관에 입을 맞춘 뒤 잠들어 있는 왕의 귓속에 독약을 부어 넣고 퇴장한다. 왕비가 들어온다. 왕이 죽은 것을 알고 슬퍼한다. 독살자가 시종 서넛을 데리고 다시 돌아와서 왕비와 함께 슬픔을 나누는 척한다. 송장을 들고 나간다. 독살자는 예물을 들고 왕비에게 사랑을 구한다. 왕비는 얼마 동안 아랑곳하지 않다가, 이윽고 그의 사랑을 받아들인다. (막이 내린다.)

오필리어 왕자님, 이 연극은 무엇을 뜻하는 건가요?
햄릿 터무니없는 수작이지. 음모라고나 할까…….
오필리어 이 무언극이 연극의 줄거리인 모양이죠?

　　배우 한 사람이 등장.

햄릿 이 배우가 지껄이는 말을 들어 보면 알 거요. 배우들은 비밀을 숨겨 두지 못하고 죄다 털어놓는다니까.
오필리어 그러면 아까 그 무언극의 뜻도 설명해 줄까요?
햄릿 그럼. 저 배우는 당신이 어떤 몸짓을 하더라도 모두 설명해 내지. 아무리 창피한 짓이라도 보여 주기만 하면, 저자들은 그것이 무엇이건 간에 서슴지 않고 설명해 줄걸.
오필리어 망측스런 말씀은 그만하세요. 그냥 연극이나 구경하겠어요.
배우 저희 배우들을 대표하여 여러분께 감사의 말씀을 드립니다. 지금 보시는 이 비극을 끝까지 성원해 주시기 바랍니다. (배우 퇴장.)

무대에 왕과 왕비의 역을 맡은 두 배우 등장.

극 중 왕 왕비여, 그대와 내가 성스러운 결혼식을 올린 뒤로 태양의 수레바퀴는 바다 신의 바닷길과 대지 여신의 둥근 땅을 꼬박 서른 번이나 돌았소. 그 빛을 빌린 달님은 열두 번씩 서른 번을 돌았소.

극 중 왕비 참으로 기나긴 세월의 여로가 지난 뒤에도 우리의 사랑이 계속되게 해 주소서. 하지만 요즘 왕께서 병환이 잦으시어 저는 슬프답니다. 왕이시여, 언짢게 여기지 마소서. 사랑이 깊을수록 여자의 근심도 깊어지는 법이니 말이에요. 사랑이 깊을수록 사소한 염려도 두려움이 됩니다.

극 중 왕 아, 나는 얼마 안 가서 떠나야 할 몸이오. 이제 내 몸이 쇠약해져 버렸소. 당신은 이 아름다운 세상에 남아서 백성들의 사랑과 존경을 받으며 남은 생을 즐기시오. 그리고 부디 나에 못지않은 남편을 맞이해 주오.

극 중 왕비 아, 그만하세요. 그런 사랑은 제 마음에 대한 반역일 뿐입니다. 남편을 죽인 여자가 아니고서야 어찌 재혼을 꿈꾸겠습니까?

햄릿 (방백) 입맛이 쓸 거다, 입맛이 씁쓸할 거야.

극 중 왕비 재혼을 바라는 것은 탐욕스런 더러운 마음입니다. 그것은 결코 진정한 사랑이 아니옵니다. 어찌 재혼을 하여 다른 남자와 잠자리를 같이하며 입맞춤을 할 수 있단 말입니까? 죽은 남편을 두 번 죽이는 일이죠.

극 중 왕 그 말을 믿으리다. 하지만 인간이란 아무리 결심을 해도 그걸 깨뜨리는 것이 아주 쉬운 법이오. 우리는 스스로 진 마음의 빚을 잊어버리는 경우가 많소. 격정에 사로잡혀 행한 맹세가 식을 때 그 뜻도 함께 꺼져 가는 것은 당연한 일이오. 그러니 우리의 사랑이 운명과 더불어 변하는 것도 그리 이상한 일은 아니오. 다만 사랑이 운명을 이끄느냐, 운명이 사랑을 이끄느냐의 문제일 뿐이오. 권력자가 몰락하면 그를 아끼는 이들조차 그를 버리고, 미천한 자가 출세하면 원수도 친구가 되게 마련이오. 이처럼 우리의 뜻과 운명은 한배에 탈 수 없는 거라오. 그러니 당신도 지금은 재혼할 생각이 없겠지만, 내가 죽고 나면 그런 생각도 따라서 죽고 말 것이오.

극 중 왕비 아, 어찌 그럴 수가 있을까? 비록 땅이 양식을 베풀지 않고 하늘이 빛을 내리지 않는다 해도, 낮의 즐거움과 밤의 휴식을 빼앗긴다 해도, 평생 감옥에 갇혀 고생한다 해도, 영겁의 고뇌가 현재뿐 아니라 내세에까지 쫓아온다 해도, 어찌 전하를 잃은 제가 다시 결혼할 수 있겠습니까?

햄릿 설마 저 맹세를 깨뜨리려고!

극 중 왕 참으로 굳은 맹세요. 잠시 혼자 있게 해 주오. 심신이 피곤하구려. 한숨 자고 나면 개운할 것 같소. (잠이 든다.)

극 중 왕비 푹 잠드소서. 우리 두 사람 사이에 불행한 일이 일어나지 않기를 바라옵니다. (퇴장)

햄릿 어머니, 이 연극이 마음에 드십니까?

왕비 저 여인은 너무 지나치게 맹세하는 것 같구나.

햄릿 아, 하지만 그 맹세를 꼭 지킬 겁니다.

왕 연극의 줄거리를 들었느냐? 해괴한 장면은 없겠지?

햄릿 아뇨. 이건 그저 연극일 뿐입니다. 해괴한 장면은 없습니다.

왕 연극의 제목은 무엇이냐?

햄릿 〈쥐덫〉이라고 합니다. 비엔나에서 일어난 암살 사건을 그대로 모방한 것입니다. 하지만 우리와 전혀 상관없는 일이니까 걱정할 필요가 없습니다.

　　루시어너스 역을 맡은 배우 등장.
　　검은 옷을 입고, 한쪽 손에는 독약이 든 병을 들고 있다.
　　얼굴을 찌푸린 채 잠자는 왕에게 다가간다.

햄릿 저자는 왕의 조카 루시어너스란 사람입니다.

오필리어 왕자님은 해설을 썩 잘하시는군요.

햄릿 꼭두각시놀음만 봐도 난 당신과 애인 사이의 관계를 알아맞힐 수 있지.

오필리어 말끝마다 날이 서 있군요.

햄릿 내 칼날을 삼키면, 당신은 신음 소리를 낼 거야.

오필리어 농담이 지나치십니다.

햄릿 당신도 남편을 맞게 되면 알게 될 거야. (무대를 향하여) 시작해 봐, 살인자. 뭐야, 얼굴을 잔뜩 찌푸리고 있지 말고 어서 시작하라니까! '까마귀는 울부짖으며 복수를 외친다.' 부터 해.

루시어너스 마음은 시커멓고 손은 날렵하다. 약효는 빠르고 때는 무르익었다. 다행히 아무도 없구나. 한밤에 캐어 낸 약초에 마녀의 주문을 세 번 걸고, 독기를 세 번 쐬어 만든 무서운 독약이여, 당장 저 건강한 생명을 빼앗아라. (독약을 왕의 귀에 붓는다.)

햄릿 왕위를 빼앗기 위해 정원에서 왕을 독살하는 장면입니다. 죽은 왕의 이름은 곤자고입니다. 이제 보십시오, 저 살인자는 곧 왕비를 농락할 것입니다.

　　　왕이 비틀거리며 일어선다.

　오필리어　전하께서 일어나시네요!
　햄릿　제기랄!
　왕비　무슨 일이십니까, 전하?
　폴로니어스　연극을 중지하라!
　왕　등불을 가져오너라. 그만 가야겠다!
　모두　등불, 등불, 등불을! (햄릿과 호레이쇼만 남고 모두 퇴장.)
　햄릿　'울어라, 상처 입은 사슴아. 춤을 추어라, 암사슴아. 깨든지 자든지 세상만사 둥글둥글.' 어때, 호레이쇼! 새의 깃털을 잔뜩 달고, 거지발싸개 같은 신세가 되면 나도 배우들 틈에 낄 수 있지 않겠는가?
　호레이쇼　반 사람 몫은 하겠지요.
　햄릿　아, 아니야. 한 사람 몫이지. 그건 그렇고, 정말 유령의 말이 옳았어. 자네도 보았지? 독살 장면 때 말이야.
　호레이쇼　네, 똑똑히 보았습니다.
　햄릿　자, 피리를 불어라! 왕께서는 연극이 싫으신 게지. 자, 풍악을 울려라!

　　　로젠크랜츠와 길덴스턴 등장.

　길덴스턴　왕자님, 한마디 여쭙겠습니다.
　햄릿　그래, 한마디 해 봐라.

길덴스턴 방 안에서 꼼짝도 않으시고 몹시 언짢아하십니다.

햄릿 술을 드셨나?

길덴스턴 아닙니다. 화가 나셨습니다.

햄릿 그래, 그렇다면 의사를 부르는 것이 더 현명한 일 아닌가?

길덴스턴 왕자님! 제발 샛길로 빠지지 마시고, 제 말 좀 들어 주십시오.

햄릿 반갑구나.

길덴스턴 왕자님, 제발 농을 거두십시오. 진지하게 말씀하신다면, 왕비님의 전갈을 올리겠습니다. 그게 싫으시면 저는 이만 물러가겠습니다. (절을 하고 돌아서려 한다.)

햄릿 그럴 순 없지.

로젠크랜츠 왕자님, 무엇을요?

햄릿 진지하게 말하는 것 말이야. 난 머리가 돌았거든. 하지만 내가 할 수 있는 말이라면 기꺼이 대답할 테니 용건을 말해 보거나.

로젠크랜츠 왕비님께선 왕자님의 행동에 깜짝 놀라셨다 하옵니다.

햄릿 어머니를 놀라게 했다니, 기특한 자식이로군.

로젠크랜츠 주무시기 전에 왕비님께서 하실 말씀이 있다고 합니다.

햄릿 알았어. 찾아뵙도록 하지. 지금보다 몇 십 배나 훌륭하신 어머니라고 생각하며 따르겠네. 더 할 말이 남았나?

로젠크랜츠 왕자님께서 그렇게 우울해 하시는 까닭이 무엇인지 알고 싶습니다. 제발 알려 주십시오.

햄릿 출셋길이 막혔기 때문이다.

로젠크랜츠 그건 또 무슨 말씀입니까? 덴마크의 왕위를 계승

하실 왕자님께서…….

햄릿 그렇긴 하네만, '풀이 자라는 것을 기다리다 망아지는 굶어 죽는다.'라는 옛말도 있지 않나…….

폴로니어스 등장.

폴로니어스 왕비님께서 하실 얘기가 있으시니 곧 납시랍니다.

햄릿 저기 낙타 모양의 구름이 보이는가?

폴로니어스 아, 정말 낙타 같군요.

햄릿 아냐, 족제비처럼 보이는데?

폴로니어스 그렇군요. 등 모양이 족제비 같네요.

햄릿 아냐, 다시 보니 고래 같네.

폴로니어스 네, 맞습니다. 고래 같습니다.

햄릿 그럼 곧 가서 뵙겠다고 아뢰시오. (방백) 나를 아예 바보 취급하는군. (폴로니어스에게) 곧 가겠노라!

폴로니어스 가서 그렇게 아뢰겠습니다. (폴로니어스, 로젠크랜츠, 길덴스턴 퇴장.)

햄릿 '곧 가겠다.'라는 말은 쉽지. 자, 다들 물러가게. (호레이쇼와 배우들 퇴장.) 지금은 한밤중, 마녀들이 설쳐 댈 시간이다. 무덤이 입을 벌리고, 지옥이 세상을 향해 독기를 뿜어 댄다. 지금 같으면 나도 뜨거운 피를 흘리게 할 수 있을 것 같다. 하지만 지금은 어머니께 가 봐야겠군. 천륜을 저버릴 순 없지. 말로는 칼끝처럼 날카롭게 찌를지라도 진짜 칼을 휘둘러서는 안 되지. 말로는 어머니를 욕하더라도 절대로 행동으로 욕보여서는 안 된다. (퇴장)

제3장

왕과 로젠크랜츠, 길덴스턴 등장.

왕　난 그 녀석 낯짝도 보기 싫다. 미치광이를 이대로 놔둬선 위험하다. 곧 준비하게. 위임장을 써 줄 테니 너희들이 햄릿과 함께 영국으로 가거라.

길덴스턴　곧 준비하겠습니다. 전하의 은덕에 목숨을 의지하는 백성의 안위를 위한 참으로 자상한 배려라 생각되옵니다.

로젠크랜츠　하잘것없는 우리들 생명도 일단 위험에 처하면 전력을 다해 지키는 것이 도리입니다. 하물며 이 나라 백성의 생명이 걸린 일이니, 더욱 조심해야 할 줄로 압니다. 국왕의 탄식은 곧 만백성의 신음이지요.

왕　자, 그러면 어서 떠날 준비를 하게. 위험한 건 쇠사슬로 묶어 놓아야 안심이 되는 법이지.

로젠크랜츠, 길덴스턴　서두르겠습니다. (두 사람 퇴장.)

폴로니어스 등장.

폴로니어스　지금 왕자님께서 왕비님을 뵈러 가고 있습니다. 제가 커튼 뒤에 숨어서 이야기를 엿듣겠습니다. 어머니는 언제나 아들을 감싸려 드는 법이니까요. 전하께서 주무시기 전에 다시 뵙고 결과를 아뢰겠습니다.

왕　고맙소. (폴로니어스 퇴장.) 아, 내 죄의 악취가 하늘을 찌르는구나. 인류 최초의 무서운 저주를 받은 형제 살인죄. 아, 죄를 빌고 싶은 마음은 굴뚝같지만 정작 기도조차 올릴 수 없구나. 아, 하늘이 은혜로운 비를 내려 내 손을 깨끗하게 씻어 줄 수는 없을까? 죄를 짓고 얻은 왕관과 왕위와 왕비를 소유한 채 용서를 받을 수는 없을까? 썩어빠진 이 세상에서는 죄로 물든 더러운 손일지라도 황금으로 덧칠하면 정의를 밀쳐 버릴 수 있을 것이다. 아니야, 천상에서는 그것이 통하지 않아. 신을 속일 수는 없지. 그 앞에서는 지은 죄를 낱낱이 털어놓을 수밖에 없을 거야. 그럼 어찌하면 좋을까? 그래, 참회하자. 하지만 참회할 수도 없다면 어떻게 해야 하나? 아, 비참한 심정이여! 덫에 걸린 새 같은 내 영혼이여! 몸부림을 칠수록 더 죄어들기만 하는구나. 천사들이여, 나를 도와주소서! 굳어 버린 무릎이여, 구부려라! 강철 같은 심장이여, 갓난아기 근육처럼 부드러워져라! 그저 모든 것이 잘 해결되기를. (무릎을 꿇는다.)

　　햄릿 등장. 왕이 기도하고 있는 모습을 보고 멈추어 선다.

　햄릿　기도 중이니 해치우기에는 지금이 좋겠다. (칼을 뺀다.) 내가 지금 복수를 하면 저자는 천당에 가겠지? 아버지를 죽인 악당을 천당에 보낸다? 그러면 복수라고 할 수 없지. 아버지는 현세의 죄를 씻을 겨를도 없이 살해됐어. 저자가 영혼을 깨끗하게 씻고 있을 때 죽이는 것은 복수가 아니지. 어림없는 소리. (칼을 칼집에 넣는다.) 칼이여, 제자리에 들어가거라. 저 악당이 술에 취해 곯아떨어졌을 때, 불륜의 쾌락에 빠졌을 때, 도박을 하거나 욕설을 퍼부을 때, 혹은 무엇이든 구원받을 수 없는 못된 짓을 저지를 때 복수해야 한다. 그렇게 하면 지옥의 저주를 받게 되겠지. 어머

니가 기다리시겠다. 너를 지금 살려 두는 것은 네 고통을 연장시키기 위해서다. (퇴장)

　왕　(일어서며) 내 기도는 하늘로 날아가고, 내 마음은 지상에 그대로 남아 있구나. 마음이 따르지 않는 빈말이 어찌 하늘에 닿을 수 있으랴. (퇴장)

제4장

　　왕비의 침실.
　　커튼이 드리워져 있다. 벽에는 선왕과 클로디어스 왕의 초상화가 걸려 있다. 침대와 의자 몇 개가 놓여 있다.
　　왕비와 폴로니어스 등장.

　폴로니어스　곧 오실 겁니다. 따끔하게 꾸중을 하십시오. 장난이 지나치셨습니다. 저는 여기 숨어 있겠습니다. 단단히 타일러 주십시오.

　햄릿　(바깥에서) 어머니, 어머니, 어머니!

　왕비　걱정 마오. 어서 숨으시오. 오는가 보오.

　　폴로니어스, 커튼 뒤에 숨는다. 햄릿 등장.

　햄릿　어머니, 무슨 일이십니까?

왕비 너 때문에 아버지가 매우 언짢으신 모양이다.

햄릿 어머니 때문에 제 아버지도 매우 화가 나셨죠.

왕비 뭐라고? 그게 무슨 말버릇이냐?

햄릿 어머니 말씀은 또 왜 그렇습니까?

왕비 넌 이 어미조차 잊었느냐?

햄릿 잊다니요? 당신은 왕비님이시죠. 당신 시동생의 아내이시며, 또 불행하게도 제 어머니이십니다.

왕비 아, 나 혼자 도저히 감당할 수가 없구나. 누구든 불러야겠다. (퇴장하려 한다.)

햄릿 (왕비를 붙들고) 진정하시고 여기 앉으세요. 거울로 어머니의 마음을 환히 비춰 보여 드릴 테니까요. 그러니 꼼짝 말고 계세요.

왕비 무슨 짓을 하려는 거냐? 나를 죽이려는 거냐? 여봐라, 누구 없느냐. 사람 살려라!

폴로니어스 (커튼 뒤에서) 아이구, 큰일 났구나. 사람 살려, 사람 살려!

햄릿 (칼을 뺀다.) 너는 대체 뭐냐! 쥐새끼냐? 죽어라, 죽어! (커튼 속으로 칼을 찌른다.)

폴로니어스 (커튼 뒤에서 쓰러지며) 으악!

왕비 이게 무슨 잔인한 짓이냐? 오, 신이시여!

햄릿 잔인한 짓이죠. 남편을 죽이고, 시동생과 결혼한 것처럼요.

왕비 남편을 죽였다고?

햄릿 그렇습니다. (폴로니어스의 송장을 가리키며) 아무데나 껴드는 쓸개 빠진 늙은이 같으니라고. 주제넘게 나서면 이런 꼴을 당하지. 어머니, 그렇게 손만 쥐어뜯지 마시고 앉으세요. 제가 어머니의 마음을 쥐어짜 드릴 테니까요.

왕비 이 버르장머리 없는 놈! 도대체 내가 무슨 잘못을 했다는 거냐?

햄릿 (벽에 걸린 두 초상화 쪽으로 왕비를 데려가며) 자, 보세요. 이 두 초상화를. 한 핏줄을 나눈 형제의 초상화를 보십시오. 이분의 고귀한 모습을 보시란 말예요. 히페리온 같은 머리카락, 주피터 같은 이마, 마르스 같은 눈, 신의 사자 머큐리가 막 내려앉은 듯한 모습을요. 신들이 각자의 자랑거리를 증명해 보이려는 듯 한 인간을 만든 것 같지 않나요. 이분이 바로 당신의 남편이었습니다. 자, 이번에는 이쪽 초상화를 보십시오. 어머니의 현재 남편이죠. 건강한 형을 병든 보리 이삭처럼 말려 죽인 인간입니다. 눈이 있으면 한번 보세요. 저 아름다운 산등성이를 버리고 이처럼 더러운 수렁에서 먹이를 찾다니, 눈이 멀지 않고서야 어찌 그럴 수가 있습니까? 행여 사랑 때문에 눈이 멀었다고 하지는 마세요. 어머니 나이쯤 되면 정욕도 사그라져 분별심을 찾게 되는 것 아닙니까? 어머니, 어떤 미치광이도 그런 실수는 하지 않을 겁니다. 모든 감각을 잃었다 해도 그런 차이를 구분 못하진 않을 겁니다.

왕비 아, 햄릿, 그만해라. 내 마음속에 스며든 더러운 죄는 씻을 길이 없구나.

햄릿 씻다니요? 오히려 더러운 잠자리에 기어들어 정담을 나누고, 더러운 돼지들처럼 바닥에서 서로 뒹굴며 사시지요.

왕비 네 말은 마치 비수처럼 내 가슴을 찌르는구나. 햄릿, 제발 그만해라!

햄릿 살인자, 악당, 벌레 같은 놈, 아니 벌레보다도 못한 곰팡이 같은 놈, 왕위와 왕국을 가로채서 슬쩍 제 주머니에 집어넣은 날도 둑놈……

왕비 제발 그만!

햄릿 거지발싸개 같은 놈.

유령이 잠옷 차림으로 등장.

햄릿 (유령에게) 저를 원망하러 오셨군요. 우물쭈물하다가 때를 놓치는 불효자식을 꾸짖으러 오셨습니까?

유령 잊지 마라. 내가 다시 나타난 것은 무디어진 네 결심을 날카롭게 해 주기 위해서다. 하지만 겁에 질린 네 어머니를 보아라. 어머니의 고통을 덜어 드려라. 햄릿, 어머니께 따뜻한 말을 해 드려라.

햄릿 어머니, 괜찮으십니까?

왕비 너야말로 괜찮으냐? 무섭게 허공을 노려보며 얘길 하다니? 네 눈빛은 미친 듯이 이글거리고, 머리카락은 놀란 병사처럼 곤두서 있지 않느냐? 햄릿, 진정해라. 마음이 아무리 끓어오르더라도 꾹 참거라. 또 무엇을 노려보고 있느냐?

햄릿 저분을 보십시오! 창백한 얼굴로 이쪽을 보고 계십니다. 슬픔에 잠긴 저 모습을 본다면 목석도 소리 내어 울 겁니다. 제발 저를 노려보지 마세요. 그렇게 서글픈 눈으로 저를 바라보시면 굳은 결심이 꺾이고 맙니다. 그렇게 되면 피를 보아야 할 때 눈물이 흘러 앞을 제대로 보지 못하게 됩니다.

왕비 대체 누구와 말을 하는 거냐?

햄릿 저기, 아무것도 보이지 않습니까?

왕비 아무것도 보이지 않는다. 내 눈은 아직 멀쩡한데 보이지 않는구나.

햄릿 자, 바로 저기를 보세요. 지금 사라지고 있어요. 살아 계셨을 때 입으시던 옷차림을 하고 지금 막 문밖으로 나가십니다. (유령 퇴장.)

왕비 망상이다. 네가 실성한 탓이야. 정신이 나가면 환상을 보게 되는 법이거든.

햄릿 실성했다고요? 제 맥을 짚어 보세요. 어머니 맥박이나 다름없으니까요. 제가 미쳐서 헛소리를 한 것이 아닙니다. 제발 부탁드려요. 양심을 속이지 마세요. 자신의 죄를 덮어 두고 광증 탓으로 돌리지 마시라고요. 어머니, 참회하세요. 잘못을 뉘우치고 앞으로는 죄를 짓지 마세요. 솔직하게 내뱉는 저를 용서하세요. 하기야 요즘같이 타락한 세상에서는 정의가 불의에게 용서를 빌어야 하지만요. 뿐만 아니라, 옳은 일을 하는데도 굽실거리며 눈치를 살펴야 하는 세상이지만요.

왕비 햄릿, 네가 내 가슴을 두 동강 내는구나.

햄릿 오, 그러시면 더러운 쪽은 버리세요. 나머지 반쪽으로 깨끗하게 살아가십시오. 그럼 안녕히 주무세요. 그러나 삼촌과 잠자리를 같이하지는 마세요. 정절을 지키는 척이라도 하세요. 오늘 하룻밤만 참으시면, 다음번에는 한결 참기가 쉬워지실 거예요. 습관은 우리들의 천성을 바꿔 놓습니다. 어머니께서 신의 축복을 구하고 싶으실 때 저를 부르세요. 저도 어머니를 위해 함께 기도드리겠습니다. (폴로니어스의 송장을 가리키며) 불쌍하게 되었군요. 그러나 이것도 하늘의 뜻인지 모릅니다. 신은 이 늙은이를 통해 저에게 벌을 주시고, 저를 이용하여 늙은이에게 벌을 주신 겁니다. 사람을 죽인 책임은 제가 충분히 지겠습니다. 어머니, 안녕히 주무세요. 아, 그리고 제가 영국으로 가게 되었습니다. 알고 계세요?

왕비 아참, 깜박했구나. 그렇게 결정되었단다.

햄릿 독사 같은 친구 두 놈이 이미 왕명을 받고 있습니다. 이놈들이 길잡이가 되어, 저를 함정으로 몰고 갈 모양입니다. 해 볼 테면 해 보라죠. 그놈들이 파 놓은 무덤에 처넣을 테니까요. 생각만 해도 신나는 일입니다. (폴로니어스의 송장을 가리키며) 하여튼 이놈 때문에 우물쭈물할 시간이 없게 되었군요. 송장은 옆방으로 끌어다 놓겠습니다. 생전에는 어리석은 수다쟁이 악당이더니, 이젠 조용히 입을 다물고 있군요. 자, 끌고 가 볼까. 너하고도 마지막이다. 안녕히 주무세요, 어머니. (햄릿, 송장을 끌고 퇴장. 왕비는 침대에 엎드려서 흐느껴 운다.)

제 4 막

제1장

왕이 로젠크랜츠와 길덴스턴을 거느리고 등장.

왕 당신의 깊은 한숨을 들으니 틀림없이 무슨 일이 있었구려. 나한테 한 가지도 숨기지 말고 자세히 말해 주오. 햄릿은 어디 갔소?

왕비 전하, 잠시 두 사람을 나가 있게 해 주세요. (로젠크랜츠와 길덴스턴 퇴장.) 오늘 밤에 참으로 끔찍한 일을 당했습니다.

왕 왕비, 무슨 일이오? 햄릿이 일을 저지른 모양이군.

왕비 파도와 바람이 서로 다투듯 광기를 부리더군요. 한참 그러더니 문득 커튼 뒤에서 인기척이 나자 칼을 빼어 '쥐새끼, 쥐새끼다!'라고 외치면서 숨어 있던 노인을 찔러 죽였습니다.

왕 아, 세상에 이럴 수가! 나도 그 자리에 있었더라면 똑같은 봉변을 당할 뻔했구려. 햄릿을 더는 그냥 놔둘 수가 없소. 우리 모두에게 위험한 일이오. 아, 이 일을 어찌 설명해야 한단 말이오. 세상은 나를 원망할 것 아니오. 햄릿을 너무 아끼다 보니 화를 키우고 말았구려. 그나저나 햄릿은 어디로 갔소?

왕비 노인의 송장을 끌고 나갔어요. 미치긴 했어도 보잘것없는 광석 속에도 순금이 있는 것처럼 순진한 마음이 남아 있었습니다. 스스로 저지른 일에 참회의 눈물을 흘리더군요.

왕 오, 왕비, 갑시다. 날이 밝는 대로 즉시 햄릿을 배에 태웁시다. 이번 사건은 내 권위를 이용해서라도 마무리 지어야겠소. 여봐라, 길덴스턴!

로젠크랜츠와 길덴스턴, 다시 등장.

왕 너희 두 사람은 지금 즉시 햄릿을 찾아보거라. 햄릿이 미쳐 날뛰다가 폴로니어스를 죽여 끌고 나갔다. 서둘러 일꾼을 모아 송장을 교회로 옮겨 놓아라. (두 사람 퇴장.) 자, 이제 곧 충신들을 불러 수습책을 마련해 봅시다. 남을 헐뜯는 말이 이 세상 끝까지 날아 퍼뜨린다 해도 우리의 명성은 끄떡없을 것이오. (모두 퇴장.)

제2장

햄릿 등장.

햄릿 무사히 치웠구나.

로젠크랜츠, 길덴스턴 (바깥에서) 왕자님! 햄릿 왕자님!

햄릿 가만 있자, 저게 무슨 소리야? 누가 나를 부르고 있지?

로젠크랜츠, 길덴스턴 등장.

로젠크랜츠 왕자님, 송장을 어떻게 하셨습니까?

햄릿 땅에 묻었네. 흙과 섞이도록 말이야.

로젠크랜츠 어디에 묻었는지 알려 주십시오. 교회로 모셔야 합니다.

햄릿 내가 말할 것 같은가? 해파리 같은 놈들에게 쉽사리 말해 줄 수는 없지.

로젠크랜츠 해파리 같은 놈이라고요?

햄릿 물론이지. 국왕의 총애를 빨아들이는 해파리 같은 놈이지. 하기야 너희 같은 놈들이 왕에게도 필요하겠지. 왕은 언제든 너희를 쥐어짜기만 하면 뭐든지 얻을 수 있으니까. 그러면 너희는 곧 말라 비틀어져 죽는 거지.

로젠크랜츠 무슨 뜻인지 잘 모르겠습니다.

햄릿 그것 잘 됐군. 어떤 독설이건 무식한 놈에게는 쇠귀에 경 읽기니까.

로젠크랜츠 왕자님, 송장 있는 곳을 알려 주십시오. 그리고 함께 가시죠.

햄릿 송장은 선왕과 함께 있지만, 현왕은 송장과 같이 있지 않지. 왕이란……

길덴스턴 왕이란 무엇인데요?

햄릿 하찮은 것이란 말이야. 자, 어서 가자. 숨고 찾는 술래잡기다. (퇴장)

제3장

왕이 시종들과 탁자에 앉아 있다.

왕 아무튼 햄릿을 찾아 송장을 옮겨 놓도록 일러두었소. 그대로
놔뒀다가는 큰일 날 일이오. 그렇다고 엄벌에 처할 수도 없는 노릇
이지. 경박한 민중들의 사랑을 받고 있으니 말이오. 도대체 민중들
이란 이성이 아닌 눈으로만 판단한단 말이야. 그러니 일을 원만하
게 처리하기 위해서는 햄릿을 급히 다른 나라로 보내지 않으면 안
되겠소.

로젠크랜츠 등장.

로젠크랜츠 송장을 어디에 숨겼는지 말씀하지 않으십니다.
왕 그래, 햄릿은 어디 있느냐?
로젠크랜츠 바깥에 계십니다. 어찌할까요?
왕 이곳으로 데려오라.

햄릿과 길덴스턴 등장.

왕 햄릿, 폴로니어스는 어디에 있느냐?
햄릿 밥을 먹고 있습니다.
왕 밥을 먹어? 어디서?
햄릿 먹고 있는 중이 아니라 먹히고 있는 중입니다. 지금 구더기

같은 정치꾼들이 모여 그 늙은이를 먹어 대는 중이지요. 구더기란 먹는 일에는 제왕이거든요. 우리가 다른 동물들을 살찌우는 것은 우리 자신을 살찌우기 위해서죠. 우리 자신을 살찌우는 것은 바로 구더기를 위해서입니다. 살찐 왕이나 야윈 거지나 맛은 다르지만 같은 식탁에 오르지요.

왕 도대체 무슨 소리를 하는지 모르겠구나. 폴로니어스는 어디 있느냐?

햄릿 천당에 사람을 보내서 찾아보세요. 천당에서 찾지 못하면 전하께서 직접 지옥에라도 가서 찾아보시고요. 이달 안에 찾지 못하면 복도로 가는 계단을 오르실 때 거기서 썩은 냄새가 날 겁니다.

왕 (시종들에게) 거기 가서 찾아보아라.

햄릿 천천히 가 보게. 도망치진 않을 테니. (시종들 퇴장.)

왕 햄릿, 이번 일은 네가 지나쳤구나. 무엇보다도 네 신변의 안전이 걱정스럽다. 네 안전을 위해 즉시 이곳을 떠나거라. 시종들과 배가 기다리고 있으니 곧 준비해라. 영국으로 떠날 준비는 모두 갖춰져 있다.

햄릿 영국으로요?

왕 그렇다.

햄릿 좋습니다.

왕 내 뜻을 알아준다면 당연하지.

햄릿 그 뜻을 꿰뚫어 보는 천사가 눈에 보이는 듯하군요. 하지만 가겠습니다. 영국으로! 안녕히 계십시오, 어머니.

왕 아버지라고 해야지, 햄릿.

햄릿 아버지와 어머니는 부부지간이요, 부부는 한마음 한몸 아니겠습니까? 그러니 어머니라고 해도 되지요. 자, 영국으로 가자!

(퇴장)

왕 (로젠크랜츠와 길덴스턴에게) 어서 뒤쫓아 가서 바로 배에 태우도록 해라. 무슨 일이 있어도 오늘 밤 안으로 떠나보내야겠다. 자, 급히 가거라. 그 밖의 일은 모두 준비되어 있다. 부탁한다. 급히 서둘러라. (로젠크랜츠와 길덴스턴 퇴장.) 영국 왕이여, 그대가 내 뜻을 존중한다면 이 엄명을 소홀히 다루지는 못하리라. 덴마크의 칼이 남긴 상처는 아직 생생할 터이고, 또한 자청해서 충성을 보였으니까. 그대에게 보내는 서한에 적힌 대로 햄릿을 즉각 사형에 처하라. 열병처럼 그는 내 핏속에서 발악하고 있으니, 그대만이 이걸 고칠 수 있노라. 햄릿이 처형된 것을 알기 전에는, 어떤 행운이 온다 해도 결코 기뻐할 수 없다. (퇴장)

제4장

포틴브라스 2세가 군대를 이끌고 행진.

포틴브라스 부대장, 가서 덴마크 왕께 문안 여쭈어라. 그리고 약속대로 영내를 통과하고자 허락을 얻으러 왔다고 전하여라. 다시 만날 장소는 알고 있겠지?

부대장 네, 알고 있습니다.

포틴브라스 (군대에게) 천천히, 그리고 조용히 전진하도록 하라! (모두 퇴장.)

부대장이 성으로 가는 도중에 항구로 향하는 햄릿과 로젠크랜츠, 길덴스턴을 만난다.

햄릿 여보게, 자네들은 어느 나라 군대인가?

부대장 노르웨이 군입니다.

햄릿 무슨 일로 진군하는가?

부대장 폴란드를 공격하기 위해서입니다.

햄릿 지휘자는?

부대장 노르웨이 노왕의 조카인 포틴브라스입니다.

햄릿 폴란드 중심부를 공격하는가, 아니면 변두리 쪽인가?

부대장 사실대로 말씀드리면 아무런 이득도 없는 손바닥만한 곳을 점령하러 가는 길입니다. 소작료로 5더컷만 내라 해도 부쳐 먹지 않을 척박한 땅입니다. 누군가 그걸 사유지로 팔아도 별로 돈은 안 될 땅입니다.

햄릿 아, 그렇다면 폴란드 쪽에서도 별로 방어하지 않겠군.

부대장 아닙니다. 방어 태세가 대단합니다.

햄릿 비록 이천 명의 귀한 인명과 이천 더컷의 돈을 들인다 해도, 이 하찮은 문제는 해결되지 않겠군. 나라가 지나치게 배불러지면 이런 내종이 생기게 마련이지. 겉으로는 아무렇지 않은데 속으로 곪아 터져 사람의 목숨을 빼앗는 거 말이야. 여러 가지로 고맙소.

부대장 그럼 이만 실례하겠습니다. (퇴장)

로젠크랜츠 자, 가실까요?

햄릿 곧 뒤따를 테니 먼저들 가게. (햄릿만 남고 모두 퇴장.) 아, 눈에 보이는 모든 것이 나를 원망하며 무디어진 복수심에 채찍질을 하는구나. 도대체 인간이란 무엇인가? 인간의 하루하루가 단지 먹고 자는 일뿐이라면 짐승과 다를 바 없지 않은가. 신이 인간에게 생각할 수 있는 능력을 주신 것은 미래와 과거를 내다볼 수 있도록 한 것이 아닌가. 그렇다면 나는 짐승들처럼 건망증이 심한 탓인가, 아니면 겁이 많기 때문인가. 저토록 달걀 껍데기만한 땅을 빼앗기 위해서 젊음을 바치거늘, 남자의 명예가 위태로울 때는 지푸라기 하나를 놓고도 당당히 싸워야 한다. 하물며 나는 어떤가? 아버지가 살해되고, 어머니는 더렵혀지지 않았는가. 그런데 내 속에서는 모든 것이 잠들고만 있다니. 아! 내 마음아, 이제부터는 잔인해져야 한다. 복수심 외에는 아무것도 생각하지 말자! (퇴장)

제5장

왕비와 호레이쇼와 시종 한 사람 등장.

왕비 지금은 그 아이를 만나고 싶지 않소.

시종 하지만 기어이 뵙고 싶다며 졸라 댑니다. 좀 정신이 나간 모양입니다. 차마 눈뜨고 볼 수 없을 지경입니다.

왕비 어떻게 해 달라는 거지?

시종 자꾸 자기 아버지에 대해 넋두리를 늘어놓습니다. 세상에는 해괴한 일도 많다면서 가슴을 쳐 대기도 하고, 하찮은 일에도 화를 버럭 내기도 합니다. 뭐라 중얼대지만 도무지 알아들을 수가 없습니다. 물론 터무니없는 얘기들이지만, 뭔가 분명치 않은 그 말이 오히려 듣는 사람의 가슴을 때립니다. 뚜렷하지는 않습니다만, 무엇인가 불행한 일이 있지 않았는가 생각됩니다.

호레이쇼 아무튼 만나 보시는 것이 좋을 듯싶습니다. 괜히 사람들 입에 오르내릴지도 모르니까요.

왕비 그렇다면 데리고 오너라. (시종 퇴장, 혼잣말로) 죄를 지은 사람들한테는 작은 소리도 큰 재앙의 전주곡처럼 들리지. 죄진 마음은 숨기면 숨길수록 속이 드러난단 말이야.

오필리어 등장. 머리칼이 헝클어졌고 정신이 나간 듯한 모습이다.

오필리어 덴마크의 아름다운 왕비님은 어디 계세요?

왕비 오필리어, 어찌 된 일이냐?

오필리어 (노래를 부른다.) '사랑하는 임을 어떻게 알아낼까? 지팡이에 짚신을 신고 갓을 쓴 나그네가 내 임이구나.'

왕비 오필리어, 그 노래가 무슨 뜻이냐?

오필리어 뜻이오? 아무튼 끝까지 들어 보세요. (노래를 부른다.) '내 임은 떠났어요. 영영 오지 않아요. 머리맡엔 초록빛 잔디, 발치에는 주춧돌 하나.'

왕비 애, 오필리어야.

오필리어 더 들어 보세요. (노래를 부른다.) '수의는 산에 내린 눈처럼 희구나.'

왕 등장.

왕비 아, 저 아이를 좀 보세요.

오필리어 (노래를 부른다.) '꽃상여 타고 내 임은 떠나가네. 사랑의 눈물은 비 오듯 흐르네.'

왕 오필리어, 이게 웬일이냐?

오필리어 고맙습니다. 올빼미는 원래 빵집 딸이었지요. 오늘 일은 알지만 내일 일은 어떻게 될지 알 수 없지요. 당신의 식탁에 축복이 내리소서.

왕 아버지 생각을 하고 있구나.

오필리어 제발 그 얘기는 그만두세요. (노래를 부른다.) '내일은 밸런타인데이, 해가 뜨면 창가에서 당신을 기다릴게요. 남자는 일어나 옷을 입고 방문을 열어 주네. 처녀는 방 안으로 들어갔다 나오면 처녀가 아니더라.'

왕 아이구, 큰일이구나.

오필리어 이제 군소리는 집어치우고, 노래나 끝내야겠어요. (노래를 부른다.) '아이고, 부끄러운 내 신세. 아무리 사내들을 믿지 말아야 한다지만 쓰러뜨려 눕힐 때에는 결혼을 약속하더니, 이제 와서 헌신짝처럼 버리는구나.'

왕 언제부터 저 모양이냐?

오필리어 모든 일이 잘 되겠죠. 그때까지 참아야 해요. 그러나 싸늘한 땅속에 묻힌 것을 생각하면 눈물이 멈추지 않아요. 오빠도 알게 되겠지요. 그럼 안녕히 주무세요. 여러분, 안녕히 주무세요. 안녕히. (오필리어 퇴장.)

왕 바싹 뒤쫓아라. 철저히 살펴봐라. (호레이쇼와 시종 급히 퇴장.) 시름에 잠겨 병이 들었구나. 아버지는 살해되고 햄릿은 사라져 버렸으니……. 아, 저런 꼴이 되었구려. 폴로니어스의 죽음에 대한 소문이 자자하니, 어떻게 해야 할지 모르겠소. 나도 경솔했소.

그 송장을 암매장하다니! 오, 가엾은 오필리어! 인간도 저 모양이
되고 나면 짐승과 다를 바가 없구나. 게다가 레어티스가 프랑스에
서 돌아왔을 텐데, 도무지 모습을 나타내지 않는구려. 아마 무언가
의심을 품고 있는 모양이오. 아, 비난이 빗발처럼 내 몸에 쏟아져,
나중에는 목숨까지도! (밖에서 요란한 소리.)

　왕비　이게 무슨 소린가요?

　왕　여봐라! 빨리 성문을 단단히 지키도록 일러라. 대체 무슨
일이냐?

　　시종 등장.

　시종　전하, 자리를 피하소서! 파도가 단숨에 육지를 삼켜 버리
듯, 레어티스가 폭도를 이끌고 호위병들을 위협하고 있습니다. 폭
도들은 그를 왕이라고 부르고 있답니다. 마치 새로운 세상이 시작
되는 듯합니다. 모두 레어티스를 왕으로 모시자고 소리 지르고 있
습니다.

　왕비　쳇! 제 딴에는 의기양양 짖어 대는 모양인데, 냄새를 잘못
맡았어! 얼빠진 덴마크의 개들이여, 도대체 짖어야 할 방향조차 알
지 못하느냐!

　왕　문을 부수는구나.

　　무장한 레어티스 등장. 폭도들이 그 뒤를 따른다.

　레어티스　왕은 어디 있느냐? 모두 바깥에서 기다려 주게.

　폭도　아닙니다. 저희도 들어가겠습니다.

레어티스 제발, 이 일은 내게 맡겨 주게. (폭도들 퇴장.) 오, 더러운 악당, 클로디어스 왕! 내 아버지를 살려 내라.

왕비 레어티스, 진정해라!

레어티스 진정할 수 있는 피가 내 몸에 한 방울이라도 남아 있다면, 나는 내 아버지의 아들이 아니다. 그렇게 되면 내 아버지는 갈보의 남편이 될 것이요, 어머니의 순결한 이마에는 갈보의 낙인이 찍힐 것이다. (레어티스가 앞으로 다가오자, 왕비가 가로막는다.)

왕 왕비, 내 신변은 걱정할 것 없소. 왕은 신의 보살핌을 받는 법이니, 내게는 손끝 하나 댈 수 없지. 레어티스, 무엇 때문에 그토록 격분을 참지 못하느냐? 어서 말해 봐라.

레어티스 내 아버지는 어디 있소?

왕 돌아가셨다. 무엇이든 물어봐라.

레어티스 어떻게 돌아가셨소? 나를 속이려 해도 소용없소. 충성이고 군신의 맹세고 없으니까! 양심이나 신앙 따위는 지옥에 던져 버려! 나에게는 현세도 내세도 없소. 나는 다만 아버지를 위해서 철저히 복수하겠소.

왕 그럼 네 아버지의 사인이 밝혀지면, 상대가 누구건 상관없이 복수하겠다는 거냐?

레어티스 상대는 아버지의 원수일 뿐이다.

왕 그 원수를 알고 싶은가?

레어티스 아버지 편이면 얼마든지 반기겠다. 새끼를 위해 자기 목숨까지 바쳐 희생하는 펠리컨 새처럼 내 피를 쥐어짜서라도 우리 편으로 환대하겠소.

왕 옳거니. 참으로 기특한 자식이고, 남자답구나. 나는 네 아버지의 죽음에 대해 아무런 죄도 없다. 오히려 그 죽음을 마음속 깊이 슬퍼하고 있을 뿐이다.

폭도 (바깥에서) 여잘 안으로 들여보내라!

레어티스 웬 소란인가?

오필리어 등장.

레어티스 아, 뜨거운 불길이여! 뇌수를 불태워라! 눈물이여, 일곱 배로 짜디짜져서 눈을 멀게 만들어라. 신께 맹세하지만 너를 미치게 만든 원수를 찾아 복수하마. 아, 오월의 장미처럼 사랑스러운 누이동생, 아름다운 오필리어! 신이시여, 누가 이 어린 소녀의 싱싱했던 마음을 노인의 목숨처럼 꺾어 놓았습니까?

오필리어 (노래를 부른다.) '무덤은 눈물에 젖어들고' 자, 노래하세요. 빙글빙글 도는 물레바퀴에 장단이 참 잘도 맞는구나! 주인집 딸을 훔친 그 하인은 나쁜 사람이에요.

레어티스 헛소리를 지껄이니 더욱 가슴 아프게 들리는구나.

오필리어 (레어티스에게) 이것은 로즈메리, 저를 잊지 말라는 뜻이에요. 이것은 팬지꽃, 저를 생각해 달라는 뜻이고요.

레어티스 미쳐서도 뼈 있는 말을 하는구나. 잊지 말아 달라니……

오필리어 (왕과 왕비에게) 회향꽃과 매발톱꽃을 드립니다. 당신에겐 회한의 꽃을 드릴게요. 그리고 저도 하나 갖고요. 들국화도 여기 있어요. 실은 당신에게 오랑캐꽃을 드리려고 했는데, 아버지가 돌아가시고 죄다 시들어 버렸어요. 아버지는 편히 잠드셨대요. (노래를 부른다.) '귀여운 파랑새는 나의 사랑……'.

레어티스 슬픔과 괴로움, 심지어 지옥까지도 저 아이는 아름답고 사랑스러운 것으로 바꿔 놓는구나.

오필리어 (노래를 부른다.) '다시 오지 않으리. 다시 오지 않으리. 영영 가 버렸으니 죽도록 기다려도 다시는 오지 않을 거예요. 백설 같은 흰 수염 늘어뜨리고, 하얀 백발 나부끼면서 말없이 가셨네. 신이시여 축복을 내리소서.' 여러분의 영혼을 위해서도 기도드립니다. 안녕히 계십시오. (퇴장)

레어티스 똑똑히 보았겠지, 저 꼴을?

왕 레어티스, 네 슬픔을 함께 나누자. 싫다고 할 까닭은 없겠지. 안으로 들어가자. 누구든 좋으니 가장 믿을 만한 친구 몇 사람을 골라 우리 둘의 얘기를 듣고 판단해 달라고 하자. 어쨌든 내가 이번 일에 티끌만큼이라도 잘못이 있다면, 이 왕국과 왕관, 목숨 그리고 내 모든 것을 너에게 넘겨주겠다. 그러나 아무런 잘못이 없다면 함께 힘을 합쳐 네 원한을 풀어 보자.

레어티스 좋소! 그렇게 합시다. 아버지는 억울하게 돌아가신 게 틀림없습니다. 혼령의 곡성이 천지에 울리는 듯합니다. 기어코 진상을 밝히고야 말겠습니다.

왕 물론 그래야지. 죄가 있는 곳에는 마땅히 응징의 도끼를 내리쳐야지. (두 사람 퇴장.)

제6장

호레이쇼와 시종 등장.

호레이쇼 내게 할 말이 있다는 사람들이 누구냐?

시종 선원들입니다. 전해 드릴 편지가 있답니다.

호레이쇼 들어오라고 해라. (시종 퇴장, 방백.) 나한테 편지라고? 햄릿 왕자님이 아니고서는 이 세상 어디에도 나에게 편지 보낼 사람이 없는데…….

선원들 등장.

선원 1 안녕하십니까?

호레이쇼 자네들도 안녕하신가?

선원 1 여기 나리께 드릴 편지가 있습니다. 영국에 가시는 사절한테서 온 겁니다. 나리께서 바로 호레이쇼 님이시죠?

호레이쇼 (편지를 읽는다.) '호레이쇼, 이 편지를 받아 보거든 선원들이 왕을 만날 수 있도록 해 주오. 별도로 왕에게 보낼 편지를 보냈으니……. 우리는 출항한 지 이틀 만에 무장한 해적선의 추격을 받았다네. 우리 배가 너무 느려 미처 피하지 못하는 바람에 우리는 적과 싸웠고, 그러다가 난 적선에 타게 됐네. 내가 옮겨 타자마자 그 배는 우리 편에서 떨어져 나갔고, 나 혼자만 해적들의 포로가 되어 버렸네. 그러나 그들은 나에게 호의를 베풀어 주었어. 물론 그것을 미끼로 뭔가 이득을 얻으려는 속셈이었지. 여하튼 또 한 통의 편지를 왕에게 전달해 주게. 그런 다음에는 잽싸게 이곳으로 달려와 주게. 조용히 할 말이 있네. 깜짝 놀랄 얘기가 있다네. 편지로 전하기에는 너무나 큰 사건이야. 선원들이 자네를 내가 있는 곳까지 안내해 줄 걸세. 로젠크랜츠와 길덴스턴은 영국으로 항해를 계속하는 중이지. 그들에 대해서도 할 얘기가 많다네. 그럼 만나서 얘기하세. 마음의 벗 햄릿.'(선원들에게) 자네들이 가져온 이 편지는 국왕께 전하도록 하겠네. 그러고 나서 되도록 빨리 나를 햄릿 왕자님께 데려다 주오. (모두 퇴장.)

제7장

　　왕과 레어티스 등장.

　왕　이제 내가 결백하다는 것을 인정하겠지. 앞으로는 나를 믿고 내 말을 따라야 한다. 총명하니 잘 알아들었겠지. 실은 자네 아버지를 살해한 자가 바로 내 목숨까지도 노리고 있느니라.

　레어티스　네, 잘 알겠습니다. 그런데 어찌하여 그런 사악한 놈을 즉각 처벌하지 않으셨습니까? 전하의 안위와 권위를 위해 엄한 처벌을 내렸어야 마땅하다고 생각합니다.

　왕　거기에는 두 가지 특별한 까닭이 있지. 자네에게는 하찮게 보일지 몰라도 나에게는 매우 큰 문제라네. 내 생명이며 영혼인 왕비는 오로지 아들을 바라보는 것을 낙으로 삼고 있고, 또 하나는 백성들이 햄릿을 몹시 사랑한다는 거야. 그들은 그의 결점까지도 사랑하고 있지. 마치 나무를 돌로 변하게 하는 광천수처럼 그에게 채워진 족쇄를 오히려 장식인 것처럼 찬양하지. 그러니 내가 화살을 쏘아도 겨냥했던 곳에 닿지 못한 채 내게 되돌아오고 말았을 거야.

레어티스 그 바람에 훌륭한 아버지를 잃고, 누이동생마저 미치고 말았습니다. 세상 사람들의 귀감이 되던 누이동생이 저 지경이 될 줄이야. 반드시 복수하고 말 것입니다.

왕 그렇다고 밤잠을 설치지는 마라. 나 역시 내 발등에 떨어진 불을 그냥 보고만 있을 바보는 아니니까. 자세한 이야기는 차차 하기로 하자. 나는 자네 아버지를 무척 아끼고 사랑했다. 이쯤 말하면 대충 알아듣겠지.

사절이 편지를 들고 들어온다.

사절 햄릿 왕자님으로부터 편지가 왔습니다. 전하와 왕비님께 올리는 것입니다.

왕 햄릿한테서! 누가 갖고 왔는가?

사절 선원들이라고 합니다. 그들을 직접 만난 것이 아니라 호레이쇼가 전해 주었습니다.

왕 레어티스, 그럼 읽을 테니 들어 보아라. 너는 물러가라. (사절 퇴장, 편지를 읽는다.) '삼가 아뢰옵니다. 저는 맨몸으로 이 나라에 상륙했습니다. 내일 전하를 뵙도록 허락해 주소서. 그때 갑자기 귀국한 사정을 아뢸까 합니다. 햄릿 올림.' 도대체 어찌 된 노릇이냐? 다른 일행도 함께 돌아왔느냐? 거짓 편지로 속이려는 것은 아니겠지?

레어티스   필적은 틀림없습니까?

왕   분명 햄릿의 필적이다. '맨몸'이라고 씌어져 있네. 자네 생각은 어떠한가?

레어티스   글쎄요. 올 테면 오라죠! 복수할 일을 생각하니 이제야 신이 납니다. 정면으로 맞서서 대결할 수 있으니까요.

왕   그렇다면 레어티스, 내 말을 듣겠느냐?

레어티스   듣다 뿐이겠습니까. 평화롭게 일을 처리하라는 말씀만 아니라면 좋습니다.

왕   자네 한을 풀어 주기 위한 것이네. 오래전부터 생각해 온 일인데, 여기에 걸리면 그놈도 반드시 죽음이지. 게다가 아무도 비난할 수 없을 거야. 심지어 왕비 또한 진상을 알 턱이 없으니 우연한 사고라고 체념하겠지.

레어티스   알겠습니다. 말씀대로 따르겠습니다. 전하가 뜻하시는 일에 제가 손발이 되어 움직일 수 있다면 그저 기쁠 따름입니다.

왕   일이 척척 잘 들어맞는구나. 실은 자네가 유학을 떠난 뒤에, 자네 솜씨에 대해 칭찬이 자자했지. 햄릿도 그 소문을 들어 알고 있는데, 햄릿은 자네가 익힌 수많은 재주 중에 특히 한 가지를 시샘하는 모양이야.

레어티스   어떤 재주 말씀입니까?

왕   자네가 검술에 매우 특출하다는 거였네. 자네와 승부를 겨룰 수 있는 사람이 있다면, 그 경기는 볼만한 구경거리가 될 거라고 하더군. 프랑스의 검객들도 자네의 상대가 되지 못한다면서 말이야. 이 말을 듣고 있던 햄릿은 금세 샘이 나는지 자네가 하루빨리 돌아오기를 바라는 눈치였어. 그래서 말인데…… 레어티스, 돌아가신 아버지를 진정 사랑하고 있겠지? 그게 아니라면 그저 겉으로만 울상을 짓는 것일 테니까.

레어티스 왜 그런 말씀을 하십니까?

왕 나 역시 자네가 아버지를 진정으로 사랑하지 않았다고는 생각지 않아. 그럴 리가 없지. 하지만 사랑도 다 때가 있는 법이 아닌가. 적당한 때야말로 사랑의 불꽃을 타오르게도 하고 꺼지게도 하니 말이야. 따라서 일단 마음먹은 일은 미루지 말고 당장 실천에 옮겨야 한다네. 시간이 지나면 마음이 흔들리니까. 더구나 세상 사람들이 뭐라고 떠들어 대면 더욱 마음이 흔들려 자꾸 미뤄지게 되지. 그나저나 이제 햄릿이 돌아오는데, 이때 자네가 어떻게 하느냐가 매우 중요하다네. 자식된 자의 도리를 몸소 보여 주어야 하지 않겠는가?

레어티스 설령 교회 안으로 피한다 해도 단칼에 목을 자를 것입니다.

왕 아무리 신성한 장소라도 살인죄를 그냥 내버려 둘 수 없지. 그리고 복수를 하는데 때와 장소를 가리겠느냐. 하지만 레어티스, 복수를 하고 싶거든 일단 집 안에서 꼭 참고 있게나. 햄릿이 돌아오면 자네의 귀국을 알릴 테니. 그리고 나는 사람들을 부추겨서 자네 솜씨를 칭찬케 하겠다. 결국 내기를 걸어 경기로 승부를 가리게 한다, 그 말이지. 햄릿은 천성이 대범하지만 조심성이 별로 없는 편이다. 아마 술책이라는 것을 모를 거야. 자네는 끝이 아주 날카로운 칼을 집어 들면 돼. 그것으로 멋지게 한 번만 찌르면 아버지의 원수를 갚을 수 있지 않겠나.

레어티스 그렇게 하겠습니다. 그리고 기왕이면 칼끝에 독을 발라 놓겠습니다. 실은 약장수한테서 독약을 사 둔 게 있는데 살짝 스치기만 해도 틀림없이 죽게 된다고 합니다. 달밤에 채취한 약초를 가지고 만든 영험한 약이 있어도 목숨을 구할 수 없을 겁니다.

왕　그건 좀 더 생각해 보자. 어떻게 해야 우리의 계획이 제대로 이루어질 수 있는지……. 만일 이 일이 실패해 우리의 계획이 드러날 바엔 처음부터 손을 대지 않는 것이 차라리 나을 것이니라. 무엇보다도 이 계획이 실패할 경우에 대비해서 다른 수단을 마련해야겠다. 그렇지! 서로 치열하게 싸우다 보면 목이 타지 않겠나. 그렇게 되면 햄릿이 물을 청하겠지. 그때 준비해 두었던 잔을 내미는 거야. 한 모금만 마시면, 독검을 운 좋게 피했다 하더라도 우리의 목적은 이루어지겠지. 그런데 가만 있자…… 저게 무슨 소리냐?

　　왕비가 울면서 등장.

왕비　불행한 일이 자꾸 꼬리를 물고 나타나는군요. 레어티스, 네 동생이 물에 빠져 죽었다는구나!

레어티스　물에 빠져서 죽었다고요? 아, 어디입니까?

왕비　버드나무가 비스듬히 서 있는 시냇가에서……. 미나리아재비, 쐐기풀, 실국화, 난초 따위를 엮은 이상한 화관을 쓰고 그곳에 나타났다는 거야. 음탕한 목동들은 자주색 난초를 상스러운 이름으로 부르지만, 얌전한 처녀들은 그것을 죽은 사람의 손가락이라고 부르지. 아무튼 그 애가 화관을 걸려고 버드나무 가지에 올라갔는데, 가지가 부러지는 바람에 그만 화관과 함께 시냇물 속에 빠지고 말았대. 그러자 옷자락이 활짝 펼쳐지고, 그 애는 마치 인어처럼 물에 둥실둥실 떠서 찬송가를 불렀다는 거야. 자신이 위험에 처했다는 걸 모르는 사람처럼 말이야. 하지만 그것도 잠깐이었고, 마침내 옷에 물이 스며들어 아름다운 노래와 함께 시냇물에 휘말려 들어가

죽고 말았대.

레어티스 결국 물에 빠져 죽었군요.

왕비 그래, 죽고 말았다.

레어티스 가엾은 오필리어……. 이젠 물도 지긋지긋할 테니, 더는 눈물을 쏟지 않으마. 하지만 사람의 정이란 어쩔 수 없는 것, 복받쳐 오르는 울분을 참을 수 없구나. 실컷 울고 나면 연약한 내 마음도 영영 끝장이다. 그럼 전하, 저는 이만 물러갑니다. 불같이 활활 타오르는 말을 내뱉고 싶지만, 지금은 어리석은 눈물 때문에 아무 말도 할 수가 없네요. (퇴장)

왕 왕비, 뒤쫓아 갑시다. 저 애의 분노를 가라앉히려고 내가 얼마나 애썼는지 아시오? 그런데 다시 분노가 터져 나올까 두렵소. 자, 뒤를 따라가야겠소. (퇴장)

제 5 막

제1장

어릿광대인 무덤 파는 일꾼 두 사람이 삽과 곡괭이로 무덤을 파고 있다.

광대 1　스스로 목숨을 끊은 여자인데, 이렇게 기독교식으로 장례를 치러 줘도 된단 말인가?

광대 2　괜찮다니까 그래. 그러니 어서 파기나 해. 검시관이 조사한 뒤 기독교식으로 매장해도 좋다고 그랬단 말이야.

광대 1　그런 법이 어디 있어? 자기 몸을 지키기 위해 물에 풍덩 뛰어들었다면 몰라도…….

광대 2　아무튼 그렇다는 거야.

광대 1　그렇다면 이건 정당행위인 듯싶네. 가령 내가 일부러 풍덩 했다면 이건 법적으로 하나의 행위라고 부르지. 그런데 행위는 세 가지로 나눌 수 있거든. 행위와 실천과 수행이지. 그러므로 그 여자는 일부러 빠져 죽은 거야.

광대 2　어쨌거나 이 여자가 귀족 집안의 아가씨가 아니었다면, 기독교식 장례는 아마 꿈도 꾸지 못했을 거야.

광대 1 오호라, 제법이군. 버젓한 귀족 집안치고 조상들 가운데 정원 가꾸는 일, 도랑 치는 일, 무덤 파는 일을 하지 않은 사람은 없었잖아. 모두 아담이 하던 일을 물려받았으니깐 말이야. (파놓은 무덤 구멍으로 들어간다.)

광대 2 아담도 귀족이었나?

광대 1 그럼. 그분이야말로 이 세상에서 제일 먼저 삽을 든 귀족이지.

광대 2 아니야, 삽은 없었어.

광대 1 이거 왜 이래? 자네, 그러고도 신자인가? 성경을 어떻게 읽은 거야? 성경 말씀에 아담이 땅을 팠다고 그랬잖아. 삽이 없었으면 어떻게 땅을 팠겠어? 한 가지 더 물어보지. 제대로 답을 못하면 참회하라고.

광대 2 재수 없는 소리 그만둬.

광대 1 이봐, 석수장이나 조선공이나 목수보다 물건을 더 튼튼하게 만들 수 있는 사람이 누군 줄 아나?

광대 2 그야, 교수대 만드는 놈이지. 천 명이 들락날락해도 끄떡없으니까 말일세.

광대 1 호, 제법이로군. 교수대는 잘 만들어졌지. 그건 뭘 말하나? 악당들의 목을 조르는 데 좋다는 얘길 테지. 그렇다고 설마 교수대가 교회보다 더 튼튼하다고 말하진 않겠지? 교수대는 자네 목을 매달기에도 안성맞춤이니까. 자, 그러니 다시 한 번 대답해 봐.

광대 2 제기랄, 잘 모르겠네.

광대 1 더는 머리를 쥐어짜는 짓은 그만두게. 바로 우리 같은 무덤 파는 일꾼이네. 이 집은 세상이 끝나도 끄떡없거든. 자네는 술집에 가서 술이나 한 통 받아오게. (광대 2 퇴장.)

     햄릿과 호레이쇼 등장.

  광대1 (무덤을 파며 노래를 부른다.) '젊은 시절 사랑은 달콤했었지. 짧은 세월 지나니 허망하구나.'
  햄릿 무덤을 파면서 콧노래를 흥얼대는군. 자기가 하고 있는 일에 대해서 아무런 느낌도 없다는 말인가?
  호레이쇼 늘 하던 일이라 아무렇지도 않은 모양입니다.
  햄릿 과연 그런 모양이야. 쓰지 않는 손이 더 예민한 법이지.
  광대1 (노래를 부른다.) '어느새 밀려든 백발의 세월, 이 몸을 휘어잡고 놓지를 않네. 눈물의 황천길이 눈앞에 있는데, 꿈같은 시절은 어디 있느냐.' (해골바가지를 던져 올린다.)
  햄릿 저 해골에도 한때는 혀가 있어 노래를 불렀겠지! 최초의 살인자 카인의 턱뼈를 다루듯이 저 녀석이 해골바가지를 아무렇게나 내동댕이치는구나. 지금 저 바보 녀석한테 푸대접을 받고 있긴 하지만, 저것은 한때 잘 나가는 정치가의 해골인지도 몰라.
  호레이쇼 그랬을지도 모르죠.
  햄릿 아니면 어떤 아첨꾼의 해골인지도 모르지. 그렇다면 '전하, 밤새 안녕하셨습니까? 기분이 어떠신지요?' 아니면, 아무개 전하의 말이 탐나서 '그 말 참 잘생겼군.' 이렇게 알랑거렸을 테지. 그렇지 않은가?
  호레이쇼 그럴지도 모르죠.
  햄릿 그래, 틀림없을 거야. 지금은 구더기의 밥이 되고, 턱뼈는 빠진 채 무덤 파는 일꾼의 삽에 머리통을 얻어맞고 있군. 그러니 세상만사 골치 썩힐 필요 없어.

광대 1 (노래를 부른다.) '곡괭이 한 자루에 삽 한 자루, 그리고 수의도 한 벌. 오호라, 손님 한 분 모시기 위해 땅속에 만든 구멍이여.' (또 해골바가지 하나를 던져 올린다.)

햄릿 또 하나 나왔군. 이번엔 변호사의 해골인지도 모르네. 그럴듯한 궤변과 술수, 판례와 소송은 모두 어디로 갔는가? 천박한 녀석한테 흙투성이 삽으로 저렇게 머리통을 얻어맞고도 폭행죄로 고소하겠다고 말도 못하는군. (해골바가지를 손에 들고) 흥, 이 녀석은 부동산 중개업자였는지도 모르지. 땅 투기니 담보 증서니 토지 양도 소송이니 하며 온갖 수단을 가리지 않았겠지. 결과는 뭔가? 토지 문제로 가득 찼던 머리통 속에는 진흙만 가득 차 있는 걸. (해골바가지를 가볍게 두드리며) 기껏 남은 것은 이 해골바가지밖에 없지 않느냐 말이야. 안 그런가?

호레이쇼 정말 해골만 남았군요.

햄릿 토지 양도 문서는 양가죽으로 만들지 않던가?

호레이쇼 그렇습니다. 송아지 가죽으로 만든 것도 있습니다.

햄릿 그따위 것들을 믿는 놈들은 양이나 송아지보다 못한 멍청이들일 수밖에 없지. 저 일꾼한테 말 좀 걸어 봐야겠다. (앞으로 나오며) 여보게, 이건 누구의 무덤인가?

광대 1 제 무덤입니다. (노래를 부른다.) '손님 한 분 모시기 위해 땅속에 만든 구멍이여.'

햄릿 네가 그 속에 들어 있는 걸 보니, 정말로 네 것이구먼.

광대 1 나리는 구멍 밖에 계시니 나리 것은 아니죠.

햄릿 그렇다고 네 것도 아니지. 무덤은 죽은 사람의 것이니까.

광대 1 이런 걸 새빨간 거짓말이라고 하죠.

햄릿 다시 묻겠네. 그 속에 누구를 묻으려는 거야?

광대1 살아 있을 때는 여자였지만, 지금은 그저 죽은 자의 혼백일 뿐이죠.

햄릿 이거 정말 까다로운 녀석이네! 함부로 말했다간 꼬투리를 잡혀 곤욕을 치르겠군. 호레이쇼, 요사이 몇 해 동안 느끼는 것이지만, 정말 막가는 세상이야. 농사꾼 발톱이 양반들 발뒤꿈치를 할퀴어놓는 세상이 되었네. 이봐, 무덤 파는 일은 언제부터 해 왔나?

광대1 언제부터였더라? 글쎄 곰곰이 생각해 보니 선왕께서 포틴브라스를 쳐부수던 날부터입니다.

햄릿 그게 몇 해 전 일이더라?

광대1 아니, 그걸 모르세요? 바보들도 다 아는걸. 바로 햄릿 왕자님이 태어나던 날 말이에요. 지금은 영국으로 쫓겨 갔지만 …….

햄릿 그래, 그 왕자는 왜 영국으로 쫓겨 갔다더가?

광대1 왜라뇨? 그야 미쳤기 때문이죠. 거기서 제정신으로 돌아오겠지요. 그러나 뭐 제정신으로 돌아오지 않아도 상관없죠.

햄릿 왜?

광대1 그곳에서는 머리가 돌아도 사람들 눈에 띄지 않을 겁니다. 글쎄, 그곳 사람들은 모두 머리가 돌았다고들 하니까요.

햄릿 그런데 왕자는 왜 그 모양이 됐다던가?

광대1 그게 참…… 소문이 묘하더라고요.

햄릿 어떻게 된 건데?

광대1 그야 물론 제정신이 아니라고 하니까요.

햄릿 그러니까 그 이유가 무엇인데?

광대 1 무엇은 무엇이겠어요? 물론 덴마크 사람들 때문이겠죠. 저는 삼십 년 동안 여기서 무덤 파는 일을 해 왔지요.

햄릿 송장이 무덤 속에서 얼마나 지나면 썩지?

광대 1 글쎄요. 죽기 전에 썩는 고약한 경우도 있습니다. 요즘은 매독에 걸려 죽은 놈이 많거든요. 그런 놈들은 미처 파묻을 겨를도 없이 썩어 버리죠. 보통 팔구 년은 충분히 견딥니다. 가죽을 다루는 갖바치 같으면 구 년쯤 견디고요.

햄릿 갖바치는 어째서 더 오래가는 건가?

광대 1 그야 직업 덕분에 살갗이 두꺼워져 물기가 잘 스며들지 않기 때문이죠. 망할 놈의 송장을 썩게 하는 데는 물이 그만이거든요. 이크, 또 하나 나오는군. 이 해골바가지도 땅속에 묻힌 지 스물 하고도 세 해나 된 거죠.

햄릿 그건 누구의 것이냐?

광대 1 어떤 빌어먹을 미친놈이죠. 염병에나 걸려 뒈질 놈! 글쎄 언젠가 이 자식이 제 머리에다 포도주를 통째로 들이부었죠. 바로 이 해골은 왕의 어릿광대였던 요릭입니다.

햄릿 이게?

광대 1 틀림없습니다.

햄릿 어디 좀 보자. (해골을 받아 든다.) 아아, 불쌍한 요릭! 호레이쇼, 나도 이 사람을 잘 알고 있네. 둘째가라면 서러울 정도로 재주꾼이지. 재미있는 이야기를 기막히게 잘했었지. 늘 나를 등에 업고 다녔는데, 지금 이 꼴을 보니 온몸에 소름이 끼치네. 보기만 해도 구역질이 날 지경이야. 여기쯤 내가 수없이 입맞춤했던 입술이 달려 있었겠지. 이제 그 익살, 광대 춤, 노래는 어디로 갔느냐? 그래 요릭, 이제 이빨을 드러낸 몰골로 귀부인들의 방으로 가서 알려 주거라. 분가루를 한껏 처발라도 결국은 이 꼴이 된다고 말이지. 그래서 그 여자들을 실컷 웃겨 보라고. 여보게, 호레이쇼. 좀 물어볼 말이 있네.

호레이쇼 무엇입니까, 왕자님?

햄릿 알렉산더 대왕도 흙에 파묻혀 이런 꼴을 하고 있을까?

호레이쇼 그럴 겁니다.

햄릿 고약한 냄새도 풍기겠지. 에이 퉤! (해골을 땅바닥에 내동 댕이친다.)

호레이쇼 그야 물론이죠.

햄릿 호레이쇼, 사람은 죽어서도 천대를 받는구나! 알렉산더 대왕의 거룩한 유해라고 해도 나중에는 한 줌 흙이 되어 술통 마개가 될지도 모를 일이 아닌가?

호레이쇼 그렇게까지 상상하시는 것은 좀 지나치신 듯합니다.

햄릿 아냐, 조금도 지나치지 않네. 말하자면 이런 거야. 알렉산더 대왕이 죽어 땅에 묻힌다…… 그래서 결국 흙이 되고, 흙은 진흙이 되고……. 다시 말해 알렉산더 대왕이 결국 술통 마개가 될 수도 있다, 그 말일세. 영웅 시저도 죽어서 흙이 되어 벽의 구멍 막는 바람막이가 되었을지도 몰라. 오, 한때 온 천하를 뒤흔들던 그 사람들이 고작 흙덩이가 되어 모진 겨울바람을 막는 흙담이 되다니! 쉿, 저기 왕이 오는구나!

장례 행렬 등장. 뚜껑 없는 관에는 오필리어의 유해가 들어 있다. 그 뒤를 사제, 레어티스, 왕, 왕비, 시종들이 따르고 있다.

햄릿 도대체 누구의 장례식일까? 저렇게 초라한 걸 보니 스스로 목숨을 끊었나 보군. 하지만 신분은 상당히 높았던 모양이야. 잠시 숨어서 살펴보기로 하세. (호레이쇼와 함께 나무 뒤에 숨는다.)

레어티스 의식은 이것뿐입니까?

사제 교회가 허락하는 한도에서 최대한 정중하게 모신 겁니다. 죽은 원인이 미심쩍기 때문입니다. 만약 왕의 특명으로 관례를 깨뜨리지 않았다면, 분명 마지막 심판 날까지 부정한 땅에 매장되었을 겁니다. 그리고 자비로운 기도 대신 사금파리나 부싯돌 따위를 던져 넣었겠죠. 하지만 이번에는 처녀에게 어울리는 꽃 장식에다 특별히 장례의 종까지 울리면서 명복을 비는 것을 허용했습니다.

레어티스 그럼 이 이상은 도저히 할 수 없단 말이오?

사제 더는 안 됩니다. 조용히 숨을 거둔 사람의 장례처럼 진혼가를 부르며 미사를 드린다면 신성한 장례식을 모독하는 일이 됩니다.

레어티스 좋다, 그럼 어서 묻어라. 아름답고 깨끗한 저 몸에서 오랑캐꽃이라도 피게 해 다오! (관이 무덤 속에 내려진다.) 사제여, 내 말을 들어라. 네가 지옥에 떨어져 울부짖고 있을 때, 내 누이동생은 하늘의 천사가 되어 있을 거다.

햄릿 뭐? 그럼 아름다운 오필리어가!

왕비 (관 위에 꽃을 뿌리면서) 예쁜 처녀에게는 예쁜 꽃을! 잘 가거라! 널 햄릿의 아내로 삼아 신방을 꾸미려던 이 꽃을 네 무덤에 뿌리게 될 줄이야……

레어티스 아, 저주받을 놈! 이 재앙이 몇 십 배가 되어 그 저주스러운 놈한테 한꺼번에 쏟아져라! 연약한 너를 미쳐 버리게 만든 그자에게! 잠깐만, 한 번만 더 안아 보자. (무덤 속으로 뛰어든다.) 자, 이젠 흙을 덮어라. 산 사람이나 죽은 사람이나 똑같이 흙을 덮어라. 저 펠리언 산보다 더 높이, 하늘을 찌르는 푸른 올림포스 산보다 더 높이 쌓아 올려라.

햄릿 (앞으로 나오며) 도대체 누가 그렇게 요란스럽게 한탄하는가? 그 울분에 찬 소리를 듣노라면, 하늘을 떠도는 별들도 넋을 잃고 발길을 멈추겠구나. 나는 덴마크의 왕자 햄릿이다. (무덤 속으로 뛰어든다.)

레어티스 (햄릿의 멱살을 잡는다.) 이놈, 지옥에 떨어질 놈!

햄릿 무엄하구나! 냉큼 이 손을 놓지 못할까. 비록 화낼 줄도 모르고 난폭하지도 않다만, 무슨 일을 저지를지 모르니 이걸 순순히 놓는 게 좋을 거다.

왕 둘을 뜯어말려라!

왕비 햄릿, 햄릿!

모두 자, 두 분!

호레이쇼 왕자님, 진정하십시오.

시종들이 두 사람을 뜯어말린다.
두 사람은 무덤 밖으로 나온다.

햄릿 이 문제를 놓고 끝까지 싸우겠다. 내 눈에 흙이 들어간다 해도 이 문제만은 그냥 넘어가지 않겠다.

왕비 햄릿, 도대체 무슨 문제 말이냐?

햄릿 나는 오필리어를 사랑했다. 오빠가 사만 명이나 되어 그 사랑을 몽땅 합친다 해도, 내 사랑에는 미치지 못할 것이다. 너 따위가 도대체 오필리어에게 뭐란 말이냐?

왕 레어티스, 햄릿은 미친 사람이다!

왕비　제발 참으세요!

햄릿　이 빌어먹을 놈, 어떻게 할 거냐? 울 거냐, 싸울 거냐? 굶어 죽을래? 옷을 갈기갈기 찢기라도 할 테냐? 식초를 실컷 마실래? 악어라도 잡아먹을 거냐? 그까짓 것쯤은 나도 얼마든지 할 수 있다. 그래, 네가 산 채로 오필리어와 함께 묻히겠다면 나도 그렇게 하마. 뭐 산을 쌓으라고? 그렇다면 온 세상의 산을 다 무너뜨려서 이곳으로 가져와라. 그래서 흙더미가 태양에 닿을 때까지 쌓아 올려라! 옷사 산봉우리가 한 점 사마귀로 보일 때까지 쌓아 올려라! 그래, 네가 큰소리를 친다면 나도 얼마든지 마주 고함을 쳐 주마.

왕비　(레어티스에게) 지금은 광기가 발작하여 소란을 피우지만, 곧 진정될 거야. 이건 모두 실성한 탓이야. 암비둘기가 귀여운 황금색 새끼를 까놓은 것처럼 얌전해지겠지.

햄릿　이봐, 레어티스. 왜 그렇게 나에게 야단을 치는 거냐? 난 자네를 좋아했네. 하긴 이제 쓸데없는 말이 되었지만……. 헤라클레스가 제아무리 용을 써 봤자 고양이는 여전히 고양이, 개는 여전히 개일 수밖에 없으니까. (퇴장)

왕　호레이쇼, 부탁이다. 왕자의 뒤를 따라가 주게. (호레이쇼 퇴장, 레어티스에게 방백.) 꼭 참아야 한다. 간밤의 이야기를 설마 잊지는 않았겠지? 곧 일을 시작해야겠다. 왕비, 당신 아들을 단속하시오. 그리고 이 무덤에는 기념비를 세우리라. 머지않아 평화로운 날이 오겠지. 그때까지 꼭 참고 일을 진행시키자. (퇴장)

제2장

정면에 옥좌가 있고, 좌우에 의자와 탁자가 놓여 있다.
햄릿과 호레이쇼가 이야기를 나누며 등장.

햄릿 이 얘기는 이만큼 해 두고 다음으로 넘어가세. 그때 상황은 자네도 기억하고 있겠지?

호레이쇼 물론이죠.

햄릿 마음속에서 갈등이 일어 밤잠을 설쳤지. 반란죄로 붙잡혀 족쇄를 찬 선원들보다 더 비참했어. 나는 선원용 외투를 걸치고 그 꾸러미를 빼내 온 거야. 아주 대담한 짓이었지. 때로는 꾀를 부리지 않을 때 오히려 일이 잘 풀릴 수 있거든. 결국 불길한 생각에 그 친서의 봉인을 뜯어보았지. 그렇게 해서 왕의 무서운 흉계를 알게 된 거야. 날 보자마자 도끼로 내려치라고 쓰여 있었다네. 글쎄 나에 대해 덴마크 왕뿐만 아니라 영국 왕의 목숨까지도 위협할 인물이라고 써 놓았더군.

호레이쇼 그럴 수가 있습니까?

햄릿 이것은 그 친서이니, 틈이 나면 읽어 보게. 그다음에 내가 어떻게 했는지 아나? 나는 책상머리에 앉아 새로운 친서를 쓰기 시작했지. 비슷한 글씨체로 말이야. 한때는 정치꾼들처럼 글씨를 깨끗하게 쓰는 일을 경멸한 적이 있었지. 애써 배운 글씨를 잊어버리려 한 적도 있었지만, 이번엔 큰 도움이 되었네. 어쨌든 개막사를 쓰기 전에 막이 오른 셈이었지. 내가 위조한 친서를 한번 들어 보겠나?

호레이쇼 네, 읽어 주십시오.

햄릿 우선 최대한 격식을 갖추었네. 영국은 덴마크의 충실한 속국이니 양국 간의 우의가 종려나무처럼 날로 번영하길 바라느니, 평화의 여신이 밀 이삭의 관을 쓰고 양국 우호의 인연이 되어야 하느니 따위의 그럴듯한 문구를 숱하게 나열한 뒤, 이 친서를 보는 즉시 머뭇거리지 말고 이 친서를 지참한 자들을 사형에 처하되, 참회의 기회를 주지 말라고 썼지.

호레이쇼 봉인은 어떻게 하셨습니까?

햄릿 아, 그것 역시 신께서 도와주셨지. 마침 아버지의 인감이 주머니에 들어 있었네. 현왕의 옥새와 똑같은 인감이지. 봉인한 다음 아무도 눈치채지 못하도록 본래의 장소에 갖다 두었어. 그런데 바로 이튿날 해적의 습격을 받았다네. 그 뒤의 일은 자네도 이미 알고 있는 대로일세.

호레이쇼 그렇다면 로젠크랜츠와 길덴스턴은 죽겠군요?

햄릿 그야 어쩔 수 없지. 자청해서 나선 길이었으니까! 나는 조금도 양심의 가책을 느끼지 않네. 그들은 남의 일에 지나치게 끼어들었으니, 그에 대한 벌이지. 강자들 사이에 불꽃 튀는 싸움이 오가는 판에, 그따위 하찮은 작자들이 끼어드는 건 위험한 일이니까.

호레이쇼 왕으로서 그런 짓을 저지르다니!

햄릿 나는 절대로 물러설 수 없네. 싸워야 돼. 그놈은 아버지를 살해했고, 어머니를 더럽혔어. 게다가 나까지 죽이려고 했지. 그런 놈을 내 손으로 처치하는 것은 당연한 일이지. 그대로 놔두는 것이 곧 죄악일세.

호레이쇼 얼마 안 있어 영국으로부터 소식이 오겠군요.

햄릿 그렇겠지. 그때까지 시간은 내 차지네. 인생이란 어차피 잠깐이야. 여보게, 호레이쇼. 레어티스한테 사과해야겠네. 지나치게 슬퍼하는 것을 보니 나도 모르게 분통이 터지더군.

호레이쇼 쉿! 누가 옵니다.

젊은 시종 오즈리크 등장.

오즈리크 (모자를 벗고 절하며) 왕자님의 귀국을 충심으로 환영합니다.

햄릿 고맙다. (호레이쇼에게 방백.) 자네, 이 쇠파리 같은 놈이 누군지 아나?

호레이쇼 (햄릿에게 방백.) 모르겠는데요.

햄릿 (호레이쇼에게 방백.) 그거 다행이군. 저런 놈을 알면 화근이 되지. 수다쟁이, 저놈은 땅도 많이 갖고 있네. 바로 저 짐승 같은 놈이 짐승들의 우두머리가 된 탓에 여물통을 왕의 식탁 옆에 갖다 놓을 수 있게 되었단 말이야.

오즈리크 (다시 절하며) 왕자님, 지금 바쁘시지 않다면 전하의 분부를 전해 드릴까 합니다.

햄릿 좋다, 말해 봐라. (오즈리크, 절을 하며 모자를 흔든다.) 모자는 모자답게 쓰고 있거라. 그건 머리 위에 쓰는 거니까.

오즈리크 그렇습니다만, 하도 더워서요.

햄릿 아니, 북풍이 불어 그런지 몹시 추운걸.

오즈리크 네, 사실은 소름이 돋을 정도로 춥습니다.

햄릿 무슨 소리야. 내 체질 탓인지 날씨가 푹푹 찌는데.

오즈리크 왕자님 말씀대로 무척 무더운 날입니다. 다름이 아니라, 왕께서 왕자님을 위해 굉장한 내기를 거셨습니다. 그 내용을 자세히 말씀드리겠습니다. 실은 이번에 레어티스 님이 귀국하셨습니다. 그분은 신사답고, 기예 솜씨도 뛰어나시죠. 게다가 사교성도 원만한데다 풍채도 당당합니다. 그분은 신사로서 갖추어야 할 품격을 모두 갖추고 있는 분이지요.

햄릿 네가 찬사를 늘어놓으니 그도 손해 볼 일은 없겠지. 하지만 그렇게 재고품 정리하듯 나열해 댄다면 골치가 아프겠군. 내가 봐도 그는 큰 인물이지. 그와 견줄 만한 자는 오직 그를 비추는 거울이요, 그의 뒤를 따를 수 있는 자는 그의 그림자뿐이지.

오즈리크 왕자님, 참으로 옳은 말씀입니다.

햄릿 대체 뭘 말하려는 건가? 레어티스에 대해 그토록 조잡한 말로 떠들어 대는 이유가 뭐냐?

오즈리크 네? 레어티스 님에 대한 말씀이신가요?

호레이쇼 (햄릿에게 방백.) 저자의 말 주머니가 벌써 텅 비어 버렸나 보군요. 금싸라기 같은 미사여구를 죄다 써 버렸나 봅니다.

햄릿 그래, 레어티스 말이다.

오즈리크 왕자님께서도 그분이 뛰어나다는 것은 알고 계실 줄 압니다.

햄릿 그 점에 대해선 말하고 싶지 않네. 나 자신도 모르면서 어찌 남을 안다고 할 수 있겠나.

오즈리크 전 그분의 칼 솜씨를 말하는 것입니다. 사람들 얘기로는 그분과 대적할 만한 사람은 천하에 없다는 겁니다.

햄릿 좋아. 그래서?

오즈리크 왕께서는 레어티스 님에게 바바리산 말 여섯 필을 거셨고, 이에 대해 레어티스 님은 프랑스제 장도와 단도 여섯 자루와 가죽 띠, 칼집을 걸었습니다. 그 가운데 칼집 세 쌍은 매우 아름다워 칼자루와도 조화를 잘 이루고 있습니다.

햄릿 그야말로 덴마크 대 프랑스의 내기로군. 네 말마따나 왜 들 그런 내기를 걸게 되었지?

오즈리크 전하께서는 두 사람이 열두 번을 싸울 경우, 아무리 레어티스 님이라도 세 번 이상 햄릿 왕자님을 이기기는 어려우리라 판단하시고 내기를 거셨습니다. 왕자님께서 도전하시면 경기는 곧 시작됩니다.

햄릿 내가 싫다면?

오즈리크 왕자님, 제 말은 왕자님께서 상대해 주실 경우에 해당됩니다.

햄릿 여보게, 가서 전하께 마음대로 하시라고 전해라. 마침 운동 시간이 되었구나. 경기용 검을 가지고 오너라. 레어티스도 하고 싶어 하고 왕께서도 바라는 일이라 하니, 왕을 위해 이겨 보도록 하지. 만일 경기에 지면 몇 대 얻어맞고 창피나 좀 당하겠지.

오즈리크 가서 그대로 전하리까?

햄릿 그래라. 미사여구를 늘어놓건 말건 네 맘대로 해라.

오즈리크 (절을 한다.) 앞으로도 잘 부탁드리겠습니다.

햄릿 알았네. (오즈리크 퇴장.) 그래, 자기 자신에게 부탁해야겠지. 자기 부탁을 누가 들어주겠어.

호레이쇼 저 햇병아리 같은 놈, 머리에 알껍데기를 뒤집어쓴 채 달아나고 있습니다.

햄릿 제 어미젖을 빨기 전에 젖가슴에 인사부터 올렸을 놈이야. 하기야 요즘 세상에 저런 놈이 한둘인가. 세태에 장단을 맞춰 가면서 낯간지러운 사교술이나 부리고, 허풍이나 떨면서 얼렁뚱땅 살아가고 있지. 한 번만 훅 불어도 꺼져 버리는 거품 같은 놈들이라네.

시종 한 사람 등장.

시종 왕자님, 전하께서 오즈리크를 보내어 전하신 분부에 따라 홀에서 왕자님을 기다리시겠다고 하셨습니다. 전하께서는 왕자님의 의향을 다시 알아오라고 하셨습니다.

햄릿 내 뜻은 그대로니, 전하의 뜻대로 하라고 하시오. 지금도 좋고, 나중에도 좋소. 몸 상태만 나쁘지 않다면 말이야.

시종 왕비님께서는 경기가 시작되기 전에 왕자님께서 레어티스에게 따뜻한 말씀을 건네주실 것을 당부하셨습니다.

햄릿 당연하오. (시종 퇴장.)

호레이쇼 왕자님, 이번 내기에는 승산이 없을 것 같습니다.

햄릿 아냐, 그렇지 않아. 그가 프랑스로 유학 간 이래로 나는 끊임없이 연습을 해 왔어. 그만큼 유리한 조건이니, 이길 수 있을 것이네. 그나저나 마음이 좀 불안하군. 하지만 상관없어.

호레이쇼 마음에 걸리는 게 있으시면 무리하지 마십시오. 제가 얼른 가서 왕자님의 기분이 좋지 않다고 전하고 오겠습니다.

햄릿 그럴 것 없네. 참새 한 마리 떨어지는 것도 신의 뜻이 아닌가. 올 것은 지금 오지 않아도 꼭 오고야 마네. 그러니 평소에 마음 준비를 하는 것이 중요하지. 언제 버려야 좋을지 아무도 모르는 목숨, 그저 될 대로 되라는 거지.

하인들이 탁자와 의자, 방석을 운반해 온다.
이윽고 나팔수, 북재비 등장. 이어서 왕과 왕비, 시종들 등장.
심판을 볼 오즈리크와 시종이 경기용 검과 포도주 술잔을 가지고 들어온다.

마지막으로 경기복 차림의 레어티스 등장.

왕　햄릿, 이리 와서 악수하거라.

왕이 레어티스의 손을 햄릿의 손에 쥐어주며 악수를 나누게 한다. 그러고는 왕비와 함께 자리에 앉는다.

햄릿　용서해 주게, 레어티스. 내 잘못이었어. 자네도 들은 바 있겠지만, 나는 심한 정신착란으로 시달리고 있네. 내가 한 짓에 자네의 효성과 명예에 누를 끼쳐 미안하네. 하지만 그것은 어디까지나 내 광기 때문이었네. 자네를 모욕한 것이 햄릿이었다고 생각하지 말아 주게. 결코 햄릿이 아니었네. 그렇다면 누구의 짓일까? 바로 그의 광기가 저지른 짓이네. 그렇다면 햄릿도 피해자가 되는 셈이지. 그러니 부탁하네. 여기 참석하신 여러분들 앞에서, 내가 자네에게 고의로 그런 것이 아니었다는 걸 관대한 마음으로 받아들이길 바라네. 지붕 너머로 쏘아 올린 화살이 우연히 형제를 다치게 한 것이라고 생각해 주게.

레어티스　아들된 도리로서 본다면 지금 당장 복수를 하고 싶었지만, 그렇게 말씀하시니 마음이 좀 풀립니다. 그러나 제 명예가 걸린 만큼 그대로 물러서지는 않을 겁니다. 결코 화해 같은 것도 하지 않을 작정입니다. 명예 높은 어떤 분이 선례를 제시하면서 화해하라고 하기 전까지는 말입니다. 물론 왕자님께서 보여 주신 우정은 기쁘게 받아들이겠습니다.

햄릿　그 말을 들으니 반갑네. 형제처럼 공정하게 겨뤄 보세. 자, 내게 검을 달라!

레어티스 자, 내게도 한 자루를 주시오.

햄릿 내 무딘 검은 자네를 돋보이게 할 걸세. 레어티스, 미숙한 나에 비하면 자네 솜씨는 밤하늘의 별처럼 반짝이겠지.

레어티스 사람을 놀리지 마십시오.

햄릿 아냐, 정말이야.

왕 오즈리크, 두 사람에게 검을 주어라.

> 오즈리크, 경기용 검을 몇 자루 갖고 나온다. 레어티스가 그 가운데 한 자루를 집어 들어 한두 번 휘둘러본다.

왕 햄릿, 내기를 걸었다는 건 알고 있느냐?

햄릿 잘 알고 있습니다. 약한 쪽에 유리한 조건을 붙이셨더군요.

왕 두 사람의 솜씨를 잘 아니까. 하지만 레어티스의 솜씨가 늘었기 때문에 네 쪽에 좀 유리하게 조건을 걸었지.

레어티스 이건 너무 무겁구나. 다른 것을 보여 다오.

> 탁자로 가서 칼끝이 뾰족한, 독이 칠해진 검을 골라잡는다.

햄릿 (오즈리크로부터 검을 받아 들고) 이게 마음에 드는군. 길이는 다 똑같겠지?

오즈리크 그렇습니다, 왕자님.

> 두 사람, 경기 준비를 한다.

왕 만약에 햄릿이 첫 번째나 두 번째로 득점하거나 3회전에서 비기거든 모든 성벽에서 축포를 터뜨려라. 그때 나는 햄릿의 건투를 위해 축배를 들겠다. 술잔에는 진주를 넣어 두겠다. 4대째 덴마크 왕의 왕관에 달았던 진주보다도 더 훌륭한 것이다. 술잔을 달라. 북을 쳐서 나팔수에게 알리고 나팔수는 포수에게 알려 포성이 하늘로, 하늘에서 지상으로 울리게 하라. '지금 왕이 햄릿을 위해 축배를 든다.'고. 자, 시작하라. 너희 심판관들은 눈을 똑바로 뜨고 지켜봐라.

> 왕 옆에 술잔이 놓인다. 나팔 소리. 햄릿과 레어티스, 각각 자리를 잡는다.

햄릿 자, 간다.
레어티스 좋습니다.

> 경기가 시작된다.

햄릿 한 점.
레어티스 아닙니다.
햄릿 심판, 판정하게.
오즈리크 깨끗하게 한 점 먹이셨습니다.

> 북소리와 나팔 소리가 퍼지는 가운데 축포가 한 발 울린다.

레어티스 자, 다시 시작합시다.
왕 잠깐! 술을 부어라. 햄릿, 이 진주는 네 것이다. 자, 너를 위해 건배하자. 햄릿에게 이 잔을 들게 하라!

햄릿 이 승부부터 가리고 들겠습니다. 술잔은 잠시 거기 놔두십시오. (다시 시작된다.) 또 한 점 들어간다. 어떠냐?

레어티스 약간 스쳤습니다.

왕 우리 햄릿이 이길 것 같군.

왕비 땀범벅이 되어 숨을 헐떡이고 있군요. (자리에서 일어나면서) 햄릿, 여기 수건으로 이마를 닦아라. (햄릿의 술잔을 들며) 햄릿, 너를 위해서 내가 건배하마.

햄릿 어머니, 감사합니다!

왕 왕비, 마시면 안 되오!

왕비 아닙니다. 마실 테니 용서하세요. (술을 마시고 햄릿에게 잔을 건넨다.)

왕 (방백) 저건 독을 넣은 술인데! 이미 늦었군!

햄릿 어머니, 저는 나중에 들지요.

레어티스 (방백) 아무래도 양심에 찔리는구나.

햄릿 자, 덤벼라! 3회전이다. 나를 놀릴 셈이냐? 힘껏 찔러 봐.

레어티스 그렇다면 자, 한 점 받으시오. (다시 시작된다.)

오즈리크 무승부.

레어티스 (느닷없이) 자, 한 점!

옆을 보는 틈을 노려, 햄릿에게 상처를 입힌다. 레어티스의 비겁한 행동에 격분한 햄릿이 레어티스와 싸운다. 격투하는 동안 우연히 서로 검을 바꿔 쥔다.

왕 뜯어말려라. 둘 다 흥분해 있다.

햄릿　아니다, 다시 덤벼라. 다시!

햄릿이 레어티스를 깊이 찌른다. 왕비가 쓰러진다.

오즈리크　아, 왕비님이!

호레이쇼　두 분 다 피를 흘리시는군! 왕자님, 괜찮으십니까?

오즈리크　(레어티스를 일으키며) 어찌 된 일입니까?

레어티스　내가 쳐 놓은 덫에 스스로 걸리고 말았네. 오즈리크, 내가 꾸민 흉계에 내 목숨을 잃게 되었어.

햄릿　왕비님은 어찌 되신 거냐?

왕　피를 보고 기절하셨다.

왕비　아니다, 아니야! 저 술, 저 술! 오, 햄릿! 저 술, 저 술에 독을 탔어. (죽는다.)

햄릿　여봐라, 문을 잠가라. 반역이다! 범인을 찾아라.

레어티스　범인은 이곳에 있습니다. 왕자님도 목숨을 잃게 됩니다. 이젠 이 세상 어떤 약도 소용이 없습니다. 앞으로 삼십 분을 견뎌 내지 못합니다. 흉기는 왕자님 손에 쥐어져 있습니다. 칼끝에 독이 묻어 있습니다. 제 비열한 음모는 결국 제 자신에게 돌아와 이제 일어나지 못할 것입니다. 왕비님께서도 독살되셨습니다. 범인은 왕입니다. 바로 저 왕!

햄릿　칼끝에 독을 발랐다니! 그렇다면 이놈, 독약 맛을 좀 봐라! (왕을 찌른다.)

모두　반역이다! 반역이다!

왕　여봐라, 어서 날 좀 구해 다오.

햄릿　(억지로 독이 든 잔을 먹인다.) 자, 살인마, 색마, 악마

같은 덴마크 왕이여! 이 독주를 마셔라! 내 어머니의 뒤를 따르거라. (왕, 죽는다.)

레어티스 천벌이다. 자기 손으로 만든 독약을 마시게 되다니! 왕자님, 우리 서로 용서합시다. 저와 아버지의 죽음이 왕자님 탓이 아니고, 왕자님의 죽음 또한 제 탓이 되지 않도록! (죽는다.)

햄릿 하늘이 자네 죄를 용서하기를 바라네! 나도 자네 뒤를 따르겠네. 호레이쇼, 이제 끝장이다. 가련한 어머니, 고이 가십시오. 모두 창백한 얼굴로 떨고 있구나. 아, 죽음의 잔인한 사자가 사정없이 나를 붙잡아 가는구나. 호레이쇼, 자네는 살아남아서 나를 비난하는 사람들에게 나에 대해 올바로 전해 주게.

호레이쇼 제가 살아남는다는 것은 있을 수 없습니다. 저는 덴마크인이 되기보다는 차라리 고대 로마인이 되고 싶습니다. 아직 술이 남아 있습니다. (독배를 들어 올린다.)

햄릿 (일어서며) 자네가 대장부라면 그 잔을 이리 주게. 자, 손을 놔. 제발 이리 달라니까! (호레이쇼의 손을 쳐서 잔을 바닥에 떨어뜨린 뒤 쓰러진다.) 아! 호레이쇼, 이 사건의 전말이 밝혀지지 않는다면 나는 오명을 뒤집어써야 하네. 자네가 진심으로 나를 위한다면, 고통스럽긴 하겠지만 이 험한 세상에 남아서 내 얘기를 전해 주게. (멀리서 진군 소리, 대포 소리 들린다.) 저 떠들썩한 소리는 무엇인가? (오즈리크 등장.)

오즈리크 포틴브라스께서 폴란드를 정복하고 개선하는 도중, 영국 사절을 만나 축포를 터뜨린 것입니다.

햄릿 호레이쇼, 나는 죽는다! 독기가 무섭게 퍼지는구나. 영국의 소식도 듣지 못하게 됐구나. 앞으로 덴마크 왕이 될 만한 사람은 포틴브라스밖에 없다. 나는 그를 추대하고 싶다. 그에게 내 뜻과 이렇게 된 사정 얘기를 빼놓지 말고 전하라. (숨을 거둔다.)

　　호레이쇼　이제 고귀한 영혼은 사라지고 말았구나. 왕자님이여, 편히 잠드소서. (안에서 행군 소리.) 어째서 북소리가 가깝게 들리는 거지?

　　　노르웨이의 왕자 포틴브라스, 영국 사절들, 기타 등장.

　　포틴브라스　참변이 일어난 곳이 어디냐?

　　호레이쇼　무엇을 보고 싶으신 겁니까? 이보다 더 슬프고 놀라운 일은 어디에서도 볼 수 없을 겁니다.

　　포틴브라스　송장 더미가 모든 걸 말해 주는구나. 아, 교만한 죽음의 신이여! 당신의 영원한 암실에서 잔치를 벌이기 위해 이토록 많은 귀인들을 무참히 쓰러뜨렸단 말이오!

　　사절 1　차마 눈뜨고 볼 수 없군요. 영국에서 가져온 보고는 너무 늦었구려. 들어 주실 분의 귀는 이미 감각을 잃었으니. 명령대로 로젠크랜츠와 길덴스턴을 사형에 처했는데, 고맙다는 말은 누구한테 들어야 하나요?

　　호레이쇼　왕한테서는 들을 수 없습니다. 비록 살아서 입이 있다 해도 두 사람의 사형을 왕이 명한 적은 없으니까요. 여하튼 때를 맞춰 한 분은 폴란드에서, 또 한 분은 영국에서 오셨으니, 이 송장들을 사람들이 볼 수 있게 높은 단 위에 모시도록 명령해 주십시오. 그리고 저로 하여금 사건의 전말을 알릴 수 있도록 하소서. 이곳에서 일어난 여러 가지 음탕하고 잔인한 일들과, 잘못된 판단, 뜻밖의 살인 그리고 끝으로 흉계가 빗나가서, 도리어 이를 계획한 장본인의 머리 위에 그 벌이 떨어지게 된 경위를 제가 사실대로 다 말씀드리겠습니다.

포틴브라스 어서 들어 봅시다. 귀족들을 소집하시오! 나로서는 슬퍼하는 가운데 행운을 받아들이겠소. 이 나라에 대해서는 내게도 권리가 있으니, 그 권리를 주장하지 않을 수가 없소.

호레이쇼 그 일에 대해서도 말씀드리겠습니다. 하지만 아까 말씀하신 일부터 처리하십시오. 나라가 소란스러우니 만큼 무슨 불상사가 일어날지도 모르니까요.

포틴브라스 햄릿 왕자님을 무인의 예를 갖춰 단상으로 모셔라. 아마 그분은 세상에서 보기 드문 훌륭한 왕이 되셨을 거다. 자, 왕자님의 서거를 애도하며 군악을 울리고, 조포를 쏘아라. 자, 그분의 덕을 널리 알리자. 유해를 들어 올려라. 이러한 광경은 전쟁터에서는 어울릴지 몰라도 여기서는 보기 흉하구나. 자, 가서 병사들에게 조포를 쏘게 하라.

　　병사들이 송장들을 맞들고 퇴장.
　　장송 행진곡이 들려오고 조포가 울려 퍼진다.

Othello 오셀로

등장인물

오셀로 : 베니스의 무어인 장군
데스데모나 : 브러밴쇼의 딸, 오셀로의 아내
브러밴쇼 : 베니스 원로원 의원
캐시오 : 오셀로의 부관
이아고 : 오셀로의 기수
에밀리아 : 이아고의 아내
로더리고 : 베니스의 신사
몬타노 : 사이프러스 섬의 오셀로 전임자
그레샤노 : 브러밴쇼의 동생
로도비코 : 브러밴쇼의 친척
비앙카 : 캐시오의 정부
어릿광대 : 오셀로의 하인
베니스의 공작
원로원 의원들
그 밖의 인물 : 선원, 전령, 사절, 장교들, 신사들, 악사들, 시종들

장 소

베니스 및 사이프러스 섬

제 1 막

제1장

베니스의 거리.
이아고와 로더리고 등장.

로더리고 쳇, 듣기 싫어. 그런 말은 말게나. 내 지갑을 탐낼 때는 언제고, 자네가 모른다니 그게 될 법이나 한 소린가.

이아고 글쎄, 내 말 좀 들어 보라고요. 나는 꿈에도 그런 생각을 하지 못했다니까요.

로더리고 자네 입으로 그놈을 싫어한다고 했겠다?

이아고 물론이죠. 유명 인사 세 분이 굽실거리며 나를 그 녀석의 부관으로 삼아 달라고 청했답니다. 실은 나도 그만한 자격은 충분히 되니까요. 그런데 그 녀석은 건방지게도 군대 용어만 잔뜩 늘어놓더니 부관이 결정되었다고 하더랍니다. 근데 그게 누군 줄 압니까? 마이클 캐시오란 녀석입니다. 계집 때문에 혼깨나 나고 있지요. 물론 싸움터에 나가 제대로 지휘 한번 해 본 적 없는 형편없는 위인이지요. 쥐뿔도 모르면서 말만 번지르르하게 하는 녀석은 고속 승진을 하는데, 나는 무슨 팔자가 이리도 사나운지 사방팔방에 공을 세우고도 겨우 그놈의 부하나 해야 되냐고요.

로더리고 나 같으면 절대로 그런 녀석 부하 짓은 하지 않겠네.

이아고 걱정하지 마세요. 나도 다 생각이 있어 따라다니는 것이니까. 아랫것들이라고 해서 죄다 충성을 바치는 것도 아니거든요. 나는 겉보기와는 다르다는 말씀입니다.

로더리고 네 말대로라면 그 입술 두꺼운 놈 복이 터지겠군!

이아고 그녀의 아버지를 불러 깨우세요. 한창 재미 볼 때 산통을 깨자고요. 길 한복판에서 떠들어 대는 거예요. 파리 떼처럼 사람들을 모아들여서 귀찮게 하는 겁니다.

로더리고 여기가 그 집인가 보군. 어디 큰 소리로 불러 봐야지.

이아고 맞아요. 번화가에 불이라도 난 것처럼 소리를 지르란 말예요.

로더리고 계세요! 브러밴쇼 어르신! 계세요!

이아고 계세요, 브러밴쇼 어르신! 도둑이야, 도둑! 도둑이에요!

브러밴쇼, 2층 창가에 나타난다.

브러밴쇼 대체 무슨 일이냐? 이 한밤중에 소란을 떠는 까닭이 뭐냐고?

이아고 큰일 났습니다. 도둑이 들었어요. 망측한 일입니다. 지금 이 순간, 바로 지금 늙고 검은 숫양이 어르신 댁 흰 암양을 겁탈하고 있습니다. 어서 서두르세요. 악마한테 외손자를 보기 싫으시면요.

브러밴쇼 아니, 무슨 정신 나간 소리야?

로더리고 어르신, 혹시 제 목소리를 기억하십니까?

브러밴쇼 모르겠다. 누구냐?

로더리고 로더리고입니다.

브러밴쇼 내 눈앞에 얼씬대지도 말라고 했는데, 이놈이 간덩이가 부었구나. 내 딸은 어림도 없어.

로더리고 저, 저, 저……

브러밴쇼 도둑이라니? 이 나쁜 놈들! 여기는 베니스다. 내 집은 들판의 외딴집이 아니야.

로더리고 어르신, 저는 단지 순수한 마음으로 알려 드리러 왔을 뿐입니다.

이아고 어르신, 저희를 완전히 불한당 취급하시는군요. 무어 놈이 따님을 덮치고 있다고요.

브러밴쇼 뭐라고? 너희는 악당이로구나.

이아고 어르신은 원로원 의원이십니다.

브러밴쇼 로더리고, 네놈한테 책임이 있다.

로더리고 말씀대로 제가 책임을 지겠습니다. 그러나 한 가지 묻고 싶습니다. 어르신께서는 어여쁜 따님이 음탕한 무어 놈에게 농락당하고 있다는 것을 알고 계십니까? 그렇다면 저희가 주제넘은 행동을 한 것이 분명합니다. 하지만 모르고 계시다면 저희가 버릇없이 어르신을 조롱한 게 아닐 겁니다. 지금 당장 따님을 찾아보시지요. 따님께서 어르신의 허락도 없이 여기저기 떠도는 불한당한테 자신의 의무와 미모, 지혜와 행운을 몽땅 갖다 바쳤단 말입니다. 지금 따님께서 방 안에 계시다면, 저희는 어르신을 속인 죄로 달게 벌을 받겠습니다.

브러밴쇼 여봐라! 불을 켜라, 불을 켜! 왠지 꿈자리가 뒤숭숭하더니 정말인가 보구나. 불을 켜라, 불을! (2층에서 퇴장.)

이아고 저는 이만 물러가겠습니다. 괜히 여기 남아 그 무어 놈과 원수가 돼봤자 좋을 게 없거든요. 이런 일로 그놈의 모가지가 잘릴 일은 없으니까요. 지금 한창 벌어지고 있는 사이프러스 전쟁에 그 녀석 말고 갈 놈이 없기 때문이죠. 그러니 그놈이 지옥의 귀신만큼이나 얄밉긴 해도 어쩔 수 없이 깃발을 내걸고 충성을 보여야겠죠. 그럼 안녕히 계세요. (퇴장)

　　아래층에서 잠옷 바람의 브러밴쇼가 하인들과 함께 횃불을 들고 등장.

　　브러밴쇼　이거 정말 큰일 났군. 딸년이 보이지 않다니! 내 늘그막에 이 무슨 기막힌 일인가. 여보게, 로더리고! 내 딸을 어디서 봤는가? 오, 불쌍한 것! 자네, 아까 무어 놈하고 내 딸이 같이 있다고 했지? 그게 사실이라면 내가 무슨 낯을 들고 다니겠나? 아냐, 그럴 리가 없어. 그런데 그 애가 내 딸이라는 것을 어떻게 알았지? 도저히 있을 수 없는 일이야! 가만, 그럼 그 애가 이미 결혼식을 올렸단 말인가?

　　로더리고　아마 그랬을 겁니다.

　　브러밴쇼　차라리 자네가 우리 딸애를 데려갔으면 좋았을 텐데! 여봐라, 모두 일어나서 이쪽저쪽 샅샅이 뒤져 보거라. 그런데 어디로 가야 하지……? 자네가 어서 앞장서게나.

　　로더리고　저를 따라오시죠. 제가 찾아드리겠습니다.

　　브러밴쇼　그럼 가세. 사례는 두둑하게 할 테니까. (퇴장)

제2장

다른 거리.
오셀로, 이아고, 햇불을 든 시종들 등장.

이아고 저도 싸움터에서야 사람을 죽이는 게 일이었죠. 그러나 일을 꾸며 사람을 죽인다는 건 도통 내키지 않는군요. 이렇게 마음이 약해서 손해 볼 때가 많죠. 저도 로더리고 놈의 갈빗대를 부러뜨리고 싶은 마음이야 굴뚝같았지만 꾹 참았죠.

오셀로 잘한 일이야.

이아고 잘하다뇨? 그놈이 장군님에 대해 얼마나 많은 험담을 떠벌리고 다니는데요. 그걸 참느라고 진땀 좀 뺐습니다. 아참 장군님, 결혼식은 이미 올렸겠죠? 브러밴쇼 어르신께서는 덕이 많아 사람들의 존경을 받고 있지요. 공작님보다도 더 힘이 있다고들 하거든요. 그러한 분이 권력을 총동원해서 결혼을 무효화시킬 수도 있어서 하는 말입니다.

오셀로 어디 한번 해 보라지. 그분의 힘쯤은 내가 이 나라에 기여한 공로에 비하면 아무것도 아냐. 게다가 아무에게도 이런 말을 한 적이 없네만, 난 왕족이야. 그러니 이 정도의 행복쯤은 누릴 수가 있다고 생각해. 여보게, 이아고. 나는 정말 아름다운 데스데모나를 사랑한다네. 사랑하는 여자가 답답한 가정에 갇혀 있다고 생각해 보게. 끔찍한 일이지. 바다 속의 무궁무진한 보물을 준다 해도 아마 자유와 바꾸지 않을 걸세. 그런데 저 불빛은 뭔가?

이아고　그녀의 아버지와 친척들이 몰려오나 봅니다. 숨는 것이 좋을 것 같습니다.

오셀로　숨으라고? 천만에! 내 덕으로 보나, 실력으로 보나, 신분으로 보나, 결백한 정신으로 보나 떳떳하게 행동해야 옳지 않겠나. 그 사람들이 맞느냐?

이아고　아닌 것 같은데요.

　　캐시오가 횃불을 든 장교들과 함께 등장.

오셀로　공작님 부하와 내 부하들이로군. 아니, 이 밤중에 웬일인가?

캐시오　장군님, 공작님께서 속히 출두하라고 명하셨습니다.

오셀로　무슨 일인데?

캐시오　사이프러스 섬에서 무슨 급한 소식이 온 모양입니다. 밤새 전령이 문턱이 닳도록 들락거리고 있습니다. 의원님들도 이미 공작님 댁에 모여 회의 중이십니다.

오셀로　잠시 기다리게나. 안에 들어가서 말 좀 하고 올 테니. (퇴장)

캐시오　여보게, 장군님께서 여태껏 무얼 하고 계셨나?

이아고　큼직한 보물선 한 척을 수중에 넣으셨지요. 그것이 법에 어긋나지 않는 일이라면 영원히 운이 트일 것입니다.

캐시오　무슨 소린지 모르겠군.

이아고　결혼하셨단 말입니다.

캐시오　누구와?

오셀로 다시 등장.

이아고 저…… 아, 장군님, 가실까요?
오셀로 음, 가세.
캐시오 또 다른 자들이 장군님을 찾으러 오는군요.
이아고 브러밴쇼예요. 장군님, 조심하십시오. 악의를 품고 왔으
니까요.

브러밴쇼, 로더리고, 횃불과 무기를 든 관리들 등장.

오셀로 여봐라, 거기 서라!
로더리고 각하! 무어 놈입니다.
브러밴쇼 저 도둑놈을 잡아라! (그들, 양쪽으로 덤벼든다.)
이아고 로더리고, 잘 만났다! 내가 상대해 주마.
오셀로 칼을 집어넣어라. 밤이슬에 녹슬지도 모르니까. 의원님
께서는 굳이 칼을 휘두르지 않으셔도 되지 않겠습니까? 그만큼 나
이를 잡숫고 공로를 세우셨으면 말로 하셔도 될 텐데요.
브러밴쇼 천하의 불한당 같으니. 내 딸을 내놔! 그 달짝지근한
혀로 내 딸을 꾀어냈느냐? 이 더러운 도둑놈아! 당장 내 딸을 내놔!
아무리 생각해도 네놈이 마법을 부리지 않고서는, 이 나라 부잣집
귀공자들을 한사코 거절해 온 순박하고 아름다운 내 딸이 이런
일을 저지를 리가 없지. 아비 눈을 피해 가면서 너처럼 시커먼 놈의
가슴팍에 안겨, 세상의 웃음거리가 되지는 않았을 거란 말이다.
어디 내 말이 틀렸느냐? 마음 약한 내 딸을 꾀어내다니, 네놈을
잡아 가둘 것이다. 더불어서 금지된 마법을 부린 죄까지 덧붙여서.

여봐라, 저놈을 잡아라. 반항하면 사정없이 대해도 좋다.

오셀로 잠깐만! 그렇게 나오면 나도 가만히 있지 않을 거요. 하지만 내 말부터 들으시오. 일단 어디든 가서 이야기합시다.

브러밴쇼 그래, 감옥으로 가거라. 거기서 꼼짝 마라.

오셀로 공작님께서 급히 부르셨는데, 그분이 허락할까요? 지금 막 사람을 보내 저를 불러들였는데요.

관리 1 어르신, 사실입니다. 공작께서 회의를 소집하셨습니다. 어르신께도 연락이 간 줄 압니다만.

브러밴쇼 뭐라고? 공작께서 회의를? 무슨 다급한 일인데 한밤중에 사람을 부르느냐? 하여간 저놈을 끌어내라. 내 문제도 간단한 일은 아니다. 어느 누구도 이 일을 남의 일로 여기지는 않을 것이다. 만약 이 일을 모른 체한다면, 노예나 이교도들에게 국정을 맡기는 것이 차라리 나을 것이다. (퇴장)

제3장

회의실.
공작과 의원들이 둘러앉아 있고, 관리 몇 명이 옆에 대기하고 있다.

공작 들어온 소식들이 저마다 다르니, 어느 것을 믿어야 할지 모르겠소.

의원1 정말 앞뒤가 맞지 않소. 여기 있는 편지에는 적선이 107척으로 되어 있는데요.

공작 여기는 140척으로 적혀 있소.

의원2 여기는 200척입니다. 어림잡아 보고하니까 그렇겠죠. 하지만 터키 함대가 사이프러스를 향해 진격하고 있다는 건 분명한 사실입니다.

공작 정말 그렇소. 참으로 걱정스러운 일이 아닐 수 없소.

수병 (밖에서) 여보세요! 여보세요! 여보세요!

관리1 함대에서 전령이 왔습니다.

수병 등장.

공작 무슨 일이냐?

수병 터키 함대가 로즈 섬으로 향하고 있습니다.

공작 여러분은 이 일에 대해 어떻게 생각하시오?

의원1 아무리 생각해도 영문을 알 수 없습니다. 혹시 우리 눈을 속이자는 계략이 아닐까요? 터키의 입장에서 보자면 사이프러스가 로즈 섬보다 공략하기 쉬울 뿐만 아니라 훨씬 중요한 요충지잖아요. 그런데 역으로 공략하다니, 이해가 되지 않는군요. 이득도 없는 걸 얻으려고 위험을 자초할 리가 없을 텐데 말이오. 쉬운 곳부터 공략한 뒤 가장 중요한 것을 손에 넣으려는 계략이 아닐까요?

공작 그렇소. 확신하건대 로즈 섬으로 향하는 것이 아니요.

관리1 또 다른 소식이 왔습니다.

전령 등장.

전령 아룁니다. 로즈 섬을 향하던 터키 함대가 방향을 바꾸어서 사이프러스로 향했습니다.

의원 1 내 그럴 줄 알았다.

전령 함대도 30척 가량 더 많아졌다고 합니다. 공작님의 충성스럽고 가장 용감한 몬타노 어른이 전해 왔습니다.

공작 지금 마커스 루치코스는 어디에 있지?

의원 1 플로렌스에 있습니다.

공작 서신을 보내 급히 가라고 하시오.

의원 1 브러밴쇼 어른과 무어 장군이 오는군요.

브러밴쇼, 오셀로, 캐시오, 이아고, 로더리고 그리고 여러 관리들 등장.

공작 오셀로 장군, 우리의 적 터키 놈들을 물리치기 위해 바로 떠나야겠소. (브러밴쇼에게) 어서 오시오. 의원의 도움이 필요하던 참이오.

브러밴쇼 저도 공작님의 도움이 필요합니다. 제가 이토록 황급히 달려온 것은 직책 때문도 아니고, 나라의 위기 때문도 아닙니다. 오로지 제 사사로운 걱정으로 온 것을 너그럽게 용서하십시오.

공작 대체 무슨 일이오?

브러밴쇼 제 딸년이…… 아아, 제 딸년이!

일동 죽었소?

브러밴쇼 제게는 죽은 거나 다름없죠. 도둑맞아 더럽혀지고 농락당했으니까요. 그토록 똑똑하던 애가 마법에 걸리지 않고서는 그런 짓을 저지를 리가 없습니다.

공작 그놈이 누구든 간에 그런 몹쓸 짓으로 따님을 홀려 정조까지 짓밟았다면 국법으로 엄하게 다스리겠소. 설령 그 범인이 내 아들놈이라 해도 용서할 수 없는 일이오.

브러밴쇼 공작님의 은혜에 깊이 감사드립니다. 바로 이곳에 공작님의 특명을 받고 온 무어 놈이 범인입니다.

일동 참으로 딱하게 됐군.

공작 (오셀로에게) 장군은 이 문제에 대해 할 말이 있소?

브러밴쇼 무슨 할 말이 있겠습니까? 이런 일을 저지른 놈이.

오셀로 존경하는 공작님, 그리고 여러 의원님들께 한 말씀드리겠습니다. 제가 이 어르신의 딸을 데려간 것은 사실입니다. 물론 결혼도 했습니다. 제가 저지른 죄는 바로 이것뿐입니다. 저는 양팔에 힘이 생기기 시작한 일곱 살 때부터, 지난 아홉 달만 빼고는 줄곧 싸움터에서만 굴러먹던 놈입니다. 그래서 싸움에 관한 것을 제외하고는 세상살이에 미숙하지요. 따라서 제 자신을 변명하는 일조차 여간 어려운 게 아닙니다. 그러나 여러분께서 허락하신다면 제가 결혼하게 된 자초지종을 말씀드리고 싶습니다. 지금 어르신께서는 마법을 부려 따님을 농락했다고 하셨는데, 절대로 그렇지가 않습니다.

브러밴쇼 그 애는 수줍음이 많았죠. 평소에 그렇게 단정하고 정숙하던 애가, 행여 마음먹은 일이 흔들릴까 봐 얼굴을 붉히곤 하던 내 딸이 이런 일을 저지르다니…… 도저히 있을 수 없는 일입니다. 성격과 나이와 국적이 전혀 맞지 않는 끔찍한 인간과 사랑에 빠진다는 것은 말도 안 됩니다. 어디에 내놓아도 손색없는 애가 자연의 순리를 거스르는 짓을 했다는 것은 악마의 농간이 아니고서는 도저히 불가능한 일입니다. 다시 말씀드리면, 마음을 매혹시키는 마약을 딸애에게 먹인 게 틀림없습니다.

공작 그렇게 말할 것이 아니라 확실한 증거를 제시해야 할 것 같소. 그러한 추측으로 이 사람의 죄를 논한들 무슨 효력이 있겠소.

의원1 오셀로 장군, 자네가 비열한 방법으로 의원의 딸을 유혹했소? 아니면 진정 마음이 통해 사랑을 얻은 거요?

오셀로 지금이라도 그녀를 이곳으로 불러 물어보십시오. 만일 그녀가 저더러 악당이라고 말한다면, 제 지위뿐만 아니라 목숨을 거두어도 좋습니다.

공작 데스데모나를 이리로 불러오라.

오셀로 (이아고에게) 기수, 자네가 그곳을 알고 있으니 안내하라. (이아고가 시종들과 함께 퇴장.) 그럼 제 아내가 올 때까지 신 앞에서 속죄하는 마음으로, 그토록 아름다운 그녀의 사랑을 어떻게 얻게 되었는지 말씀드리겠습니다.

공작 오셀로, 이야기하시오.

오셀로 여기 계신 어르신께서는 저를 끔찍이 아껴 주셨습니다. 이따금 저를 초대하여 제 신상과 그동안 겪어 온 전투, 성을 점령한 이야기 그리고 갖가지 승전보에 대한 이야기를 들으셨습니다. 그래서 전 어렸을 때부터 지금까지 경험한 이야기를 모두 들려드렸지요. 예컨대 바다와 육지에서 일어났던 놀라운 사건들, 생사를 걸고 성벽을 뚫고 나오다 간발의 차이로 목숨을 건진 일, 적의 포로가 되어 노예로 팔려갔다가 보상금을 물고 풀려났던 일, 여러 나라를 다니면서 겪었던 체험담뿐만 아니라 거대한 동굴과 불모의 사막, 깎아 세운 듯한 낭떠러지, 하늘까지 닿을 듯한 산과 봉우리 등에 대해 말씀드렸지요. 물론 이야기는 이것뿐만이 아니었습니다. 서로 뜯어 먹는 식인종 앤드로포파자이족에 관한 이야기도 있었지요. 데스데모나는 집안일로 바쁘면서도 늘 귀 기울여 들었습니다. 저는 그것을 눈치채고, 그녀가 처음부터 제 이야기를 듣고 싶어 하도록 유도했지요. 아나나 다를까, 그녀는 다시 이야기를 해 달라고 졸랐습니다. 저는 그 뜻을 받아들여 다시 그녀의 눈물샘을 자극했죠. 제가 이야기를 끝내자 그녀는 '차라리 듣지 않았으면 좋았을걸.'이라고 하면서도, 하늘이 자기에게 그런 남자를 내려 주면 좋겠다고 말했습니다. 그러고 나서 만약 제 친구 가운데 자기를 사랑하는 사람이 있다면, 그 사람이 이런 이야기를 자기에게 해 줄 경우 자기 마음을 송두리째 차지할 수 있을 거라고도 말했지요. 이런 말을 듣고, 저는 용기를 얻어 고백했습니다. 그녀는 숱한 위험을 이겨 낸 저를 사랑해 주었습니다. 이것이 제가 사용한 유일한 마법입니다. 그녀가 저기 오고 있으니까 직접 들어 보세요.

데스데모나, 이아고, 시종들 등장.

공작 내 딸이라도 그런 얘기를 들으면 마음이 흔들리겠군. 브러밴쇼 의원, 이미 엎질러진 물이니 최선의 방법을 택하는 것이 좋을 듯싶소. 옛말에 맨주먹보다는 부러진 칼이라도 있는 게 낫다고 하지 않소.

브러밴쇼 딸년의 말을 들어 주십시오. 저 애가 원해서 한 짓이라면, 이 사람을 욕되게 한 저를 처벌해 주십시오. 애야! 여기 계신 여러 어르신들 앞에서 묻겠다만, 너는 먼저 누구에게 복종해야 한다고 생각하느냐?

데스데모나   아버지, 저한테는 두 가지 의무가 있다고 생각합니다. 저를 낳아 주고 길러 주신 은혜에 대한 의무를 저버리지 말아야겠지요. 그러니까 어느 누구보다도 딸로서 아버지를 가장 존경합니다. 하지만 지금은 제 남편이 있습니다. 어머니가 외할아버지보다 아버지를 더 소중히 여기셨듯이, 저 역시 무어 장군을 제 남편으로서 정성껏 섬기려 하옵니다.

브러밴쇼   끝장났군! 네 멋대로 잘 살려무나. 자식을 낳느니 차라리 얻어 기르는 편이 나을 뻔했군. 무어 장군, 이렇게 된 이상 딸을 주지 않을 수 없구려. 네가 무남독녀였던 것이 천만 다행이다. 만일 다른 딸이 있었으면 아무 데도 가지 못하도록 족쇄를 채웠을지도 모르니 말이다. 이것으로 끝났습니다.

공작   나도 한마디만 하겠소. 이 말로 두 분이 화해하면 더할 나위 없이 좋겠소. 만사 최악의 경우를 생각하면 슬픔도 사라지지만, 불행에 빠져 있으면 불행은 끝없이 계속되는 법이오. 물건을 빼앗겨도 낙천적으로 생각하면 언젠가는 그것을 다시 얻을 수 있지 않겠소.

브러밴쇼   그러니까 사이프러스 섬을 터키 놈들에게 빼앗기고도 웃는다면 다시 찾아진다는 말씀입니까? 충고도 마음의 여유가 있을 때나 받아들일 수 있는 것이지, 마음의 고통을 참을 수 없는 사람에겐 듣기 거북한 말에 불과할 뿐이지요. 말은 어디까지나 말일 뿐입니다. 멍든 가슴이 위로를 받아 아물었다는 얘기는 일찍이 들어 본 적이 없습니다. 이제 나랏일에 대해 말씀하시지요.

공작   터키 군이 사이프러스로 향하고 있다고 하오. 오셀로 장군, 많은 사람들이 그쪽 지리에 밝은 장군이 가야 한다고 하오. 물론 아주 유능한 인재를 그곳에 주둔시켜 놓기는 했지만 아무래도 마음이 놓이지 않소. 그러니 이제 신혼인 사람에게 매우 미안한 일이지만 이 어려운 토벌 작전에 참가해 주었으면 좋겠소.

오셀로 분부대로 하겠습니다. 제게는 오히려 험한 싸움터가 푹신한 침대처럼 편안하기까지 합니다. 게다가 어려운 일을 피하지 못하는 성미이니 터키를 무찌르는 데 최선을 다하겠습니다. 다만 한 가지 부탁드리고 싶은 것은, 제 아내에게 가문에 어울리는 거처를 마련해 주셨으면 합니다. 그리고 뒷바라지를 해 줄 사람까지 붙여 주십시오.

공작 그런 점은 장인께 부탁하는 게 어떻겠소?

브러밴쇼 그건 사양하겠습니다.

오셀로 저도 그건 원치 않습니다.

데스데모나 저 역시 싫습니다. 아버지께 폐를 끼치고 싶지 않습니다. 공작님, 제 말씀을 들으시고 제가 원하는 것을 들어주십시오.

공작 원하는 게 무엇인가? 말해 보라.

데스데모나 이미 세상이 다 알다시피, 제가 무어 장군을 사랑하고 그와 함께 살기로 한 것은 오로지 제 운명을 그에게 모두 맡기겠다는 생각에서였습니다. 그의 인품과 직책을 잘 알고 있을 뿐 아니라 그것에 매료되었으니까요. 하지만 남편이 싸움터에 나가 있는 동안 저 혼자 이곳에 남아서 지낸다면 참으로 침울하고 쓸쓸할 것입니다. 그러니 제발 함께 갈 수 있도록 허락해 주십시오.

오셀로 아내의 뜻을 받아 주십시오. 이렇게 말씀드리는 것은 맹세코 제 자신의 욕망을 채우기 위해서가 아닙니다. 저는 이미 그런 때는 지나갔습니다. 다만 아내의 소원을 들어주고 싶어서입니다. 아내가 동행하더라도 중대한 임무를 소홀히 하는 일은 절대로 없을 겁니다. 걱정하지 마십시오.

공작 그럼 그 일은 그대가 알아서 결정하시오. 어쨌든 사태가

분초를 다투는 일이니 서둘러 떠나시오.

의원 1 오늘 밤이라도 바로 떠나시오.

데스데모나 오늘 밤에 떠나란 말씀입니까?

공작 그렇소. 지금 바로.

오셀로 네, 그렇게 하겠습니다.

공작 오셀로 장군, 기수 한 사람을 남겨 두시오. 그래야 전령장을 전달할 수 있을 테니까. 그대의 권한과 기타 사항에 대해서도 함께 전하겠소.

오셀로 분부대로 기수를 남겨 두겠습니다. 정직하고 충실한 사람입니다. 무엇이든 필요한 것이 있으면 명을 내리십시오. 제 아내도 그에게 부탁하겠습니다.

공작 알겠소. 그럼 편히 쉬시오. (브러밴쇼에게) 브러밴쇼 의원, 덕이 있으면 인물이 빠지기 십상인데, 댁의 사위는 피부만 검을 뿐이지 인물도 잘났소이다.

의원 1 무어 장군, 그럼 부탁하리다. 아내도 잘 위해 주고.

브러밴쇼 오셀로, 눈이 멀지 않는 한 잘 지키게. 아비를 속인 계집이 남편인들 못 속이겠나. (공작, 의원들, 시종들 퇴장.)

오셀로 그녀의 정조는 믿지 못할 게 없죠! 이아고, 데스데모나를 부탁한다. 나중에 형편이 나아지는 대로 오도록 하고. 자, 데스데모나! 당신에게 할 말이 매우 많았는데 당신과 함께할 시간이 한 시간밖에 남지 않았구려. (오셀로와 데스데모나 퇴장.)

로더리고 이아고, 어떻게 하면 좋겠는가?

이아고 어떻게 하다뇨? 가서 주무셔야죠.

로더리고 지금이라도 물에 빠져 죽고 싶구나.

이아고 그런 짓을 하시겠다면 차라리 인연을 끊읍시다. 바보같이 굴지 마시라고요!

로더리고 사는 것이 이렇게 고통스러울 바에야 차라리 죽는 게 나아.

이아고 별소리를 다 하시네요! 나는 스물하고도 여덟 해 동안 세상 구경을 해 봤습니다만, 자기 자신을 진실로 아낄 줄 아는 사람은 아직 만나 보질 못했습니다.

로더리고 하지만 어떻게 하면 좋단 말이냐? 내 꼴이 수치스럽지만, 이 모두가 내 수양이 모자란 탓인걸.

이아고 수양이라고요? 원 참! 모두가 이러니저러니 팔자타령을 하지만 세상일은 마음먹기 나름이죠. 우리 몸이 정원이라면, 우리 마음은 정원사라고나 할까……. 쐐기풀을 심든 상추를 심든, 우슬초를 심어서 백리향을 내든, 한 가지 풀만 심든 여러 가지 풀을 심든, 혹은 게으름을 피우면서 묵히든 부지런히 거름을 주면서 가꾸든 간에 모든 것은 다 우리 마음에 달렸단 말씀입니다. 우리 삶을 저울이라 칩시다. 저울 한쪽에 정욕의 접시가 매달려 있는데, 다른 쪽에 있는 이성의 접시가 균형을 맞추지 못한다면 추잡한 꼴이 되고 말지요. 그러나 다행히도 우리에게는 이성이 있어서 정욕을 억제할 수 있답니다. 그러니 돈이나 마련해 가지고 나랑 같이 떠납시다. 수염을 붙이면 사람들이 몰라 볼 거요. 여자도 없이 혼자 쓸쓸하게 물에 빠져 죽느니 실컷 즐긴 뒤에 목을 매다는 게 낫다 이 말씀이지요. 게다가 데스데모나가 무어 놈을 언제까지 좋아하겠소? 물론 그 녀석도 데스데모나를 끝까지 사랑하지 않겠지만. 걸신들린 것처럼 허겁지겁 들러붙은 것들이니까 떨어지는 것도 아마 시간문제일 거요. 그러니 문제는 돈이오. 지금은 꿀맛 같아도 머잖아 익모초처럼 쓰다고 뱉어 버릴 테니까.

로더리고   자네 말을 믿어도 되겠지?

이아고   걱정 마세요. 가서 돈이나 챙겨 오세요. 다시 말하건대 나도 무어 놈을 미워한다는 걸 잊지 마시고요. 우리 둘이서 한마음이 되어 그놈을 해치우자고요. 당신이 무어 놈의 아내를 가로챈다면 당신에겐 즐거움이고, 내겐 위안이지요. 자, 시간이라는 자궁 속에는 여러 가지 사건이 들어 있어서 달이 차면 세상으로 나오는 법이죠. 내일 아침에 만나서 얘기해요.

로더리고   내일 아침에 어디서 만날까?

이아고   내가 묵고 있는 곳에서요.

로더리고   그럼 아침 일찍 가도록 하지.

이아고   좋습니다. 가 보세요. 아 참! 로더리고, 잠깐만!

로더리고   왜 그래?

이아고   투신자살은 금물이에요. 아시겠죠?

로더리고   알았네. 나는 지금 가서 땅떼기 있는 거 몽땅 팔아야겠네. (퇴장)

이아고   좋습니다! (방백) 이렇게 해서 저 바보 녀석 돈을 좀 털어먹는 거지. 저런 멍청이를 상대하는 것은 시간 낭비이니, 대신 돈이나 듬뿍 뜯어내는 거야. 그렇지 못하면 내 머리를 모욕하는 거지. 게다가 무어 놈이 내 마누라와 무슨 짓을 했다는 소문이 있는데 그대로 놔둬선 안 돼. 그놈이 나를 믿을 때 그놈을 해치워야 해. 맞아! 만만치 않은 캐시오란 녀석과 같이 엮어 넣는 거야. 얼굴이 반반한 녀석이니 무어 놈 부인과 눈이 맞았다고 하면 돼. 무어 놈은 단순하고 정직한 성격이어서 아마 깜박 속아 넘어갈 거야. 내 뜻대로 당나귀 끌고 다니듯 조종해야지. 두고 봐. 지옥의 어둠이 괴물 같은 재앙을 탄생시킬 테니까. (퇴장)

제 2 막

제1장

사이프러스 섬 항구, 부두 근처의 공터.
몬타노와 신사 두 명 등장.

몬타노 바다 위에 무엇이 보이는가?

신사1 아무것도 안 보입니다. 높은 파도만 일 뿐입니다. 하늘과 바다 사이에 돛대 하나 보이지 않습니다.

몬타노 바람이 땅을 뒤흔드는 것 같군. 성벽이 바람에 이토록 들썩거린 적은 없었어. 바다에서도 그렇다면 참나무로 된 배는 산산조각 났을 거야. 무슨 일이나 일어나지 않았는지 궁금하군.

신사2 터키 함대도 뿔뿔이 흩어졌을 겁니다. 바닷가에 나가 봤더니 사나운 파도가 하늘로 치솟고 있었습니다. 바람에 휩쓸린 파도가 무시무시한 갈기처럼 하늘로 불끈 솟구쳐 올라 북극성을 없애 버릴 것만 같았습니다. 이렇게 거센 파도는 처음 보았습니다.

몬타노 항구로 피난하지 않았으면 터키 함대도 침몰했을 거야. 이 폭풍을 견딜 수 있는 배는 없을 테니까.

신사 3 등장.

신사3 새로운 소식입니다! 싸움은 끝났습니다. 무서운 폭풍우에 터키 함대가 박살났답니다. 그 처참한 광경을 우리 군함이 목격했답니다.

몬타노 뭐라고! 그게 정말인가?

신사3 우리 군함이 입항했습니다. 용감한 무어인 오셀로 장군님의 부관 마이클 캐시오가 뭍에 올랐습니다. 사이프러스 섬 수비의 전권을 위임받은 무어 장군님은 아직 항해 중입니다.

몬타노 반가운 일이군. 역시 무어 장군님은 훌륭한 분이야.

신사3 캐시오 부관은 터키 함대가 전멸한 것에 대해서는 매우 기뻐하면서도 무어 장군님의 안부를 크게 걱정하고 있었습니다. 폭풍 때문에 서로 헤어진 모양입니다.

몬타노 아무 일도 없어야 할 텐데. 한때 나도 그분을 섬겨 본 적이 있었지. 그분은 완벽한 분이셔. 자, 바다로 가자! 입항하는 배를 맞아야겠어. 그리고 눈을 부릅뜨고 바다 저 멀리까지 오셀로 장군님을 찾아보자.

신사3 그럼 어서 가시죠. 배들이 속속 입항하고 있습니다.

캐시오 등장.

캐시오 이 요새를 잘 지켜 주신 지휘관께서 무어 장군님을 칭찬해 주시니 참으로 감사합니다. 신이시여, 부디 장군님을 폭풍으로부터 지켜 주십시오!

몬타노 장군님이 타신 배는 튼튼합니까?

캐시오 배야 튼튼하지요. 선원들도 경험이 많고요. 마음을 놓을 수는 없습니다만, 큰 걱정은 안 해도 좋을 듯합니다.

안에서 '배다, 배다!' 하는 소리가 들린다.
신사 4 등장.

캐시오 왜 이렇게 시끄러운 거요?

신사4 거리가 텅 비었습니다. 모두 바닷가로 몰려가서 '배가 보인다!'고 외치고들 있습니다.

캐시오 장군님이 오신 게 분명할 겁니다. (대포 소리가 들린다.)

신사2 예포(禮砲)를 쏘고 있습니다. 아무튼 우리 편임이 틀림없습니다.

캐시오 가서 누가 도착했는지 알아보시오.

신사2 그렇게 하겠습니다. (신사 2 퇴장.)

몬타노 그런데 부관, 장군님은 부인이 계십니까?

캐시오 확실히 운이 좋으신 분입니다. 어떤 이야기책에서도 볼 수 없을 만큼, 말로는 형용할 수 없는 부인을 맞으셨습니다. 아무리 훌륭한 문구라도 부족할 만큼 현명하고, 타고난 아름다움은 어떻게도 표현할 수가 없습니다.

신사 2 다시 등장.

몬타노 어떻게 되었소? 누가 입항했소?

신사2 장군님의 기수인 이아고입니다.

캐시오 운이 좋았나 보군요. 거센 폭풍우나 파도, 죄 없는 배를 좌초시키는 비겁한 암초도 아름다움을 보는 눈은 있나 봅니다. 어여쁜 데스데모나 부인을 안전하게 통과시켜 준 걸 보니 말입니다.

몬타노 데스데모나 부인이 누구요?

캐시오 오셀로 장군님의 부인입니다. 용감한 이아고에게 호위해 줄 것을 부탁했는데 예상보다 일주일이나 빨리 도착했군요. 신이시여, 오셀로 장군님을 지켜 주소서! 가라앉은 사기를 북돋워 주시고, 사이프러스 섬에 축복을 내려 주소서!

데스데모나, 에밀리아, 이아고, 로더리고, 시종들 등장.

데스데모나 무사하군요, 캐시오 부관. 장군 소식은 들으셨소?

캐시오 아직 도착하지 않으셨지만 별일 없으실 테니 걱정하지 마세요.

데스데모나 오, 나는 두렵군요. 어떻게 해서 헤어지게 되었소?

캐시오 무서운 풍파로 인해 그렇게 됐습니다. (뒤에서 '배다, 배가 보인다!'는 고함 소리와 예포 소리가 들린다.)

신사 2 예포를 쏘는군요. 이번에도 아군 함선입니다.

캐시오 가서 살피고 오시오. (신사 2 퇴장.) 기수, 잘 왔네. (에밀리아에게) 안녕하십니까, 부인? 이아고, 이런 인사를 한다고 화내지 말게. 예의를 차리도록 배웠으니 어쩔 수 없네. (에밀리아에게 입을 맞춘다.)

이아고 제 아내의 재잘거리는 혓바닥에 질렸습니다만, 제 아내가 입술도 그런 식으로 자주 내민다면 부관께서도 아마 진저리를 치실 겁니다.

데스데모나 저런! 에밀리아야말로 입이 무겁던데.

이아고 모르시는 말씀이십니다. 한시도 입을 다물지 않는걸요. 지금이야 마님 앞이니 혓바닥을 입 속에 말아 넣고 속으로 종알대겠지요.

에밀리아 사람 잡는 소리 그만해요.

이아고 내숭 떨고 있네. 밖에 나오면 그림처럼 조용하지만, 방 안에만 들어갔다 하면 종소리처럼 시끄럽고 부엌에선 아예 살쾡이잖아. 나쁜 짓을 하고도 시치미를 떼고, 화가 나셨다 하면 악귀뺨치지. 집안일에는 게으르면서도 이불 속에만 들어왔다 하면 부지런을 떨잖아.

데스데모나 어머, 무슨 욕을 그렇게 한담!

이아고 사실입니다. 그렇지 않다면 저는 터키 놈이에요. 당신은 일어나면 놀고, 잠자리에만 들면 열심히 일하는 여자잖아.

에밀리아 죽어도 당신더러 칭찬해 달라고 하지 않을 거예요.

이아고 나도 그래!

데스데모나 나를 칭찬한다면 뭐라고 할 건가?

이아고 마님, 저한테 그 일만은 시키지 마십시오. 입만 열면 욕지거리니까요. 그래야 속이 풀리거든요.

데스데모나 그래도 말해 보게. 참, 항구엔 사람이 나갔겠지?

이아고 네, 나갔습니다.

데스데모나 뭐라고 칭찬할 건가? (방백) 재미는 없지만 재미있는 척하고 들어 주자.

이아고 좋습니다. 기막힌 표현이 끈끈이처럼 머릿속에서 떨어지질 않는군요. 가만 있자, 시적 영감이 떠오르는군요. 만일 여자가 예쁘고 똑똑하다면, 머리는 얼굴을 이용하고 얼굴은 머리에게 이용당할 것입니다.

데스데모나 좋아! 그 여자가 얼굴은 못생겼지만, 똑똑하다면?

이아고 못생겨도 지혜가 있다면 얼굴에 맞는 남자를 찾을 겁니다.

데스데모나 점점 나빠지는군.

에밀리아 예쁘기는 한데 재주가 없으면 어떻게 되지?

이아고 얼굴이 반반한데 그냥 있을 리가 없죠. 아이를 많이 만들어 내겠죠.

데스데모나 그런 건 술집에서 머저리들이 지껄이는 웃기는 얘기지. 얼굴도 못생겼는데 바보라면 얼마나 더 지독한 욕설이 나올까?

이아고 아무리 밉고 바보라 해도 예쁘고 똑똑한 여자들이 하는 추잡한 짓거리를 안 하지는 않지요.

데스데모나 아주 엉터리야! 가장 형편없는 것을 가장 좋다고 칭찬하다니. 그러나 정말 훌륭한 여자를 욕한다면 어떻게 하지? 욕을 퍼붓고 싶어도 자연히 칭찬할 수밖에 없는 그런 여자 말이야.

이아고 아름답지만 거만하지 않고, 말은 잘하되 떠벌리지 않고, 돈이 넉넉해도 사치스럽지 않고, 할 수 있는 일도 억제할 줄 알며, 복수할 수 있는 기회가 와도 원한을 참아 내고, 대구 대가리와 연어 꽁지를 바꾸지 않을 만한 분별력이 있지만 겉으로는 아는 체하지 않고, 남자들이 뒤꽁무니를 따라와도 뒤돌아보지 않는 여자가 있다면, 그런 여자는…….

데스데모나 그런 여자는?

이아고 바보 자식 젖 빨리고, 가계부 적는 데나 안성맞춤이겠지요.

데스데모나 순 엉터리 같으니라고! 에밀리아, 아무리 남편이라고 하지만 남편 말을 그대로 받아들이다가는 큰일 나겠어. 캐시오 부관, 저자는 저질에다 버릇없는 떠버리가 맞죠?

캐시오 원래 입이 걸은 사람입니다. 이아고를 학자라기보다는 군인으로 생각하시면 그의 말이 재미있게 들리실 겁니다.

이아고 (방백) 저 자식, 저 여자의 손을 잡네. 옳거니, 귓속말을 주고받네. 조그만 거미줄로 캐시오라는 큼직한 파리를 낚는단 말이지. 옳지, 웃어라! 악당아, 여자를 보고 웃어. 예의를 차린다고 손에다 입을 맞추며 마냥 신사인 체 뽐내고 있는 이놈아, 네놈을 곧 부관 자리에서 내쫓을 테니. 그때는 입을 맞춘 걸 후회하겠지. 옳지, 잘한다! 멋진 입맞춤이다. 희한한 예의로군! 손가락에 또 입을 갖다 대? 그 손가락이 밑씻개라면 너한테는 좋을 텐데. (안에서 나팔 소리, 큰 소리로) 무어 장군님입니다!

캐시오 정말 그런 것 같습니다.

데스데모나 어서 장군님을 마중하러 나갑시다.

오셀로와 시종들 등장.

캐시오 보세요, 저기 오십니다!

오셀로 오, 아름다운 내 전우여!

데스데모나 아, 사랑하는 오셀로!

오셀로 먼저 도착한 당신을 보니 놀랍기도 하지만 정말 기쁘오. 폭풍이 휘몰아친 뒤에 이 같은 고요가 온다면, 송장이 눈을 번쩍 뜰 정도로 바람이 불어도 좋겠소. 산더미 같은 파도가 올림포스 정상까지 솟구쳐 올랐다 지옥의 구렁텅이로 떨어진다 해도, 이보다 더한 기쁨은 없을 것 같구려.

데스데모나 무슨 말씀을 그렇게 하세요? 신이시여, 우리의 사랑과 기쁨이 날이 갈수록 깊어지게 하소서!

오셀로 신이시여, 부디 그렇게 해 주소서! 이 기쁨을 어찌 말로 다 표현하겠소. 너무나 벅차 넘쳐흐를 것만 같소. 이것이, 이 입맞춤이 (입을 맞춘다.) 우리 두 사람의 가장 큰 불화였으면……

이아고 (방백) 흥, 잘들 노는구나! 두고 보라지. 내가 깨뜨려놓을 테니.

오셀로 자, 성으로 갑시다. 전우들이여, 싸움은 이제 끝났소. 터키 놈들은 모두 바다 귀신이 되었소이다. 우리 들어가서 한잔합시다. 이아고, 수고스럽겠지만 부두로 가서 내 짐을 내려놓게. 그리고 선장을 성으로 안내하게나. 참으로 좋은 사람이지. 오, 데스데모나! 이곳에서 만나다니 정말 기쁘오! (이아고와 로더리고만 남고 모두 퇴장.)

이아고 (로더리고에게) 이봐요, 용기를 좀 내라니까! 내 말을 새겨들어요. 오늘 부관은 야경을 돌 거요. 내가 한마디 일러두건대, 문제는 데스데모나가 그 녀석을 좋아한다는 사실이오.

로더리고 그럴 리가? 어림없는 소리!

이아고 잘 생각해 보세요. 데스데모나가 무어 놈에게 사랑을 느낀 것은 꿈같은 거짓말 때문이에요. 하지만 그것도 시간이 지나면 헛소리라는 걸 깨닫게 되죠. 게다가 무어 놈 낯짝을 보고 있으면 만족할 수 있겠어요? 사람의 눈이란 아무거나 눈에 띄는 걸 본다고 채워지는 것이 아니죠. 그제야 그녀는 속았다고 후회한다 이거죠. 이때의 미끼는 바로 캐시오밖에 없어요. 그놈은 입을 잘 놀리고 머리도 빨리 돌아가는 바람둥이란 말씀이에요. 음탕한 놈! 예의니 친절이니 하지만 제 욕정을 채우기 위해서는 양심 같은 것은 헌신짝처럼 내버리는 놈이죠. 능글맞은 놈! 기회주의자! 인물 좋겠다, 나이 젊겠다, 세상 물정을 모르는 계집한테는 딱 맞아떨어지죠. 게다가 데스데모나도 이미 그놈한테 눈독을 들이고 있단 말이오.

로더리고 데스데모나가 깨끗하고 착하지 않다니, 믿어지지가 않아.

이아고 깨끗하고 착하다고? 웃기는 소리지. 그 여자도 우리와 똑같은 포도주를 마셔요. 깨끗하고 착한 여자가 무어 놈한테 반할 것 같아요? 천만에! 그 여자가 캐시오의 손바닥을 어루만지는 걸 보지 못했단 말입니까?

로더리고 그거야 나도 봤지. 하지만 그건 예의였을 뿐이지.

이아고 로더리고, 그것이야말로 음탕한 짓이지 뭐겠어요. 그러니 내 말을 귀담아 들으세요. 당신도 오늘 야경을 나가는 거예요. 그래서 어떻게 해서든 캐시오의 비위를 건드리세요. 소리를 지르든지 욕을 하든지.

로더리고 좋아.

이아고 그놈은 워낙 성미가 급한데다 신경질적이기 때문에 성질을 있는 대로 부릴 거예요. 그러니까 내 말은 그렇게만 한다면 이 일이 사이프러스 전체를 들썩거릴 만큼 대소동이 될 거라는 말이에요. 캐시오를 파면시키지 않고는 도저히 수습할 길이 없을 정도로 말이죠. 그러면 우린 방해물을 제거하게 되는 거죠. 이 같은 방해물이 있는 한 우린 햇빛 볼 날이 없을걸요.

로더리고 기회를 잡기 위해서라면 꼭 그렇게 하겠네.

이아고 그건 내가 보장하지요. 이따가 성에서 만납시다. 무어 놈의 짐을 가져다 놓아야 하니까요.

로더리고 그러세. (퇴장)

이아고 무어 놈이 단순 무식하지만 정이 두텁고 후덕한 것만은 분명해. 데스데모나에게는 나무랄 데 없는 다정한 남편이지. 한데나 역시 데스데모나에게 끌린단 말이야. 순전히 욕정 때문이 아니라 복수심 때문이지. 음탕한 무어 놈이 내 잠자리에 파고든 적이 있잖아. 그 일만 생각하면 마치 독약이라도 마신 듯 속이 왈칵 뒤집힌단 말이야. 마누라에게 멍든 가슴은 마누라로 갚을 수밖에 없는 거지. 무어 놈의 질투심을 맹렬히 불러일으켜 분별심을 잃게 만들어야 해. 그러려면 무엇보다도 베니스의 그 쓰레기 같은 녀석의 마음을 잔뜩 달아오르게 해서 여기저기 들쑤시게 해야 해. 그렇다면 캐시오쯤이야 문제없지. 그 녀석도 내 마누라와 잤다는 혐의가 있거든. 어쨌든 무어 놈이 돌아 버릴 때까지 캐시오를 욕하는 거야. 계략은 다 섰는데 아직은 막막하군. 악당의 정체는 실력이 발휘될 때 나타나는 법이니까. (퇴장)

제2장

거리.
전령이 포고문을 읽으면서 등장. 시민들이 뒤따른다.

전령　고귀하고 용감하신 오셀로 장군님께서 터키 함대의 전멸 소식을 접하시고 승리의 축하연을 베푸신답니다. 여러분, 춤을 추며 각자의 취향에 따라 즐기시기 바랍니다. 승리를 축하하는 것 말고도 장군님의 결혼 축하연이 있을 예정입니다. 이상 장군님의 말씀을 전해 드렸습니다. 모든 창고를 개방하였으니 다섯 시부터

열한 시 종이 울릴 때까지 마음껏 음식을 드시고 즐기십시오. 사이프러스 섬과 오셀로 장군님 만세! (퇴장)

제3장

성 안의 홀.
오셀로, 데스데모나, 캐시오, 시종 등장.

오셀로 캐시오, 오늘 야경을 부탁하네. 마음껏 놀고 마시는 것도 좋지만 난동을 부리는 건 딱 질색이네.

캐시오 이아고에게 지시를 내렸습니다. 저 역시 정신을 차리고 살펴보겠습니다.

오셀로 이아고는 성실한 사람이지. 내일 아침 일찍 만나세. (데스데모나에게) 여보, 이리 와요. 결혼식이 끝났으니 열매를 거둬야지. (캐시오에게) 부탁하네. (오셀로, 데스데모나, 시종들 퇴장.)

이아고 등장.

캐시오 어서 오게, 이아고. 어서 순찰을 나가세.

이아고 부관님, 아직 시간이 남았는데요. 열 시 전입니다. 장군님께서 데스데모나에 대한 사랑 때문에 우리를 일찍 풀어 주셨군요. 하지만 너무 섭섭해 하지 마시죠. 아직도 신혼의 달콤함을 나누지 못하셨으니까. 그녀는 조브 신도 반할 만큼 미인이 아닙니까.

캐시오 정말 눈이 부시더군. 그렇게 청초하고 섬세한 여자는 처음 보는걸.

이아고 눈은 어떻고요! 사람을 홀리는 눈이죠.

캐시오 매혹적인 눈이지만 꽤나 정숙해 보이던데?

이아고 그녀의 목소리는 사랑을 재촉하는 종소리 같죠?

캐시오 정말로 완벽해.

이아고 행복이여, 그들의 잠자리에 흘러 넘쳐라! 저, 부관님, 저기 사이프러스의 한량들이 흑인 장군 오셀로의 건강을 축하하며 건배하겠다고 기다리고 있습니다. 마침 술도 남아 있고요.

캐시오 오늘 밤은 안 돼. 나는 술에 약해서 금세 취해 버리거든.

이아고 그들은 우리 친구들인걸요. 딱 한 잔만 하시지요. 부관님 대신 제가 마실게요.

캐시오 실은 아까 딱 한 잔 마셨는데도 벌써 이 모양이야. 그것도 물에 탄 술인데 말이야. 그러니 더 마실 수 있겠나.

이아고 뭘 그러세요. 잔칫날이잖아요. 우리 친구들도 한잔 하고 싶다는데 왜 이러십니까?

캐시오 어디에 와 있나?

이아고 문밖에 와 있습니다. 불러들일까요?

캐시오 썩 내키진 않지만 그렇게 하지. (퇴장)

이아고 녀석에게 한 잔만 더 들이부으면 우리 아씨 댁 강아지처럼 허연 이를 드러내고 싸우려고 달려들겠지. 사랑에 멍든 바보 로더리고 녀석도 상사병으로 속이 뒤집힌 채로 야경을 돌려고 나갔겠다……. 게다가 집안 좋고 명예를 목숨처럼 여기는 사이프러스 녀석들한테도 잔이 철철 넘치도록 들이부어 놨겠다. 이 주정꾼들

틈에 캐시오를 풀어놓는단 말씀이야. 그러면 온 섬이 발칵 뒤집히겠지. 음, 건달들이 오는구나. 내 생각대로만 일이 진행된다면 순풍에 돛을 단 듯 화살처럼 달리는 거다.

　　캐시오, 몬타노, 신사들 등장. 하인들이 술을 들고 따라 들어온다.

캐시오　어이구, 전 마실 만큼 마셨소이다.

몬타노　그까짓 한 잔 갖고 뭘 그러시오? 군인답게 쭉 마시구려.

이아고　술을 가지고 와라. 술! (노래를 부른다.) '술잔을 올려라! 술잔을 올려라! 군인도 사람이다. 인생은 짧구나! 그러니 마셔라, 마셔!' 자, 술을 가져오너라!

캐시오　재밌는 노래구나.

이아고　영국에서 배웠습니다. 영국 사람들은 술이 무척 셉니다. 덴마크 사람, 독일 사람 그리고 배불뚝이 네덜란드 사람도 영국 사람은 못 당하죠. 자, 마셔요, 마셔.

캐시오　아니, 영국 사람이 그렇게 술이 센가?

이아고　그럼요, 덴마크 놈쯤은 식은 죽 먹기랍니다. 독일 놈들 해치우는 데는 땀 한 방울도 흘리지 않죠. 네덜란드 사람이 끄윽끄윽 토하고 있을 때 영국 사람은 어느새 잔을 비우고 또 한 잔 들고 있답니다.

캐시오　장군님의 건강을 위하여!

몬타노　부관, 나도 건배하지. 내가 상대가 되어 줄게.

이아고　아, 영국은 아름다운 곳이야! (노래를 부른다.) '스티븐 왕은 훌륭하신 분, 금화 한 닢으로 바지를 해 입고 비싸다고

양복쟁이한테 사기꾼이라고 하셨지. 높으신 어르신도 그렇거늘 보잘것없는 당신은 어떠한가. 사치스러운 인간이 나라를 망치네. 허름한 옷으로 참고 견뎌라.' 자, 술을 가져와라, 술을!

캐시오 거참, 가사 한번 멋지구나.

이아고 다시 부를까요?

캐시오 아냐. 그런 짓을 하는 놈은 왕이 될 자격이 없어. 여하튼 신이 내려다보고 계시니까 구원받을 놈도 있고 버림받을 놈도 있는 거야.

이아고 맞습니다, 부관님.

캐시오 그런데 말이야, 나는 구원받을 몸이지.

이아고 저도 그렇습니다.

캐시오 미안한 말이지만, 자네는 내 다음일세. 부관이 기수보다는 먼저 구원받아야 될 게 아닌가. 자, 이런 얘기는 집어치우세. 신이시여, 우리 죄를 용서해 주소서. 여러분, 우리는 할 일을 다 합시다. 날 취했다고 생각하면 안 돼. 이 사람은 내 기수, 요것은 내 오른손, 이건 왼손, 난 취하지 않았어. 반듯하게 설 수도 있고 혓바닥도 제대로 돌아가니까. (퇴장)

몬타노 여러분, 야경이나 돕시다. 자, 어서 준비를 합시다.

이아고 방금 저쪽으로 간 양반 보셨죠? 저 양반은 시저 옆에서 지휘를 해도 손색없는 군인이지만 꼭 한 가지 저런 나쁜 점이 있답니다. 오셀로 장군님은 저 양반을 철석같이 믿고 있지요. 그나저나 추태를 부려 소동을 피울까 봐 몹시 걱정스럽습니다.

몬타노 가끔 저런가?

이아고 저렇게 하고는 곯아떨어지거든요. 술에 취하지만 않는다면 꼬박 하루 동안 보초를 선다 해도 끄떡없을 양반이죠.

몬타노 장군님께 그 사실을 귀띔해 드리는 게 좋겠군. 알고 계시더라도 정이 많은 분이니까, 캐시오의 좋은 점만 보시고 단점은 안 보시겠지. 안 그런가?

로더리고 등장.

이아고 (로더리고에게 방백.) 어떻게 된 거요? 어서 부관 뒤를 쫓아요, 어서! (로더리고 퇴장.)

몬타노 고귀한 무어 장군님께서 저런 고질병이 있는 사람을 부관 자리에 앉힌 것은 심히 유감스럽군. 장군께 말씀드리는 게 좋을 것 같소.

이아고 전 이 섬을 준다 해도 그럴 수 없습니다! 캐시오 부관님을 좋아하니까 어떻게 해서든지 그 버릇을 고쳐 주고 싶습니다. 그런데 쉿! 이게 무슨 소리죠? (안에서 '사람 살려! 사람 살려!' 하는 고함 소리가 들린다.)

캐시오가 로더리고를 쫓아 들어온다.

캐시오 이 망할 자식! 깡패 같은 놈!
몬타노 부관, 무슨 일인가?
캐시오 네놈이 건방지게 날 가르쳐? 어디 내 손맛 좀 봐라!
로더리고 나를 때린다고?
캐시오 이놈, 주둥아리 놀리는 것 좀 보게? (로더리고를 때린다.)
몬타노 여보게, 부관. 그만두게.
캐시오 놓으시지요. 안 그러면 당신 머리통을 부숴 놓겠어.

몬타노 여보게, 자네 취했군 그래. (캐시오와 몬타노가 싸운다.)

이아고 (로더리고에게 방백.) 저리 가서 큰일 났다고 떠들란 말이야. (로더리고 퇴장.) 부관님, 왜 이러세요? 두 분 다 이게 무슨 꼴입니까? 참으로 야경 한번 잘 서네! (종이 울린다.) 누구야? 종을 치는 놈이 누구냐고? 빌어먹을 놈! 사람들이 다 깨잖아. 부관님, 부탁입니다. 참으세요! 평생 후회하실 겁니다!

오셀로와 무장을 한 시종들 등장.

오셀로 무슨 일이오?

몬타노 제기랄, 피가 멈추질 않네. 많이 다쳤나 보군.

오셀로 그만두지 않을 텐가!

이아고 두 분 다 그만두세요. 장군님 말씀이 안 들리세요? 지위와 사명감을 잊으셨어요? 제발 그만두세요!

오셀로 여보게들, 어떻게 된 거야? 어째서 이런 일이 생겼어? 모두 터키 놈으로 둔갑했는가? 신이 터키 놈들에게도 금지시킨 짓을 왜 동족에게 하고 있냔 말이다! 저 끔찍한 종소리를 멈추게 하게. 섬사람들이 놀라지 않겠나? 도대체 어떻게 된 건가? 이아고, 걱정만 하지 말고 솔직히 말해 보게. 누가 싸움을 걸었나? 어서 바른대로 말해 봐!

이아고 저도 잘 모르겠습니다. 조금 전까지만 해도 두 사람은 신방에 들어가는 신랑 신부처럼 사이가 좋았습니다. 그런데 갑자기 정신 나간 사람들처럼 칼을 빼어들더니 서로의 가슴을 노리면서 덤벼들었죠. 저도 정신없이 싸움판에 뛰어들어 말렸습니다. 이따위 싸움판에 낄 바에는 차라리 이 두 다리를 영광스러운 전투에서 잃는 것이 나을 듯싶습니다.

오셀로　캐시오, 어찌 된 일이냐?

캐시오　드릴 말씀이 없습니다, 장군님.

오셀로　몬타노, 당신은 젊었을 때부터 성실하고 침착해서 양식 있는 사람들은 모두 당신을 칭찬하고 있소. 그런데 그 좋은 평판을 내동댕이치고 깡패들이나 하는 짓을 하다니, 대체 무슨 일이오?

몬타노　오셀로 장군님, 저는 심하게 다쳤습니다. 장군님의 부하 이아고가 모든 것을 사실대로 다 말씀드릴 것입니다. 오늘 밤 저는 경우에 어긋난 행동을 한 적이 없습니다. 정당방위가 죄가 되지 않는다면 말입니다.

오셀로　도저히 못 참겠군. 이성을 짓누르고 있어도 화가 치미니, 걸리기만 하면 어떤 놈이든 단칼에 박살을 낼 것이다. 이따위 어리석은 싸움을 누가 시작했느냐? 그놈이 비록 내 쌍둥이 형제라 할지라도 용서하지 않겠다. 이게 무슨 짓들이냐? 요즘처럼 어지러운 때에 같은 편끼리 사사로운 일로 한밤중에 싸움판을 벌이다니, 정말 어처구니가 없구나. 이아고, 누가 싸움을 걸었느냐?

몬타노　자네가 편견과 동료애 때문에 진실과 다르게 말한다면 군인이 아닐세.

이아고　너무 다그치지 마세요. 캐시오 부관에게 불리한 증언을 할 바에야 차라리 이 혓바닥을 뽑아 버리지요. 하지만 사실대로 얘기해도 그다지 해가 되진 않을 것 같습니다. 장군님, 그건 바로 이렇습니다. (귓속말로) 더는 말씀드릴 수는 없습니다. 아무리 신이라도 실수할 때가 있듯이, 화가 나면 자기를 끔찍이 생각해 주는 사람도 때리게 되는 법입니다. 아마 캐시오 부관이 도망간 놈한테서 참지 못할 모욕을 당했을 겁니다.

제2막 167

오셀로 알겠다. 이아고, 자네는 성실하고 인정이 많아서 이 일을 되도록 작게 줄여 캐시오를 두둔하려 드는구나. 캐시오, 나는 자네를 아껴 왔지만 부관 자리를 그만두게. 저런! 내 아내까지 깨우지 않았느냐. 자네는 호되게 벌을 받아야 해.

데스데모나, 시종을 데리고 등장.

데스데모나 무슨 일이에요?

오셀로 다 끝났으니까 걱정할 것 없소. (몬타노에게) 당신이 다친 건 내가 직접 돌봐 드리리다. (몬타노, 부축 받으며 퇴장.) 이아고, 마을을 돌아보게. 이 고약한 소동으로 놀란 사람들을 안심시켜야지. 갑시다, 데스데모나. 군인이란 이따금 싸움 때문에 단잠을 깨는 법이라오. (이아고와 캐시오만 남고 모두 퇴장.)

이아고 부관님, 다치지 않으셨습니까?

캐시오 치료해도 소용없게 되었네.

이아고 저런, 맙소사.

캐시오 명예, 명예, 난 명예를 잃었네! 이아고, 내 안에 있는 가장 귀한 것을 잃었으니 난 짐승과 다를 바 없어. 난 명예를 잃었다고!

이아고 저는 너무 고지식한 놈이라, 정말 다치신 줄 알았습니다. 명예보다는 몸의 상처가 더 아프지 않습니까? 명예라는 건 그저 겉치레일 뿐이에요. 장군님의 마음을 돌릴 방법이 있습니다. 지금은 그저 기분 때문에 쫓아냈지만, 부관님이 미워서가 아니라 규칙상 내리신 처벌이지요. 우쭐대는 사자를 겁주려고 죄 없는 개를 때리는 것과 같은 이치죠. 장군님께 간청해 보시지요. 꼭 들어주실 겁니다.

캐시오 차라리 경멸해 달라고 청하는 게 낫지. 그런 훌륭하신 지휘관을 속일 수는 없어. 술에 취해 허튼소리나 지껄이고, 제 그림자한테 큰 소리나 뻥뻥 치는 놈이 무슨 부관 자격이 있겠는가.

이아고 부관님이 칼을 빼들고 쫓으시던 그놈은 누구죠?

캐시오 모르겠는데.

이아고 모르겠다니, 그럴 수가?

캐시오 분명히 기억나는 게 없어. 왜 싸웠는지조차도 모르겠는 걸. 입 안에 원수 같은 술을 잔뜩 퍼 넣고 정신을 홀랑 빼앗기다니. 한바탕 즐기면서 손뼉을 치다가 스스로 짐승으로 변하다니!

이아고 됐어요, 너무 자학하지 마세요. 이런 일이 일어나지 않았다면 좋았겠지만 이미 엎질러진 물이니 수습할 방법이나 찾아 봐야지요.

캐시오 자리를 다시 달라고 부탁하면 장군님은 나를 보고 주정뱅이라고 말씀하시겠지. 그렇게 나오시면 나한테 히드라처럼 입이 여러 개 달려 있다 하더라도 할 말이 없을 거야. 멀쩡하던 사람이 어느새 머저리가 되어서 금세 짐승처럼 되어 버리다니! 술잔은 저주받은 것이고, 술은 악마야!

이아고 부관님뿐만 아니라 살아 있는 사람이라면 누구라도 취할 수 있는 겁니다. 제가 말씀드리는 대로 해 보세요. 지금은 마님이 바로 장군님이십니다. 마님께서 너무나 아름답고 재치가 뛰어나 넋을 잃고 쳐다보고 계시기 때문이지요. 그러니까 마님께 가셔서 솔직하게 털어놓으세요. 복직시켜 달라고 청해 보세요. 마님은 너그럽고 인정이 많아, 부탁받은 것을 못해 주면 도리어 미안해 할 분이세요. 장군님과 부관님 사이를 이어 줄 분은 마님밖에 없다고요. 그러면 장군님과의 사이가 전보다 더 두터워질 거예요.

캐시오 충고 고맙네. 내일 아침 일찍 마님께 부탁드려 보지.

이아고 잘 생각하셨습니다. 그러면 저는 이만 물러가 야경이나 돌아야겠습니다.

캐시오 수고하게, 착한 이아고. (퇴장)

이아고 이쯤 되면 누가 나를 악한이라고 할 수 있겠어? 나는 솔직하고 성실하게 충고해 줬을 뿐이야. 내 생각이 그럴듯한 이상 무어 놈한테 환심을 사는 것쯤이야 식은 죽 먹기지. 데스데모나를 구슬려 도움을 청하는 일은 누워서 떡 먹기고. 그 여자는 마음이 너그럽고 시원시원하잖아. 여자의 힘을 빌려 무어 놈을 완전히 설득시키는 거야. 즉 마님이 캐시오를 복직시켜 달라고 하는 건 캐시오에 대한 욕정이 있기 때문이라고 살짝 귀띔만 하는 거지. 그렇게 되면 데스데모나가 캐시오를 위해 애를 쓰면 쓸수록 무어 놈이 점점 더 의혹을 품게 될 테니까. 그 여자의 정조에 먹칠을 하고, 그 여자의 선심을 미끼로 하여 그들을 얽어맬 그물을 만드는 거야.

로더리고 등장.

로더리고 여기까지 따라오기는 했지만 사냥개 노릇은커녕 그저 다른 개들처럼 짖어대기만 했어. 게다가 오늘 밤에는 흠씬 두들겨 맞기까지 했고. 이러다간 빈털터리가 되어 베니스로 돌아가게 되겠지.

이아고 그렇게도 참을성이 없다니, 정말 딱하군요. 한꺼번에 낫는 상처 봤소? 우린 머리로 일을 하는 거예요. 이런 일은 시간이 지나봐야 판가름 나는 거죠. 캐시오한테 얻어맞은 덕에 그놈이 부관 직에서 쫓겨나지 않았소? 가장 일찍 핀 꽃이 가장 먼저 열매를 맺는 법이거든요. 조금만 더 참아요. 자, 숙소로 돌아가세요. 얘기는 나중에 나누자고요. (로더리고 퇴장.) 두 가지 일만 남았군. 마누라를 시켜서 캐시오가 데스데모나를 만날 수 있도록 주선해야지. 그동안에 나는 무어 놈을 끌고 나와 캐시오가 한창 데스데모나를 설득시키고 있는 모습을 발견하게 하는 거야. (퇴장)

제3막

제1장

사이프러스 성 앞.
캐시오와 악사들, 어릿광대 등장.

캐시오 여기서 한 곡조 연주하게나. 보답은 톡톡히 할 테니. 짧은 곡으로 장군님께 아침 인사를 드리게. (악사들 연주한다.)

어릿광대 아니, 악사 양반들! 악기가 나폴리에 갔다가 몽땅 병에 걸렸나 보지? 어째 코맹맹이 소리가 나는가?

악사 1 거, 무슨 말이오?

어릿광대 그 악기는 언제나 붕붕 소리만 나나?

악사 1 그렇소.

어릿광대 아, 고추가 달려 있나 보군. 그나저나 돈이나 받으시오. 장군님께서는 음악이 마음에 안 드셨는지, 잡소리를 그만 멈추라는 분부요.

악사 1 좋습니다. 그만두죠. (악사들 퇴장.)

캐시오 착한 친구, 내 말 좀 들어 주게나.

어릿광대 착한 친구는 아니지만, 말해 보시오.

캐시오　여기 얼마 안 되는 돈이지만 받아 두게. 마님을 모시는 하녀가 일어났거든, 캐시오라는 사람이 잠깐 만나 이야기를 나누고 싶어 한다고 전해 주게. 그렇게 해 줄 수 있겠나?

어릿광대　하녀는 일어났죠. 그녀가 이곳에 나오면 그렇게 말씀 드리죠.

캐시오　좋아, 부탁하네. (어릿광대 퇴장.)

　　이아고 등장.

이아고　그럼 한잠도 주무시지 못하셨단 말입니까?

캐시오　어떻게 잠을 자겠나. 자네와 헤어지기도 전에 이미 날이 밝아 버렸지. 이아고, 큰맘 먹고 자네 부인을 부르러 보냈네. 마님을 만나게 해 달라고 부탁할 참이야.

이아고　제가 곧 이곳으로 보내겠습니다. 부관님께서 자유롭게 이야기를 나누고 일을 볼 수 있도록 방법을 찾아보지요.

캐시오　정말 고맙네. (이아고 퇴장.) 플로렌스에도 저렇게 정직 하고 착한 사람은 없을 거야.

　　에밀리아 등장.

에밀리아　안녕하세요, 부관님? 이번 일로 퍽 걱정이 많으시겠 만 곧 잘 될 거예요. 지금 마님께서 부관님을 변호하고 계시거든요. 다만 장군님께서는 부관님이 상처를 입힌 분이 사이프러스의 고관 들과 관계가 깊어서 파면시킬 수밖에 없답니다. 그러나 부관님을 아끼고 계시니, 누가 부탁하지 않더라도 적당한 시기에 다시 복직시켜 주겠노라고 말씀하셨습니다.

　캐시오　그래도 부탁인데, 잠깐이라도 좋으니 마님과 단둘이 얘기할 기회를 좀 만들어 줄 수 없겠소?

　에밀리아　안으로 들어오세요. 속마음을 털어놓고 얘기하실 수 있는 곳으로 안내해 드리지요.

　캐시오　참으로 고맙소. (퇴장)

제2장

　성 안의 어떤 방.
　오셀로, 이아고, 신사들 등장.

　오셀로　이아고, 이 편지 묶음을 선장에게 전하게. 그 일이 끝나면, 나는 성곽을 둘러보고 있을 테니까 그곳으로 오게.

　이아고　네, 알겠습니다. (퇴장)

　오셀로　여러분, 요새를 한 바퀴 돌아볼까요?

　신사들　네, 가십시다. (모두 퇴장.)

제3장

사이프러스 성 앞.
데스데모나, 캐시오, 에밀리아 등장.

데스데모나 걱정 말아요, 캐시오. 최선을 다해 볼게요.

에밀리아 부탁드립니다, 마님. 제 남편도 이게 자신의 일이라도 되는 것처럼 걱정이 태산이랍니다.

데스데모나 에밀리아의 남편이야 착한 사람이지. 캐시오 부관, 남편과 부관 사이가 다시 예전처럼 돌아갈 수 있도록 돕겠소.

캐시오 감사합니다. 마이클 캐시오는 앞으로 어떤 일이 있어도 은혜를 꼭 갚겠습니다.

데스데모나 알고 있소. 부관과 남편이 얼마나 막역한 사이인지 말이오. 그가 잠시 거리를 두는 것은 세상의 이목 때문에 그러는 거요.

캐시오 알겠습니다. 그러나 마님! 그 세상의 이목이라는 것도 시간이 길어지면, 보잘것없는 음식이 살을 찌우듯 대단치 않은 일도 점점 커지게 되지요.

데스데모나 그런 걱정은 하지 마오. 여기 있는 에밀리아가 증인이 되어 줄 것이오. 부관을 복직시키기 전에는 남편이 주무시지 못할 정도로 밤새껏 보채겠소. 들어주실 때까지 물고 늘어질 작정이니, 용기를 잃지 마오. 이 일을 부탁받은 이상 목숨이 끊어질 때까지 해 보겠소.

오셀로와 이아고 등장.

에밀리아 마님, 장군님께서 오십니다.

캐시오 마님, 저는 이만 물러가겠습니다.

데스데모나 왜? 가지 말고 내 얘기를 끝까지 들어요.

캐시오 마님, 지금 마음이 편치 않아 말씀드리기에 적당치 않습니다.

데스데모나 좋을 대로 해요. (캐시오 퇴장.)

이아고 저런! 저건 또 무슨 짓이야!

오셀로 무슨 일이냐? 방금 내 아내와 헤어진 자가 캐시오 아닌가?

이아고 캐시오라고요? 그럴 리가 있겠습니까? 그가 장군님이 오신다고 해서 죄지은 사람처럼 몰래 도망칠 리가 없지요.

오셀로 틀림없이 캐시오야.

데스데모나 여보, 기분은 좀 어떠세요? 방금 부탁하러 온 사람과 얘기를 나누고 있었어요. 당신의 비위를 건드려 비관하고 있는 사람이지요.

오셀로 누구 말이오?

데스데모나 캐시오 부관 말이에요. 제게 당신을 설득시킬 만한 힘이 있다고 여기면 캐시오를 용서해 주세요. 캐시오는 정말로 당신을 위해요. 잠시 실수를 저지른 것뿐이지 결코 일부러 그런 게 아닐 거예요. 아무리 봐도 그런 것 같지 않아요. 부탁이니 복직시켜 주세요.

오셀로 방금 밖으로 나갔소?

데스데모나 네. 너무나 풀이 죽어 있어서 저까지도 슬퍼요.

오셀로   지금은 어렵소. 가능하면 당신 부탁이니 빨리하겠소.

데스데모나   오늘 저녁에는 어때요?

오셀로   안 돼, 오늘 저녁에는 어렵소.

데스데모나   내일 점심때는?

오셀로   내일 점심에는 성에서 장교들과 회식이 있소.

데스데모나   그렇다면 내일 저녁이나 화요일쯤으로 결정해 주세요. 제발 시간을 정해 주세요. 캐시오를 부를까요? 오셀로, 전 당신이 이토록 간절히 부탁하면 절대로 거절할 수 없을 거예요. 그리고 제가 당신의 험담을 할 때마다 캐시오가 언제나 당신 편을 들었다는 걸 잊지 마세요.

오셀로   그만 좀 하시오. 언제든 오라고 해요. 당신 말을 내가 어떻게 거절할 수 있겠소.

데스데모나   글쎄, 대단한 은혜를 베풀어 달라는 게 아니지요.

오셀로   잠시 나 혼자 있게 해 줄 수 있소?

데스데모나   알았어요. 제가 나가 있을게요. 에밀리아, 가자. (오셀로에게) 당신 뜻대로 하세요. 저는 그저 따를 테니까요. (데스데모나, 에밀리아 퇴장.)

오셀로   오, 귀여운 겟! 내가 당신을 사랑하지 않는다면 이 영혼은 지옥으로 떨어져도 좋지. 만일 내가 당신을 사랑하지 않게 된다면 그때는 세상이 망하는 날이겠지.

이아고   장군님…….

오셀로   무슨 일인가, 이아고?

이아고   마님께 구혼하실 때 캐시오가 두 분 사이를 알았습니까?

오셀로   물론이지. 가운데서 애를 많이 썼지.

이아고 캐시오가 마님과 본래 아는 사이인 줄은 미처 몰랐습니다.

오셀로 그래, 그랬어. 그놈은 아주 성실하고 착한 친구야.

이아고 착하단 말씀이죠?

오셀로 착하지! 그래, 캐시오는 착해.

이아고 제가 알기로는······.

오셀로 자넨 어떻게 생각하는데? (방백) 차마 말할 수 없다는 모양이군. (이아고에게) 자네 무슨 할 말이 있는 것 같은데 해 봐. 캐시오가 내 아내 곁에서 떠날 때 자넨 언짢은 표정을 지었어. 그리고 그가 가운데에서 애를 썼다는 말에도 시큰둥했고. 그러니 속 시원하게 자네 생각을 털어놔 봐.

이아고 장군님, 제가 장군님을 존경한다는 것은 이미 알고 계시지요?

오셀로 알고 있지. 자네는 충성스럽고, 정직하네. 자네 입이 무겁다는 것도 알고 있고. 그래서 고민하는 것 아닌가.

이아고 마이클 캐시오는 맹세코 착한 사람입니다. 인간은 겉과 속이 같아야 하죠. 착하지 않은 놈이 겉으로만 착한 척해선 안 되죠!

오셀로 그렇지.

이아고 그렇다면, 물론 캐시오는 착한 사람입니다.

오셀로 자네 마음속에 숨기고 있는 걸 솔직히 말해 봐. 아무리 흉측한 말이라도 좋으니.

이아고 장군님, 용서하십시오. 직무상의 일이라면 무슨 일이든지 하겠습니다만, 설령 노예라 해도 자신의 생각을 털어놔야 할 의무는 없는 법이지요.

오셀로 모욕당한 친구한테 그것을 올바로 알려 주지 않는다면, 그게 바로 친구를 배반하는 게 아니고 뭐겠어.

이아고 장군님, 부탁입니다. 전 남의 약점을 후비고 찾아내는 나쁜 버릇이 있습니다. 또 때로는 경계심이 지나쳐 결백한 사람에게 잘못을 뒤집어씌우는 수도 있지요. 그러니 말씀드리지 않는 것입니다. 장군님의 마음만 뒤숭숭하게 만들 뿐 아무런 도움도 되지 않을 테니까요. 분별력을 잃으면 제 자신한테도 별로 좋지 않은 일입니다.

오셀로 그러니까 더욱 듣고 싶군.

이아고 말할 수 없습니다. 설사 제 심장이 장군님 손안에 있다 해도 그건 안 됩니다. 하물며 제가 가지고 있는데 어림없는 일이지요. 아, 장군님, 질투심을 조심하세요! 질투심이란 사람의 마음을 맘대로 농락하고 사로잡는 파란 눈알을 지닌 흉물입니다. 만일 믿지 못하면서도 뜨겁게 사랑할 수밖에 없는 사람은 저주받은 시간이 얼마나 원망스럽겠습니까!

오셀로 오, 비참한 일이로다!

이아고 가난하지만 만족하고 사는 사람은 부자도 부럽지 않겠지만, 아무리 돈방석에 올라앉은 부자라도 가난뱅이가 되면 어떡하나 하고 걱정한다면 그 마음은 얼음장같이 삭막할 겁니다. 신이시여, 제발 사람들이 질투를 모르고 살게 하소서!

오셀로 왜 그렇게 말하지? 자네는 내가 의처증 환자처럼 살거라고 생각하나? 내가 달이 모양을 바꿀 때마다 의심을 쌓는단 말이냐? 아니다, 난 의심이 생기면 단번에 해결한다. 내 약점 때문에 아내가 배반하지 않을까 하고 두려워하거나 믿지 못하는 일은 없을 거야. 왜냐하면 아내 스스로 나를 선택했기 때문이지. 알겠나, 이아고! 나는 의심하기 전에 잘 살펴보고 의심이 들면 증거를 잡을 것이다. 증거가 잡히면 길은 한 가지, 그 사랑을 버리든지 질투심을 버리든지 둘 중에 하나겠지!

이아고　좋습니다. 그렇게 말씀하시니 마음이 놓이는군요. 이제야 제 마음을 솔직하게 털어놓을 수 있을 것 같군요. 뭐 별로 증거가 있는 건 아닙니다만, 마님을 잘 살피십시오. 특히 캐시오와 함께 있을 때 말입니다. 눈치채지 않도록 감시하세요. 마음이 넓고 고상하신 장군님께서 모욕당하시는 것을 그대로 두고 볼 수 없어 말씀드리는 것입니다. 베니스에서는 이런 외도를 남편에게만 들키지 않으면 하는 심정으로 하고 있지요.

오셀로　그게 정말인가?

이아고　마님은 장군님하고 결혼하시려고 아버지를 속인 분이 아니십니까? 마님은 떨리고 무서운 듯한 장군님의 표정을 가장 사랑했습니다.

오셀로　음, 그랬었지.

이아고　그래서 말씀입니다만, 그렇게 젊으신 분이 아버지를 감쪽같이 속여서, 아버지는 마법을 쓴 줄로 아신 거죠. 제 말이 좀 지나쳤습니다. 부디 용서하십시오.

오셀로　자네한테 큰 빚을 졌네.

이아고　괜히 걱정 끼쳐드려 죄송할 뿐입니다. 지금까지 말씀드린 것은 오로지 제 충정에서 우러나온 얘기라 생각하시고 그저 흘려들으시죠. 결론을 낸다든지 문제를 확대시키거나 하진 마십시오.

오셀로　알겠네.

이아고　만일 그러시면 지금 말씀드린 것 때문에 뜻밖의 결과가 생길지도 모릅니다. 캐시오는 제 소중한 친구거든요. 장군님, 아무래도 언짢으신 것 같군요.

오셀로   아냐. 난 아내를 그렇게 생각하지 않아.

이아고   장군님께서 영원히 그렇게 생각하시기를 바랍니다.

오셀로   자연의 이치를 어기고, 어째서 나 같은 사람에게……

이아고   문제는 바로 그겁니다. 솔직히 말씀드려 마님께서는 같은 나라 사람에다 얼굴빛도 같고 신분도 비슷한 혼처를 모조리 거절했단 말입니다. 쳇! 누구라도 눈치챌 수 있는 일이죠. 추한 생각이 있었던 겁니다. 하지만 용서하십시오. 특별히 마님을 두고 드린 말씀은 아니니까요.

오셀로   이만 헤어지세. 잘 가게. 무엇이고 눈에 띄는 게 있으면 알려 주게.

이아고   (퇴장하면서) 장군님, 그만 물러가겠습니다.

오셀로   나는 왜 결혼했을까? 저 녀석은 방금 말한 것보다 훨씬 더 많은 것을 알고 있을 거야.

이아고   (되돌아와) 장군님, 이 일에 대해 더는 캐묻지 않는 것이 좋겠습니다. 캐시오는 신임이 두터워 당연히 복직될 줄 압니다만, 잠시 동안만 멀리하시면 그자의 본심을 아실 겁니다. 마님께서 그자의 복직을 강경히 요청하신다면 그것만으로도 아실 수 있을 겁니다. 그때까지는 제가 드린 말씀은 그저 노파심이라고만 생각하십시오. 저 역시 그래서 말씀드린 것입니다. 부탁입니다. 마님은 결백하다고 믿어 주세요.

오셀로   함부로 일을 저지르지 않을 테니 걱정 말게.

이아고   이젠 정말 물러갑니다. (퇴장)

오셀로   저 녀석은 아주 성실한 데다 세상 물정에도 밝고, 세상 만사 모르는 것이 없군. 그런데 아, 이게 무슨 일인가! 혹시 내 얼굴이 검고 나이가 먹어서 나를 싫어한단 말인가. 오, 사랑하는 여자를 다른 남자와 나눈다면 차라리 두꺼비가 되어 깊은 동굴 속의 썩은 공기를 마시고 있는 것이 나을 거야. 이것은 위대한 자들만이 겪는 수난이 아닌가. 차라리 아랫것들보다도 못하구나. 이건 죽음처럼 피할 수 없는 운명이야. 데스데모나가 저기 오는군. 아, 저 여인이 불의를 저질렀다면 그건 하늘이 스스로를 조롱한 거다! 믿을 수 없는 일이야.

데스데모나와 에밀리아 등장.

데스데모나 좀 어떠세요? 괜찮으세요?

오셀로 여기, 머리가 쑤시는군.

데스데모나 밤잠을 못 주무셔서 그럴 거예요. 머리를 동여매 드릴게요. 한 시간도 못 돼서 나으실 거예요.

오셀로 그 손수건은 너무 작군. (데스데모나, 손수건을 떨어뜨린다.) 그냥 놔둡시다.

데스데모나 기분이 많이 안 좋으신가 봐요. (오셀로와 데스데모나 퇴장.)

에밀리아 이게 바로 그 손수건이군. 장군님께서 마님한테 보내신 첫 번째 선물 말이야. 이것을 잠시도 몸에서 떼면 안 된다는 장군님의 말씀에 따라 마님은 정말 애지중지했지. 손수건에 입을 맞추질 않나, 말을 건네질 않나. 한시도 놓질 않아, 남편이 그토록 원하는데도 좀처럼 훔칠 수가 없었지. 잘 됐어. 이걸로 뭘 할지 모르지만 갖다줘야겠어.

이아고 등장.

이아고　아니, 여태 여기 있었어? 그게 뭐요?

에밀리아　손수건요. 장군님이 처음으로 마님한테 보낸 거죠.

이아고　(방백) 됐다. (이아고, 손수건을 빼앗은 다음 에밀리아에게 뽀뽀를 한다.)

에밀리아　별로 사용할 데가 없으면 돌려주세요. 마님이 없어진 것을 아시면 화를 내실 거예요.

이아고　모르는 척하고 있어. 저리 가. (에밀리아 퇴장.) 이걸 캐시오 방에 넣고 줍게 해야지. 공기처럼 가벼운 물건도 질투심에 사로잡힌 놈에게는 성경만큼이나 효력이 있다는 걸 이 물건이 제대로 증명하겠지. 무어 놈, 내가 뿜은 독약이 효력을 내는지 차차 마음이 움직이고 있단 말이야. 위험한 발상도 일종의 독약이지. 처음엔 쓴 걸 느끼지 못하지만, 점점 피를 끓게 하면 온몸이 유황 광산처럼 타오른단 말이야. 암, 그렇고말고.

오셀로 등장.

이아고　저기 오시는군! 양귀비나 흰독말풀 따위의 수면제를 먹는다 해도, 어젯밤에 누렸던 그 달콤한 잠을 다시는 누리지 못할걸.

오셀로　허허! 나를 속여?

이아고　장군님, 왜 이러십니까? 그 일은 이제 그만 접으세요.

오셀로　비켜! 썩 물러가! 넌 나를 괴롭혔어. 조금 알고 있는 것보다는 차라리 크게 속는 게 나아.

이아고　장군님, 왜 그러십니까?

오셀로　아내가 몰래 음탕한 짓을 했을지 모르지만, 난 잠도 잘 자고 마음도 홀가분하고 즐거웠지. 도둑을 맞아도 주인이 모르고 있으면 꼭 알릴 필요는 없는 거야. 모르면 도둑맞은 것이 아니란 말일세.

이아고　듣고 보니 죄송스럽습니다.

오셀로　아무것도 모르고 있었다면, 설사 군대 안의 졸병에 이르기까지 아내의 육체를 맛보았다 하더라도 나는 행복했을 거야. 오, 고요한 마음이여, 이제는 영원히 안녕! 깃털로 장식한 군대와 야망에 찬 싸움도 모두 끝이야! 오셀로의 모든 것이 다 없어지고 말았어!

이아고　무슨 그런 말씀을 하십니까?

오셀로　이놈, 내 아내가 갈보라는 사실을 증명해 봐라. 그렇지 못하면, 맹세코 네게 되살아난 내 화를 잠재우기보다는 차라리 개로 태어난 것이 좋았을 거라고 느끼게 해 주겠다.

이아고　장군님, 제발…….

오셀로　만일 근거도 없이 내 아내를 욕하고 널 괴롭히는 서라면 더는 기도를 올리지 마라. 동정심도 기대하지 마라. 하늘이 무너지고 땅이 꺼져도 네놈의 지옥행은 달라지지 않으니까.

이아고　장군님, 너무하십니다! 장군님도 사나이잖아요. 사리를 판단할 분별력을 가지십시오. 전 이제 그만두겠습니다. 어느 미친놈이 솔직한 게 좋다고 말했나. 덕택에 한 가지 좋은 걸 배웠습니다. 앞으로는 절대로 남의 사정 보지 않을 겁니다. 그래 봐야 원망만 살 테니까요.

오셀로　잠깐 기다려. 너는 솔직해야 해.

이아고　아뇨, 약삭빠른 놈이 되렵니다. 솔직해 봤자 손해만 보는걸요.

오셀로 네 말이 옳아. 하지만 증거를 보여라. 달의 여신처럼 깨끗하던 그녀가 지금은 더럽고 시커먼 내 얼굴과 같구나. 밧줄이나 칼, 독이나 불 또는 빠져 죽을 수 있는 강물이 있다면 가만히 있지 않겠다.

이아고 장군님, 장군님께 귀띔해 드린 것이 몹시 후회됩니다. 증거를 보고 싶다고요? 어떻게 보셔야 믿으시겠어요? 구경꾼처럼 입을 딱 벌리고 그놈이 마님을 올라타고 있는 것을 보시겠단 말씀이에요?

오셀로 이런, 빌어먹을 것들!

이아고 두 사람이 그러고 있는 것을 본다는 것은 어려운 일이죠. 하지만 진실의 문 앞에 이르는 것으로 만족하신다면 그건 할 수 있죠.

오셀로 내 아내가 부정하다는 생생한 증거를 대 봐!

이아고 제가 왜 이런 일에 휘말려 들었을까요? 충정에서 시작한 이상 모든 얘기를 털어놓겠습니다. 얼마 전 저는 캐시오와 함께 잠을 잔 적이 있습니다. 그러나 치통이 심해서 통 잠을 이룰 수 없었지요. 그런데 캐시오가 잠꼬대하는 소리를 들었습니다. '데스데모나, 우리 사랑을 들켜선 안 돼요.' 그러고는 제 손을 꼭 붙잡고 흔들며 '당신을 사랑해!' 하면서 제 입술을 뿌리째 빨아들일 듯한 기세로 힘껏 입을 맞췄습니다. 그러더니 자기 다리를 제 넓적다리 위에 척 걸치고는 '잔인한 운명이여, 당신을 무어 놈에게 주다니!' 하고 큰 소리로 말하더군요.

오셀로 아, 끔찍한 일이로구나! 그 못된 계집을 갈기갈기 찢어 놓아도 시원치 않을 거야.

이아고 진정하세요. 마님은 정말 결백한 분인지도 모르니까요. 그런데 마님께서 딸기 무늬가 수놓인 손수건을 가지신 걸 보신 적이 있습니까?

오셀로 내가 아내에게 준 첫 번째 선물이야.

이아고 그 사실은 전혀 몰랐군요. 오늘 그런 손수건으로 캐시오가 수염을 닦는 것을 봤습니다. 만일 그게 바로 그 손수건이라면 마님한테 점점 더 불리해지는 거죠.

오셀로 에잇, 더러운 놈! 모가지가 수천수만 개쯤 있어야겠다. 복수하려 해도 하나로는 너무 부족해. 이것으로 사실은 밝혀졌다. 이아고, 이제 내 어리석은 애정을 하늘로 날려 보내리라. 시커먼 복수여, 지옥의 구덩이에서 뛰쳐나와라! 아, 사랑이여! 그대의 왕관과 마음의 옥좌를 포악한 증오심에게 넘겨줘라! 가슴이여, 독사의 혀끝에서 뱉어 낸 독으로 부풀어라!

이아고 참으세요. 마음이 바뀔지도 모르니까요.

오셀로 절대로 바뀌지 않을 거다. 빙산을 품고 도도히 흐르는 폰틱 해는 밀고 나가는 힘이 강렬해서 물러서는 일 없이 곧장 흘러가지. 내 잔인한 복수도 마찬가지야. 마음껏 복수할 때까지는 절대로 뒤돌아보지 않겠네. 영원히 변치 않는 저 빛나는 하늘을 걸고 (무릎을 꿇는다.) 맹세한다. 절대로 물러서지 않겠다.

이아고 (무릎을 꿇는다.) 영원히 하늘에서 빛나는 찬란한 빛이여, 굽어 살피소서. 저는 지혜와 손과 마음의 힘을 다해서 배신당한 오셀로 장군님을 모시겠습니다. 장군님의 명령이라면 어떤 참혹한 행동이라도 따르겠습니다. (두 사람 일어선다.)

오셀로 자네의 충정을 고맙게 여기고 있네. 곧바로 자네한테 시킬 일이 있지. 사흘 안으로 캐시오가 죽었다는 소식을 갖고 오라.

이아고 분부대로 하지요. 하지만 마님만은 살아야 합니다.
오셀로 망할 계집! 저주받을 계집! 자, 여기서 헤어지자. 나는
집으로 가서 그 아름다운 악마를 해치울 궁리를 해야겠다.
이아고 장군님께 충성을 다하겠습니다.

제4장

사이프러스 성 앞.
데스데모나, 에밀리아, 어릿광대 등장.

데스데모나 이봐, 캐시오 부관이 어디쯤 사는지 아는가?
어릿광대 어디에 산다는 말씀은 드릴 수 없습니다. 그걸 제가
아무렇게나 지어내서 말한다면 이 목구멍이 거짓말을 하는 셈이
되니까요.
데스데모나 어디 알아볼 곳이 없느냐? 알아보고 알려다오.
어릿광대 온 세상 사람들과 문답을 해야겠군요.
데스데모나 그를 찾아서 이리로 오라고 전해라. 남편을 설득했
으니까 모든 일이 잘 될 거라고 전하고.
어릿광대 그런 일이라면 제가 시도해 보겠습니다. (퇴장)
데스데모나 에밀리아, 내가 그 손수건을 어디서 잃어버렸을까?
에밀리아 마님, 글쎄 저도 모르겠습니다.
데스데모나 차라리 돈이 잔뜩 든 지갑을 잃어버리는 편이 나았

을 것을. 남편이 질투심이 많지 않아 망정이지, 그렇지 않았으면 정말 엉뚱한 생각을 하기 십상이야.

에밀리아 장군님께선 질투심이 없나요?

데스데모나 누가? 그이가? 그가 태어난 나라의 태양이 그런 성질을 모조리 빨아들였나 봐.

에밀리아 저기 장군님이 오시네요.

오셀로 등장.

데스데모나 캐시오가 다시 복직될 때까지 남편 곁을 떠나지 말아야지. 여보, 기분은 좀 어떠세요?

오셀로 괜찮아. (방백) 감정을 참고 누르기가 어렵군. 당신은 어떻소?

데스데모나 좋아요, 여보.

오셀로 손 좀 주시오. 손이 촉촉하구려.

데스데모나 이 손은 아직 나이도 어리고, 슬픔도 알지 못하거든요.

오셀로 이건 사랑이 넘치고 마음이 너그럽다는 뜻이라오. 이 손은 아예 자유를 버리고 단식과 기도를 하며, 자신을 꾸짖는 기도만을 해야 할 손이오. 이런 손에는, 자칫하면 젊고 다정다감한 악마가 깃들여서 배반을 하게 만들거든.

데스데모나 그렇고말고요. 제 마음도 이 손으로 드렸죠.

오셀로 너그러운 손이오! 옛날에는 마음이 서로 통할 때라야만 손을 내밀었건만 요즘 사람들은 마음도 없이 그저 손만 내밀지.

데스데모나 무슨 말씀인지 알 수가 없군요. 그건 그렇고, 약속은 어떻게 되었죠?

오셀로 무슨 약속 말이오?

데스데모나 직접 뵙고 말씀드리라고 캐시오한테 사람을 보냈어요.

오셀로 콧물이 나오는군. 손수건 좀 주시오.

데스데모나 여기 있어요.

오셀로 아니, 내가 당신에게 선물한 손수건을 주구려.

데스데모나 지금은 없는데요.

오셀로 없다고? 데스데모나, 그 손수건은 이집트 여자가 어머니께 드린 거요. 그 여자는 마법사였는데, 어머니께 이렇게 말했소. 그 손수건을 갖고 있는 동안은 아내가 남편의 애정을 독차지할 수 있지만, 일단 잃어버리거나 다른 사람에게 주면 남편이 외도를 하게 된다고 말이오. 다시 말해 그 수건에는 마력이 깃들여 있소. 태양이 이백 번이나 회전하는 동안 살아왔다는 마녀가 신을 받았을 때 한 올 한 올 짠 손수건이오. 그 명주실을 만들어 낸 누에도 신성할 뿐더러 물감도 어떤 도사가 처녀의 심장에서 뽑아 낸 거요.

데스데모나 어머나, 그게 정말이에요?

오셀로 틀림없소. 그러니 잘 보관하시오.

데스데모나 듣지 않았더라면 좋았을걸! 아아, 어쩌면 좋아!

오셀로 어떻게 된 거요?

데스데모나 잃어버린 건 아니에요. 하지만 만약 잃어버렸다면 어떡하죠?

오셀로 갖고 와 보시오. 봐야겠소.

데스데모나 지금은 보여 드릴 수 없지만, 혹시 제 부탁을 얼버무리려고 그러시는 것은 아니죠? 캐시오를 복직시켜 주세요, 부탁이에요.

오셀로　손수건을 갖고 와요. 어쩐지 불안하군.

데스데모나　부탁이에요. 캐시오 얘길 하세요. 캐시오는 지금까지 자신의 운명을 당신에게 맡긴 사람이 아닌가요?

오셀로　손수건!

데스데모나　정말이지 당신 너무하세요.

오셀로　제기랄! (퇴장)

에밀리아　장군님이 질투심이 없다고요?

데스데모나　이런 일은 처음이야. 아무래도 그 손수건에 놀라운 게 있나 봐. 그걸 잃어버렸으니 어떡하면 좋지!

에밀리아　한두 해 가지고는 남자들의 마음을 알 수 없어요. 남자들은 너나 할 것 없이 모두 밥통이고 여자들은 밥이죠. 그들은 허겁지겁 여자들을 먹어치우고는 배 속이 꽉 차면 도로 뱉어 내죠. 어머, 부관과 제 남편이 오는군요.

　　캐시오와 이아고 등장.

이아고　별수 없어요. 이제 마님께 부탁해 보는 수밖에 없어요. 아, 마침 잘 됐네요. 가서 사정해 보세요.

데스데모나　캐시오 부관, 별일 없나요?

캐시오　마님, 전에 부탁드린 일 때문에 왔습니다. 마님께서 은혜를 베푸시어, 존경하는 장군님의 사랑을 다시 받을 수 있도록 애써 주십시오. 더는 기다릴 수가 없습니다. 만일 저의 죄가 너무 커서 다시 장군님의 은총을 입을 수 없다면, 그거라도 알려 주셨으면 좋겠습니다. 억지로라도 체념하고 운명에 따라 다른 인생길을 모색해 보겠습니다.

데스데모나 아, 어떡하면 좋소? 캐시오 부관, 간청을 해 봤지만 남편이 예전 같질 않아요. 어찌 된 영문인지, 혹시 내가 그의 비위를 상하게 했는지도 모르겠소. 조금만 더 참고 기다려 봐요. 나도 최선을 다해 볼 테니까요.

이아고 장군님께서 화가 났다고요? 그분도 화를 낼 줄 아시나요? 대포가 부하들을 공중 분해시키고 팔에 안겨 동생분이 처참하게 돌아가셨을 때에도 그토록 침착하시던 분이 화가 나다니, 이거 심상치 않은 일인걸. 제가 가서 뵈어야겠군요.

데스데모나 제발 그래 주게. (이아고 퇴장.) 틀림없이 베니스로부터 무슨 통고가 왔든지, 아니면 사이프러스에서 어떤 음모가 발각되어 그의 해맑은 마음을 뒤흔들어놓은 걸 거야. 그럴 땐 으레 아랫사람한테 화풀이를 하게 마련이지. 지금 생각해 보니 투정만 한 내가 속이 없었던 거야.

에밀리아 마님, 차라리 나랏일 때문에 기분이 상하신 거라면 좋겠어요.

데스데모나 정말이지 내가 잘못한 짓이 없잖아.

에밀리아 믿지 못하는 사람에게는 그런 건 필요 없어요. 까닭이 있어야 믿지 못하는 건 아니에요. 의처증이 있기 때문에 믿지 못하는 거죠. 의처증이란 스스로 태어난 괴물이에요.

데스데모나 제발 그런 괴물이 남편의 마음속에 들어가지 않았기를! 가서 남편을 만나 뵈어야겠다. 캐시오, 이 근처를 산책하고 있어요. 기회를 봐서 힘닿는 데까지 노력해 볼 테니까.

캐시오 대단히 감사합니다. (데스데모나와 에밀리아 퇴장.)

비앙카 등장.

비앙카　잘 있었어요, 캐시오?

캐시오　여긴 웬일이야? 아름다운 비앙카, 잘 있었소? 당신한테 막 가려던 참이었는데.

비앙카　나도 당신의 잠자리로 가는 길이었죠. 어떻게 일주일 동안이나 오지 않을 수가 있어요? 백 육십에 여덟 시간을? 기다리는 건 따분하다고요.

캐시오　비앙카, 미안해. 요즘 울적한 일이 있어서 그랬어. 그러나 이번에 가면 그동안 못 만난 빚을 다 갚을게. 귀여운 비앙카! (데스데모나의 손수건을 주면서) 이 무늬 좀 베껴 줘.

비앙카　캐시오, 이건 어디서 났죠? 새 여자가 생긴 모양이군요. 날 혼자 놔둔 까닭을 이제야 알겠군요.

캐시오　이봐! 제발 그렇게 넘겨짚지 마. 비앙카, 절대로 그런 게 아니야.

비앙카　그렇다면 누구 거예요?

캐시오　모르겠어. 그냥 내 방에 떨어져 있었어. 단지 이 무늬가 마음에 들어 베끼려는 것뿐이야. 그리고 장군님이 곧 오실 거야. 여자와 함께 있다는 걸 알면 내 위신에도 좋지 않아. 당신이 싫어서 그런 게 아니니까 이해해 줘.

비앙카　나를 사랑하지 않기 때문이지. 부탁인데 나를 조금만 바래다줘요. 그리고 오늘 밤에 찾아와 주겠다고 약속해 주고요.

캐시오　알았어. 곧 당신을 보러 갈게.

비앙카　좋아요. 기다릴게요. (퇴장)

제4막

제1장

사이프러스 성 앞.
오셀로와 이아고 등장.

이아고 어떻게 생각하십니까?

오셀로 어떻게 생각하느냐고?

이아고 몰래 숨어서 입을 맞췄다고 하면 말입니다.

오셀로 용서할 수 없지.

이아고 정말 아무 짓도 하지 않았다면, 그 정도의 잘못쯤이야 죄가 될 수 없겠지요. 가령 제가 아내에게 손수건을 줬다고 하면, 그 손수건은 아내의 것이 되는 거죠. 따라서 아내가 그 물건을 다른 남자에게 줘도 괜찮은 것 아닙니까?

오셀로 아내는 정조를 지켜야 해. 정조까지 내팽개칠 수는 없지 않은가?

이아고 여자의 정조라는 게 눈에 보이지 않아서 말입니다. 마치 정조를 지키는 척하는 여자들이 수두룩하잖아요. 그런데 이 손수건은······.

오셀로 그 손수건은 잊고 싶네. 까마귀가 염병 걸린 집 지붕에서 우는 것처럼 그 말이 떠오르는구나! 그놈이 내 손수건을 가지고 있다고 했지?

이아고 그게 어째서요?

오셀로 기가 막힌 일이지.

이아고 장군님! 한 가지 알아 두실 것은, 그놈이 모르는 일이라고 잡아뗄 수도 있다는 것입니다.

오셀로 허, 그놈이 뭐라고 했는데?

이아고 잤다고요.

오셀로 내 아내와?

이아고 '와'나 '위'나 좋으실 대로 생각하세요.

오셀로 뭐, 함께 잤다고? 그것이 아니면, 아내 위에 올라탔다고! 제기랄, 그런 더러운 짓! 손수건, 자백, 손수건! 먼저 자백을 받고 나서 목을 졸라야지. 아냐, 먼저 목을 조른 다음 자백을 받을 거야. 아, 온몸이 떨리는구나. 이렇게 마음이 어지러울 때는 반드시 곡절이 있어. 말만 듣고 이처럼 마음이 헝클어질 리가 없지. 제기랄! 둘이서 코와 귀와 입술을 서로 비벼 대고 있었다니! 자백? 손수건! (기절해서 쓰러진다.)

이아고 내 약이 드디어 효력을 발휘하는구나. 이렇게 해서 착한 바보들과 수많은 정숙한 귀부인들이 억울한 꼴을 당하는 거지. 장군님! 장군님! 정신 차리세요, 오셀로 장군님!

캐시오 등장.

캐시오 무슨 일인가?

이아고　장군님께서 발작을 일으켰어요. 벌써 두 번째입니다.

캐시오　관자놀이를 문질러 드려.

이아고　아닙니다. 가만히 내버려 두는 게 좋아요. 이렇게 혼수상태에 빠지는 병은 가만히 놔둬야지, 건드리면 게거품을 물고 지랄하거든요. 보세요, 몸을 움직이시는군요. 잠시 물러나 계십시오. 제가 부관님께 나중에 따로 할 얘기가 있습니다. (캐시오 퇴장.) 장군님, 좀 어떠세요?

오셀로　나를 놀리는 거냐?

이아고　놀리다뇨? 아닙니다. 전 장군님께서 사나이답게 불운을 견디시기만을 바랄 뿐입니다.

오셀로　그놈이 고백했단 말이지?

이아고　정신 차리세요. 결혼의 멍에를 지고 있는 남자들은 모두 비슷해요. 밤마다 다른 남자한테 마음이 빼앗긴 여자와 자면서도 그걸 눈치채지 못하니까요. 장군님의 경우는 그래도 나은 편이죠. 아, 잠자리에서 부정한 여자의 입술을 빨면서도 안심하고 그 여자를 정숙한 여인이라고 생각한다는 것은 그야말로 지옥이나 마찬가지죠!

오셀로　맞는 말이야, 그렇고말고.

이아고　잠시 저쪽으로 가서서 참고 기다리십시오. 아까 장군님께서 잠시 쓰러졌을 때 캐시오가 왔었습니다. 제가 적당하게 얼버무린 뒤 할 말이 있으니 나중에 다시 오라고 했습니다. 그러니 잠시 몸을 숨기신 뒤 그놈의 얼굴을 자세히 살펴보십시오. 제가 그간의 일을 처음부터 다시 한 번 물을 테니까요. 아시겠죠? 중요한 것은 참는 일입니다. 안 그러면 화만 부리는 졸장부로 알겠습니다.

오셀로　걱정 말게, 아이고. 꾹 참고 있지. 하지만 누구 못지않게 잔인한 사람이 될 수도 있다는 걸 명심하게.

　　이아고　좋습니다. 그러나 너무 서둘지 마십시오. 그럼 숨으세요. (오셀로 숨는다.) 됐어. 캐시오 녀석한테 갈보 비앙카 얘기를 물으면 배를 잡고 웃을걸. 저기 오는구나. 저놈이 웃으면 오셀로는 미친놈같이 되겠지. 세상살이에 어두우니 곧 의심을 품고 캐시오의 경박한 행동을 엉뚱하게 해석할 거야. 어떠십니까, 부관님?

　　캐시오 다시 등장.

　　캐시오　그렇게 부르지 말게. 그 직함을 빼앗긴 뒤에는 그저 죽을 맛이라네.

　　이아고　데스데모나 마님께 부탁하면 문제없습니다. (작은 소리로) 이런 부탁이 비앙카의 손에 달렸다면 문제없을 텐데요.

　　캐시오　허허, 불쌍한 계집!

　　오셀로　(방백) 저런, 벌써 웃고 있네!

　　이아고　남자를 그토록 좋아하는 여자는 처음 봤어요.

　　캐시오　가여운 것! 정말 나를 좋아하나 봐.

　　오셀로　(방백) 이번에는 그걸 부인하는 척하면서 웃어넘기네.

　　이아고　그 여자와 결혼할 거라는 소문이 돌던데, 사실입니까?

　　캐시오　하하하! 별소릴 다 듣겠군.

　　오셀로　(방백) 신났구나? 못된 놈, 의기양양하네.

　　캐시오　그 갈보하고 결혼을 해? 설마 내가 그렇게 바본 줄 아나? 날 얕잡아 보지 말게. 하하하!

　　오셀로　(방백) 그래, 그래. 마지막에 누가 웃나 보자.

이아고   하지만 결혼한다는 소문이 있던걸요.

캐시오   그것은 그 원숭이 같은 년이 멋대로 지껄이고 다니는 얘길세. 혼자 반해 가지고 그런 거지 내가 약속한 것은 아니야.

오셀로   (방백) 이아고가 눈짓을 하는군. 놈이 얘길 시작했어.

캐시오   조금 전에도 여기 왔었네. 어디를 가도 쫓아다니거든. 지난번에는 바닷가에서 베니스 사람들과 얘기를 하고 있는데, 그년이 와서 팔로 이렇게 내 목을 끌어안고……

오셀로   (방백) '사랑하는 캐시오!'라고 외쳤겠지! 저놈의 몸짓으로 봐선 그런 얘기인가 본데.

캐시오   그러더니 찔끔거리면서 나를 안았어. 하하하!

오셀로   (방백) 이제 놈은 내 아내를 어떻게 침실로 끌고 갔는지 얘기하는구나. 네놈의 코를 도려내어 개한테 던져 주겠다.

이아고   어이쿠! 그 여자가 왔어요.

캐시오   저 갈보가! 향수 냄새가 진동하는군! 무슨 생각으로 날 이토록 따라다니는 거지?

비앙카 등장.

비앙카   악마한테나 쫓겨 다니시지. 방금 내게 손수건을 준 건 무슨 뜻이었죠? 그런 걸 받다니, 나도 멍청이야. 무늬를 베끼라고요? 방에 떨어져 있었는데 누가 떨어뜨렸는지도 모른다고? 어떤 음탕한 년이 선물로 준 거겠지. 자, 그년한테 다시 돌려줘서 베끼라고 해. 난 그런 짓 안 할 테니까.

캐시오   사랑하는 비앙카! 왜 그래? 무슨 일이야?

오셀로   (방백) 맙소사, 저건 아내의 손수건이 틀림없어!

비앙카 저녁 먹으러 올 테면 오고, 안 그러면 다음에 올 꿈은 꾸지도 마. (퇴장)

이아고 어서 따라가세요!

캐시오 그래야 되겠다. 내버려 두면 길 한복판에서 험담을 늘어놓을 테니까.

이아고 거기서 저녁을 드실 겁니까?

캐시오 그래야 되겠군.

이아고 그럼 다시 만나죠. 꼭 드릴 말씀이 있거든요.

캐시오 꼭 만나세. (퇴장)

오셀로 (앞으로 나오면서) 저놈을 어떻게 죽였으면 좋겠나?

이아고 악마같이 웃어 대는 걸 보셨죠? 그리고 손수건도요.

오셀로 아, 그래. 아내 것이었어.

이아고 분명히 마님 것이었습니다! 마님을 아주 바보로 취급하는군요! 마님께서 주신 것을 그 갈보한테 주다니요.

오셀로 그놈을 아홉에 걸쳐 괴롭히면서 죽이고 싶다! 그렇게 훌륭하고 아름답고 부드러운 여자인 데스데모나를!

이아고 아뇨. 잊으셔야 합니다.

오셀로 그래. 그 계집은 썩어 문드러져야 해. 지옥에나 떨어져야지. 살려 둘 수 없어! 내 마음이 돌처럼 굳어져 내리치니까 손이 아프구나. 이 세상에 그토록 달콤한 여자가 또 있을까? 왕과 잠자리를 같이하며 왕에게 명령할 수 있는 여자였어.

이아고 그런 말은 필요 없습니다.

오셀로 망할 계집! 난 있는 그대로 말하고 있을 뿐이야. 바느질 솜씨 좋고, 노래도 잘했지. 그녀가 노래를 부르면 사나운 곰도 얌전해질 정도였으니까. 재치도 있고 애교도 많았지!

이아고 그러니까 더 나쁘죠.

오셀로 그래, 천만 배나 나쁘지. 또 얼마나 얌전한 성품인가.

이아고 지나치게 얌전하죠.

오셀로 그러니까 이런 웃기는 일이 어디 있는가! 오, 딱한 일이다.

이아고 그렇게 못 잊으시겠다면, 차라리 간통 면허장을 내주시는 것이 어떻겠습니까?

오셀로 간통죄를 범하다니, 그 계집을 갈아먹고 싶어! 그것도 내 부하하고!

이아고 그러니까 더 더럽죠.

오셀로 독약 좀 갖다주게. 오늘 밤 바로! 아름다운 그녀의 모습을 보고 있으면 결심이 무너질지도 모르니. 오늘 밤이야, 이아고.

이아고 독약을 쓰지 말고 잠자리에서 목을 조르세요. 더럽혀진 그 침대에서 말입니다.

오셀로 좋아, 좋아! 그게 더욱 마음에 드는구나. 아주 좋아!

이아고 캐시오의 처형은 제게 맡겨 주십시오. 자정쯤 되면 소식을 듣게 될 것입니다.

오셀로 그래 좋아. (안에서 나팔 소리.) 저 나팔 소리는 무엇인가?

로도비코, 데스데모나, 시종들 등장.

로도비코 안녕하시오, 장군?

오셀로 잘 오셨소.

로도비코 공작님과 베니스 의원들의 인사를 전하오. (오셀로에게 편지를 준다.)

오셀로 기쁜 마음으로 받아 보겠소.

데스데모나 오라버니, 새로운 소식이라도 있나요?

이아고 어르신을 뵙게 되어 기쁩니다. 사이프러스에 오신 것을 환영합니다.

로도비코 고맙네. 캐시오 부관은 잘 있나?

이아고 별일 없습니다.

데스데모나 부관과 남편 사이가 멀어졌습니다. 오라버님께서 화해를 시켜 주세요.

오셀로 당신, 자신 있소?

데스데모나 네?

오셀로 (편지를 읽는다.) '······ 이 일을 어김없이 하시오. 그럼 이만.'

로도비코 장군과 캐시오 사이가 벌어졌단 말이냐?

데스데모나 제가 애를 쓰고는 있지만 어렵습니다.

오셀로 에잇 빌어먹을! 당신, 미쳤소?

데스데모나 왜 그러세요, 여보?

로도비코 편지 때문일 거야. 그 편지는 캐시오를 후임으로 두고 귀국하라는 내용인 것 같던데.

데스데모나 아이, 정말 잘 되었군요.

오셀로 그래?

데스데모나 네?

오셀로 정말 미쳤군.

데스데모나 왜 그래요, 여보?

오셀로 이 악마 같은 것! (데스데모나를 때린다.)

데스데모나 내가 뭘 잘못했기에······.

로도비코 장군, 베니스에서 이런 일이 일어났다면 모두들 깜짝 놀랐을 것이오. 어서 달래 주시오, 울고 있잖소.

오셀로 오, 나쁜 계집! 네년이 흘리는 눈물에서는 방울방울 악어가 태어날 거야. 썩 꺼져라!

데스데모나 제가 기분 상하게 했다면 물러가지요. (퇴장한다.)

로도비코 저토록 착한 부인을. 장군, 가서 불러오시오.

오셀로 이봐!

데스데모나 네?

오셀로 저 여자에게 볼일이 있소?

로도비코 누구요, 나요?

오셀로 불러 달라고 했잖아요? 저 여자는 돌기도 잘하죠. 돌고 돌다가 울기도 하고 온종일이라도 울지요! 게다가 누구한테나 착한 척하죠. 착한 척을 잘해요. 이 편지는 돌아오라는 명령이군요. 썩 물러가! 명령에 따라 베니스로 돌아가겠소. 꺼지라니까! (데스데모나, 물러난다.) 명령대로 캐시오를 후임으로 앉히겠소. 로도비코, 사이프러스에 잘 오셨소. 오늘 저녁을 함께 듭시다. 에잇, 못된 계집! (퇴장)

로도비코 저 사람이 바로 의원들이 칭찬을 아끼지 않았던 그 고결한 무어인가? 빗발치는 재앙의 총알로도 난데없이 날아드는 환란의 화살로도 해칠 수 없다는, 덕이 높고 고결하다는 바로 그 사람이란 말인가?

이아고 많이 변하셨습니다.

로도비코 제정신 같지 않아. 머리가 돈 거 아니냐?

이아고 보시는 대로지요. 앞으로 어떻게 될지 알 수 없습니다만, 차라리 그렇게 되는 게 나을 듯합니다.

로도비코 아이쿠! 아내를 때려?

이아고 그냥 때리는 걸로 끝나기만 하면 좋겠군요.

로도비코 늘 저런가? 아니면 그 편지 때문에 저러나?

이아고 제가 지금까지의 일을 구태여 말하지 않아도 직접 보면 아실 것입니다. 저쪽으로 가서 그분의 거동을 살피세요.

로도비코 내가 사람을 잘못 봤어. (두 사람 퇴장.)

제2장

　성 안의 방.
　오셀로와 에밀리아 등장.

오셀로 그래, 아무것도 못 봤단 말이지?

에밀리아 보거나 수상하다고 느낀 적도 없습니다.

오셀로 내 아내와 캐시오가 함께 있는 것은 보았지?

에밀리아 하지만 수상한 행동은 전혀 하지 않으셨습니다. 두 분 사이에 오간 얘기는 한마디도 빠뜨리지 않고 들었는걸요.

오셀로 뭐야, 둘이서 속삭인 적도 없었어?

에밀리아 절대로 그런 일은 없었습니다.

오셀로 너를 밖으로 내보내지 않았느냐? 부채나 장갑, 가면 따위를 갖고 오라는 핑계로 널 밖으로 내보내지 않았어?

에밀리아 절대로 그런 일은 없었습니다.

오셀로 거참, 이상한 일이로군.

에밀리아 장군님, 마님께서 결백하다는 것은 제 영혼을 걸고 맹세할 수 있습니다. 그런 생각은 버리세요. 마음을 더럽히잖아요. 만일 장군님 머릿속에 그런 의심을 넣어 준 놈이 있다면, 그놈은 천벌을 받을 겁니다. 마님이 결백하지도 정숙하지도 진실하지도 않다면, 이 세상 모든 남자는 불행할 것입니다. 아무리 순결한 여자라도 의심을 받고, 모두 부정한 아내가 되고 말 테니까요.

오셀로 가서 그녀를 오라고 해. (에밀리아 퇴장.) 저것도 말은 기가 막히게 잘하는구나. 하긴 뚜쟁이라면 저 정도는 말할 수 있어야지. 부정한 사건의 비밀 열쇠를 움켜쥐고도 무릎을 꿇고 기도하지. 난 그 꼴을 봤다고.

데스데모나와 에밀리아 등장.

데스데모나 여보, 무슨 일이에요?

오셀로 이리 좀 와 봐. 당신 눈 좀 봅시다. 자, 내 얼굴을 쳐다봐.

데스데모나 무슨 끔찍한 망상이에요?

오셀로 (에밀리아에게) 넌 지금껏 해오던 일이나 해. 누가 오면 헛기침을 하고. 네 본분에 충실해야지. 자, 빨리 나가! (에밀리아 퇴장.)

데스데모나 부탁이에요. 무슨 뜻이에요? 말끝마다 노기가 서려 있는 건 알겠지만, 말뜻은 모르겠어요.

오셀로 대체 넌 누구지?

데스데모나 당신의 아내, 진실하고 충실한 아내죠.

오셀로 어떤 맹세를 해도 지옥에 떨어질 뿐이야. 얼굴이 천사같이 생겼으니 악마들은 잠시 꺼려할 거다. 그러면 죄를 한 번 더 범할 수 있겠지.

데스데모나　신은 진실을 알고 계시죠.

오셀로　물론 신은 알고 계시지. 네가 지옥에 갈 만한 죄를 범했다는 걸.

데스데모나　여보, 누구요? 무슨 죄를 범했다는 거예요?

오셀로　오, 데스데모나! 저리 가! 꺼지라니까!

데스데모나　아, 왜 눈물을 흘리세요? 여보, 저 때문에 우시는 건가요? 혹시 이번 소환이 아버지로 인한 것이라 하더라도 저를 탓하지는 마세요. 당신이 아버지와 인연을 끊으시면 저도 그럴 테니까요.

오셀로　신이 날 고난으로 시험하려고 머리 위에 온갖 아픔과 굴욕을 쏟아부어도, 나를 포로로 넘겨줬다 하더라도, 난 내 영혼 어디선가에서 인내심을 찾아냈을 것이다. 아아, 나더러 오랜 시간 동안 손가락질을 받으며 살라고 하는 건…… 하지만 그것도 참아낼 수 있다. 그러나 내 심장을 갈무리해 둔 곳, 그 생명의 줄기가 흘러나오는 그곳에서 나를 버리다니! 그곳을 두꺼비의 알을 까는 더러운 웅덩이로 만들어 버리다니! 인내심이여, 앳된 장밋빛 입술을 한 천사의 얼굴을 이젠 치워라. 지옥처럼 험상궂은 얼굴을 보여라!

데스데모나　여보, 인자하신 당신이 저를 좀 믿어 주세요.

오셀로　오, 그래. 도살장에 우글거리는 여름철 쉬파리처럼 넌 정숙하지. 오, 독초 같은 년! 넌 왜 그리 향긋하고 아름다우냐? 냄새가 너무 달콤하여 코를 찌르는구나. 넌 아예 태어나지 말았으면 좋았을걸!

데스데모나　아아, 제가 무슨 잘못을 저질렀나요?

오셀로 이 깨끗한 종이로 예쁜 책을 만들어 '갈보'라고 적어 넣어? 무슨 죄를 저질렀느냐고? 저질렀지! 이 갈보! 네 행실을 입 밖으로 내는 것만으로도 내 뺨은 붉게 달아오르고, 수치심은 잿더미가 되고 만다.

데스데모나 맹세코 그런 일은 없습니다. 억울해요.

오셀로 네가 갈보가 아니라고?

데스데모나 물론이죠. 저는 크리스천입니다. 남편을 위해 더럽고 불미스런 손길이 닿지 않도록 제 몸을 깨끗하게 지켜 왔습니다. 그런데 저를 갈보라고 하시다니, 그런 섭섭한 말이 어디 있습니까.

오셀로 뭐라고! 갈보가 아니라고?

데스데모나 아닙니다. 전 깨끗하다고요!

에밀리아 등장.

데스데모나 오, 신이시여, 용서하소서!

오셀로 미안하오. 난 당신이 오셀로와 결혼한 베니스의 갈보인 줄 알았소. (소리 높여) 이봐요, 성 베드로와는 정반대의 일을 하고 있는 지옥의 문지기! 수고비를 줄 테니 오늘 얘기는 비밀로 하게나. (퇴장)

에밀리아 저런! 마님, 괜찮으세요? 장군님이 대체 무슨 생각으로 저러시지? 착한 마님, 왜 그러세요?

데스데모나 꼭 악몽을 꾸는 것 같아.

에밀리아 남편께서 왜 저러시는 거예요?

데스데모나 남편이라니, 누구 말이냐?

에밀리아 장군님 말이에요.

데스데모나 내겐 남편이 없단다. 나한테 말하지 마. 할 말은 없고 눈물만 나오니까. 오늘 밤에는 잊지 말고 결혼식 때 덮었던 이불을 준비해 줘. 그리고 자네 남편을 이리 불러 줘.

에밀리아 정말 이상한 일이야! (퇴장)

데스데모나 내가 이런 꼴을 당하는 건 당연해. 내가 어쨌기에 눈곱만한 일을 가지고도 저토록 믿지 못하는 걸까?

이아고와 에밀리아 등장.

이아고 부르셨습니까, 마님?

에밀리아 글쎄 장군님께서 마님더러 갈보라고 하시며, 도저히 견디기 어려운 욕지거리를 퍼부으셨어요.

데스데모나 이아고, 내가 정말 그런 여자인가?

이아고 어째서 그런 소리를 하셨을까요?

데스데모나 나도 몰라. 나는 분명 그런 어지가 아닌데.

이아고 울지 마세요. 이 일을 어쩌면 좋담!

에밀리아 우리 마님께서 갈보라는 소리를 듣기 위해 그토록 좋은 혼처를 마다하셨단 말인가! 고향과 친구들, 아버지까지 버렸는데 누군들 울지 않겠어요?

데스데모나 모두 내 비참한 운명 탓이야.

이아고 장군님께서 왜 그러셨을까?

에밀리아 어떤 심술궂은 놈이 한 자리 얻으려고 꾸며 낸 계략일 거예요. 제 말이 틀렸으면 목을 매달아도 좋아요.

이아고 바보 같으니라고. 그런 놈이 어디 있겠어? 그건 말도 안 돼!

데스데모나 그런 악한이 있다 하더라도 신은 용서하실 거야!

에밀리아 용서고 나발이고 없어요. 그놈은 지옥으로 떨어져 썩어 문드러져야 해요! 어떻게 마님을 갈보라고 부른대요? 무슨 까닭으로? 장군님은 필시 비열하고 고약한 악당 놈에게 속으신 거야. 오, 신이시여! 그 불한당을 밝고 환한 곳으로 끌어내어 발가벗긴 다음 채찍질해서 이 세상 동쪽에서부터 서쪽까지 질질 끌고 다니게 해 주소서!

이아고 문밖에서 누가 들을라.

에밀리아 망할 놈! 내가 장군님과 무슨 일이 있었다는 말을 퍼뜨린 놈도 바로 그놈일 거야.

데스데모나 이아고, 어떻게 해야 남편의 마음을 되돌릴 수 있을까? 난 무릎 꿇고 맹세할 수 있어. 눈곱만큼도 남편을 배반할 생각은 해 본 적도 없을 뿐만 아니라 한눈 판 적도 없어. 지금이나 예전이나, 앞으로도 내 사랑은 식지 않을 거라고 맹세할 수 있어. 그가 나를 버리다니, 죽고 싶은 심정이야. 그런데 어떻게 갈보라는 말을 할 수 있었을까? 혀끝에 올리기만 해도 소름이 끼치는데.

이아고 진정하세요. 나랏일 때문에 화가 나서 그랬을 거예요.

데스데모나 제발 그것 때문이라면……

이아고 그럴 겁니다. (안에서 나팔 소리.) 저녁을 알리는 나팔 소리군요. 베니스의 높으신 사절께서 기다리시니 눈물을 훔치시고 가시지요. 모든 일이 잘 될 겁니다. (데스데모나와 에밀리아 퇴장.)

로더리고 등장.

로더리고 나를 이 꼴로 만들어 놓다니!

이아고 뭐가 잘못되었습니까?

로더리고 날마다 요리조리 피하고 있잖아. 지금 생각해 보니, 자네는 나를 위해 일하는 척하면서 오히려 방해만 하고 있어. 나도 더는 참을 수 없네. 뭐라고 변명해도 여태껏 머저리 취급을 당한 걸 용서할 수 없어.

이아고 이것 봐요, 내 말 좀 들어 봐요.

로더리고 귀청이 뚫어지도록 들었네. 넌 말과 행동이 일치하지 않아.

이아고 해도 너무하십니다.

로더리고 사실이 그런 걸 어쩌나? 난 이제 빈털터리가 됐어. 데스데모나에게 준다고 가지고 간 보석들만 해도 엄청나지. 수녀라도 구워삶을 수 있을 정도가 아닌가. 그런데 그녀의 발뒤꿈치조차 볼 수 없으니……

이아고 기다리세요. 아주 잘 될 거예요.

로더리고 기다리라고? 잘 될 거라고? 웃기는 소리! 자넨, 날 놀려먹었어.

이아고 맘대로 하세요.

로더리고 장담하건대 결코 좋지 못할 거다. 보석을 돌려주겠다고 하면 나도 이까짓 떳떳하지 못한 짓거리를 청산할 작정이지만, 안 돌려주면 데스데모나에게 알려 가만두지 않을 거야.

이아고 암, 그래야만 사나이죠. 당신이 화가 많이 났군요. 로더리고, 손을 잡읍시다. 날 원망하는 것도 무리는 아니죠. 그러나 분명히 말해 둘 것은 나 역시 할 만큼 했다는 것입니다.

로더리고 그러나 표시가 나야 말이지.

이아고 그러니 당신이 믿지 못하는 거죠. 하지만 오늘 당신이 보여 준 그 결심과 용기를 대하고 보니 마음이 든든해지는군요. 오늘 밤, 그것을 한 번 더 보여 주면 어떻겠소? 내일 밤 당신이 데스데모나와 즐길 수 없다면 날 없애 버려도 좋아요.

    로더리고   그래, 그것이 뭔데? 내가 할 수 있는 일인가?

    이아고   베니스로부터 특명이 왔는데, 오셀로 자리에 캐시오가 앉게 되었습니다.

    로더리고   그게 정말인가? 그럼 오셀로와 데스데모나는 베니스로 돌아가겠군?

    이아고   아뇨. 그 녀석은 데스데모나를 데리고 모리타니아로 가지요. 갑자기 일이 터져서 못 가지 않는 한 그렇지요. 그러니 캐시오를 없애 버리면 못 가게 되겠지요.

    로더리고   없애 버리다니, 그게 무슨 뜻인가?

    이아고   오셀로의 자리에 못 앉게 머리통을 박살내는 거지요.

    로더리고   그 일을 나더러 하라는 건가?

    이아고   그렇습니다. 자신을 위해 할 수 있는 용기가 있다면 말입니다. 그놈이 오늘 밤 갈보와 저녁을 먹을 건데, 나도 그리 가리다. 그놈은 아직도 자신의 앞날을 모르고 있어요. 그놈이 돌아가는 길목을 지키고 있다가 마음 내키는 대로 해치워요. 내가 옆에서 도와드릴게요. 자, 어리둥절해 있지 말고 함께 갑시다. 그놈이 죽어야 할 까닭을 말해 드릴 테니까요.

    로더리고   얘기를 자세히 들어야겠네.

    이아고   들으시면 납득이 가실 겁니다. (두 사람 퇴장.)

제3장

성 안의 다른 방.
오셀로, 로도비코, 데스데모나, 에밀리아, 시종들 등장.

로도비코 이제 그만 들어가죠.

오셀로 괜찮소. 조금 더 걷고 싶소.

로도비코 데스데모나, 들어가서 쉬도록 해라. 폐를 많이 끼쳤구나.

데스데모나 오셔서 얼마나 기뻤는지 몰라요.

오셀로 그럼 가시죠? 아참 데스데모나, 당신은 일찌감치 잠자리에 드시오. 내 곧 돌아오리다. 하녀도 물러가게 하고. 알겠소?

데스데모나 네, 알았어요. (오셀로, 로도비코, 시종들 퇴징.)

에밀리아 어찌 된 일일까요? 아까보다 화가 누그러든 것 같네요.

데스데모나 곧 돌아온다면서 나보고 먼저 잠자리에 들라고 하시는구나. 너는 물러가게 하고 말이야. 남편을 화나게 하고 싶지는 않아.

에밀리아 마님께선 왜 하필 저런 분을 만나셨을까!

데스데모나 난 그렇게 생각하지 않아. 그를 진정 사랑하니까! 고집을 부려도, 야단을 쳐도, 투정을 해도 다 좋게만 보여.

에밀리아 아까 말씀하신 그 이불을 깔아 놨습니다.

데스데모나 아무래도 좋아. 내가 너보다 먼저 죽게 되면 저 이불로 나를 감싸 줘.

에밀리아   마님, 그게 무슨 말씀이세요?

데스데모나   어머니한테 바바라란 하녀가 있었는데 사랑하는 남자가 미쳐서 그녀를 버렸다네. 그녀는 '버드나무의 노래'라는 곡을 부르곤 했지. 결국 그녀는 그 노래를 부르면서 죽었어. 오늘밤에는 웬일인지 나도 그 노래를 부르고 싶네.

에밀리아   잠옷을 갖고 올까요?

데스데모나   아니, 이 핀만 좀 뽑아 줘. 로도비코 오라버니는 훌륭하지.

에밀리아   네, 멋진 분이세요. 그분의 입술에 입맞춤할 수 있다면 맨발로 팔레스타인까지라도 걸어갔을 거예요.

데스데모나   (노래를 부른다.) '무화과나무 그늘 아래 앉아 애처로운 여인 노래를 부르네. 푸른 버들잎 노래를 부르네. 가슴에 손을 얹고 무릎에 머리를 묻고, 버들아 버들아 노래를 부르네. 맑은 시냇물이 그녀와 함께 한숨짓네. 버들아 버들아 노래를 부르네. 그녀의 눈물방울에 바위도 녹아내리네.' 이걸 저리 좀 치워 줘. 이제 가 보게. 그가 곧 올 테니. '푸른 버들잎 노래하네. 그를 욕하지 마세요. 나를 멸시해도 좋은걸요.' 아아, 그다음 소절은 이게 아닌데. 쉿! 누가 문을 두드리고 있어.

에밀리아   저건 바람소리예요.

데스데모나   어서 가. 가서 자. 눈이 가렵군. 눈물이 나오려나? 에밀리아, 말해 봐. 세상 남자들은 다 그런 건가? 남자란 정말 알 수 없는 동물이지. 정말 이 세상에 남편을 속여 먹는 여자들이 있을까?

에밀리아   분명 있겠죠.

데스데모나   세상을 몽땅 준다 해도 그런 짓을 할 수 있을까?

에밀리아 마님, 이 세상은 엄청나게 큰걸요. 그토록 큰 걸 얻을 수 있다면 나쁜 짓을 조금 한다 해도 괜찮지 않겠어요?

데스데모나 아냐. 너는 그런 짓은 못할 거야.

에밀리아 아니에요. 저는 할 수 있어요. 해도 흔적을 남기지 않으면 되죠. 물론 가락지나 옷가지를 준다면 바꿀 수 없겠지만 이 세상을 준다면 할 수 있죠. 누군들 할 거예요. 아니, 제 남편을 왕으로 만들 수만 있다면 지옥에 떨어져도 좋아요.

데스데모나 그럴 수는 없어. 이 세상을 다 준다 해도 그런 짓을 한다면 차라리 죽는 게 나아.

에밀리아 글쎄요. 하여튼 여자가 타락하는 건 결국 남편들 잘 못이라고 생각해요. 밤일을 게을리 하면서 바람을 피운다든지, 질투나 하면서 우릴 때리고 심술궂게 용돈까지 줄이기 때문이죠. 우리도 성깔이 있잖아요. 착한 여자라 해도 조금씩은 복수를 하고 싶은 법이에요. 여자도 남자와 똑같이 느끼며 산다는 걸 보여 줘야 해요. 도대체 남편들이 딴 여자들과 바람피우는 까닭이 뭐죠? 단지 즐기는 건가요? 아니면 사랑? 바람기? 그럴 수도 있겠죠. 그러니 여자들도 남자들과 똑같다는 걸 알아야지요. 그러니까 우리한테 잘해 줘야 해요. 그렇지 않으면 남자들 때문에 우리가 잘못하는 거라는 걸 알려 주고 싶어요.

데스데모나 잘 자. 신이시여, 제발 제가 나쁜 짓을 보고 듣더라도 그것을 배우지 않도록 도와주세요. (퇴장)

제 5 막

제1장

사이프러스 거리.
이아고와 로더리고 등장.

이아고 여기, 이 가게 뒤에 서 계세요. 그놈이 곧 올 테니까 칼을 빼들고 계시다가 푹 찌르면 돼요. 내가 곁에서 도울게요. 일이 되느냐 안 되느냐는 바로 당신한테 달려 있어요. 잘 생각해 보고 단단히 마음먹으세요.

로더리고 가까이 있어 줘. 실패할지 모르니까.

이아고 알았어요. 용기를 내고 칼을 잡아요. (이아고 숨는다.)

로더리고 이런 일은 썩 내키지 않지만 까짓것 사람 하나 없어지는 것밖에 더 있나. 칼을 뽑았으니 죽이자!

이아고 저 얼간이 녀석을 건드려 놓았더니 터질 것 같구먼. 저놈이 캐시오를 해치우든 캐시오가 저놈을 해치우든, 아니면 함께 죽든지 득을 얻는 것은 오직 나뿐이로구나. 하지만 두 놈 모두 다 살아남으면 나한테 좋을 게 없지. 로더리고가 살면 보석을 내놓으라고 할 테고, 캐시오가 살면 내 꼴이 추하게 될 거야. 가만 있자, 오는 모양이군.

　　캐시오 등장.

　로더리고　발자국 소리를 들으니 그놈인데. 이 악당아, 내 칼을 받아라! (캐시오에게 덤벼든다.)
　캐시오　하마터면 큰일 날 뻔했군. 어디 네놈은 얼마나 두껍게 입었는지 시험해 보자. (칼을 뽑아서 로더리고를 찌른다.)
　로더리고　아이쿠! (이아고가 뒤에서 캐시오의 다리를 찌르고 퇴장.)
　캐시오　아, 난 평생 불구자다. 사람 살려! (쓰러진다.)

　　오셀로 등장.

　오셀로　캐시오 목소리다. 이아고가 약속을 지켰나 보군.
　로더리고　아, 내가 나쁜 놈이었어!
　오셀로　쉿! 과연 그렇구나.
　캐시오　사람 살려! 불을 밝혀라! 의사를 불러 줘!
　오셀로　그놈이다! 용감하고 성실한 이아고, 친구의 치욕을 진실로 아파하다니 큰 가르침을 주는군. 못된 것, 네 애인은 죽어 넘어졌고, 저주받은 네 운명도 끝장날 것이다. 기다려라, 욕정으로 더럽혀진 네 잠자리를 욕망의 피로 물들여 줄 테니까. (오셀로 퇴장.)

로도비코와 그레샤노 등장.

　캐시오　여봐라, 보초도 지나가는 사람도 없느냐? 살인이다,
살인!
　그레샤노　심상치 않은 일이야. 다급하게 외치고 있잖아.
　캐시오　여기 사람 살려!
　로더리고　아, 비열한 놈!
　로도비코　두세 사람이 신음하고 있는 것 같소. 속임수일지도
모르는데, 섣불리 우리끼리만 가는 건 위험할 것 같아요.

　　　이아고가 횃불을 들고 등장.

　그레샤노　누군가 잠옷 바람으로 횃불과 무기를 들고 오는군.
　이아고　거기 누구요? 살인이라고 외친 게 누구요?
　로도비코　우리도 모르겠소.
　이아고　고함 소리를 못 들었습니까?
　캐시오　여기다, 여기! 제발 부탁이네, 도와주게!
　이아고　어떻게 된 일이오?
　그레샤노　저건 오셀로의 기수가 아닌가?
　로도비코　그렇군요. 아주 용감한 친굽니다.
　이아고　그토록 처량하게 외치는 당신은 누구요?
　캐시오　이아고인가? 아, 나는 죽게 됐어. 악당에게 당했어! 나
좀 도와주게.
　이아고　아아, 부관님! 어느 놈이 이런 짓을 했습니까?
　캐시오　저기 한 놈이 도망치지 못하고 뻗어 있네.

제5막　215

이아고 악당 놈! (로도비코와 그레샤노에게) 거기 있는 양반들, 이리 와서 좀 도와주시지요.

로더리고 나 좀 살려 주시오!

캐시오 저놈이 그랬어.

이아고 에잇 악당 놈! 이 죽일 놈! (로더리고를 칼로 찌른다.)

로더리고 죽일 놈의 이아고! 이 개 같은 놈! 으윽. (기절한다.)

이아고 어두운 곳에서 사람을 죽여? 잔인한 살인자들은 어디로 도망친 거야? 마을은 왜 이렇게 쥐죽은 듯 조용할까! 살인이야! 당신들은 누구요? 도대체 어느 편이오?

로도비코 잘 보고 말해라.

이아고 아니, 로도비코 어르신 아닙니까?

로도비코 그렇다네.

이아고 죄송합니다. 악당들이 캐시오 부관을 해쳤어요.

그레샤노 캐시오를?

이아고 부관님, 얼마나 다쳤나요?

캐시오 다리를 다쳤네.

이아고 큰일 났군요! 다친 데는 우선 제 속옷으로 동여매야겠어요.

비앙카 등장.

비앙카 무슨 일인가요? 누가 소리를 질렀어요?

이아고 누가 소리를 질렀냐고?

비앙카 아, 내 사랑 캐시오군요! 사랑하는 캐시오!

이아고 과연 이름난 갈보로군! 부관님, 누가 찔렀는지 의심 가는 사람이라도 있나요?

캐시오　전혀 짐작이 가지 않아.

그레샤노　이런 모습을 보아서 안됐소. 당신을 찾던 참이오.

비앙카　아, 기절하네! 오, 캐시오, 캐시오, 캐시오!

이아고　여러분, 암만 해도 이 여자가 범인인 것 같습니다. 부관님, 조금만 참으세요. 횃불을 이리 주세요. 이놈이 누군지 얼굴을 봐야겠소. 아니, 이 사람은 우리의 고향 친구 로더리고가 아닌가? 아, 이게 무슨 일인가, 로더리고!

그레샤노　뭐야? 베니스 사람?

이아고　네, 그렇습니다. 이 사람을 아십니까?

그레샤노　그럼, 알다마다. 로더리고였다니!

이아고　네, 맞습니다.

시종들이 들것을 들고 등장.

이아고　아, 조심해서 신고 가도록. 저는 장군님의 의사를 데려오겠습니다. (비앙카에게) 아가씨는 수고하지 않아도 되겠어. 부관님, 여기서 살해당한 사람은 제 친구인데, 이 사람과 어떤 원한이라도 있었나요?

캐시오　아니. 나는 그놈을 모르네.

이아고　(비앙카에게) 어서 집 안으로 옮겨야 해. (캐시오와 로더리고가 안으로 옮겨진다.) 여러분, 잠깐만 기다리세요. 아가씨, 얼굴이 창백해 보이는데, 그렇게 노려봐도 소용없어. 혓바닥이 굳었어도 죄를 스스로 말하게 만들 테니.

에밀리아 등장.

에밀리아　아니, 이게 대체 무슨 일이야? 여보, 무슨 일이 벌어진 거예요?

이아고　부관님이 어둠 속에서 로더리고와 그의 일당에게 습격을 당하셨어. 거의 죽을 뻔했지. 로더리고는 죽었고.

에밀리아　아, 부관님이!

이아고　모두 저 여자 때문이야. 여보, 부관님한테 가서 오늘 저녁을 어디서 드셨는지 알아보고 와요. (비앙카에게) 왜 그렇게 떨고 있지?

비앙카　우리 집에서 드셨어요. 그렇지만 그것 때문에 떠는 건 아니에요.

이아고　오, 그래? 너를 잡아야겠다. 나와 함께 가자.

에밀리아　이 더러운 갈보 같으니라고!

비앙카　나는 갈보가 아니에요. 당신과 똑같은 여자라고요.

에밀리아　나와 똑같은 여자라고? 흥! 개소리하지 마!

이아고　여러분, 부관이 치료받는 곳으로 가시지요. 이봐 아가씨, 우리한테는 솔직히 털어놔야 해. 에밀리아, 성으로 가서 장군님과 마님께 이 일을 알려 드려. (방백) 오늘 밤이야말로 일의 성패가 결판나는 아슬아슬한 고비가 되겠구나. (퇴장)

제2장

성 안의 침실.
데스데모나가 침대에서 자고 있다.
오셀로, 등불을 들고 등장.

오셀로 순결한 별들아, 아내에게 피를 흘리게 할 수는 없다. 눈보다 희고 대리석처럼 매끄러운 아내의 살결에 상처를 낼 수는 없다. 하지만 살려 둘 수 없어. 살려 두면 더 많은 남자들을 농락할 테지. 먼저 등불을 끄고 저 생명의 불을 끄자. 타오르는 불꽃이여, 너는 껐다가도 다시 켤 수 있지만 정교한 자연의 조화인 너의 몸은 한번 꺼지면 다시 불이 붙지 않을 터. 아, 나는 프로메테우스의 불을 찾아 어디를 헤매야 한단 말이냐? 한번 꺾어 버린 장미는 다시 살릴 수 없지. 나무에 붙어 있는 동안 향기라도 맡아 보자. (입을 맞춘다.) 이 향기로운 입김. 정의의 여신도 이 냄새를 맡는다면 칼을 버릴지도 몰라. 한 번만 더 입을 맞추자. 한 번만 더, 이번이 마지막이다. 이토록 아름다우면서 이토록 죄 많은 여인이 또 있을까? 오, 사랑하기 때문에 죽여야 하다니. 눈을 뜨는군.

데스데모나 누구세요? 오셀로?

오셀로 그렇소, 데스데모나.

데스데모나 어서 주무세요.

오셀로 저녁 기도는 했소, 데스데모나?

데스데모나 네.

오셀로 아직 용서받지 않은 죄가 있으면, 지금 기도를 드려요.

데스데모나 대체 무슨 말씀을 하시는 거예요?

오셀로 하여튼 하라면 하시오. 마음의 준비가 되어 있지 않은데, 어떻게 죽일 수가 있겠소? 난 당신의 영혼을 죽이고 싶진 않소.

데스데모나 날 죽인다고 하셨나요?

오셀로 그렇소.

데스데모나 오, 신이시여! 자비를 베푸소서!

오셀로 아멘. 저도 진심으로 빕니다!

데스데모나 그렇다면 절 죽이지는 마세요. 당신이 그렇게 눈동자를 굴리면, 왜 이렇게 무서울까요? 나쁜 짓이라고는 전혀 한 적이 없는데.

오셀로 저지른 죄를 생각해 봐.

데스데모나 당신을 사랑한 죄밖에 없어요.

오셀로 그렇기 때문에 죽어야 하오.

데스데모나 사랑하기 때문에 죽어야 한다고요? 왜 그토록 아랫입술을 깨물고 계세요? 온몸을 떨고 계시고, 설마 저를 죽이지는 않겠지요?

오셀로 내가 그토록 아끼던 손수건을 당신은 캐시오에게 주었소.

데스데모나 아니에요. 절대로 준 적 없어요. 맹세해요!

오셀로 거짓 맹세요. 당신은 곧 죽을 테니까. 그러니 솔직하게 고백해야 하오. 내가 이토록 괴로워하는 것은 충분한 근거가 있기 때문이오. 당신은 죽어야 하오.

데스데모나 신이시여, 자비를 베푸소서!

오셀로 아멘.

데스데모나 당신도 자비를 베푸세요. 당신한테 죄지은 적 없어요. 부관을 사랑한 적도 없고요. 그저 하늘이 모두에게 허락하는 흔한 관심만 가졌을 뿐이에요. 선물을 준 적도 없고요.

오셀로 그놈이 손수건을 보여 줬소.

데스데모나 네? 그게 정말이에요?

오셀로 당신을 가졌다고 하더군.

데스데모나 어떻게요? 그렇게 말했을 리가 없어요.

오셀로 다시는 그런 말을 못하겠지. 정직한 이아고가 조치했으니까.

데스데모나 아, 그럼 살해되었단 말이에요, 부관이?

오셀로 그놈의 목숨이 머리카락 숫자만큼 있다 해도 복수심에 주린 내 배를 채우기에는 턱없이 모자라.

데스데모나 아아, 부관은 계략에 말려든 거예요. 나도 이젠 끝이로구나.

오셀로 닥쳐, 갈보년! 내 앞에서 그놈 때문에 울다니.

데스데모나 저를 내쫓되 죽이진 마세요!

오셀로 누워 있어, 갈보야!

데스데모나 오, 신이시여! (오셀로가 데스데모나의 목을 조른다.)

에밀리아 (밖에서) 장군님, 보세요, 장군님! 드릴 말씀이 있습니다.

오셀로 에밀리아로구나. 아직 안 죽었나? 캐시오의 죽음을 말해 주러 온 것 같군. 조금 전까지만 해도 소리를 바락바락 지르더니, 아하, 이젠 꼼짝달싹 못하는구나. 무덤처럼 조용하구나. 지금이야말로 일식과 월식이 일어나 태양과 달이 빛을 잃고, 놀란 대지가 입을 딱 벌려야 할 것만 같다.

에밀리아 (밖에서) 장군님, 부탁입니다. 말씀드릴 게 있습니다!

오셀로　커튼을 쳐 놓아야겠다. (문을 연다.)

에밀리아 등장.

에밀리아　장군님, 엄청난 살인 사건이 일어났습니다!

오셀로　뭐라고! 지금? 달이 궤도를 벗어났나 보구나. 달이 보통 때보다 지구에 가깝게 내려와 사람들을 미치게 만든 거지.

에밀리아　부관이 로더리고라는 젊은 베니스인을 죽였습니다.

오셀로　로더리고가 죽었다고? 그럼 캐시오는 안 죽었나? 암살이 빗나갔군. 복수가 헛일이 됐네.

데스데모나　아, 억울해. 난 억울하게 죽는 거야!

에밀리아　장군님, 이게 무슨 소립니까? 아, 마님의 목소리가 아닙니까! (커튼을 연다.) 사람 살려, 사람 살려! 아, 마님! 착한 데스데모나 마님, 말씀해 보세요! 누가 이런 짓을 마님한테 했습니까?

데스데모나　아무도 안 그랬어. 내가 한 짓이야. 잘 있어. 장군님께 안부 전해 주고! (죽는다.)

오셀로　스스로 자결했다는 얘기를 들었지? 내가 한 짓은 아냐.

에밀리아　그렇게 말씀하셨지요. 이 사실을 그대로 알려야겠어요.

오셀로　그녀는 거짓말쟁이야. 그녀를 죽인 사람은 나다.

에밀리아　아, 그렇다면 마님은 더욱 천사 같고, 당신은 더욱 흉측한 악마로군요!

오셀로　그녀는 못된 짓을 했어, 갈보야.

에밀리아　마님을 그렇게 모욕하다니, 당신은 악마예요.

오셀로　물처럼 지조가 없었어.

에밀리아　그렇게 말하는 당신은 타오르는 불길처럼 분별력이 없군요. 마님은 정말 진실한 분이셨어요!

오셀로 캐시오와 간통했어. 네 남편에게 물어봐. 만일 정당한 근거도 없이 이 같은 짓을 저질렀다면, 지옥에 굴러떨어져도 좋아. 네 남편이 다 알아.

에밀리아 제 남편이요?

오셀로 그래.

에밀리아 마님이 정조를 깨뜨렸다고 제 남편이 말했어요?

오셀로 그래, 캐시오와 놀아났다더군.

에밀리아 제 남편이요?

오셀로 그래, 그가 처음 말해 줬어.

에밀리아 제 남편이요?

오셀로 왜 자꾸 묻는 거지? 네 남편이라고 하지 않았느냐?

에밀리아 제 남편이 그렇게 말했다고요? 마님이 부관님과 간통했다고……

오셀로 그래. 네 남편, 내 친구, 착한 이아고가 말해 주었지.

에밀리아 그놈이 정말 그렇게 말했다면, 그놈의 더러운 영혼은 날마다 푹푹 썩어 없어져야 해! 새빨간 거짓말이야. 마님은 어째서 이 몹쓸 남자를 그토록 사랑하셨을까.

오셀로 뭐라고?

에밀리아 분에 넘치는 부인을 얻은 줄도 모르고, 이따위 짓을 해?

오셀로 잠자코 있지 못해?

에밀리아 나를 해쳐 봐. 이 바보 같은 놈아! 얼간이, 무식한 놈! 내가 그따위 칼을 무서워할 줄 알고? 네가 한 짓을 온 세상에 알리고야 말겠다. 어서 죽여 봐! 사람 살려! 무어 놈이 마님을 죽였다! 사람 살려!

　　　몬타노, 그레샤노, 이아고와 다른 사람들 등장.

　몬타노　무슨 일이오? 장군, 무슨 일입니까?
　에밀리아　이아고, 당신 잘 됐구려. 살인죄를 온통 혼자서만
짊어지게 되었으니.
　모두　무슨 일이야?
　에밀리아　당신도 남자라면 그건 거짓말이라고 해요. 설마 그런
말을 한 건 아니겠죠? 당신이 그런 악당일 리가 없어요.
　이아고　내 생각을 말씀드렸을 뿐이야. 엉뚱한 얘기를 한 게
아니라고.
　에밀리아　마님이 간통을 저질렀다고 말했다고요?
　이아고　말했지.
　에밀리아　거짓말! 그따위 거짓말을 하다니. 캐시오 부관님하
고요?
　이아고　그래, 캐시오와 함께. 자, 당신은 입 닥치고 있어.
　에밀리아　어떻게 입을 다물어? 마님께서 살해당하셨는데.
　모두　아, 그런 끔찍한 일이!
　에밀리아　당신이 그따위 말을 했기 때문에 살해당한 거예요.
　오셀로　다들 너무 놀라지 마십시오. 모두 사실이오.
　그레샤노　이런 해괴한 일이 있나!
　몬타노　무시무시한 일이군!
　에밀리아　그래, 이제야 생각나는군. 어쩐지 이상스런 느낌이
들었지. 아, 슬픈 세상…… 더 이상 살아서 뭐 하나.

이아고 왜 그래, 이게 미쳤나? 당장 집으로 가!

에밀리아 여러분, 제 말 좀 들어 주세요. 이아고, 난 영영 집에 가지 않을 거다.

오셀로 흑흑흑! (침대에 쓰러진다.)

에밀리아 그렇게 쓰러져서 실컷 우세요. 이 세상 빛을 본 사람 가운데 가장 순결한 분을 죽이다니.

오셀로 (일어나면서) 아, 그녀는 더러워! 처숙부님! 저기, 쓰러져 있는 당신 조카의 숨통을 제 손으로 끊어 버렸습니다.

그레샤노 불쌍한 데스데모나, 네 아버지가 돌아가셨으니 망정이지 살아서 지금 이 꼴을 본다면 천사마저 저주했을 것이다. 네 결혼 때문에 충격을 받아 돌아가신 게 차라리 다행이구나.

오셀로 데스데모나가 캐시오와 추잡한 짓을 수없이 해왔다는 걸 이아고가 잘 알고 있습니다. 캐시오도 자백했고요. 게다가 제가 어머니로부터 받은 사랑의 정표를 주었는데, 그것을 욕정의 대가로 간통한 남자에게 주었습니다. 캐시오가 그 손수건을 쥐고 있는 것을 보았습니다.

에밀리아 오, 신이시여! 이 일을 어쩌면 좋습니까?

이아고 입 닥쳐! 어리석게 굴지 말고 집으로 꺼져!

에밀리아 안 갈 거야. 하늘과 사람과 악마가 모두 말려도 말해야겠어. 이를 어쩌면 좋아. 잠자코 있으라고? 웃기지 마! (이아고가 에밀리아를 찌르려고 한다.)

그레샤노 이봐! 여자에게 칼을 쓰려 하다니, 무슨 짓인가!

에밀리아 머저리 무어야! 네가 지금 말한 그 손수건은 내가 주워서 남편에게 주었어. 이상하다는 생각은 들었지만, 남편이 그 보잘것없는 손수건을 하도 구해 달라고 간곡히 부탁하는 바람에 그랬지.

이아고　저 빌어먹을 년, 거짓말하지 마!

에밀리아　어림없는 소리! 맹세코 거짓말이 아니에요. 내가 주워서 주었다고요. 이 어리석은 살인자!

오셀로　지독한 악당 놈! 벼락이라도 맞고 죽어라. (이아고에게 달려들자 몬타노가 칼을 빼앗는다. 이아고, 뒤에서 에밀리아를 찌른다.)

그레샤노　여자가 쓰러졌다. 저놈이 제 아내를 찔렀어!

에밀리아　아아, 저를 마님 곁에 눕혀 주세요. (이아고, 달아난다.)

그레샤노　저놈은 아내를 죽이고 달아났어.

몬타노　천하에 악당이오. 자, 밖에서 문을 지키시오. 무어 장군이 빠져나가지 못하게. 덤벼들면 차라리 죽여 버리시오. 난 저놈의 뒤를 쫓겠소. (몬타노와 그레샤노 퇴장.)

오셀로　내 용기는 사라지고, 저 애송이가 내 칼을 빼앗아가네. 명예를 모두 잃었구나.

에밀리아　마님, 제 목소리 들리나요? 저도 백조처럼 노래하며 죽을래요. (노래를 부른다.) '버들아 버들아' 무어인아, 마님이 얼마나 정숙하고 순결하셨는지 아느냐. 진실을 말했으니 내 영혼은 천당으로 가겠지. (죽는다.)

오셀로　이 방 안에 스페인 칼이 있을 거야. 얼음물로 담금질한 칼이지. 오, 여기 있구나. 처숙부님, 전 나가야만 합니다.

그레샤노　(밖에서) 부질없는 짓은 그만두게. 무기도 없잖아.

오셀로　이리 들어오셔서 제 얘기 좀 들어 주십시오. 그렇잖으면 맨손으로라도 숙부님께 덤벼들겠어요.

그레샤노 등장.

그레샤노 대체 무슨 일인가?

오셀로 보십시오. 여기 칼이 있습니다. 이보다 더 나은 칼을 찬 군인은 아무도 없었지요. 저도 한때는 이 팔뚝과 칼로 당신이 막고 있는 것보다 스무 배나 더 두꺼운 장애물이 있어도 쉽게 무찔렀지요. 하지만 그게 이제 와서 무슨 소용이겠습니까. 모든 게 끝장났는데요. 제가 칼을 가지고 있다고 겁내지는 마세요. 손가락 하나로도 날 넘어뜨릴 수 있을 테니까요. 오, 이제 저는 어디로 가야 하나요? (데스데모나가 누워 있는 침실로 간다.) 아, 불행한 것! 속옷처럼 창백하구나. 내 영혼을 지옥으로 내동댕이치겠지. 오, 네 정조만큼이나 차디찬 여인아! 오, 저주받은 노예 놈아! 악마들아, 나를 내쫓아라! 이 거룩한 모습을 간직하지 못하도록 내 몸을 유황불로 지글지글 태워 버려라! 불타는 심연 속에 깊이깊이 처넣어라! 아, 데스데모나! 데스데모나가 죽었다. 아! 아!

로도비코, 몬타노, 이아고를 끌고 온 장교들과 들것에 탄 캐시오 등장.

로도비코 경솔한 짓을 저지른 오셀로는 어디에 있는가?

오셀로 그 오셀로, 바로 여기 있소.

로도비코 그 독사 같은 놈은 어디 있느냐? 이리로 끌어내라.

오셀로 그놈의 발을 쳐다봐 봤자 꾸며 낸 소리일 테고, 네놈이 정말 악마라면 이 칼을 맞아도 너는 죽지 않겠지. (이아고를 찌른다.)

로도비코 칼을 빼앗아라.

이아고 피만 날 뿐 죽지는 않았소.

오셀로 오히려 다행이구나. 난 네놈을 살려 두고 싶다. 죽는 것이 오히려 행복한 일로 여겨질 테니.

로도비코 한때 그렇게도 훌륭했던 오셀로 장군이 저주받을 놈의 계략에 빠지다니, 당신에게 할 말이 없구려.

오셀로 아무렇게나 말하시오. 명예로운 살인자라 하지요. 이 일은 명예를 지키기 위해 한 것이니까.

로도비코 이 철면피가 이미 자신의 범행을 자백했소. 장군은 이놈과 짜고는 캐시오를 죽이려 했다면서요?

오셀로 그렇습니다.

캐시오 존경하는 장군님, 전 죽어야 할 까닭이 전혀 없었습니다.

오셀로 미안하네. 용서를 빌겠네. 무엇 때문에 내 몸과 마음을 함정에 빠뜨렸는지 저 악마 같은 놈에게 물어봐 주십시오.

이아고 내게 아무것도 물어보지 마시오. 그만큼 알고 있으면 되지 않습니까? 지금부터는 한마디도 안 할 거요.

로도비코 뭐! 마지막 기도조차 하지 않겠단 말이냐?

그레샤노 네놈을 고문하여 아가리를 벌리고 말 테다.

오셀로 입이 터져도 할 말이 없겠지.

로도비코 죽은 로더리고 주머니에 두 통의 편지가 있었소. 그 가운데 한 통에는 로더리고가 캐시오를 암살해야 한다는 내용이 적혀 있었소.

오셀로 아, 천벌 받을 놈!

캐시오 천하에 악독한 놈!

로도비코 다른 한 통에는 온갖 불평불만이 적혀 있었는데 로더리고가 이 악당에게 전하려고 했던 모양이오. 아마 보내기 바로 전에 이놈이 구슬린 것 같소.

오셀로 오, 죽일 놈! 캐시오, 내 아내의 손수건을 어떻게 갖게 되었지?

캐시오 제 방에서 주웠지요. 이놈이 실토한 바에 따르면, 그걸 일부러 떨어뜨려 놨고, 그랬더니 원했던 대로 일이 척척 진행되어 가더랍니다.

오셀로 아, 난 바보였어! 바보, 머저리 같으니!

캐시오 그리고 편지를 보니 로더리고는 이아고를 탓하고 있었습니다. 야경 돌던 날 밤, 로더리고가 저한테 싸움을 건 것도 이아고가 시킨 짓이었습니다. 그 때문에 저는 쫓겨났지요. 죽은 줄로만 알았는데, 로더리고가 잠깐 깨어나 자기를 해친 놈도 부추긴 놈도 이아고였노라고 말했습니다.

로도비코 오셀로, 당신은 우리와 함께 가야만 되겠소. 당신의 권한을 박탈하겠소. 캐시오가 사이프러스를 통치할 것이오. 그리고 이 악당 놈은 오랫동안 고문을 받을 거요.

오셀로 잠깐만 기다리시오. 떠나기 전에 한 말씀드리겠습니다. 미약하나마 제가 나라를 위해 바친 충성은 잘 아실 겁니다. 물론 그 일을 말하려는 건 아닙니다. 다만 부탁하고 싶은 말은, 이 불행한 사건을 보고할 때 사실 그대로 전해 달라는 것이오. 아내를 많이 사랑했지만 현명한 사랑은 아니었다고 전해 주시오. 쉽게 질투하진 않지만 일단 빠지면 걷잡을 수 없을 만큼 혼란스러워하고, 자기 손으로 값진 진주를 던져 버린 놈이라고 전하시오. 평생 눈물이라고는 모르던 사람이 이번에는 아라비아의 고무나무가 수액을 흘리듯 눈물을 펑펑 쏟더라고 전하시오. 그리고 또 한 가지만 더 전해 주시오.

언젠가 베니스인을 때리면서 욕하던 터키 놈의 목덜미를 찔렀을 때처럼 목을 찔렀노라고 전하시오. (칼로 자신을 찌른다.)

로도비코   아, 처참하구나!

그레샤노   어찌 말로 다 표현할 수 있으리!

오셀로   당신을 죽이기 전에도 입을 맞췄지. 이 길밖에 없어. 스스로 목숨을 끊고, 입 맞추며 죽을 수밖에 없구나. (데스데모나 위에 쓰러져 죽는다.)

캐시오   용감하셨던 분이라 이렇게 될까 봐 걱정은 했습니다. 하지만 전 장군님이 무기를 갖고 있는 줄은 몰랐습니다.

로도비코   (이아고에게) 이 스파르타의 개 같은 놈! 고통이나 굶주림이나 성난 바다보다도 더 잔인한 놈! 저 침대 위에 펼쳐진 처절한 모습을 보아라. 모두 네놈의 짓이다. 차마 눈뜨고 볼 수 없구나. 자, 덮읍시다. (커튼을 닫는다.) 그레샤노 어르신께서는 여기 머무르셔서 무어 장군의 재산을 압수하십시오. 어르신께 상속될 테니까요. 그리고 캐시오, 이 흉악범은 당신한테 맡기겠소. 고문할 시간과 장소와 방법을 알아서 정하시오. 나는 곧 배에 올라, 이 엄청난 사건을 무거운 마음으로 본국에 보고하리다. (모두 퇴장.)

King Lear 리어왕

리어왕 : 브리튼의 왕

고네릴 : 리어의 첫째 딸

리건 : 리어의 둘째 딸

코델리아 : 리어의 셋째 딸

알바니 공작 : 고네릴의 남편

콘월 공작 : 리건의 남편

프랑스 왕 : 코델리아의 남편

버건디 공작 : 코델리아의 구혼자

글로스터 백작 : 리어의 신하

켄트 백작 : 리어의 신하

에드거 : 글로스터 백작의 적자

에드먼드 : 글로스터 백작의 서자

오스왈드 : 고네릴의 집사

큐란 : 글로스터 백작의 하인

노인 : 글로스터 백작의 소작인

부대장 : 에드먼드의 부하

시종 : 코델리아의 시종

그 밖의 인물 : 시의, 광대, 전령, 콘월의 하인들, 리어의 기사들, 장교들, 사절들, 병사들, 시종들

장 소

영국

제 1 막

제1장

리어왕의 궁전.
켄트, 글로스터, 에드먼드 등장.

켄트　제 생각에는 왕께서 콘월 공작보다 알바니 공작을 더 아끼시는 것 같더군요.

글로스터　저도 늘 그렇게 생각했습니다. 하지만 막상 영토를 분배하는 마당에 이르러서는 어느 공작을 더 아끼시는지 분간이 되지 않더군요. 저울에 단 듯이 똑같이 나눠 주시더군요. 정말 누구를 더 좋아하는지 알 수 없을 정도였습니다.

켄트　이분이 아드님이시죠?

글로스터　제가 기르긴 했습니다만, 우리 집 애라고 부르기엔 얼굴이 붉어집니다. 이젠 낯가죽이 두꺼워질 대로 다 두꺼워졌습니다만……

켄트　무슨 말씀인지요?

글로스터　글쎄, 이 애 엄마가 제 씨를 받았어요. 그래서 애 엄마는 배가 둥글게 부풀어 올라서, 잠자리를 같이할 남편을 얻기도 전에 아들 하나를 제 요람에 뚝 떨어뜨렸답니다. 제 실수가 다 드러나는군요.

켄트 이토록 훌륭한 아드님을 두게 되었으니, 실수라도 참 부럽네요.

글로스터 본처에게서 얻은 아들이 하나 더 있어요. 이 애보다 한 살 많죠. 그렇다고 해서 더 귀여워하는 것은 아닙니다. 어쨌거나 이 애 엄만 예뻤답니다. 아이를 만들면서 재미 좀 봤지요. 그 일을 생각하면 첩에게서 얻긴 했어도 자식으로 인정해 줘야겠지요. 에드먼드야, 너 이분을 아느냐?

에드먼드 모르겠습니다.

글로스터 켄트 백작이시다. 내가 존경하는 어른이니, 앞으로 잘 모시도록 해라.

에드먼드 잘 부탁드립니다.

켄트 자네가 맘에 들어. 앞으로 잘 지내세.

에드먼드 열심히 노력해서 어르신 뜻에 어긋나지 않도록 하겠습니다.

글로스터 아홉 해 동안 외국에 나가 있었어요. 다시 나갈 예정입니다. 왕께서 오고 계십니다.

> 나팔 소리. 왕관을 든 시종, 리어왕, 알바니, 콘월, 고네릴, 리건, 코델리아, 시종들 등장.

리어왕 글로스터, 프랑스 왕과 버건디 공작을 접대해 주오.

글로스터 분부대로 하겠습니다, 전하. (글로스터와 에드먼드 퇴장.)

리어왕 이제부터 내 계획을 말하겠다. 저기 있는 지도를 이리 다오. 알다시피 왕국을 이미 셋으로 나눠 놨다. 늙은 이 몸에서 근심 걱정을 다 떨쳐 버리고, 나랏일은 젊고 활기찬 사람에게 맡기고 싶다. 그래서 남은 인생을 홀가분하게 살고 싶구나. 알바니와 콘월, 두 사람 다 내 맘에 꼭 든다. 그럼 두 딸에게 줄 지참금을 말하겠다. 이렇게 해 두면 뒷날의 싸움을 막을 수 있지 않겠는가. 프랑스 왕과 버건디 공작은 내 막내딸에게 청혼하러 왔다. 오늘 막내사위가 결정되겠구나. 자, 딸들아! 나는 권력과 영토 소유권뿐만 아니라 세상의 근심 걱정까지 몽땅 넘겨줄 작정이다. 너희가 나를 얼마나 사랑하는지 말해 다오. 나를 가장 사랑하는 착한 딸에게 가장 많은 재산을 주겠다. 고네릴, 네가 맏딸이니 먼저 말해 보라.

고네릴 말로 다 표현할 수 없을 정도로 아버지를 사랑합니다. 훌륭하고 귀하신 아버지는 그 무엇보다도 소중합니다. 우아하고, 건강하고, 아름답고, 영예스런 목숨보다도 더 소중합니다. 자식된 도리를 다하면서, 아버지께서 여태껏 받아 보지 못한 그런 사랑으로 아버지를 모시겠습니다. 숨이 차서 말로 다 할 수 없는 효성으로, 이 모든 것을 다 바쳐 아버지를 사랑하겠습니다.

코델리아 (방백) 코델리아는 어떻게 하면 좋아? 아버지를 사랑하지만 잠자코 있자!

리어왕 (지도를 가리키며) 이 경계선 내에 있는 이곳을 네게 주겠다. 그늘진 수풀과 기름진 들판 그리고 물고기가 넘실대는 강물, 그 주변의 넓은 목장까지 몽땅 가져라. 이것은 고네릴과 알바니의 몫이다. 콘월의 아내인 내 사랑하는 둘째딸, 리건도 할 말이 있으면 하라.

리건 언니와 한마음 한뜻이므로, 제 효성 또한 언니와 같은 줄 알고 있습니다. 진심으로 말씀드립니다만, 언니가 제 마음을 있는 그대로 전한 셈입니다. 다만 언니의 말에 보충해서 말씀드린다면, 이 세상에서 느낄 수 있는 행복도 효성에서 오는 행복이 아니라면 원수로 삼겠습니다. 오직 아버지께 바치는 효성 지극한 사랑에서만 행복을 느끼겠습니다.

코델리아 (방백) 다음은 불쌍한 코델리아 차례로군! 하지만 사랑이 부족한 건 아냐. 내 효성은 입으로 말할 수 없을 만큼 정말로 큰걸.

리어왕 이 훌륭한 왕국의 3분의 1을 네게 주겠다. 넓이로나 가치로나 기쁨을 주는 일에 있어서 결코 고네릴에게 준 것 못지않다. 이 땅을 리건과 콘월에게 물려주마. 막내이긴 하나, 언니들에 못지않을 만큼 내게 기쁨을 안겨다 주는 코델리아! 포도밭이 많은 프랑스 왕과 기름진 목장을 가진 버건디 공작이 네 애정을 구하려고 안간힘을 쓰고 있다. 언니들의 땅보다 더 큰 세 번째 땅을 받기 위해 네가 할 수 있는 일이 무엇인지 말해 보렴.

코델리아 드릴 말씀이 없습니다.

리어왕 없어?

코델리아 네, 없습니다.

리어왕 할 말이 없다면, 받을 것 또한 아무것도 없느니라. 다시 말해 보라.

코델리아 저는 불행하게도 입에 꿀을 바른 것 같은 말은 할 줄 모릅니다. 다만 자식의 도리로서 효성을 다하렵니다. 그것이 제가 할 노릇입니다.

리어왕 코델리아! 너는 어찌 그렇게밖에 말을 하지 못한단 말이냐? 네 행운을 놓칠지도 모르니, 말을 고쳐서 다시 해 보라.

코델리아 아버지는 저를 낳으시고, 기르시고, 사랑해 주셨습니다. 자식된 도리를 다하는 것은 너무나도 당연한 일입니다. 저는 제 방식대로 아버지를 사랑하고 존경하렵니다. 언니들이 아버지를 그토록 사랑한다면, 어째서 언니들은 결혼을 했단 말입니까? 저도 결혼을 하게 되면, 아마도 제 남편에게 애정과 관심을 갖게 될 것이 틀림없습니다. 저는 아버지께 효도를 다하기 위해서라도 언니들처럼 결혼하지는 않을 겁니다.

리어왕 정녕 그게 네 마음이냐?

코델리아 그렇습니다.

리어왕 아직도 한참 어린 네가 어찌 그리 고집이 세단 말이냐?

코델리아 비록 어린 몸이긴 해도 진심입니다.

리어왕 네 멋대로 하고, 네 마음을 지참금으로 삼아라. 태양의 거룩한 광채와 밤의 여신 헤카테에게 맹세하고, 우리에게 생명을 주고 빼앗는 우주 만물에 맹세하여, 이제 나는 아버지로서의 관심과 혈연관계를 끊을 것이며, 영원히 너를 생판 남으로 여기겠다. 너보다는, 식욕을 채우기 위해서 자기 육친까지도 먹어치운다는 시디아의 야만인이 차라리 더 가깝게 여겨진다.

켄트 전하!

리어왕 닥쳐라, 켄트! 딸애와 내 분노 사이에 끼어들지 마라. 한때 나는 막내딸을 가장 귀여워했다. 딴 애들을 제쳐 놓고 코델리아의 보살핌을 받으면서 여생을 보내고 싶었다. (코델리아를 향해) 썩 물러가라, 꼴도 보기 싫다! (켄트에게) 프랑스 왕과 버건디 공작을 불러라. 알바니 공작과 콘월 공작은 막내딸에게 줄 몫까지 나눠 가져라. 코델리아는 자신이 솔직하다고 착각하고 있는 모양인데,

그렇다면 그 자만심하고나 결혼하라고 해라. 내 권력과 지위에 따르는 모든 혜택은 사랑하는 두 딸에게 넘겨주련다. 나는 너희가 마련해 줄 백 명의 기사를 거느리고, 다달이 번갈아 가며 두 딸집에 머무를 것이다. 다만 국왕의 칭호와 자격만은 내가 갖고, 그 밖의 집행권은 너희에게 넘겨주겠다. 그 증거로 왕관을 줄 테니, 두 공작이 번갈아 가며 사용토록 하라. (왕관을 준다.)

켄트　전하! 잠깐 그 뜻을 거두시고, 진실과 자만심을 먼저 가리십시오. 그러지 않으면 뒤에 후회하실 수도 있습니다.

리어왕　활은 이미 팽팽히 당겨졌다. 화살을 피하라!

켄트　차라리 쏘아 주십시오. 화살촉이 제 심장을 꿰뚫어도 좋습니다. 전하께서 얼이 빠져 계신데, 무엄하게 군들 어떻겠습니까? (리어왕이 격노하여 칼을 잡는 것을 보고) 늙은 왕이시여, 무엇을 하시렵니까? 왕이 아부하는 자에게 눈이 멀었다고, 충신이 진실을 말하는 것을 두려워할 줄 아십니까? 왕권을 그대로 보존하십시오. 제발 엉뚱하고 경솔한 일만은 그만두십시오. 제 목숨을 걸고 말씀드립니다만, 막내라고 해서 효성도 꼴찌인 것은 아닙니다. 낮은 목소리라도 정성이 깃들어 있다면, 그 사람의 마음은 결코 빈 것이 아닙니다.

리어왕　켄트, 목숨이 아깝거든 그만 입을 닫아라.

켄트　이 목숨은 전하의 적들에게 내던져진 담보물에 지나지 않습니다. 전하의 만수무강을 위해서라면 제 목숨 따위는 버려도 좋습니다.

리어왕　내 눈앞에서 썩 꺼져라!

켄트　리어왕이시여, 똑똑히 보십시오. 언제나 전하의 눈동자 한복판에 제가 자리 잡고 있을 것입니다.

리어왕 이 못된 놈! 제 분수도 모르고! (칼에다 손을 댄다.)

알바니, 콘월 전하, 참으십시오!

켄트 칼을 빼십시오! 의사를 죽이고, 저주스런 병마에 사례를 하십시오. 전하의 결정을 바꾸지 않으시면, 제 목에서 소리가 나는 한 전하의 잘못을 말하겠습니다.

리어왕 이 못된 놈아, 내 말을 들어라! 충신이 되려면 명령에 복종하라. 나는 한 번도 내 결정을 바꾼 적이 없다. 건방지게 내 결정과 권위를 침범하려 하였으니, 도저히 참을 수 없다. 왕의 권위가 어떤 것인지 쓴맛을 보여 주겠다. 닷새 안에 이곳을 떠나라! 그 뒤로 추방된 몸이 이 나라에서 발견되면, 그땐 사형이다. 자, 가라! 주피터에게 맹세하지만, 이 결정은 절대로 바꿀 수 없다.

켄트 전하, 안녕히 계십시오. 자유가 떠난 이 나라에는 추방만이 남는군요. (코델리아에게) 공주님의 생각은 그지없이 훌륭하십니다. 신께서 공주님을 지켜 주시리라 믿습니다. (고네릴과 리건에게) 꼭 실천하셔서 입에 발린 말이 되지 않기를 바랍니다. (모두에게) 켄트는 이제 여러분께 작별 인사를 드립니다. 새로운 나라에 가서도 그전처럼 뜻을 펴며 살아가겠습니다. (켄트 퇴장.)

　　　나팔 소리. 글로스터가 프랑스 왕과 버건디 공작을 안내해서 다시 등장.
　　　시종들이 이들 뒤를 따른다.

글로스터 프랑스 왕과 버건디 공작이 오셨습니다.

리어왕 버건디 공, 그대는 내 막내딸을 얻기 위해 프랑스 왕과 경쟁하였소. 딸의 지참금을 얼마나 원하시오?

버건디 전하께서 주시는 것 이상을 바라진 않습니다. 하지만 전하께서 적게 주시리라고도 생각지 않습니다.

리어왕 딸애가 나에게 귀중한 존재였을 때는 그만한 재산을 주려고 했지만, 지금은 그렇지가 않소. 저기 지금 그 딸애가 서 있소. 저 애에게 딸린 것이라고는 내 노기밖에 없소. 그래도 딸애가 마음에 든다면 아내로 삼아도 좋소.

버건디 뭐라 말씀을 드려야 할지 모르겠습니다.

리어왕 결점 투성이라 편들어 주는 사람도 없소이다. 다만 내 저주를 지참금으로 얻었고, 아주 남이 되겠다고 내가 맹세까지 했소. 그래도 딸애를 아내로 삼겠소, 아니면 단념하겠소?

버건디 전하! 매우 죄송한 말씀이오나, 그런 조건으로는 결혼할 수 없겠습니다.

리어왕 그렇다면 포기하시오. 나를 만드신 신께 맹세하오만, 딸애가 가진 것은 내가 말한 그대로요. (프랑스 왕에게) 국왕이여, 나는 그대가 내게 베푼 그동안의 호의를 배반할 수 없소. 따라서 내가 미워하는 딸과 결혼하라고 말할 수가 없구려. 그러니 인정머리라곤 눈곱만큼도 없는 창피스런 내 딸애와 결혼하기보다는, 좀 더 가치 있는 여자를 사랑하는 것이 좋을 것이오.

프랑스 왕 참으로 해괴망측한 일이군요. 지금까지 전하께서 가장 아끼던 따님이었고, 늘그막에 위안으로 삼았던 착하고 사랑스런 공주가 무슨 죄를 지었기에 갑자기 이렇게 되셨는지요? 이런 일이 일어나리라고는 참으로 생각지 못했습니다.

코델리아 전하, 저는 마음에 없는 소리를 혀끝으로만 놀리지 못합니다. 제 잘못은 바로 그겁니다. 저는 마음먹은 것을 말하기 전에, 먼저 실천하지요. 제가 아버지의 총애를 잃은 까닭은 어떤 결점이나 살인, 부정하고 불미스런 행실 때문이 아닙니다. 오직 허울 좋은 말솜씨를 지니지 않았기 때문이라는 것을 말씀해 주십시오.

리어왕 마음에 들고 안 들고는 나중 문제다. 너 같은 것은 태어나지 않았어야 좋았어.

프랑스 왕 그것뿐입니까? 마음속으로 하고픈 얘길 입 밖으로 말하지 못한 것, 그것뿐입니까? 그럼 버건디 공작, 이 공주와 결혼하시겠소? 그녀의 지참금은 오직 몸뿐이랍니다.

버건디 전하, 전하께서 처음 제의하신 것만이라도 주십시오. 그러면 공주를 버건디 공작부인으로 삼겠습니다.

리어왕 아무것도 줄 수 없소. 나는 이미 굳게 맹세했소.

버건디 (코델리아에게) 매우 죄송합니다. 아버지를 잃다 보니 남편까지 얻지 못하게 되겠군요.

코델리아 버건디 공작은 입을 다무세요! 재산을 탐내 사랑을 맹세하는 사람에게는 저도 시집가기 싫습니다.

프랑스 왕 코델리아 공주, 아주 훌륭합니다. 당신은 가난해도 넉넉하고, 버림받아도 귀하고, 멸시 당해도 사랑스럽습니다. 당신과 당신의 미덕을 이 손으로 꼭 붙잡겠습니다. 버려진 것을 주워 얻었으니, 누가 감히 입을 열겠습니까! 공주를 향한 제 사랑의 불꽃이 타오르고 있습니다. 리어왕이시여, 지참금도 없이 내팽개쳐진 따님, 코델리아 공주를 이제부터 프랑스 왕비로 삼겠습니다. 코델리아, 불친절한 사람들이지만 작별 인사만은 하구려. 이곳을 잃은 대신에 보다 좋은 곳을 얻게 될 것이오.

리어왕 프랑스 왕이여, 그 아이는 이제 당신 것이오. 그런 딸은 내게 더 이상 필요 없소. 두 번 다시 보고 싶지도 않소. 그러니 데리고

가 주시오. 우아하고 사랑이 넘치는 축복도 해 줄 수 없소. 버건디 공작, 갑시다!

　　　나팔 소리. 프랑스 왕, 고네릴, 리건, 코델리아 외 모두 퇴장.

　프랑스 왕　언니들에게 작별 인사를 하시오.
　코델리아　아버지의 보석인 언니들, 코델리아는 눈물을 흘리며 떠납니다. 저는 언니들의 사람됨을 누구보다도 잘 알고 있습니다. 동생으로서 언니들의 결점을 낱낱이 들춘다는 것은 괴로운 일입니다. 아버지께 부디 효도를 다해 주십시오. 언니들의 말을 그대로 믿겠습니다. 제가 아버지 눈 밖에 나지만 않았다면, 더 좋은 곳으로 모실 수 있었을 것입니다. 언니들, 안녕히 계십시오.
　리건　우리가 할 일에 대해 하도 많이 들어서 더 이상 말할 것도 없다.
　고네릴　남편을 기쁘게 해 드리는 데나 힘을 써라. 너는 그분의 자선 행위 덕분에 구제되었어. 네게 부족한 것은 복종이야. 네가 당하고 있는 이 곤경도 지극히 당연한 결과가 아니겠니?
　코델리아　때가 지나면 술책을 부린 계략이 천하에 드러날 겁니다. 악독함을 아무리 숨기려 해도, 언젠가는 반드시 드러날 날이 올 겁니다. 안녕히 계세요.
　프랑스 왕　자, 갑시다! 코델리아 공주. (프랑스 왕과 함께 코델리아 퇴장.)
　고네릴　우리 둘에게 관련된 일에 대해 여러 가지로 해 둘 얘기가 있다. 아버지는 오늘 밤 이곳에 들르시지 않을 것 같아.
　리건　틀림없이 그렇겠죠. 먼저 언니한테 가실 테니……. 다음에는 우리 집 차례겠죠?

고네릴 나이 탓인지, 망령이 드신 것 같아. 우리가 본 것만 해도 한두 가지가 아니잖니. 아버지는 막내를 지극히 사랑하셨는데, 별로 따져 보지도 않고 내쫓다니 너무하셨어.

리건 나이가 드셔서 멍청해지신 거지. 자기 자신에 관한 것은 별로 알지 못하고 계시잖아.

고네릴 정신이 온전했을 때에도 성미가 급하셨는데, 나이가 드시면서 더 심해진 것 같아. 오랜 세월 동안 몸에 밴 고약한 버릇뿐 아니라, 심술까지 계속 부리잖니. 이제 망령까지 우리 몫이 된 셈이지.

리건 켄트 백작을 추방할 정도로 심술궂은 망령이 우리에게도 벼락처럼 닥쳐올 거예요.

고네릴 프랑스 왕과 아버지의 작별 인사가 아직 끝나지 않았을 거야. 제발 너하고는 한마음이 되어야겠다. 만약 아버지께서 지금처럼 망령 든 행동으로 계속 위세를 부리신다면, 유산으로 주신 영토도 거북스러울 거야.

리건 그 점에 대해선 좀 더 생각해 봐요.

고네릴 무슨 수를 쓰긴 써야겠어. 그것도 열이 식기 전에 말이다.

(퇴장)

제2장

글로스터 백작의 성.
에드먼드가 편지를 들고 등장.

에드먼드　나는 자연의 법칙에 그대로 복종하고 있다. 내가 무엇 때문에 관습에 희생되어 권리를 뺏기지 않으면 안 되는가. 내가 형보다 일 년 늦게 사생아로 태어났기 때문인가? 그럼 나는 천한 놈인가? 내 몸은 건강하고 마음씨는 한없이 너그럽다. 나도 형처럼 아버지를 꼭 닮았다. 그런데도 세상 사람들은 나에게 낙인을 찍지 않는가! 천하다고, 야비하다고, 사생아라고……. 천하다고? 천해? 재미없군. 넌덜머리나고 지긋지긋한 잠자리 속에서 자는지 깨어 있는지도 모르는 사이에 생긴 이 세상 바보들과는 달리, 자연의 본능을 즐기며 태어난 우리가 더 많은 생명의 힘을 이어받았을 게 아닌가. 좋아! 정실 자식 에드거야, 네 영토를 내가 차지해야겠다. 아버지의 애정은 정실 자식이나 사생아나 별 차이가 없다. '정실'이라는 말은 매우 훌륭하지! 만약에 이 편지가 잘 들어가서 내 뜻대로 된다면, 사생아 에드먼드는 반드시 정실 자식 에드거를 누르게 될 것이다. 그리고 나는 위대해질 것이며, 출세할 것이다. 아, 하늘이시여! 사생아들의 편을 들어주소서.

글로스터 등장.

글로스터　켄트가 그렇게 추방되다니……! 프랑스 왕은 화가 치밀어 떠났고……. 전하께서는 오늘 밤에 왕권을 넘겨주시고, 딸 둘의 보살핌을 받으며 여생을 보낸다니……. 이 모든 일이 너무나 급작스럽게 일어났구나! (에드먼드가 옆에 있는 것을 눈치채고) 에드먼드야, 무슨 일이라도 있느냐?

에드먼드 (편지를 숨기면서) 아닙니다. 아무 일도 없습니다.

글로스터 그런데 왜 그렇게 놀라느냐? 그리고 뒤에 감춘 것은 무엇이냐?

에드먼드 아무것도 아닙니다.

글로스터 무엇을 읽고 있지 않았느냐?

에드먼드 아무것도 읽지 않았습니다.

글로스터 아무것도 아니라면 황급히 감출 까닭이 무엇이더냐? 어디 보자. 아무것도 아니라면 안경도 쓸 필요가 없었겠지.

에드먼드 아버지, 용서하십시오. 이 편지는 형한테서 온 것입니다. 아직 다 읽어 보지 않았지만, 아버지께서는 읽지 않으시는 것이 좋을 듯합니다.

글로스터 그 편지를 이리 다오.

에드먼드 보여 드리나 보여 드리지 않나 기분이 상하시는 것은 매한가지겠습니다. 아직 잘은 모르겠지만 내용이 끔찍합니다.

글로스터 어서 편지를 다오.

에드먼드 제 생각으로, 이 편지는 형이 제 효심을 시험하고 떠보기 위해 쓴 것인 듯합니다.

글로스터 (읽는다.) '노인을 존경하라는 관습 때문에 인생의 꽃인 우리들 청춘은 괴롭고 고달프다. 우리가 재산을 물려받을 때쯤이면 우리도 늙은 합죽이가 될 텐데, 어찌 인생을 마음껏 즐길 수 있겠느냐. 노인이 폭력을 휘두르는 것은 그들에게 힘이 있어서가 아니다. 우리가 그들에게 복종하기 때문이다. 이 일에 대해서 더 얘기를 나누고 싶으니 이곳으로 와 다오. 만약에 아버지께서 내가 깨울 때까지 푹 주무시고 계신다면, 너는 아버지 재산의 반을 영원히 차지할 수 있으며 내 사랑을 받으면서 살아갈 수 있을 것이다. 에드거로부터.' 으음, 음모로구나. '만약에 아버지께서 내가 깨울 때까지 푹 주무시고 계신다면, 너는 아버지 재산의 반을 영원히 차지할 수 있으며…….' 진정 내 아들 에드거가 쓴 편지가 맞는다는 말이냐! 그 녀석이 이 같은 생각을 품고 있었다니……! 언제 이 편지를 받았느냐? 누가 갖고 왔더냐?

에드먼드　누가 들고 온 것이 아닙니다. 참, 희한한 일도 다 있지요. 제 방의 창문 안으로 던져져 있었습니다.

글로스터　네 형이 쓴 것만은 확실하지?

에드먼드　편지 내용이 좋다면 형이 썼다고 생각하겠지만, 그렇지 않으니 형이 쓴 글이라고 생각하고 싶지 않습니다.

글로스터　네 형의 글씨가 틀림없다.

에드먼드　그렇기는 해도, 이 내용에 진심이 스며 있는 것은 아닐 겁니다.

글로스터　전에 이런 일로 네 마음을 떠본 적이 있었느냐?

에드먼드　없었습니다. 하지만 가끔 이런 말은 했지요. 아들이 훌륭히 성장하면 아버지는 아들의 신세를 지고, 아들은 아버지의 재산을 차지하는 것이 알맞은 일이라고요.

글로스터　몹쓸 놈! 후레자식 같으니라고! 이 편지도 바로 그 얘기나 다름없지 않으냐! 씹어 삼키고 싶은 악당이다. 아버지의 마음도 모르는 흉악한 짐승 같은 악당 놈! 짐승보다 못한 놈이야! 가서 그놈을 찾아오너라. 그놈을 잡아야겠어. 그놈은 어디 있느냐?

에드먼드 잘 모릅니다. 형에 대한 노여움을 잠시 거두시고, 더 뚜렷한 증거를 찾을 때까지 기다리시는 것이 좋을 듯싶습니다. 형의 뜻을 잘못 파악하여 난폭한 행동을 하신다면, 아버지 명예를 더럽힐 뿐만 아니라 형의 효심까지 산산조각 내고 말 겁니다. 아마 형이 제 효심을 시험하려고 한 것이지, 다른 의도가 있었던 것은 아닐 겁니다.

글로스터 정말 그렇게 생각하느냐?

에드먼드 네. 만일 아버지께서 원하신다면 형과 이 일에 대해 얘기해 볼 테니, 직접 들으시고 판단하시지요. 더 지체할 것도 없이 오늘 밤에 가 보도록 하겠습니다.

글로스터 에드거가 그런 괴물은 아닐 텐데……

에드먼드 물론이죠. 절대 그럴 리가 없습니다.

글로스터 이토록 몸 바쳐 사랑하고 아끼는 이 아비에게……. 하늘이여, 땅이여! 에드먼드, 알아내라. 그놈의 속셈을 내게 좀 알려 다오. 네 생각대로 일을 진행해라. 내 모든 것을 희생하더라도 이 일만은 그냥 넘어가지 않겠다.

에드먼드 곧 찾아보겠습니다. 수단과 방법을 가리지 않고 진상을 알아내는 대로 아버지께 말씀드리겠습니다.

글로스터 요즘에 있었던 일식과 월식 따위가 모두 불길한 징조다. 천지 이변이 있은 다음에는 언제나 인심이 들뜨게 마련이다. 사랑은 식고, 우정은 깨지고, 형제는 서로 흩어지며, 나라에는 반란이 일어나고, 집집마다 서로 미워하며, 부자의 정도 끊어진다. 의리 없는 내 아들놈에게도 이 예언이 맞아떨어지지 않았느냐. 아들은 어버이에게 등을 돌리고, 왕은 자연의 이치를 떠나고, 어버이는 아들을 미워하는구나. 이 세상이 말세로다. 에드먼드,

악당을 찾아내라. 네게는 피해를 주지 않겠다. 조심해라. (글로스터 퇴장.)

에드먼드 이것이 세상에서 가장 어리석은 꼴이로구나. 불행은 자업자득으로 생기는 건데, 그것을 태양이나 달, 별의 탓으로 돌리다니 참으로 희한한 책임 회피로다. 내 아버지와 어머니가 불륜을 저질렀기 때문에 내가 태어났고, 그래서 내 성격이 거칠고 음탕하다는 것 아닌가. 사생아가 세상에 태어날 때 하늘에서 가장 밝은 별이 빛나고 있었다 하더라도, 나는 여전히 요 모양 요 꼴이 될 수밖에 없었을 것이다. 아, 에드거 형이구나.

　　　에드거 등장.

에드먼드 꼭 알맞은 때에 와 주었구나. 옛 희극의 결말 같군. 우울한 표정을 지어야지. 미친 거지처럼 한숨을 푹푹 내쉬는 거야. 오, 일식과 월식이 일어나 이 같은 불화가 일어나는구나! 파, 솔, 라, 미.

에드거 야, 에드먼드! 왜 그렇게 얼굴을 찌푸리고 있느냐?

에드먼드 일식과 월식이 일어난 다음에는 어떤 일이 일어날까 생각하고 있었어요.

에드거 그런 것 따위에 정신이 팔려 있다니……!

에드먼드 거기 적혀 있는 예언대로 계속 일이 터지고 있어요. 자식과 부모 사이의 불화, 뜻밖의 죽음, 굶주림, 오래된 벗끼리 절교, 나라 안의 싸움, 국왕과 귀족에 대한 공감과 중상모략, 근거 없는 의심, 부부의 이혼 따위가 일어나잖아요.

에드거 너 언제부터 점성술 공부를 했느냐?

에드먼드 그건 그렇고, 최근에 아버지를 만난 게 언제였죠?

에드거 간밤이었지.

에드먼드 얘기를 나눴나요?

에드거 그럼. 두 시간 동안.

에드먼드 기분 좋게 헤어졌나요? 아버지 말씀이나 안색에 불쾌한 흔적은 없었나요?

에드거 전혀 없었다.

에드먼드 아버지 비위를 거스른 일이 없었는지 잘 생각해 보세요. 그리고 아버지의 화가 좀 수그러들 때까지, 당분간 아버지를 뵙지 않는 게 좋겠어요. 지금 머리끝까지 화가 치밀어 올라 있어서, 아버지께서 형을 해칠 수도 있으니까요.

에드거 어떤 몹쓸 녀석이 내 욕을 지껄여 댄 모양이군.

에드먼드 제 걱정이 바로 그겁니다. 아버지의 노여움이 가라앉을 때까지 꾹 참고 있어야 해요. 제가 시키는 대로 하세요. 자, 제 방으로 들어가요. 아버지가 말씀하시는 것을 형이 직접 들으실 수 있도록 할게요. 자, 갑시다. 열쇠는 여기 있어요. 그리고 외출하실 때에는 무기를 잊지 마세요.

에드거 무기를 갖고 다니라고?

에드먼드 형, 솔직히 말씀드려서 지금 형을 좋게 생각하는 사람은 한 사람도 없어요. 제가 보고 들은 것을, 지금 다 말할 수는 없어요. 하지만 어서 몸을 피하셔야 해요.

에드거 곧 소식을 전해 주겠지?

에드먼드 이 일에 대해서는 형을 위해 힘쓰겠습니다. (에드거 퇴장.) 남의 말을 잘 믿는 아버지, 그리고 고상한 형은 남을 해칠 줄 모른단 말이야. 그러니 남을 의심할 줄도 모르지. 그 덕택에 내 계략이 순조롭게 착착 진행되는 것 아니겠어! 이 일의 결말이 손에 잡힐 듯이 보이는구나. 혈통으로 재산을 얻지 못할 때는 지혜를 짜서 얻어야 해. 내가 제대로 꾸미기만 하면 절대로 어긋나는 일은 없을 것이다. (에드먼드 퇴장.)

제3장

알바니 공작 저택의 어느 방.
고네릴과 그녀의 집사 오스왈드 등장.

고네릴 광대를 나무랐다는 이유로, 아버지께서 우리 집사를 때리셨단 말이오?

오스왈드 그렇습니다.

고네릴 밤낮으로 나를 괴롭히는군. 한시도 편할 날이 없구나. 온 집안이 싸움판이 됐어. 더는 참을 수 없어. 아버지의 시종들은 점점 난폭해지고, 아버지는 아무것도 아닌 일로 우리를 야단만 치고 있잖아. 사냥에서 돌아오셔도 못 본 척할 테니, 묻거든 내가 앓아누웠다고 전해요. 그전처럼 부지런 떨지 않아도 좋아요. 누가 뭐라 하면 그 책임은 내가 질 테니…….

오스왈드 지금 오시는 모양입니다. 소리가 들리는데요. (안에서 뿔나팔 소리가 들린다.)

고네릴 될 수 있는 대로 게으름을 피워서, 그것을 문제 삼도록 만들어야 해. 못마땅하시면 동생한테 가겠지. 동생도 짓눌리며 살아가지는 않겠지만……. 일단 넘겨준 권력을 마음대로 휘두르겠다는 것도 망령이지. 정말이지, 늙은이들은 다시 어린애가 되는 것 같아. 비위만 맞추지 말고, 호되게 나무라야겠다. 내 말을 잘 알아들었느냐?

오스왈드 잘 알겠습니다.

고네릴 아버지의 시종들한테도 그전보다 더 쌀쌀맞게 대해라. 결과가 어떻게 되든 알 게 뭐야. 무슨 일이 일어나도 상관없어. 아니, 일어나도록 해야지. 그것을 트집 잡아야만, 하고 싶은 말을 모두 할 수 있거든. 동생에게는 곧 편지를 보내어 내 생각을 일러둬야겠다. 그럼 가서 저녁 준비를 해라. (두 사람 퇴장.)

제4장

알바니 공작의 저택
켄트 백작, 변장하고 등장.

켄트 딴사람의 목소리를 흉내 내어 내 말투를 감출 수만 있다면, 내 뜻을 충분히 이룰 수 있을 텐데……. 아, 추방된 켄트여! 벌을 받으면서까지 헌신한다면, 언젠가는 왕께서도 네 뜻을 알아주실 거다.

뿔나팔 소리.
리어왕, 많은 기사와 시종들을 거느리고 등장.

리어왕　잠시도 기다릴 수 없다. 자, 저녁 준비를 하라. (시종
한 사람 퇴장.) 아니, 너는 누구냐?

켄트　한 사나이올시다.

리어왕　무엇을 하는 놈이냐? 내게 뭘 해 달라는 거냐?

켄트　몰골은 이렇지만, 저를 믿어 주시는 분을 위해서는 최선을
다해 일을 하지요. 정직한 분을 섬기며, 현명하고 말수가 적은 분을
좋아합니다. 하늘의 심판을 두려워할 줄 알고, 어쩔 수 없을 때에만
싸우는 진짜 사나이랍니다.

리어왕　도대체 너는 누구냐?

켄트　이 나라의 국왕처럼 정직하지만, 가난한 사람입니다.

리어왕　자네의 가난함이 내 처지와 같다면, 자네는 정말 가난한
몸이로구나. 무슨 일로 왔는가?

켄트　섬기고 싶습니다.

리어왕　누구를?

켄트　당신을 섬기고 싶습니다.

리어왕　나를 알고 있는가?

켄트　잘 모릅니다. 그러나 당신의 얼굴에는 주인어른이라고 부
르고 싶은 그 무엇이 있습니다.

리어왕　그것이 뭔가?

켄트　위엄입니다.

리어왕　어떤 일을 할 수 있느냐?

켄트　충실하게 비밀을 지킬 만큼 입이 무겁습니다. 말 타기와

뜀박질을 잘하고, 심부름도 잘 하지요. 복잡한 얘기는 망쳐 놓기도 하지만, 간단한 얘기는 솔직하게 잘합니다. 보통 사람이 할 수 있는 것이면 무엇이든 합니다. 하지만 뭐니 뭐니 해도 제 최대의 장점은 부지런하다는 것입니다.

리어왕 나이는 몇 살이냐?

켄트 노래를 잘한다고 해서 한 여자를 사랑하는 풋내기도 아니고, 무작정 여자에게 반할 만큼 나이 든 늙은이도 아닙니다. 마흔여덟 살입니다.

리어왕 따라오너라. 하인으로 써 주마. 저녁을 먹은 뒤에도 계속 내 마음에 들면, 너를 내 곁에다 두겠다. 어서 저녁을 갖고 오너라! 시종은 어디로 갔느냐? 그리고 광대는 어디로 갔어? 너는 가서 내 광대를 불러오너라. (시종 한 사람 퇴장, 오스왈드 등장.)

리어왕 여봐라, 내 딸은 어디 있느냐?

오스왈드 잠깐 실례합니다……. (오스왈드 퇴장.)

리어왕 저 녀석이 뭐라고 얼버무리는 거야? 저 느림보를 다시 불러오너라. (기사 한 사람 퇴장.) 내 광대는 어디 있느냐? 마치 온 세상이 잠든 것 같구나. (기사 다시 등장.)

리어왕 어떻게 됐어! 그 들개 같은 놈은 어디로 갔느냐?

기사 그 녀석 말로는, 공작부인의 몸이 아프답니다.

리어왕 내가 불렀을 때, 왜 그 녀석은 오지 않았느냐?

기사 갈 기분이 나지 않는다고 퉁명스럽게 대답하더군요.

리어왕 뭐라고!

기사 속사정을 확실하게 알 수는 없습니다만, 겉으로 보아서는 그전 같지가 않습니다. 애정이 듬뿍 깃들인 예절 바른 태도로 전하를 대하는 것 같지도 않습니다. 매우 불친절해졌습니다. 공작님 댁의 하인들은 물론이고 공작님과 공작부인도 마찬가집니다.

리어왕 아니, 무엇이 어째?

기사 전하, 제 생각이 틀렸으면 용서해 주십시오. 전하께서 그런 대우를 받으실 때, 입을 다물고 가만히 있는 것은 신하된 도리가 아닌 줄 압니다.

리어왕 네 말을 듣고 보니, 그동안 나 혼자 생각하고 있던 것이 떠오르는구나. 나도 요즘 좀 무시당하고 있다는 느낌이 들었지. 그래도 일부러 그런 짓을 하리라고는 생각지 못하고, 오히려 내 자신이 너무 까다롭지 않은가 하는 생각을 했다. 좀 더 시간을 두고 생각해 보자. 내 광대는 어디 있느냐? 이틀 동안이나 코빼기도 보이질 않으니…….

기사 막내따님이 프랑스로 떠난 뒤로, 광대는 힘이 빠지고 풀이 죽어 있습니다.

리어왕 그 얘기는 그만해 둬. 나도 그건 알고 있으니까. 가서 내 딸에게 내가 할 말이 있다고 일러라. (기사 퇴장.) 너는 가서 내 광대를 불러오너라. (시종 또 한 사람 퇴장.)

오스왈드 다시 등장.

리어왕 여봐라, 이리 좀 오너라! 내가 누군 줄 아느냐?
오스왈드 주인아씨의 아버지가 아닙니까?
리어왕 '주인아씨의 아버지'라! 건방지고 못된 놈!
오스왈드 황송합니다만, 저는 그런 사람이 아닙니다.
리어왕 이놈이 나를 노려보네. 이 악당아! (오스왈드를 때린다.)

오스왈드 맞고 가만히 있을 줄 아세요?

켄트 (딴죽을 걸며) 이런 못된 녀석 같으니라구. 이래도 버틸 테냐!

리어왕 고맙다. 나를 도와주었구나. 네 신세를 잊지 않겠다.

켄트 (오스왈드에게) 이 자식, 일어나! 꺼져 버리라구! 위아래도 모르는 놈, 따끔하게 혼내 주마! 썩 꺼져라! 네 바보 같은 몸뚱이로 땅의 넓이를 재고 싶거든 거기 누워 있고, 아니면 당장 꺼져 버려라! (오스왈드, 기어 나간다.)

리어왕 자넨 참으로 친절하군. 고맙네. (돈을 조금 주면서) 급료를 선불해 주겠다.

광대 등장.

광대 저도 이 사람을 부리고 싶어요. 자, 내 닭털모자를 써 봐. (켄트에게 모자를 준다.)

리어왕 아니, 이놈아! 이게 무슨 짓이냐?

광대 이 모자를 받는 것이 좋을 겁니다.

켄트 어째서?

광대 인기 없는 사람 편을 드니까 그렇지. 바람 부는 대로 웃고 지나지 않으면 곧 감기에 걸린답니다. 자, 이 닭털모자를 받아라. (리어왕 쪽을 향해서) 아니, 이 사람은 두 딸을 쫓아내고 막내딸에게는 마음에도 없는 축복을 주었어. 이 사람을 따르려면 닭털모자를 써야 해. (리어왕에게) 어떻습니까, 아저씨! 내게 닭털모자가 두 개 있으면 얼마나 좋을까!

리어왕 어째서?

광대 재산은 딸들에게 몽땅 주더라도 닭털모자만은 내가 가질수 있으니까요. 이것은 제 것입니다만, 하나 갖고 싶으시면 따님에게 조르세요.

리어왕 정신 차려라! 아니면, 맞는다.

광대 충실한 개는 개집에서도 쫓겨나 매질만 당하고, 아첨꾼 사냥개는 난롯가에 누워 냄새를 풍기고 있네요.

리어왕 아픈 데만 찌르는구나!

광대 (켄트에게) 이봐, 네게 교훈적인 말을 해 줄게.

리어왕 그래라.

광대 잘 들어 보세요, 아저씨. 겉치레보다는 속을 채우고, 아는 것을 다 말하지 마라. 가진 것 이상으로 꾸어 주지 마라. 뚜벅뚜벅 걷지 말고, 말을 타거라. 들어도 전부 믿지 말고, 내기엔 적게 걸어라. 술과 계집을 가까이하지 말고, 집에 들어앉아라. 그러면 열의 곱인 스물보다 돈이 더 많이 모인다.

켄트 부질없는 소리 작작해라, 이 바보야.

광대 그렇다면 무료 변론 같구먼. 저한테 주신 것이 아무것도 없죠. (리어왕에게) 아저씨, 쓸데없는 것은 아무 데도 못 씁니까?

리어왕 못 쓰고말고. 쓸데없는 것에서는 아무것도 생기는 것이 없어.

광대 (켄트에게) 제발, 아저씨 땅값도 꼭 그 꼴이 되었다고 말해 주세요. 광대 말은 도무지 믿질 않으니까요.

리어왕 입버릇이 고약한 광대로군!

광대 입버릇이 고약한 광대와 입버릇이 안 고약한 광대가 노는 거네요.

리어왕 이놈아, 그럼 내가 광대란 말이냐?

광대 글쎄요. 태어날 때 받은 모든 직함은 몽땅 딸들에게 넘겨 줬으니까요.

켄트 이놈은 완전한 바보가 아닌 것 같습니다.

광대 그야 훌륭하신 분들이 제가 혼자서 바보 노릇하는 것을 내버려 두진 않습니다. 혼자서 광대를 독차지하려고 하면, 그 양반 들도 한몫 끼겠다고 야단입니다. 부인들도 마찬가지예요. 혼자서 바보짓을 하도록 내버려 두지 않는단 말씀이지요. 그들은 바보짓 을 빼앗아 가려고 해요. 아저씨, 달걀 하나만 주세요. 그러면 두 개의 관을 줄게요.

리어왕 두 개의 관이라니?

광대 달걀 한가운데를 두 토막 내어 가운데 노른자위를 먹어치 우면 달걀 관이 두 개 생겨요. 당신은 관을 두 토막 내어 그것을 다 줘 버리고 나서, 당나귀를 둘러메고 진흙길을 걸어갔죠. 황금의 관을 넘겨줄 때 당신 머릿속에 남은 지혜는 별로 없었지요. 말이 바보 같더라도, 누구든지 맨 먼저 이 사실을 안 사람은 매를 맞아야 돼.

(노래를 부른다.) '올해는 바보가 손해 보는 해. 지혜 있는 사람 이 바보가 되어 지혜를 쓰는 법도 잊어버리고, 그들의 태도가 이상 해졌네.'

리어왕 언제 그런 노래를 다 배웠냐?

광대 아저씨께서 딸들에게 어머니 노릇을 시켰을 때부터 나는 노래를 배웠죠. 그때 당신은 딸들에게 매질을 하며 바지를 걷어 올렸으니까요.

(노래를 부른다.) '별안간 그들은 기뻐서 울고, 나는 별안간 슬퍼서 노래했네. 술래잡기 놀이를 하는 왕이 바보들 사이에 끼어 지내네.' 아저씨, 선생님을 두어 광대에게 거짓말을 가르쳐 주세요. 거짓말을 배우고 싶어요.

리어왕 거짓말을 하면 회초리로 매질을 하겠다.

광대 아저씨 딸들은 내가 참말을 한다고 매질을 하던데요. 그런데 아저씨는 거짓말을 하면 매질을 한다고 하는군요. 게다가 저는요, 입을 꼭 다물고 있다고 해서 매질을 당한 경우도 있어요. 아, 이제 정말 광대 노릇은 집어치우고 다른 일을 하고 싶어. 그렇지만 아저씨처럼 되는 것도 싫어. 아저씨는 지혜의 양쪽 끝을 너무 잘라내 버려서 가운데는 아무것도 남은 게 없으니까. 마침 저기 잘라낸 조각 하나가 오는군요.

고네릴 등장.

리어왕 무슨 일이냐? 요즘엔 계속 이맛살을 찌푸리고 있구나.

광대 딸이 이맛살을 찌푸리든 말든 신경 쓸 필요가 없었던 때, 그때 아저씨는 상팔자였죠. 지금 아저씨의 몰골은 값이 나가지 않아요. (고네릴에게) 아무 말씀 안 하셔도, 당신의 얼굴색만 봐도 난 금세 알아차릴 수 있죠. (리어왕을 가리키며) 저 작자는 알맹이 빠진 콩 껍데기야.

고네릴 아버지! 무슨 짓이나 멋대로 하는 이 광대는 물론이고, 데리고 있는 기사들까지 틈만 나면 싸우기 일쑤여서 도저히 살 수가 없습니다. 그런데도 아버지는 이런 난폭한 행동들을 그냥 모른 척하시니, 그저 두려울 뿐입니다. 오히려 아버지가 선동하시는 게 아닌가 하는 생각까지 든다니까요. 이제 저희도 그냥 모른 척하며 지나칠 수가 없습니다. 나라 안의 모든 질서를 바로잡고 싶은 간절한 소망 때문에 아버지의 기분을 상하게 할 수도 있습니다. 다른 경우라면 제가 욕을 먹을 수도 있겠지만, 이번에는 어쩔 수 없는 일이므로 모두가 저희 마음을 헤아려 줄 겁니다.

광대 아저씨, 바위종다리가 뻐꾸기를 길렀다가 결국에는 먹혀 버렸다는 노래를 아시나요?

리어왕 너, 내 딸 맞느냐?

고네릴 아버지께서는 지혜를 많이 갖고 계시다고 알고 있습니다. 그러니 아버지답게 지혜롭게 처신하세요! 이제 노망은 그만 부리시고요.

리어왕 여봐라! 너희 가운데 나를 아는 자가 있느냐? 여기 있는 이 사람은 리어가 아니다. 리어가 이렇게 걷고, 이렇게 말을 하더냐? 리어의 눈이 어디 있느냐? 그의 생각이 둔해졌거나 그의 판단력이 잠자고 있거나, 둘 중 하나다. 아! 이게 생시인가? 내가 누구인지 말해 줄 사람이 없느냐?

광대 리어의 그림자죠.

리어왕 난 그걸 알고 싶다. 난 국왕이었으며, 내게는 딸들이 있었다.

광대 그 딸들이 이제 당신을 말 잘 듣는 아버지로 만들 작정이래요.

리어왕 귀부인, 당신의 이름은 무엇인가요?

고네릴 이렇게 놀란 척하는 것도 아버지가 요즘 나타내는 노망기입니다. 제 뜻을 헤아려 주세요. 아버지께서는 백 명의 기사와 시종들을 거느리고 계십니다. 실로 그 기사들은 난폭하고 방탕하며 무례한 자들이죠. 이 훌륭한 저택이 그들의 나쁜 행동에 물들어 술집처럼 되고 말았습니다. 명예스럽지 못한 일들은 바로 고쳐나가는 게 옳을 듯합니다. 아버지의 시종들 수를 조금 줄여 주십시오. 아버지가 줄이시지 않겠다면, 저희 마음대로 줄여 버리겠습니다. 그리고 나머지 시종들도 아버지의 처지와 신분을 잘 아는 사람으로 뽑아야 할 줄로 압니다.

리어왕 캄캄한 지옥에서 탈출한 악마가 따로 없군! 말에 안장을 달아라. 그리고 시종들을 불러라. 썩어 문드러진 사생아 같으니라고! 더는 네 신세를 지지 않겠다. 내게는 너 말고도 딸이 있다.

고네릴 아버지는 저희 집 사람들을 때리고, 난폭한 저 사람들은 자기 상전을 하인처럼 대하고 있다고요.

알바니 등장.

리어왕 이제 와서 후회해도 아무 소용없지! (알바니에게) 아, 자네가 왔군. 과연 이것이 자네의 뜻이었는가? 말해 보게나. (시종에게) 내 말을 준비하라. 천하에 배은망덕한 년! 네가 내 딸이라는 사실은, 바다의 괴물이 내 딸이라고 하는 것보다 훨씬 더 끔찍하구나!

알바니 제발 참으세요!

리어왕 (고네릴에게) 흉악한 계집! 거짓말쟁이! 내 시종들은 고르고 고른 우수한 기사들이다. 그들은 자기 의무가 무엇인지 낱낱이 알고 있다. 자신들의 평판이 떨어지지 않도록 애쓰는 자들이다. 오, 코델리아의 몹시 작은 허물이 어찌하여 그렇게 추악하게 보였는지! 오, 리어여! 어리석구나! 소중한 딸을 몰아낸 이 아둔한 아비의 머리를 원망하라! (자신의 머리를 때린다.) 자, 가자! 시종들이여.

알바니 제게는 죄가 없습니다. 무엇 때문에 화가 나셨는지 통 모르겠습니다.

리어왕 그럴지도 모르겠다. 들어라, 자연의 신이여! 저 계집의 배 속에 아기를 갖지 못하도록 만들어라! 저 계집에게 자손 번영의 길을 끊어라! 만약 아이를 낳게 될 경우에는 그 자식이 살아서 저 계집에게 가혹한 불효의 아픔을 주게 하라! 그 패륜아 때문에 젊은 이마에 주름이 잡히고, 두 뺨에 흐르는 눈물로 골이 패고, 자식에게 멸시를 받도록 하라. 그리하여 은혜를 모르는 아이를 두는 것은 독사의 이빨에 물리는 것보다도 더 고통스럽다는 것을 저 계집이 깨닫도록 해 다오. 가자, 가자! (퇴장)

알바니 오, 신이시여! 어째서 일이 이렇게 되었습니까?

고네릴 원인 같은 것은 알려고 애쓰실 필요가 없어요. 기분 내키는 대로 성질을 부리니까요.

리어왕, 미칠 듯 흥분한 채 다시 등장.

리어왕 이게 무슨 짓이냐! 보름도 채 되지 않았는데, 시종을 한꺼번에 오십 명이나 줄였어.

알바니 어떻게 된 일입니까?

리어왕 그 까닭을 말해 주지! (고네릴에게) 참으로 부끄러운 일이다. 사나이인 내가 몸을 떨며, 뜨거운 눈물을 흘려야 하다니! 아, 결국 이런 꼴이 되고 말았구나. 하지만 걱정할 거 없다. 내게는 딸이 또 하나 있다. 리건은 틀림없이 나를 친절하게 맞이해 줄 것이다. 네가 어떻게 했는지를 리건이 알게 되면 손톱으로 여우같은 네 얼굴을 긁어 놓으려고 할 거다. 나는 원래의 내 모습으로 돌아갈 것이다. 어디 두고 보자.

리어왕 퇴장. 켄트와 시종들 뒤를 따른다.

고네릴　글쎄, 좀 보시라니까요.

알바니　당신에 대한 사랑은 깊소만, 그렇다고 해서 당신 편만 들 수는 없소.

고네릴　제발 가만히 좀 계세요. (광대에게) 바보라기보다는 악당에 가까운 광대야, 주인 뒤를 따라가야지.

광대　리어 아저씨, 리어 아저씨! 기다리세요. 광대를 데려가 줘요. 내가 만약 여우 한 마리를 잡는다면 도살장으로 끌고 가야지. 그러나 이 모자를 팔아 목매는 밧줄을 살 수 있다면, 광대는 뒤쫓아 갈 거예요. (퇴장)

고네릴　아버지한테는 약이 되는 충고를 해 드렸어요. 기사가 백 명이라니! 기사를 백 명씩이나 거느린다는 것은 안전한 일이죠. 하지만 그 무력을 이용해 망령을 부린다거나 우리의 생활을 마음대로 하려는 것은 그냥 두고 볼 수 없어요. 오스왈드, 이리 오너라.

알바니　당신은 지나치게 겁을 내고 있는 듯하오.

고네릴　한도 끝도 없이 믿는 것보다는 안전하죠. 걱정거리를 없애는 것이 늘 겁에 질려 벌벌 떨고 있는 것보다 낫습니다. 아버지 속마음은 제가 잘 알아요. 내가 아버지께서 하신 말씀을 편지로 동생에게 썼어요. 동생이 편지를 읽고도, 아버지와 기사 백 명을 부양한다면…….

오스왈드 다시 등장.

고네릴 어떻게 되었느냐, 오스왈드! 동생에게 보낼 편지는 다 썼는가?

오스왈드 네, 다 썼습니다.

고네릴 몇 사람을 거느리고 곧 말을 타고 출발하거라. 내가 특히 걱정하고 있는 점을 전하고, 그 얘기를 강조하기 위해서라면 네 말재주를 부려도 좋다. 자, 떠나거라. 오는 길도 서둘러라. (오스왈드 퇴장.)

알바니 당신의 눈이 얼마나 사태를 잘 꿰뚫어 보는지는 몰라도, 잘하려고 하다가 일을 망친 적이 한두 번이 아니잖소.

고네릴 그렇다면…….

알바니 좋소. 어디 한번 결과를 기다려 봅시다. (두 사람 퇴장.)

제5장

같은 저택의 안뜰.
리어왕, 켄트, 광대 등장.

리어왕 너는 이 편지를 갖고 글로스터 백작한테로 가거라. 딸애가 그 편지를 읽은 다음 묻는 것에 대해서만 답변을 하여라. 나머지는 알고 있어도 모른 척하라. 서둘러서 급히 가지 않으면 내가 먼저 닿을는지도 모른다.

켄트 친서를 전달할 때까지는 잠도 자지 않겠습니다. (퇴장)

광대 사람의 두뇌가 발뒤꿈치에 붙어 있다면, 날마다 터져 피가 나겠지. 하지만 아저씨의 알량한 지혜는 발뒤꿈치에 없으니 안심하세요.

리어왕 허허!

광대 둘째따님은 아저씨를 자기의 천성대로 대할 터이니 두고 보십시오. 왜냐면 능금하고 사과하고 같듯, 이 두 따님이 꼭 닮았으니까요.

리어왕 예끼, 이 녀석! 무슨 말을 그렇게 하느냐?

광대 두 딸은 한 배 속이죠. 맛이 같아요. 사과는 다 같은 맛이에요. 왜 사람의 코가 얼굴 한가운데 있는지 아세요?

리어왕 몰라.

광대 코 양쪽에 눈을 붙여 두기 위해서예요. 코로 냄새를 맡을 수 없는 건 눈으로 볼 수 있으니까요.

리어왕 (코델리아를 생각하며 독백) 막내한테 잘못했어.

광대 굴이 어떻게 제 껍데기를 만드는지 아세요?

리어왕 몰라.

광대 저도 몰라요. 그러나 달팽이가 왜 집을 갖고 있는지는 알고 있죠.

리어왕 왜 그러는데?

광대 왜냐하면 머리를 쑤셔 박기 위해서죠. 또한 딸들에게 뿔을 내주지 않기 위해서랍니다. 집이 없으면 제 뿔을 감출 껍데기가 없어지니까요.

리어왕 나도 한땐 다정한 아버지였어! 이제부터는 아비로서의

정을 끊어야지.

　　광대　아저씨가 내 광대였다면, 난 때려 주었을 거야. 때가 오기 전에 미리 늙어 버렸으니까.

　　리어왕　그게 무슨 소리냐?

　　광대　현명해지기 전에 늙어 버리면 안 되잖아요.

　　리어왕　오, 신이시여! 저를 미치지 않도록 도와주십시오. 제정신을 갖도록 해 주십시오. 결코 미치고 싶지 않습니다!

　　시종 한 사람 등장.

　　리어왕　어떻게 됐느냐! 말 준비는 다 됐느냐?

　　시종　준비됐습니다.

　　리어왕　가자! (모두 퇴장.)

제2막

제1장

글로스터 백작의 저택 뜰.
에드먼드와 큐란 좌우에서 등장. 서로 만난다.

에드먼드 안녕하세요.

큐란 안녕하세요. 방금 당신의 아버님을 뵙고, 콘월 공작과 리건 공자부인께서 오늘 밤에 이곳에 오신다는 것을 알려 드렸소.

에드먼드 무슨 일이 있는 거요?

큐란 모르겠소. 소문은 들었죠? 아직까지는 귓밥이나 때리는 정도지만…….

에드먼드 못 들었는데……. 무엇이오?

큐란 머지않아 전쟁이 터진다는 소문을 듣지 못했소? 콘월 공작과 알바니 공작 사이에요.

에드먼드 한마디도 듣지 못했소.

큐란 곧 듣게 될 것이오. 그럼 이만……. (큐란 퇴장.)

에드먼드 공작이 오늘 밤 이곳에 오신다? 일이 척척 들어맞는군! 이것을 내 꿍꿍이속에 포함시켜야겠다. 아버지는 형을 잡기 위해 파수를 보냈을 테니까. 우선 골치 아픈 일이 한 가지 있으니, 그것부터 처리하자. 형, 내려와요! 할 얘기가 있어요.

에드거 등장.

에드먼드 어서요! 아버지가 망을 보고 있어요. 형, 빨리 도망가요! 여기 숨어 있는 게 발각됐어요. 지금 바로요! 칠흑 같은 밤이라 다행이네요. 혹시 콘월 공작을 헐뜯지 않았나요? 공작님이 부인과 함께 오신답니다. 서둘러서 피해야 해요. 그분들과 한패가 되어 알바니 공작을 헐뜯지는 않았나요? 꺼림칙한 일은 없나요?
에드거 그런 일은 정말 없다.
에드먼드 아버지 발소리가 들립니다. 용서해 줘요. 칼을 뽑아, 형을 치는 척하지 않으면 안 됩니다. 형도 칼을 빼들고 방어 태세를 취하세요. 자, 어디 해봅시다. (목소리를 돋워) 항복이냐? 아버지 앞으로 나오너라! 어이, 여기다! 불을 밝혀라! (작은 소리로) 도망쳐 요, 형! (큰 소리로) 횃불이 온다, 횃불이 와! (작은 소리로) 잘 가요. (에드거 퇴장.) 피가 나면, 내가 용감하게 싸웠다고 생각하겠지. (한 쪽 팔에 상처를 낸다.) 주정꾼들은 장난삼아서 이보다 더 심한 짓도 하더군. (큰 소리로) 아버지, 아버지! 여기예요! 살려 주세요!

글로스터와 횃불을 든 하인들 등장.

글로스터 에드먼드야, 그놈은 어디 있느냐?
에드먼드 시퍼런 칼을 뽑아 들고, 달을 보며 괴상한 주문을 중얼거리고 있었지요. 행운을 내려 달라고 빌고 있었습니다.

글로스터　도대체 그놈이 어디 있느냐고?

에드먼드　보십시오. 이렇게 피가 나고 있습니다.

글로스터　그래, 어디로 갔느냐?

에드먼드　이쪽으로 달아났습니다. 아무래도 안 되니까……

글로스터　쫓아가라, 쫓아가! (하인들 몇 사람 퇴장.) 한데 무엇이 안 된다는 것이냐?

에드먼드　아버지를 죽이자고 저를 아무리 설득해도 안 되었단 말이죠. 저는 아버지를 죽이는 놈에게는 신들이 벼락을 내린다고 형에게 말했습니다. 그뿐만 아니라, 아들이 아버지로부터 받은 은혜는 무한한 것이라고 말했습니다. 결국 제가 목숨을 걸고 반대하자, 형은 더는 어쩔 수 없었는지 미리 준비했던 칼로 저를 찌르고 도망쳤습니다.

글로스터　아무리 멀리 뺑소니쳐도 이 나라 안에 있을 테니, 꼭 붙잡고야 말겠다. 잡기만 하면 그놈을 없애 버리겠다. 그 비겁한 살인자를 찾아 형장에 끌고 오는 사람에게는 사례를 하고, 그놈을 숨겨 두는 놈은 모조리 사형에 처하겠다.

에드먼드　저는 형을 맹렬히 비난하면서, 그 계획을 세상에 폭로하겠다고 을러댔습니다.

글로스터　악당 놈! 그놈은 이제 내 아들이 아니야. (안에서 요란한 기병 나팔 소리.) 들어 보라, 공작님이 오셨다! 무엇 때문에 이곳까지 오셨는지 알 수 없구나. 온갖 문을 막아 버린다면, 악당은 도망갈 수 없을 것이다. 공작님도 이 일은 허락하시겠지. 그놈을 찾을 수 있도록 그놈의 얼굴을 방방곡곡에 붙여 놓을 것이다. 그런데 내 재산 말이다. 네가 충성과 효자 노릇을 다하니, 네게 재산을 물려주겠다.

콘월, 리건, 그리고 시종들 등장.

콘월 어떻게 된 일이오? 이곳에 온 지 얼마 되지 않아 이상한 소문들이 들리니…….

리건 그 소문이 사실이라면 범인에게 엄벌을 내려야 해요.

글로스터 오, 부인! 이 늙은이 가슴이 터질 듯합니다.

리건 어찌 된 일이오? 우리 아버지가 이름을 지어 준 아들이 백작님의 목숨을 노렸다니…….

글로스터 부인, 그저 부끄러울 따름입니다.

리건 혹시 그 아들이 바로 아버지를 따르고 있는 난폭한 기사들과 한패가 아닌가요?

글로스터 모르겠습니다. 그놈은 악독한 놈입니다.

에드먼드 그렇습니다. 한패입니다.

리건 그러면 악독할 수밖에 없어요. 백작을 죽이고 재산을 빼앗으라고 부추긴 것은 그놈들이죠. 그 패거리에 관해서, 조금 전에 언니로부터 자세한 편지가 왔어요. 그 기사들이 우리 집에 와서 묵겠다고 할지도 모르니, 집에 있지 않는 게 좋을 거라고 알려 주더군요.

콘월 나도 집에 있지 말아야겠어. 에드먼드, 자네는 아버지에게 효자 노릇 한번 제대로 했다지?

에드먼드 자식된 도리를 지켰을 뿐입니다.

글로스터 이 애가 에드거의 음모를 알려 주었고, 그놈을 잡으려고 애쓰다가 다치기까지 했습니다.

콘월 잡으려고 쫓아갔나요?

글로스터 네, 뒤쫓고 있습니다.

콘월 잡히기만 하면, 더는 사람들에게 해를 끼치지 못하도록 해 줄 테다. 에드먼드, 너를 내 부하로 삼겠다. 너처럼 믿을 만한 사람이 필요하다. 너야말로 내가 찾던 사람 가운데 으뜸이구나.

에드먼드 부족하더라도 온 힘을 다해 공작님을 섬기겠습니다.

글로스터 아들을 대신해서 감사드립니다.

콘월 우리가 어째서 백작을 찾아왔는지 아직 모를 것이오.

리건 이토록 어두운 한밤중에 밤길을 더듬어 온 것은 백작의 조언을 들을 일이 있어서예요. 아버지와 언니 사이에 불화가 생긴 모양이에요. 두 분이 다 편지를 보내왔죠. 저는 집을 떠나서 답장을 보내는 것이 좋다고 생각했어요. 백작의 충고를 듣고 싶어요.

글로스터 알겠습니다. 두 분께서 오신 것을 진심으로 환영합니다. (나팔 소리, 모두 퇴장.)

제2장

글로스터 백작 저택 앞.
켄트, 오스왈드, 양쪽에서 따로 등장.

오스왈드 잘 잤소? 당신은 이 집 사람이오?

켄트 그렇소!

오스왈드 어디다 말을 맬까?

켄트 진흙 속에나 매시오!

오스왈드 제발 부탁이니 가르쳐 주오.

켄트　싫소!

오스왈드　당신하고는 별 볼일 없겠구먼.

켄트　난 너를 돼지우리에 집어넣고 싶다!

오스왈드　어째서 그런 악담을 하시오? 서로 알지도 못하면서…….

켄트　난 알고 있다!

오스왈드　나를 누구라고 생각하오?

켄트　악당에다 불한당이며, 고기찌꺼기나 처먹는 놈이지. 천하고, 경박하고, 한 해에 옷을 세 번밖에는 못 갈아입는 놈이지! 돈벌이도 못하며, 더러운 털양말을 신고 있는 놈이지. 간덩이가 콩알만 하고, 얻어터지면 싸울 생각은 않고 소송이나 거는 놈! 밤낮 없이 거울만 들여다보는 천한 놈! 주제넘고, 옷 입는 데 까다로운 놈! 재산이라고는 더러운 몸뚱이밖에 없는 종놈! 남을 위한답시고 뚜쟁이 노릇을 하는 놈! 악당에 거지에 겁쟁이에 뚜쟁이에 잡종 암캐의 자식 놈을 함께 섞어 놓은 놈이지.

오스왈드　참으로 고약한 놈이로구나! 나도 너를 모르고, 너도 나를 모르는데 이토록 욕을 퍼붓다니…….

켄트　철면피 같은 놈이로구나. 나를 모른다고 하다니! 전하 앞에서 딴죽을 걸어 널 넘어뜨리고 두들겨 패 준 것이 바로 이틀 전이 아니더냐? 이놈아, 칼을 뽑아라! 비록 밤이지만, 달빛이 있다. 네놈을 박살내어 명월탕을 끓여 먹겠다. (칼을 빼면서) 자, 칼을 빼라! 이 건달 놈아!

오스왈드　비켜라! 나는 너한테 볼일이 없다.

켄트　이놈, 칼을 빼라! 전하께 불리한 편지나 전하는 놈! 너는 왕권을 해치고 있어. 어서 칼을 빼라! 네 정강이에서 살점을 떼어

내야겠다. 이놈아, 칼을 빼서 덤벼라!

오스왈드   사람 살려! 살인이다! 사람 살려!

켄트   덤벼라, 이 나쁜 놈! 가만 있거라, 악당 녀석! 가만 있거라, 이 노예 같은 놈아! 노예치고는 매끈하게 빠졌군. 자, 쳐라! (켄트가 오스왈드를 친다.)

오스왈드   사람 살려! 아, 살인이다! 살인이다!

에드먼드가 가늘고 긴 칼을 빼들고 등장.

에드먼드   어떻게 된 일이냐? 무슨 일이냐! 떨어져라!

켄트   애송이로군. 아가야, 피 맛을 보여 줄 테니 덤벼라!

콘월, 리건, 글로스터 그리고 하인들 등장.

글로스터   칼을 빼들고 여기서 무엇 하는 서냐?

콘월   목숨이 아깝거든 가만히 있어! 다시 칼을 내려치는 놈은 죽여 버릴 테다. 도대체 무슨 일이냐?

리건   언니와 아버지께서 보낸 사절이군요.

콘월   왜 싸움을 하는 거냐? 말해 보라.

오스왈드   저는 숨을 쉴 수가 없습니다.

켄트   그야 그럴 테지. 그토록 용감하게 덤벼들었으니……. 비겁한 악당 놈아, 우주도 너 같은 놈을 만들었다고 하지는 않을 것이다. 너 같은 놈은 양복쟁이가 만든 게 분명해.

콘월   이상한 놈도 다 있군. 양복쟁이가 사람을 만들어?

켄트   그래요. 양복쟁이가 만들었죠. 석공이든 화가든 두 시간만

일을 해도, 이토록 서툰 작품을 만들어 내진 않을 겁니다.

콘월　왜 싸움을 시작했나?

오스왈드　저 허연 수염을 불쌍히 여겨 목숨만은 살려 줬더니, 저 늙고 흉악한 놈이…….

켄트　쓸모없는 놈아! 어르신, 허락해 주신다면 이놈을 짓이겨서 회반죽을 하여 변소의 벽에다 바르겠습니다. 흰 수염 때문에 나를 살려 줘? 빌어먹을 놈!

콘월　입 닥쳐! 이 짐승 같은 것들아, 예의범절도 모르느냐?

켄트　압니다! 그러나 화가 치밀 때는 눈에 보이는 게 없는 법이죠.

콘월　왜 화가 났느냐?

켄트　이따위 노예 놈이 칼을 차고 있으니, 기가 막힐 노릇이지요. 이런 악당 놈들은 쥐새끼처럼 부자간의 핏줄까지도 물어뜯습니다. 이런 놈들은 아첨을 떨면서 불에는 기름을 붓고, 싸늘한 마음에는 찬물을 뿌리면서 그저 개처럼 따라다니는 것밖에는 모릅니다. (오스왈드를 향해서) 토할 것 같은 그 얼굴을 집어치워라!

콘월　아니! 이 늙은 놈이 미친 것 아냐?

글로스터　왜 싸움을 하게 되었나? 그것을 말하라!

켄트　아무리 서로 다른 인간이라 할지라도, 저하고 이 악당 놈처럼 맞지 않는 관계는 없을 겁니다.

콘월　왜 자꾸 저 사람을 악당이라고 하느냐? 저놈 잘못이 뭐냐?

켄트　저 꼴이 보기 싫어서요.

콘월　그렇다면 우리 얼굴도 마음에 들지 않겠구먼.

켄트　솔직하게 말씀드리겠습니다. 저는 지금 여기 계신 분들보다 훨씬 훌륭한 얼굴을 본 적이 있습니다.

콘월 내 이런 녀석들을 잘 알고 있지. 이런 놈들은 흉계를 감추고, 가면을 쓰고 있지. 어수룩한 척해도, 굽실거리면서 아첨하는 놈들보다 훨씬 나쁜 놈들이지.

켄트 제 말투가 공작님의 마음에 거슬렸다면 용서하십시오. 하지만 저는 아첨할 줄 모르는 사람입니다. 솔직히 말해서 공작님을 속이는 짓까지 하면서 악당이 되고 싶지는 않습니다. 절대로 그런 놈은 될 수 없지요.

콘월 (오스왈드에게) 무엇 때문에 이 사람을 화나게 만들었는가?

오스왈드 화나게 한 일은 없습니다. 며칠 전에 저놈이 모시고 있는 국왕께서 무슨 오해 때문에 저를 때린 적이 있습니다. 그때 저놈이 국왕 편을 들며 뒤에서 저에게 딴죽을 걸었습니다. 제가 넘어지니까 의기양양해져서 저에게 욕설을 퍼부었지요. 영웅이나 된 것처럼 우쭐해서 말입니다. 제법 용감한 척하면서 야단법석이었죠. 저놈이 국왕 편을 들어 칭찬을 받은 겁니다. 그런 일에 맛이 들어서인지 다시 칼을 빼들고 제게 달려든 겁니다.

켄트 비겁하고 못된 놈! 저놈에 비하면 에이잭스가 제아무리 자랑을 잘한대도 바보가 되고 말겠군.

콘월 차꼬를 갖고 오너라! 이 난폭한 늙은이에게 따끔한 맛을 보여 줘야겠다.

켄트 나이가 많아 배울 수가 없습니다. 그러니 차꼬를 채울 필요는 없겠지요. 게다가 저는 국왕의 심부름으로 이곳에 온 사람입니다. 전하의 사절에게 차꼬를 채우면 국왕의 위엄과 인격을 모독하는 것일 뿐만 아니라, 악의를 보이시는 것이 되겠지요.

콘월 차꼬를 가져오너라! 내게 목숨이 붙어 있는 한, 저놈을 내일 낮까지 거기다 앉혀 놔야겠다.

리건 낮까지라뇨! 밤새도록 앉혀 놓읍시다.

켄트 제가 아버지의 개라도 이렇게 학대를 해서는 안 됩니다.

리건 아버지가 데리고 있는 악당이기 때문에 이렇게 하는 거야.

콘월 저놈은 당신 언니 편지에 적혀 있는 녀석들과 한패거리야. 어서 차꼬를 가져오너라!

  시종들이 차꼬를 들고 들어온다.

글로스터 공작님, 참으십시오. 저놈의 죄가 비록 크긴 하지만, 주인이신 국왕께서 마땅히 벌을 주실 겁니다. 국왕께서 자신의 사절이 이토록 모욕당했다는 것을 아시면 적잖이 화를 내실 겁니다.

콘월 그 책임은 내가 진다.

리건 언니야말로 더욱 화를 낼 거야. 언니의 시종이 모욕당한 걸 알기라도 해 봐. 저놈의 다리를 채워 놓아라. (켄트를 차꼬에다 채운다.)

콘월 자, 갑시다. (글로스터와 켄트만 남고 모두 퇴장.)

글로스터 미안하네. 공작님 분부라 어쩔 수 없었네. 세상 사람이 다 알고 있듯이, 한번 성을 내면 아무도 막을 수 없지 않은가. 하지만 내가 자네를 위해서 간청은 해 보리다.

켄트 걱정 마시오. 밤잠도 안 자고 먼 길을 걸어왔더니 피곤하오. 잠이나 좀 자야겠소. 세상에는 착한 사람이라도 불행을 겪을 때가 적지 않은 법이오. 그럼 안녕히 주무시오.

글로스터 누가 봐도 이 일은 공작님 잘못이야. 전하께서 아시면 무척 화를 내실걸. (글로스터 퇴장.)

　　켄트　재난을 겪지 않고서는 기적을 볼 수가 없지. 이것은 코델리아 공주님의 편지로구나! 내가 신분을 숨기고 지내는 것을 알고 계시니, 다행이다. 때가 되면 나라를 구하고 충성을 다한 자에게 상금을 내리시겠지. 아, 피곤하다! 잠을 못 자서 무거워진 눈이여, 부끄러운 잠자리에서 잠들지 않은 것이 그나마 다행이로구나. (잠든다.)

제3장

　　숲속.
　　에드거 등장.

　　에드거　나는 죄인이다. 다행히 나무 숲속에 숨을 수 있어서 잡히지는 않았지만 도망갈 구멍이 없다. 파수병이 물샐틈없이 지키고 서 있어 어떤 곳에도 갈 수가 없다. 나를 잡으려고 눈에 불을 켜고 있단 말이야. 도망갈 수 있을 때까지 살아남아야겠군. 초라한 거지꼴을 하고 지내야겠다. 이제 짐승처럼 사는 거야. 얼굴을 검게 칠하고, 허리에는 남루한 담요 자락을 감고, 머리털을 엉키게 하여 텁수룩하게 만들고, 알몸뚱이를 그대로 드러내어 비바람을 견디리라. 이 나라에 들끓는 미친 거지들의 흉내를 내자. 그 거지들은 신음 소리를 질러가면서 바늘, 나무꼬챙이, 못, 들장미의 잔가지 따위를 마비된 맨살 팔뚝에다가 꽂는다. 미친 듯이 떼를 쓰기도 하고, 밥을 빌어먹는다지……. 나는 이제 에드거가 아니야. 그 거지들 틈에 있는 불쌍한 티얼리고드야. 불쌍한 톰인지도 몰라. 그래야 살아남을 수 있어. (에드거 퇴장.)

제4장

글로스터 백작의 저택.
켄트는 차꼬를 채운 채로 있다. 리어왕, 광대, 시종과 함께 등장.

리어왕 이상한 일이다. 그들이 이렇게 갑자기 집을 떠나 것도 그렇고, 내가 심부름 보낸 사람을 여태 돌려보내지 않다니…….

시종 제가 들은 바로는, 어젯밤까지만 해도 전혀 집을 떠날 생각이 없었다고 합니다.

켄트 전하, 안녕하십니까!

리어왕 아! (켄트가 옆에 있는 것을 발견하고 한참 쳐다본 뒤) 아니, 이런 모욕을 재미로 알고 있느냐?

켄트 전하, 아닙니다.

광대 헷! 참 재밌는 양말대님을 매고 있군. 말은 머리를, 개와 곰은 목을, 원숭이는 허리를 그리고 사람은 다리를 잡아매는구나. 다리를 함부로 파닥파닥 놀려 걷어차기를 좋아하는 놈은 나무양

말을 신겨야 해.

　　리어왕　네 신분을 몰라보고, 차꼬를 채운 놈이 누구냐?

　　켄트　전하의 딸과 사위입니다.

　　리어왕　그럴 리가 없다.

　　켄트　사실입니다.

　　리어왕　아니야. 그들이 그랬을 리가 없어.

　　켄트　보시다시피 그들이 이렇게 만들었습니다.

　　리어왕　그들이 감히 그럴 수가 있나? 그들은 그럴 수도 없고, 그렇게 하지도 않을 거다. 그것은 살인보다 더 흉측한 일이 아닌가. 고의로 그런 난폭한 짓을 하다니……. 어서 대강이라도 얘기해 봐라. 어째서 네가 이 같은 벌을 받아야만 했는지. 내 사절을 누가 감히……!

　　켄트　전하! 제가 그 두 분의 저택에 도착하여 친서를 바치고 자리에서 일어나기도 전에, 큰따님의 사절이 숨을 헐떡이면서 들이닥쳤습니다. 제가 전한 친서는 아랑곳하지 않고, 언니가 보낸 편지를 우선 읽으셨지요. 편지를 읽은 뒤 하인들을 소집하더니 바로 말을 타셨지요. 저보고는 뒤따라오라는 겁니다. 틈이 나면 회답을 해 주겠다는 거지요. 여기서 다시 그 사절을 만났습니다. 그놈은 며칠 전에 전하께 버릇없이 굴었던 놈이지요. 저는 앞뒤를 가리지 않고 사나이답게 칼을 뽑았습니다. 그놈은 겁에 질렸는지 빽빽 소리를 지르면서 집안사람들을 깨우더군요. 공작과 공작부인은 제가 이런 모욕을 받아도 마땅하다는 겁니다.

　　광대　기러기가 저쪽으로 날아가는 걸 보니 아직 겨울이 다 가지 않았구나. 아비가 누더기를 걸치면 자식들은 장님이 되고, 아비가 돈주머니를 차고 있으면 자식들은 친절하다네. 운명의 여신은 갈보라서 가난한 사람에게 문을 잠그네. 하지만 아저씨는 따님들 덕택으로 넉넉한 돈주머니와 근심주머니를 동시에 얻게 될 겁니다.

리어왕 아하! 가슴속에서 울화가 치미는구나. 내 딸은 어디 있느냐?

켄트 글로스터 백작과 함께 안에 계십니다.

리어왕 여기 있거라. 따라오지 마라. (퇴장)

시종 지금 말씀하신 것 말고 저지른 잘못은 없었나요?

켄트 없었소. 그런데 어째서 전하께서는 시종들 수를 줄여 초라한 모습으로 오셨소?

광대 그런 것을 물어보니까 차꼬가 채워지지. 싸다 싸!

켄트 뭐야? 이 광대 녀석!

리어왕이 글로스터와 함께 다시 등장.

리어왕 면회 사절이라고! 나한테? 몸이 아파? 간밤에 밤새워 여행을 해서 피곤하다고? 그건 핑계에 지나지 않아. 아비를 거역하고, 아비를 버리려는 뜻이야. 좀 더 그럴듯한 대답을 가져와라.

글로스터 말씀드리기 황송합니다만, 전하도 아시다시피 공작은 성질이 불같아서 한 번 마음먹으면 절대로 양보하는 법이 없지요.

리어왕 염병에 걸려 죽어 버려라! 뭐, 성질이 불같아? 양보를 못 한다고? 글로스터, 콘월 공작 내외를 직접 만나야겠다.

글로스터 그대로 말씀드렸습니다만……

리어왕 두 사람에게 그대로 전했는가? 여보게, 자넨 내 말뜻을 알고 있는 건가?

글로스터　네, 알고 있습니다.

리어왕　국왕이 제 딸과 얘기를 나누고 싶다는 거다. 아비가 사랑스런 딸에게, 딸로서 도리를 다하라는 것이다. 이 뜻을 두 사람에게 전했느냐? 숨이 막히고 피가 끓는다! 불같은 공작이라고? 성질 급한 공작에게 가서 말하라. 아니, 지금 말하지 않아도 좋다. 사람은 더러 지치면 제정신이 아닐 수도 있으니까. 참자! 나는 내 급한 성질 때문에 분통이 터졌던 거야. (켄트를 보며) 내 권세도 땅에 떨어졌구나! 무엇 때문에 네게 차꼬를 채웠느냐? 이 꼴을 보니 공작 내외가 무슨 계략을 꾸미는 듯싶구나. 내 하인을 당장 풀어놓아라! 그리고 공작 내외에게 가서 내가 만나고 싶어 한다고 전하라. 지금 곧 가라! 두 사람보고 내 말을 들으라고 하라. 오지 않으면 내가 침실 앞에서 북을 쳐 잠을 깨울 것이다.

글로스터　서로 잘 지내시기 바랍니다. (퇴장)

콘월, 리건, 하인들과 함께 글로스터 다시 등장.

리어왕　잘들 있었나?

콘월　전하의 은혜, 망극합니다. (켄트를 풀어놓는다.)

리건　아버지를 뵈오니 기쁩니다.

리어왕　그럴 것이다. 리건, 네가 기쁘지 않다고 한다면 네 어미는 화냥년이 될 테니. 그렇다면 나는 무덤을 헤쳐서라도 네 어미와 이혼할 생각이다. (켄트에게) 아, 이제야 풀려났구나. 그 일에 대해서는 나중에 따지기로 하자. 사랑하는 리건, 네 언니는 흉악한 계집이다. 그 계집은 독수리 같은 이빨로 (자기 가슴을 가리키며) 여기를 물어뜯었다. 네게 말로 다 표현할 수가 없구나. 너는 믿어지지 않을 거야. 오, 리건!

리건   제발 진정하세요. 언니가 효성을 다하지 않았다니, 혹시 뭔가를 오해하신 건 아닌지요?

리어왕   오해라니?

리건   언니가 아버님을 소홀히 했다니, 도저히 믿어지지가 않습니다. 그 일에는 그럴 만한 까닭이 있었을 겁니다. 무작정 언니를 비난할 수는 없어요.

리어왕   그 계집을 저주한다!

리건   아버지, 이제는 늙으셨어요. 아버지보다도 더 나라 사정에 밝은 젊은이한테 모든 걸 맡길 필요가 있어요. 그러니 제발 언니한테 돌아가셔서 미안하다고 사과하세요.

리어왕   나보고 사과하라고? 그게 한 나라의 국왕인 아비가 할 짓이냐! 사랑하는 딸아, 내가 늙어 쓸모가 없구나. (무릎을 꿇고) 제발 부탁한다. 옷가지와 먹을거리와 잠자리를 다오. 이렇게 애걸하라고?

리건   그만하세요! 그런 잔꾀는 더 이상 못 보겠어요. 제발 언니한테로 돌아가세요.

리어왕   (벌떡 일어서며) 리건, 절대로 안 가겠다. 그 계집은 내 시종들을 반으로 줄였어. 그리고 눈살을 찌푸리며 나를 노려봤어. 내게 마구 욕설까지 퍼부었어. 독사가 되어 내 가슴을 치렁치렁 감았어. 온갖 복수여, 은혜를 모르는 그 계집의 뻔뻔스런 낯짝 위에 쏟아져라! 모든 병마여, 아직 태어나지 않은 그 계집의 자식들을 절름발이로 만들어라!

콘월   너무도 끔찍하군요!

리어왕   날쌘 번개여, 그 계집의 눈알을 찔러라! 독기여, 그 계집의 미모를 시들게 하라!

리건 오, 맙소사! 저 때문에 화가 나시면 제게도 똑같은 저주를 퍼부으실 건가요?

리어왕 아니야, 리건. 너를 저주할 일은 결코 없을 것이다. 너는 부드러운 마음씨를 갖고 있기 때문에 모질지가 않아. 고네릴의 눈은 사납지만, 네 눈은 다정하거든. 불꽃처럼 이글이글 타고 있지 않아서 좋아. 내가 즐기는 일에 대해서 너는 불평하지 않겠지? 내 시종들을 줄이는 일도 없고, 내 생활비를 아까워하지도 않을 거야. 다짜고짜 내게 말대꾸하는 일도 없을 거고……. 무엇보다도 예의범절을 잘 배운 네가 내가 오는 것을 막기 위해 문을 잠그는 일 따위는 하지 않겠지? 또한 내가 왕국의 절반을 네게 넘겨준 것을 잊지 않았겠지?

리건 아버지, 용건만 간단히 말하세요.

리어왕 누가 내 시종에게 차꼬를 채웠느냐? (안에서 나팔 소리.)

콘월 저 나팔 소리는?

리건 언니가 오십니다.

오스왈드 등장.

리건 공작부인이 오시는가?

리어왕 이 하인 놈은 변덕스런 주인마님의 치마폭에 숨어서 오만방자하게 굴며 콧대만 높구나. 눈에 거슬린다. 내 눈앞에서 썩 꺼져라, 이놈!

콘월 전하, 왜 이러십니까?

리어왕 누가 내 시종에게 차꼬를 채웠느냐? 리건, 너는 아니겠지? 누구냐, 지금 여기 오는 사람은?

고네릴 등장.

리어왕　오, 신이시여, 굽어 살피소서. 이 늙은이를 어여삐 여기신다면 천사를 내려 보내시어 편을 들어주십시오! (고네릴에게) 너는 아비의 수염을 보고도 부끄럽지 않단 말이냐? 오, 리건, 저 계집의 손을 잡으려 하다니!

고네릴　왜 손을 잡으면 안 됩니까? 제가 뭐 잘못된 일이라도 했나요? 아직도 철이 안 드셨어. 망령 난 늙은이가 저지르는 무례를 어찌 다 받아들일 수 있겠어요?

리어왕　아직도 잘못을 모르는구나! 참으로 단단한 가슴을 가졌어! 어째서 내 사람에게 차꼬를 채웠느냐?

콘월　그건 제가 했습니다. 저자의 난동을 생각하면 더 지독한 벌을 받았어야 했습니다.

리어왕　누가? 자네가 했다고?

리건　아버지, 아버지는 나이가 많아 쇠약해지셨어요. 진정하세요. 언니한테 가셔서 한 달 사시는 동안 시종을 반으로 줄인 다음 제게 오세요. 저는 현재 집을 떠나 있는 몸이라 대접해 드릴 수가 없어요.

리어왕　언니 집으로 돌아가라고? 시종을 오십 명으로 줄이라고? 고네릴에게 돌아가는 것보다는 차라리 이리와 올빼미의 벗이 되고, 가난하게 사는 것이 낫겠다! 언니 집으로 돌아가라고? 차라리 프랑스 왕에게 가서 무릎을 꿇고 비천한 기사처럼 사는 게 낫겠다. 절대 저 계집의 집에는 안 간다! (오스왈드를 가리키면서) 차라리 저 흉악한 놈의 말이 되라고 해라.

고네릴 좋을 대로 하세요.

리어왕 애야, 나를 미치게 만들지 마라. 너를 더는 괴롭히지 않겠다. 잘 있거라. 두 번 다시 만나지 말자. 두 번 다시 서로 얼굴을 대하지 말자. 너는 여전히 내 살이요, 내 핏줄이요, 내 딸이다. 혹은 내 살 속에 박힌 병균인지도 모른다. 그것도 내 것이라 부를 수밖에 없을 것이다. 너는 내 피가 썩어 엉겨서 생긴 종기요, 부스럼이요, 부어오른 염증이다. 하지만 나는 너를 원망하지 않겠다. 할 수 있을 때 마음을 고쳐라. 틈이 있으면 착한 사람이 되도록 애써라. 나는 이만 나가련다. 리건 집에 머무르겠다. 나와 백 명의 기사 모두가…….

리건 그럴 수 없습니다. 아버지께서 오실 줄 전혀 예상도 못했고, 받들어 모실만한 충분한 준비도 되어 있지 않습니다. 그러니 언니 말을 들으세요.

리어왕 그 말이 진심이냐?

리건 그렇습니다. 시종이 오십 명이면 되지 않아요? 더 무슨 소용이 있겠어요. 아니, 그것도 많아요. 그렇게 수가 많으면 비용도 많이 들고, 위험도 크지요. 한 집에서 두 주인을 섬기는 그 많은 사람들이 어떻게 사이좋게 지낼 수 있겠어요? 어려운 일이죠. 그건 안 될 일입니다.

고네릴 저희 집 시종들이 아버지를 돌봐드려도 되잖아요.

리건 그렇게 하세요. 만약에 저희 집 하인이 아버지를 소홀히 모시면 저희가 호되게 다스릴게요. 부탁입니다만, 저희 집에 오시려면 시종을 스물다섯 명만 데리고 오세요. 더 오게 되면 방도 없고 돌봐 줄 수도 없어요.

리어왕 너희에게 모든 것을 다 주었는데…….

리건 제때에 주셨지요.

리어왕 너희를 후견인으로 하여 내 재산을 관리하게 했다. 대신, 나는 시종 백 명을 둔다는 단서를 붙였다. 그런데 너희 집에 가는데 스물다섯 명이라니, 어림도 없는 소리다. 리건, 진심으로 말한 거냐?

리건 거듭 말씀드립니다만, 더는 곤란합니다.

리어왕 악당 옆에 더 흉악한 놈이 있으면, 그 악당은 제법 괜찮게 보일 수도 있어. (고네릴에게) 너와 함께 가겠다. 너는 오십 명이라고 말했으니, 스물다섯 명의 두 배가 아니냐. 네 효심은 네 동생의 두 배인 셈이다.

고네릴 잠깐 기다리세요! 아버지 시종이 스물다섯 명이건 열 명이건 한 명이건 무슨 소용이에요. 저희 집에 가면 갑절이나 많은 시종들이 뒤를 돌봐 드리고 있는데요.

리건 한 사람도 필요 없어요?

리어왕 찢어지게 가난한 거지들도 형편없는 물건이나마 넉넉하게 갖고 있는 것이 있어. 사람이 본래 필요로 하는 것 이상을 가질 수 없다면 짐승과 다를 것이 뭐가 있겠는가. 그렇다면 네가 입고 있는, 따뜻하지도 않은 그 사치스런 옷이 왜 필요하겠느냐. 신이시여, 인내를 주소서! 지금 내게 정말 필요한 것이 있다면, 그것은 바로 인내다. 여기 서 있는 불쌍한 늙은이를 보십시오. 이 딸들의 마음을 충동질하여 아버지를 배반하도록 만든 것이 당신의 뜻이라면, 정말 너무합니다. 이 일을 가만히 보고 참지 마소서. 짐승 같은 계집들아, 너희에게 무서운 복수를 하겠다! 너희는 내가 울 줄 알았겠지? 울긴 왜 울어…… 아냐, 절대 울지 않겠다! (멀리서 폭풍우 소리가 들린다.) 심장이 천 갈래 만 갈래로 찢겨지기 전에는 울지 않으련다.

아, 광대야! 나는 미칠 것만 같구나. (리어왕, 글로스터, 켄트 그리고 광대 퇴장.)

콘월　안으로 들어갑시다. 폭풍우가 일 것 같소.

리건　이 집은 좁아서, 저 늙은이와 시종들이 함께 머물 수가 없어요.

고네릴　늙은이 망령 탓이야. 스스로 편한 자리를 박찼으니까. 어리석은 짓이 어떤 것인지 맛 좀 봐야 해.

리건　아버지 한 분이라면 기꺼이 환영하겠지만, 단 한 명이라도 시종이 따르면 안 되겠어요.

고네릴　나도 마찬가지야. 글로스터 백작은 어디 있지?

콘월　늙은이를 쫓아갔어요. 아, 저기 돌아오는군.

글로스터 다시 등장.

글로스터　국왕께서는 화가 머리끝까지 치미셨습니다.

콘월　어디로 가신다던가요?

글로스터　말을 대령하라고 호통을 치시는데, 어디로 가실지는 모르겠습니다.

콘월　하고 싶은 대로 하라고 내버려 둡시다. 자기 고집대로 할 테니까.

고네릴　백작, 제발 말리지 마세요.

글로스터　아아! 밤이군요. 모진 바람이 일고 있습니다. 이곳 가까이에는 머물 수 있는 수풀도 하나 없습니다.

리건　하지만 백작! 옹고집쟁이에게는 스스로 선택한 고통이 훌륭한 스승이 될 수 있어. 문단속 잘해라. 늙은이의 시종들이 죽기

살기로 사납게 으르렁대고 있으니……. 늙은이를 선동해서 무슨 짓을 할지 몰라. 조심해야 돼. 나쁜 말엔 언제나 귀가 솔깃해지시는 분이거든.

　콘월　백작, 문을 단단히 잠그시오! 사나운 밤이오. 폭풍우를 피합시다. (모두 퇴장.)

제 3 막

제1장

황량한 들판.
폭풍우가 몰아치는 가운데 번개 천둥이 요란하다.
켄트와 코델리아의 기사가 양쪽에서 등장.

켄트 거, 누구요? 이토록 궂은 날에.

기사 비바람처럼 마음이 아주 어수선한 사람이오.

켄트 내가 알 만한 사람이군. 전하께서는 어디 계시오?

기사 사나운 비바람과 맞서 싸우고 계십니다. 땅덩이가 바다로 쓸려가도록 바람에게 명령하고 계십니다. 파도가 육지로 밀려와서 온 세상을 거꾸로 뒤엎던가, 아니면 없애 버리라고 소리를 치고 계십니다. 백발을 움켜잡고 쥐어뜯습니다만, 폭풍우는 미친 듯 사납게 울부짖으며 전하의 백발을 조롱할 뿐입니다. 인간이라고 하는 이 작은 몸뚱이 하나만 믿고 비바람을 깡그리 무시하고 계십니다. 전하께서는 모자도 쓰지 않고, 여기저기 뛰어다니며 소리치고 계십니다.

켄트 누가 옆에 있소?

기사 광대뿐입니다. 심장이 찢어지는 전하의 슬픔을, 그 바보는 익살로써 막아 보려고 애를 쓰고 있습니다만……

켄트 당신의 인품은 이미 나도 알고 있소. 당신을 믿고 한 가지 큰 사건을 부탁할까 하오. 알바니 공작과 콘월 공작은 겉으로는 잘 맞는 듯하지만, 속으로는 서로 사이가 좋지 않소. 이 두 공작에게는 겉으로는 충실한 신하인 척하면서 실제로는 프랑스의 첩자인 자들이 있소. 그런 놈들은 으레 운이 좋아 높은 지위를 차지하게 된 사람들에게 붙어 다니지. 여하튼 프랑스 군이 쳐들어와, 분열된 이 나라를 덮칠 것만은 확실하오. 그래서 부탁인데, 급히 코델리아 공주님한테 가서 전하께서 지금 딸들 때문에 미칠 지경이라는 사실을 전해 주시오.

기사 이 문제에 대해 좀 더 얘기하지요.

켄트 그럴 필요는 없소. 증거로 이 반지를 드리겠소. 코델리아 공주님한테 이 반지를 보여 드리면 내가 누구인지를 바로 아실 거요. 폭풍우가 사납군. 나는 전하를 찾으러 가야겠소.

기사 더 하실 말씀은 없는지요?

켄트 한마디만 덧붙이겠소. 아주 중요한 얘기요. 당신은 저쪽으로, 나는 이쪽으로 가다가 누구든지 먼저 전하를 발견한 사람이 큰 소리로 알려 주도록 합시다. (두 사람 따로따로 퇴장.)

제2장

들판의 다른 쪽.
폭풍우 속에서 리어왕과 광대 등장.

리어왕 바람아, 불어라! 사납게 불어라! 폭풍우야, 쏟아져라! 번개야, 백발을 태워라! 천둥아, 부숴라!

광대 아저씨, 방 안에서 아첨하는 것이 들판에서 비를 맞는 것보다 나아요. 아저씨, 들어가서 딸년들의 신세를 집시다. 칠흑같이 캄캄한 밤은 똑똑한 사람과 바보 같은 사람을 구별하지 못하거든요.

리어왕 실컷 으르렁대라! 불꽃을 토하라! 비야, 쏟아져라! 비도 바람도 천둥도 번개도 내 딸이 아니다. 나는 너희를 더는 욕하지 않겠다. 너희에게는 왕국을 넘겨주지도 않았고, 너희를 내 딸이라고 부르지도 않았으니, 너희는 내게 복종할 의무가 없다. 그러니 너희 멋대로 해도 나는 아무 할 말이 없다. 나는 너희의 노예가 되어, 여기 서 있다. 불쌍한 늙은 몸이 되어, 여기 이렇게 버림받아 서 있구나. 너희가 흉악한 두 딸의 편이 되어 이 늙은이의 백발을 날릴 작정이냐? 그렇다면 나를 쳐서 넘어뜨려라! 나는 너희를 비굴한 사신들이라고 부르겠다. 아, 정말로 원망스럽구나!

광대 머리를 처박을 수 있는 집 한 칸이라도 있는 사람은 머리가 좋은 거지. 집도 없이 불알 넣을 바지만 있다면, 불알에 이가 꾀지. 마음속에 맺힌 분노를 발가락에 매고 다닌다면, 발

가락이 아파서 뜬눈으로 밤을 지새우지. 아무리 기가 막힌 미
인이라도 거울 앞에서는 입을 삐죽거리지.

켄트 등장.

리어왕 (스스로 타이르듯이) 아니야. 나는 이겨 내야 해. 아무
말도 하지 말자.

켄트 게 누구냐?

광대 여기는 왕관과 바지가 있다. 똑똑한 사람과 바보가 있다
는 말이다.

켄트 아! 여기 계셨군요? 밤을 좋아하는 동물도 이 같은
밤은 싫어할 겁니다. 짐승들마저 궂은 날씨를 피해 동굴 속에
숨어 있습니다. 이토록 무서운 천둥과 번개와 비바람은 처음입
니다.

리어왕 이토록 무서운 혼란이 운명의 신이 나에게 내린 명
령이라면, 나는 그 운명을 거부하고 말겠다. 적은 어디 있느
냐? 나와 함께 들판에 남아 있는 기사여, 적들은 어디 있느냐?
악독한 놈들에게 두려움을 알게 하자. 가슴속 깊숙이 죄악을
숨겨 둔 놈들에게 정의의 채찍을 휘두르자. 살인자야, 거짓 증
언을 한 자야, 간음을 범하고도 덕행을 가장하는 자야, 어디
숨어 있느냐? 숨어 있는 죄악아, 죄의 뚜껑을 활짝 열고 심판
을 받아라!

켄트 아, 왕관도 쓰지 않고 맨머리로! 전하, 바로 이곳 가까이에
오두막이 있습니다. 착한 사람이라면 폭풍우를 피하도록 그곳을
빌려줄 겁니다. 그곳에서 잠시 쉬도록 하세요. 그동안에 저는 그

몰인정한 집에 다시 가서 억지로라도 예의를 지키도록 설득해 보겠습니다.

리어왕 내가 드디어 미치기 시작하나 보다. (광대에게) 여봐라! 애야, 어찌 된 일이냐? 추우냐? (켄트에게) 여보게, 짚자리는 어디 있는가? 네가 말한 그 오두막으로 가자. 불쌍한 광대 녀석아, 나는 네가 가여워 죽겠다.

광대 (노래를 부른다.) '어수룩하고 지혜가 없는 놈아, 바람 부는 날이나 비 오는 날이나 모두 팔자라고 생각해라. 허구한 날 비가 온대도.'

리어왕 맞다, 맞아! 애야, 오두막으로 가자. (리어왕과 켄트 퇴장.)

광대 갈보의 욕정도 식힐 수 있는 좋은 밤이다. 가기 전에 예언이나 하나 해 두자. 종놈이 행동보다 말이 앞설 때, 술장수가 누룩에 물을 섞을 때, 귀족이 재봉사의 스승이 될 때, 이교도 대신 갈보 서방 죽일 때, 재판하는 사건마다 옳다고 판정이 날 때, 빚을 지거나 가난한 기사가 없을 때, 악담이 퍼지지 않을 때, 소매치기가 사람들 속에 끼어 있지 않을 때, 고리대금업자가 들에서 돈 셀 때, 뚜쟁이와 갈보들이 교회를 세울 때, 그때가 되면 영국에 큰일이 터질 것이다. (퇴장)

제3장

글로스터의 성 안 어느 방.
글로스터와 횃불을 든 에드먼드 등장.

글로스터 아아! 에드먼드야, 나는 이토록 몰인정한 처사는 처음 보았구나. 가엾은 전하를 도와드리려고 했더니, 공작 내외께서는 내 집을 몰수했을 뿐만 아니라 어떤 방법으로든 전하를 도와주기만 하면 용서하지 않겠다고 경고하는구나.

에드먼드 지독하군요. 인정머리라곤 눈곱만큼도 없군!

글로스터 너는 그러한 말을 더는 입 밖에 내지 마라. 두 공작은 서로 사이가 좋지 않을 뿐만 아니라 더 불행한 일이 있다. 오늘 밤에 나는 편지를 받았다. 쉿 입 밖에 내면 모두가 위험해. 그 편지를 장롱 속에 넣고 자물쇠로 잠가 두었다. 이제 전하가 겪으시는 고난에 대해서는 철저히 복수가 이뤄질 것이다. 프랑스 군들이 이미 이 땅에 주둔해 있거든. 우리는 전하의 편이 되어야 한다. 전하를 찾아서 은밀히 구조할 테니, 너는 공작의 말상대나 하고 있거라. 만약에 누구라도 내가 어디 있느냐고 묻거든, 몸이 아파서 자리에 누웠다고 말해라. 설사 내가 목숨을 잃게 된다 하더라도 전하만은 구해 드려야 한다. 에드먼드, 무슨 일이 일어날지도 모르니 항상 조심해라. (글로스터 퇴장.)

에드먼드 아버지가 하시는 일은 곧 공작이 알게 될 겁니다. 그 편지도 알게 되고요. 내게는 큰 상이 내려지겠지. 아버지가 잃게 되는 재산을 내가 얻게 될 테니까……. 늙은이는 쓰러지고, 젊은이는 일어난다. (에드먼드 퇴장.)

제4장

황량한 들판 오두막 앞.
리어왕, 켄트, 광대 등장.

켄트 여깁니다! 안으로 들어오십시오. 캄캄한 밤에 들판에서 폭풍우를 만난다는 것은 참으로 견디기 힘든 일입니다. (폭풍우 소리, 여전히 들린다.)

리어왕 혼자 있고 싶다.

켄트 제발 안으로 들어가십시오.

리어왕 내 가슴을 갈가리 찢어 놓을 셈이냐?

켄트 차라리 제 가슴을 찢고 싶습니다. 제발 안으로 들어가십시오.

리어왕 폭풍우에 흠뻑 젖는 것이 뭐 그리 대단한 일이더냐. 네게는 그럴 수 있겠지. 하지만 큰 병을 앓으면 작은 병쯤은 느껴지지도 않거든. 곰을 피할 길이 없을 때에는 곰과 맞서 싸울 수밖에 없지. 마음이 괴로우면 몸이 아픈 것을 느낄 수 없는 법이야. 못된 것들! 캄캄한 밤에 나를 들판으로 쫓아내다니! 철저하게 벌을 주고야 말 테다. 이젠 눈물을 흘리지 않겠다. 억수같이 퍼부어라! 나는 참을 것이다. 이 같은 밤에도……. 고네릴, 리건! 이 늙은 아비는 아낌없이 모든 것을 주었건만……. 아아, 미칠 것 같구나! 이제 이따위 생각만은 그만두자.

켄트 제발 들어가십시오!

리어왕 너나 들어가서 편하게 쉬어라. 폭풍우가 없었으면 내 가슴이 더 갈기갈기 찢어졌을 거다. 더는 다른 생각을 할 수 없게 해 주니, 차라리 고맙구나. (광대에게) 애야, 안으로 먼저 들어가라. 나는 기도를 올리고 난 뒤 들어가겠다. (광대, 안으로 들어간다.) 가난하고 헐벗은 딱한 사람들아, 너희는 머리 하나 둘 곳 없이 굶주린 배를 움켜쥐며 누더기를 걸친 채 밤낮 없이 폭풍우를 견뎌 냈구나! 내가 너무 무심했어. 배부른 자들아, 이 일을 약으로 삼거라! 남은 것이 있거든 가난한 사람들에게 나눠 주어라. 그리하여 신이 공평하다는 것을 보여 주어라.

에드거 (안에서) 물이 한 길 반이야, 한 길 반! 불쌍한 톰이다!

광대가 오두막에서 뛰쳐나온다.

광대 들어가지 마세요, 아저씨. 도깨비예요. 사람 살려, 사람 살려!

켄트 내 뒤에 숨어라. 거기 누구냐?

광대 도깨비야, 도깨비. 이름이 불쌍한 톰이래.

켄트 짚자리에 숨어 중얼대고 있는 놈은 누구냐? 냉큼 밖으로 나오너라!

미친 사람으로 가장한 에드거 등장.

에드거 썩 꺼져라! 악마가 쫓아온다! 가시 돋친 덤불 사이로

차가운 바람이 분다. 흥, 악마 놈! 차가운 잠자리에 가서 몸이나 녹여라.

리어왕   당신도 딸들에게 모든 것을 주었는가? 그래서 이 모양 이 꼴이 되었는가?

에드거   불쌍한 톰에게 누가 뭘 줘요? 그 더러운 악마는 톰을 이리저리 마구 끌고 다녀요. 그놈이 칼을 베개 밑에 숨기고, 의자에는 목매어 죽이는 밧줄을 걸어 놓았어. 죽 그릇 옆에는 쥐약을 늘어놓았지. 그리고는 내 그림자를 보고 반역자라고 소리쳤어. 아, 톰은 추워요, 악마에게 사로잡혀 있는 불쌍한 톰을 도와주세요. 이번만은 그놈을 붙잡을 수 있었는데……. (폭풍우 계속.)

리어왕   뭐야! 저 사람도 제 딸 때문에 저렇게 되었다고? 당신도 몽땅 줘 버렸소?

광대   담요 한 장은 남겼죠. 그것조차 없으면 혼났게요.

리어왕   머리 위를 떠도는 모든 재앙아, 저 사람의 딸들 머리 위에나 떨어져라!

켄트   저 사람에게는 딸이 없습니다.

리어왕   (켄트에게) 뒈져라, 썩을 놈아! 흉악한 딸들이 없으면 사람이 어떻게 저런 꼴이 될 수 있겠느냐. (에드거를 보면서) 아비들이 자식에게 버림받는 게 요즘 유행인가? 하기야 이런 벌을 받아도 마땅하지. 아비의 피를 빨아먹는 펠리컨 같은 딸들을 낳은 몸뚱이 니깐.

에드거   (매를 부르듯) 훠이, 훠이, 훠이!

광대   이토록 추운 밤에는 너나없이 모두 바보가 되지 않으면 미쳐 버리는 거다.

에드거   악마를 조심하세요. 부모 말을 잘 들으세요. 약속을 어기지 마세요. 맹세를 함부로 하지 마세요. 남의 부인과 잠자리를 갖지 마세요. 좋은 옷에 한눈팔지 마세요. 톰은 추워요.

리어왕　당신은 무엇을 하며 살아왔소?

에드거　건달이었죠. 교만으로 가득 찬 여주인을 모시는 일이오. 머리를 지지고 볶고 모자에 장갑을 붙이고 다니는 마님의 욕망을 듬뿍 채워 주었답니다. 여주인과 엉큼한 짓도 했죠. 입에서 나오는 대로 맹세를 하고, 바로 그 맹세를 깨뜨리기도 했어요. 술과 노름을 즐겼고요. 여자에 관해서는 터키 왕 뺨칠 정도였지요. 마음은 거짓되고, 귀는 얇고, 손은 잔인하죠. 돼지처럼 게으르고, 여우처럼 약고, 이리처럼 욕심이 많죠. 한마디로 미치광이죠. 갈보 집에는 발을 들여놓지 말고, 허리춤 사이로 손을 넣지 말고, 빚쟁이 장부에 이름을 올리지 마세요. 그러고는 흉악한 악마에게 도전하세요. 덤불 사이로 찬바람이 불고 있어요. 돌고래 같은 놈아! 그 사람을 보내 줘. (폭풍우 계속.)

리어왕　알몸으로 추운 날 비바람에 씻기는 것보다는 차라리 무덤 속에 있는 것이 낫겠다. 사람이란 이보다는 더 나아야 하지 않겠느냐? 저 사람을 보아라. 너는 누에한테서 비단도, 짐승한테서 가죽도, 양한테서 털도, 고양이한테서 사향도 얻지 못하고 있어. 허허! 여기 있는 세 사람은 모두 옷을 입고 있는데, 너는 태어날 때 모습 그대로구나. 옷을 차려입지 않으면 사람은 모두 두 발 달린 짐승과 다를 바 없다. 벗어 버리자! 이따위 빌려 입은 옷들은 벗어 버리자. 여봐라, 이 단추를 풀어다오. (리어왕, 옷을 벗으려고 옷을 찢는다.)

광대　제발 아저씨, 진정하세요! 오늘 밤은 헤엄칠 만한 날씨가 못 됩니다. 이 황량한 들판에 불이 있어 봤자 늙은이의 정열뿐이지.

불똥만 있을 뿐 온몸이 싸늘하거든요. 보세요, 불덩이 하나가 걸어 오네요.

  글로스터가 횃불을 들고 등장.

  에드거 저놈은 악마 플리버티지벳이로구나. 저놈은 인경 칠 때 나타나서 첫닭 홰칠 때까지 쏘다니죠. 우리를 사팔뜨기로 만들거나 언청이가 되게 하죠. 밀에 곰팡이를 슬게 하고, 땅속의 벌레를 못 살게 구는 놈이야. 성인이 들판을 세 바퀴 돌다가 아홉 마리 부하를 거느린 귀신을 만났다오. 앞으로는 못된 짓 하지 마라 했죠. 그러니 악마야, 썩 물러가라!
  리어왕 저놈은 누구냐?
  켄트 (글로스터에게) 거기 누가 있소? 누굴 찾고 있소?
  글로스터 거기 누구냐? 이름을 대라!
  에드거 불쌍한 톰이죠. 헤엄치는 개구리, 두꺼비, 올챙이, 도마뱀, 도롱뇽 따위를 먹고 살죠. 악마가 지랄하면 화가 나서 채소 대신 쇠똥을 먹고, 죽은 쥐나 개천에 버린 개를 마구 삼켜 버린답니다. 연못의 푸른 이끼를 통째로 삼키고, 매를 맞으며 이 마을 저 마을로 끌려 다니다가 차꼬를 차기도 합니다. 감옥에 갇히기도 하는 놈이죠.
  글로스터 전하, 저런 놈들하고 같이 계셨습니까?
  에드거 지옥의 신은 신사입니다. 그 이름이 모도이죠. 마후라고도 한답니다.
  글로스터 전하, 혈육인 제 아들놈도 악독해져서 자기를 낳아 준 부모까지 증오한답니다.

에드거 불쌍한 톰은 추워요.

글로스터 자, 제가 안내하죠. 전하의 신하된 몸으로서 따님들의 그 냉혹한 명령을 받아들일 수 없습니다. 폭풍이 휘몰아치는 이 밤을 전하께 고스란히 겪으시도록 하라는 따님의 명령이 있었지만, 저는 그 말을 따를 수 없습니다. 전하를 따뜻한 곳으로 모시려 합니다.

리어왕 잠깐! 저 학자와 얘기를 나누고 싶다. 천둥의 원인이 무엇이오?

켄트 전하, 저분의 말대로 하십시오. 집 안으로 들어가시지요.

리어왕 나는 아까 말한 저 학자와 얘기하고 싶다. 당신이 연구하고 있는 것은 무엇이오?

에드거 악마를 얼씬도 못하게 하는 일이죠. 빈대를 죽이는 일도 있습니다.

리어왕 한마디만 더 묻고 싶소.

켄트 (글로스터에게) 한번만 더 권해 보십시오. 전하의 정신이 좀 이상해지는 것 같습니다.

글로스터 미칠 수밖에 없지. 딸들은 아버지를 죽이려고 하오. 아, 훌륭한 켄트! 가엾게 추방당한 켄트! 그는 이미 이 같은 사태를 예견하고 경고하셨소. 당신은 전하께서 실성하신 것 같다고 했는데, 실은 나도 미칠 지경이라오. 내게 아들이 있었소. 지금은 내 핏줄에서 떨어져 나간 그놈이 내 목숨을 노렸다니까요. 얼마 전의 일이라오. 나는 아들을 무척 사랑했소. 어느 아버지도 나만큼 아들을 위하지는 않았을 거요. 나는 이 슬픔 때문에 미칠 것만 같소. 정말 끔찍한 밤이로군. 전하, 제발……

리어왕 아, 용서하시오. (에드거에게) 이봐요, 함께 갑시다.

에드거 톰은 추워요.

글로스터 모두 오두막으로 들어갑시다. 일단 몸을 녹여야지.

리어왕 자, 함께 들어가자.

켄트 이쪽입니다.

리어왕 나는 저 사람하고 함께 있고 싶다.

켄트 (글로스터에게) 백작, 전하 말씀대로 저 사람도 같이 데려
갑시다.

글로스터 그럼 당신이 데려가시오.

켄트 (에드거에게) 이봐, 따라오너라. (모두에게) 함께 갑시다!

에드거 캄캄한 성에 다다르니 영국 사람의 피 냄새가 난다.
(모두 퇴장.)

제5장

　　글로스터의 성 안 어느 방.
　　콘월과 에드먼드 등장.

콘월 내가 이 집을 떠나기 전에 반드시 원수를 갚겠다.

에드먼드 부자간의 천륜을 어기면서까지 공작님께 충성을 바쳤
다는 소문이 퍼지면 어쩌죠? 그 생각을 하니 두려워집니다.

콘월 이제야 알겠어. 네 형이 백작을 죽이려고 했던 것은 네
형의 마음이 악독해서가 아니라, 네 아버지에게 비난받을 충분한

약점이 있었기 때문이지. 아들이 살의를 일으킬 만하지.

　에드먼드　옳은 일을 하고 있으면서도 후회를 하고 있다니, 기가 막힌 일입니다. (편지를 꺼내면서) 이것이 아버지께서 말씀하시던 밀서올시다. 이것을 보니 아버지는 프랑스 군을 위해서 일한 첩자였습니다. 아, 신이시여! 이런 반역이 없었더라면, 제가 염탐꾼이 되지 않아도 되었을 텐데 말입니다.

　콘월　어쨌든 너는 글로스터 백작이 되었다. 네 아버지를 찾아라. 곧 체포할 수 있도록!

　에드먼드　(방백) 아버지가 국왕을 돕고 있는 현장이 발각되면 혐의는 더 확고해질 것이다. (콘월에게) 비록 충성과 효성 사이에서 몹시 괴롭지만, 저는 끝까지 충성하겠습니다.

　콘월　그래, 너만 믿으마. 나도 네 아버지보다 더 큰 사랑을 네게 쏟겠다. (두 사람 퇴장.)

제6장

　글로스터의 성 가까이에 있는 농가의 방.
　글로스터, 켄트 등장.

　글로스터　들판보다는 이곳이 한결 나으니 다행이오. 전하를 편하게 모시기 위해서라면 내 몸을 아끼지 않겠소. 곧 돌아오리다.

켄트 전하의 모든 분별력은 분노와 함께 바람처럼 사라졌소. 백작의 친절에 대해서는 감사하오. (글로스터 퇴장.)

리어왕, 에드거, 광대 등장.

에드거 악마가 나를 부르고 있다. 황제 네로는 지옥의 호수에서 낚시질을 하는 모양이다. (광대에게) 너는 착한 사람이지? 악마가 붙지 않도록 조심해라.

광대 아저씨! 미친 사람은 도시 사람인가요, 시골 사람인가요?

리어왕 왕이지, 왕!

광대 도시 신사가 된 아들을 가진 사람은 시골 농부야. 자기보다 앞서 아들을 신사로 만든 사람은 미친 시골 농부지.

리어왕 수천의 악마들이 벌겋게 단 쇠꼬챙이를 가지고 딸들한테 덤벼들었으면……

에드거 악마가 내 등을 깨물고 있어요.

광대 이라나 말이 순하다고 믿고, 소년의 사랑이나 갈보의 맹세를 믿는 사람은 정말 미친놈이지.

리어왕 곧 딸들을 법정에 세울 테다. (에드거에게) 박식한 재판장님, 여기 앉으십시오. (광대에게) 현명하신 당신은 이리로 앉으십시오. 암여우들아! 너희는 여기 앉아라!

에드거 저기 악마가 버티고 서서 노려보고 있어요. 부인, 저것들이 재판을 구경하고 있는데 괜찮습니까?

광대 (노래를 부른다.) '배에 물이 새네. 못 가는 이 신세. 그녀는 말하지 못하네.'

에드거 흉악한 악마가 꾀꼬리 소리를 내며 불쌍한 톰에게 붙어 다닌다. 악마는 톰의 배 속에서 성한 연어 두 마리를 달라고 소리친다. 악마야, 찡찡대지 마라. 네게 줄 먹을거리는 없다.

켄트 전하, 좀 어떠십니까? 그렇게 놀라 서 계시지 말고 잠시 자리에 누우세요.

리어왕 우선 딸들의 재판을 봐야겠다. 증인을 불러라. (에드거에게) 법관복을 입으신 재판장님, 앉아 주십시오. (광대에게) 너는 그 옆자리에 앉아라. (켄트에게) 너는 재판위원의 한 사람이니 거기 앉아라!

에드거 공평하게 재판을 하자. 즐거운 양치기야, 자느냐 깼느냐? 네 양떼는 밭에 있다. 입을 오므리고 피리를 불어라. 양떼에게 해로울 것 없다. 야옹! 고양이는 회색이야.

리어왕 우선 저 계집을 먼저 신문해라. 고네릴 말이다. 여러분이 모인 곳에서 맹세합니다. 저 계집은 가엾은 아버지를 발길로 걷어찼습니다.

광대 이리 나오너라. 네 이름은 고네릴?

리어왕 아니라고 말하지 못할 거야.

광대 이거 실례했습니다. 나는 당신이 의자인 줄 알았어요.

리어왕 여기 또 한 사람 있습니다. 그 계집의 찌그러진 낯짝을 보면, 심보가 얼마나 삐뚤어졌는지 알 수 있습니다. 그 계집을 꼭 잡아 두시오! 칼을 빼라! 그리고 불을 켜라! 법정이 부패했다! 부정한 재판장이여, 어쩌다 저 계집을 놓쳤소?

에드거 미치지 마소서! 제발 실성하지 마소서!

켄트 아, 슬픈 일이구나! 그토록 자랑하시던 인내심은 지금 어디에다 버렸단 말인가?

에드거 (방백) 눈물이 앞을 가려 더는 속일 수가 없구나.

리어왕 개들까지 일제히 나를 향해 짖고 있구나.

에드거 톰이 개들을 쫓겠소. 개들아, 저리로 가라! 콧잔등이 검든 희든 네가 물면 이에서 독이 나온다. 집개든 사냥개든 암캐든 수캐든 나 때문에 짖고 야단이군. 이렇게 벙거지를 집어던지면 모두 달아날 거다. 춥다, 추워. 시장으로 가자! 불쌍한 톰아, 네 술잔이 텅텅 비어 있구나.

리어왕 자, 리건을 해부해 주시오. 그 계집의 심장에 무엇이 자라고 있나 봅시다. 이토록 냉혹한 계집을 만들 때에는 창조주에게 무슨 까닭이 있었을 것이다. (에드거에게) 당신을 내 백 명의 시종 가운데 끼워 주마. 근데 네 옷차림이 마음에 들지 않는구나. 그 옷이 페르시아 복장이라고 우겨대겠지만, 바꿔 입는 게 좋겠다.

켄트 전하, 잠깐만 누워서 쉬십시오.

리어왕 부산 떨지 마라! 시끄럽다. 커튼을 쳐라. 그래, 저녁은 아침에 들겠다.

광대 나는 낮잠이나 자야지.

글로스터 다시 등장.

글로스터 여보시오, 전하께선 어디 계시오?

켄트 여기 계시오. 그러나 조용히 하시오! 주무시니까…….

글로스터 전하를 팔에 안아 일으키시오. 암살의 음모가 있다는 소문을 들었소. 들것을 준비해 놓았소. 전하를 태워서 도버까지 급히 달리시오. 그곳에 닿으면 보호를 받을 수 있소. 어서 전하를 안고 오시오. 삼십 분만 늦어도 전하의 목숨이 위태로울 수 있소.

켄트 지쳐서 곤히 주무시고 계십니다. 이렇게 주무시고 나면 좀 나아질 텐데, 부득이 일으키셔야 된다면 어쩔 수 없지요. (광대에게) 전하를 안아 일으키자! 우물쭈물할 때가 아니다.

글로스터 자, 어서 갑시다. (켄트, 글로스터, 광대, 리어왕을 부축하고 모두 퇴장. 에드거만 남는다.)

에드거 국왕께서도 이처럼 고생을 참고 계시는데, 내가 신세 탓만 할 수는 없지. 즐겁고 편한 일들을 내버리고 혼자서만 고통을 받는다면 마음의 괴로움이 무척 크겠지만, 함께 슬퍼하는 벗이 있다면 괴로움은 훨씬 가벼워진다. 나를 괴롭히는 고통을 전하도 겪고 있는 걸 보니, 고통을 견디는 것이 한결 수월해졌다. 내가 아버지 때문에 고통을 받듯이, 전하께서는 따님 때문에 고통을 받고 있구나! 톰아, 꺼져라! 네 명예를 더럽힌 오명을 씻고, 원래의 신분으로 돌아갈 날이 언젠가 반드시 올 것이다. 오늘 밤에 무슨 일이 일어나더라도, 제발 전하께서는 무사해야 할 텐데……. (에드거 퇴장.)

제7장

글로스터 저택의 어느 방.
콘월, 리건, 고네릴, 에드먼드 그리고 시종들 등장.

콘월 (고네릴에게) 급히 가셔서 알바니 공작님에게 이 편지를 보여 주십시오. 프랑스 군이 쳐들어왔소. (시종들에게) 반역자 글로스터를 찾아라! (시종들 일부 퇴장.)

리건 체포하는 즉시 사형에 처하라!

고네릴 그의 두 눈을 뽑아라!

콘월 처벌은 내게 맡기시오! 에드먼드, 처형을 부탁하네. 반역자인 자네 아버지 처벌하는 걸 눈뜨고 볼 수 없을 테니. 알바니 공작 댁에 도착하면 바로 싸울 준비를 하라고 전해라. 우리도 곧 전쟁 준비를 할 테니……. 다시 연락합시다. 잘 가시오, 처형 그리고 글로스터 백작.

오스왈드 등장.

콘월 왕은 어떻게 되었나?

오스왈드 글로스터 백작이 왕을 모시고 나갔습니다. 왕의 기사 서른 대여섯 명과 함께 백작이 왕을 모시고 도버로 떠났다고 합니다. 그곳에서 군대가 그들을 기다리고 있다고 하더군요.

콘월 처형이 타고 갈 말을 준비하라!

고네릴 그럼 잘 있어요.

콘월 에드먼드, 잘 다녀와라. (고네릴, 에드먼드, 오스왈드 퇴장.) 반역자 글로스터를 찾아서 대령시켜라. 도적놈처럼 묶어서 끌고 오너라! (다른 시종들 퇴장.) 그놈에게는 재판도 필요 없다. 바로 사형에 처하리라. 누구도 막을 수는 없지. 누구냐? 반역자를 끌고 왔느냐?

시종들 몇 명이 글로스터를 끌고 등장.

리건 배은망덕한 놈! 바로 이놈이로군.

콘월 말라비틀어진 양팔을 꽁꽁 묶어라!

글로스터 무슨 일입니까? 우리 집에 오신 손님들이 주인인 제게 이 같은 행패를 부리다니요?

콘월 묶어라! (시종들이 그를 묶는다.)

리건 단단히, 단단히 묶어라! 이 더러운 반역자!

글로스터 냉혹한 부인이여, 나는 반역자가 아니오!

콘월 의자에다 묶어라! 이 악당 놈아, 어디 두고 보자. (리건, 글로스터의 턱수염을 잡아 뽑는다.)

글로스터 아, 신이시여, 굽어 살피소서! 수염을 잡아 뽑다니! 이런 잔인한 일이 있을 수 있습니까!

리건 그렇게 흰 수염을 달고도 반역 행위를 하다니!

글로스터 너무하십니다. 당신이 뽑은 턱수염이 살아나서 당신을 저주할 거요.

콘월 이봐, 요즘 프랑스에서 어떤 편지를 받았느냐?

리건 솔직하게 대답해라! 우리는 모든 걸 알고 있다.

콘월 이 땅에 쳐들어온 반역자들과 어떤 음모를 꾸몄느냐?

리건 미친 왕을 누구한테 넘겼느냐? 대답해라!

글로스터 추측해서 쓴 편지를 받기는 받았는데, 하지만 이 편지는 상대편에서 온 것이 아니라 중립에 선 제삼자로부터 온 것입니다.

콘월 간사하군!

리건 거짓말을 하다니!

콘월 그럼 왕은 어디로 보냈느냐?

글로스터 도버로.

리건 어째서 도버로 보냈지? 그런 짓을 하면 목숨을 내놓아야 한다고 했을 텐데…….

콘월 무엇 때문에 도버로 보냈는지, 그걸 먼저 말해라!

글로스터 어째서냐고? 네가 그 잔인한 손톱으로 불쌍한 늙은 왕의 눈알을 후벼 파는 걸 차마 볼 수 없었기 때문이다. 악독한 네 언니의 산돼지 같은 어금니가 신성한 육체를 물어뜯는 것을 볼 수 없었기 때문이다. 지옥같이 캄캄한 밤에, 전하께선 머리에 아무것도 쓰지 않고 폭풍우 속에서 고생하셨어. 전하께서는 가엾게도 비가 더 쏟아지기를 바라셨지. 두고 봐! 복수의 신이 너희에게 천벌을 내릴 테니까.

콘월 실컷 두고 보거라! (시종들에게) 의자를 꼭 붙잡고 있어라! (글로스터에게) 네놈의 눈알을 뽑아 발로 짓이겨 주겠다.

글로스터 오래 살고 싶은 사람이 있다면 도와주시오! 아, 정말 잔인한 일이로다! 아, 신이시여!

리건 한쪽 눈이 빠진 것을 보고 놀랄 테니, 나머지 눈나서 뽑아 버리세요!

콘월 천벌이 내리는 걸 보겠다고!

시종 1 공작님, 참으세요! 저는 어릴 때부터 공작님을 모시고 있습니다만, 지금 공작님을 말리지 못한다면 시종으로서 할 일을 못하는 거지요.

리건 무엇이 어쩌고 어째? 개처럼 하찮은 놈이 끼어들다니!

시종 1 당신 턱에도 수염이 났다면, 나는 그 수염을 잡고 흔들어서 싸움을 걸겠습니다. (콘월에게) 대체 왜 그러십니까?

콘월 이놈이! (두 사람 칼을 빼들고 싸운다.)

시종 1 자, 그러면 해봅시다. 저도 화가 날 대로 났으니 붙어 보자고요.

리건 (다른 시종에게) 칼을 이리 다오. 종놈이 이렇게 대들다니! (리건, 칼을 들고 시종 1을 등 뒤에서 찌른다.)

시종 1 아, 찔렸다! (글로스터에게) 백작님! 눈 하나가 남았으니, 저자에게 입힌 상처를 보십시오. 윽! (죽는다.)

콘월 더는 볼 수 없게 마저 뽑아 버리자. 더러운 놈! 이젠 빛을 볼 수 없을 것이다.

글로스터 아, 캄캄하고 불안하다. 내 아들 에드먼드는 어디 있느냐? 에드먼드, 남은 효성에 불을 붙여 이토록 끔찍한 일에 복수를 해 다오.

리건 닥쳐라, 반역자! 네 아들을 찾아 무슨 소용이 있겠는가! 너를 밀고한 사람이 바로 네 아들 에드먼드였어! 그는 착한 사람이라, 너를 불쌍하게 여기지 않을 거다.

글로스터 내가 어리석은 짓을 했구나! 에드거가 모략을 당했어. 신이시여, 용서해 주소서. 에드거에게 행운을 내리소서!

리건 저놈을 문밖으로 내쳐라! 도버까지 냄새를 맡으며 길을 더듬어 가게 하라. (시종 한 사람이 글로스터와 함께 나간다.) 왜 그러세요, 여보? 몹시 창백하군요.

콘월 다쳤소. 피가 많이 나는군. 하필 이런 때 상처를 입었으니……! 부축 좀 해 주오. (리건에게 의지하여 콘월 퇴장.)

시종 2 저런 것들이 잘 산다면, 무슨 악행이든지 저지르게 될 거야.

시종 3 저런 여자가 오래 산다면, 여자는 모두 괴물이 되고 말 거야.

시종 2 그 미친 거지한테라도 백작님을 모시도록 부탁하자. 어차피 떠돌아다니는 놈이니, 어디든지 모셔다 드리겠지.

시종 3 그게 좋겠군. 나는 달걀 흰자위와 삼베를 얻어 올게. 피투성이가 된 저 얼굴에 발라 드려야지. 신이시여, 저분을 도와주소서! (따로따로 퇴장.)

제 4 막

제1장

거친 들판.
거지로 변장한 에드거 등장.

에드거 아첨을 받는 것보다 이렇게 바보 취급을 받는 것이 오히려 나아. 혹독한 역경에 빠져 있더라도 희망을 갖고 있는 한 겁낼 필요 없다. 불행의 밑바닥에 가라앉으면 다시 올라갈 수도 있는 게 아닌가. 바람아, 불어라! 나는 불행의 구렁텅이로 굴러떨어졌지만 이젠 하나도 두렵지 않다. 누가 오고 있군.

글로스터가 늙은이의 손에 이끌려 등장.

에드거 아버지로구나. 누더기를 입고 남에게 부축을 받으며 오시다니? 아, 세상아! 뜻하지 않은 혼란 때문에 우리가 너를 미워하게 되는구나.
노인 오, 백작님! 저는 지난 팔십 년 동안 백작님의 하인으로 있었습니다.

글로스터 날 내버려 두고 가게. 제발 가게나. 자네까지 화를 당할지도 몰라.

노인 그렇지만 앞도 못 보시면서……

글로스터 가야 할 곳도 없으니 눈도 필요 없네. 눈이 보일 때도 나는 헛디딘 적이 많았어. 의지할 게 있으면 사람은 마음을 놓아 버리기 십상이야. 아무것도 없으면 오히려 자신을 더 잘 볼 수 있다는 걸 이제야 깨달았어. 아, 사랑하는 내 아들 에드거야. 속아 넘어간 내 노여움 때문에 네가 희생되었구나! 내가 살아 있는 동안 너를 만져 볼 수 있다면, 다시 눈을 얻은 거나 다름없겠다!

노인 누구요! 거기 누구요?

에드거 (방백) 아, 나는 지금 최악의 상태에 놓여 있다!

노인 미친 거지 톰이구나. 이놈아, 어딜 가느냐?

글로스터 거지냐?

노인 미친 거지입니다.

글로스터 제정신이 조금은 있는 보양이야. 그렇지 않으면 구걸할 수도 없겠지. 어젯밤 폭풍이 불고 있을 때, 나도 그 거지를 만난 듯하다. 그놈을 보았더니, 인간과 벌레가 다른 것이 없다는 느낌이 들더구나. 그때 내 마음속에 아들 모습이 떠올랐어. 하지만 그때만 하더라도 아들을 오해하고 있었지. 그 뒤에 여러 가지 말을 들었어. 아이들이 파리를 죽이듯이, 신은 우리 인간을 죽이지.

에드거 (방백) 왜 저렇게 되셨을까? 슬픔을 억누르며 바보 시늉을 하는 것은 괴로운 일이야. 자기뿐만 아니라, 남까지도 화나게 하는 일이야. (글로스터에게 큰 소리로) 안녕하십니까, 아저씨!

글로스터 그 벌거숭이 거지냐?

노인 그렇습니다.

글로스터 옛정을 생각해서 이제 그만 돌아가 주게. 그리고 저 벌거벗은 녀석에게 걸칠 옷이나 좀 갖다주게. 저 녀석에게 길을 안내해 달라고 부탁할 참이니…….

노인 맙소사! 저 녀석은 미쳤습니다.

글로스터 미친 사람이 눈 먼 사람의 길잡이가 되는 것도 이 시대의 저주다. 내 말대로 해라. 어서 돌아가게.

노인 얼른 가서 제가 갖고 있는 옷 가운데 가장 좋은 걸 갖고 오겠습니다. (퇴장)

글로스터 미친 거지여!

에드거 불쌍한 톰은 추워요. (방백) 더는 속일 수가 없구나.

글로스터 이리 가까이 오너라.

에드거 (방백) 그러나 어쩔 수 없다. 아, 저 눈 좀 보라. 피가 흐르는구나.

글로스터 너는 도버로 가는 길을 아느냐?

에드거 층계나 대문이나, 말 가는 길이나 걸어가는 길이나 모두 알고 있지요. 불쌍한 톰은 악마 때문에 혼이 나서 정신이 나갔지만, 아저씨는 귀하신 몸이니 악마한테 사로잡히지 않도록 조심하세요. 이 불쌍한 톰한테는 한꺼번에 다섯 마리 악마가 붙어 다닙니다.

글로스터 여기 있다. 이 돈주머니를 받아라. 하늘이 내린 수난의 길을 묵묵히 걸으며 잘도 참고 있구나. 내가 처참한 꼴이 되니, 네가 부럽구나. 신이시여, 늘 이렇게 지켜 주소서! 호의호식하는 자들, 신의 뜻을 거역하는 자들, 인간의 쓰라림을 모른 척 외면하는 자들에게 신의 위대함을 바로 느끼도록 해 주소서. 이렇게 하면 불평등한 세상은 사라질 겁니다. 도버를 알고 있다고?

에드거 네, 알고 있습니다.

글로스터 거기 가면 벼랑이 있다. 깎아지른 듯한 높은 꼭대기는 둘러싼 바다를 무섭게 내려다보고 있다. 그 벼랑까지만 나를 데려다 주게. 그러면 내 몸에 지닌 값진 물건을 너에게 주겠다. 그렇게만 해 주면 된다.

에드거 제 손을 잡으세요. 가련한 톰이 모시고 갈게요. (두 사람 퇴장.)

제2장

　　알바니 공작 저택 앞.
　　고네릴과 에드먼드 등장.

고네릴 백작, 이곳까지 잘 왔구려. 근데 참 이상한 일이군. 마음씨 좋은 우리 집 양반이 마중을 나오시지 않다니…….

　　오스왈드 등장.

고네릴 공작님은 어디 계시냐?
오스왈드 안에 계십니다만, 아주 딴사람이 되었습니다. 적군이 쳐들어왔다고 해도 그저 싱글벙글 웃기만 하시고, 부인이 돌아오셨다고 해도 모른 척하십니다. 늙은 글로스터의 배반과 그 아들의 충성심에 대해서 말씀드렸더니, 저를 바보자식이라며 꾸짖으셨습니다.

고네릴 (에드먼드에게) 이제 그만 돌아가시오. 그분은 담이 작아서 늘 벌벌 떨고 있소. 모욕을 당해도 복수할 줄 모른다오. 오면서 얘기한 우리의 소망은 실현될 수 있을 듯하군. 에드먼드, 돌아가서 군대를 소집하여 지휘하시오! 나는 남편에게 길쌈을 하도록 하는 대신 칼과 창을 쥐겠소. 만약에 당신이 출세하고 싶다면, 내 말을 들으시오! (입을 맞춘다.) 이 입맞춤이 당신에게 용기를 줄 거요.

에드먼드 당신을 위해서라면 목숨도 바치리다.

고네릴 아아, 사랑하는 에드먼드! (에드먼트 퇴장.) 아, 같은 남자라도 이렇게 다를 수가! 당신이야말로 여자의 사랑을 받을 만한 자격이 있는 남자인데, 우리 집 바보가 내 몸을 차지하고 있으니!

오스왈드 저기, 공작님이 오십니다. (오스왈드 퇴장.)

알바니 공작 등장.

고네릴 여태까진 휘파람을 불면서 마중 나오시더니…….

알바니 오, 고네릴! 당신은 먼지만도 못한 사람이오. 자기를 낳아 준 부모를 미치게 하다니, 당신은 마르고 시들어서 불쏘시개로밖에 쓸 수 없는 죽은 나무가 될 것이오.

고네릴 그따위 어리석은 얘기는 집어치우세요!

알바니 더러운 것들은 더러운 맛밖에는 모르지. 당신은 늙은 아버지를 미친 사람으로 만들었소. 짐승만도 못한 짓이오. 그렇게도 잔인하고 포악한 짓을 한 자들을 하늘이 가만 놔둘 것 같소?

고네릴 겁쟁이, 바보! 명예와 치욕을 분간 못하는 사람이 바로 당신이죠. 프랑스 왕이 깃발을 날리며 쳐들어오는데, 당신은 얼간이처럼 넋 놓고 있을 건가요?

알바니 반성 좀 하시오! 악마가 계집으로 둔갑하니 더 무섭군.

고네릴 참, 대단하시구려!

사절 등장.

알바니 무슨 일이냐?

사절 콘월 공작이 돌아가셨습니다. 글로스터 백작의 눈알을 빼다가 시종의 칼에 찔렸습니다.

알바니 뭐? 글로스터의 눈알을!

사절 공작이 어릴 때부터 데리고 있던 시종이 말리다가 급기야는 칼을 뽑아 공작에게 대들었습니다. 공작은 화가 치밀어 그에게 달려들었는데, 그때 치명상을 입었지요. 시종은 공작부인이 뒤에서 찔러 죽였고요……

알바니 하늘이 무심하지 않다는 증거다. 죄인들을 굽어보시고, 재빨리 벌을 내렸도다! 아, 가련한 글로스터 백작! 한쪽 눈을 잃었다니……!

사절 양쪽 눈을 모두 잃었습니다. (고네릴에게) 이 편지는 콘월 공작부인이 보내신 것으로, 바로 답장을 주셨으면 했습니다. (한통의 편지를 고네릴에게 건넨다.)

고네릴 (방백) 한편으로 생각하면 잘된 일인지도 몰라. 하지만 동생이 과부가 되면 에드먼드를 빼앗게 될지도 모르지. 어쨌든 생각하기에 따라 그리 달갑지 않은 소식은 아니군. (사절에게 큰

소리로) 읽은 뒤에 답장을 하겠소. (퇴장)

알바니 글로스터가 두 눈알을 빼앗겼을 때 그의 아들은 어디 있었는가?

사절 마님을 모시고 이곳으로 왔습니다.

알바니 보지 못했는데……?

사절 그는 지금 돌아가고 있는 중입니다.

알바니 아들은 이 끔찍한 일을 알고 있는가?

사절 알고 있는 정도가 아닙니다. 밀고한 사람이 바로 그 아들인 걸요. 그래서 일부러 집을 비웠답니다. 아버지에게 마음껏 벌을 주라고요.

알바니 글로스터여, 내가 그대의 눈에 대한 복수를 꼭 하마. (사절에게) 이리로 와서 자네가 알고 있는 모든 것을 말해 주게. (두 사람 퇴장.)

제3장

도버 근처의 프랑스 군 진영.
켄트와 기사 등장.

켄트 프랑스 국왕께서 왜 갑자기 귀국하셨는지 알고 있소?

기사 처리하지 못한 일이 있었는데, 출전 뒤 갑자기 생각나서 귀국하셨습니다. 프랑스의 안전을 위한 일이지요.

켄트 그 편지를 보시고 왕비께서는 슬퍼하시던가?

기사 네, 왕비께서 편지를 제 앞에서 읽으셨습니다. 눈물을 하염없이 흘리셨습니다. 왕비께서는 슬픔을 억누르려고 애쓰셨지만, 도리어 슬픔이 반역자처럼 왕비님을 억누르는 것 같았습니다.

켄트 저런, 마음에 상처를 입었겠군!

기사 그리 걱정하실 필요는 없습니다. 인내와 슬픔이 서로 누가 더 빛을 낼까 경쟁하는 듯했습니다. 여우비를 본 적이 있으시죠? 왕비께서 미소 지으며 눈물을 흘리시는 모습은 그보다 더 아름다웠습니다. 다이아몬드에서 진주가 떨어지듯 눈물이 눈에서 떨어져 내리더군요. 슬픔도 정말로 사랑스럽고 귀한 것으로 보이기에 충분했습니다.

켄트 무슨 말씀은 없으셨나?

기사 아버지를 소리쳐 불렀지요. 애타게 터져 나오는 소리였습니다. 그러면서 '언니들, 언니들! 부끄러운 일이에요! 켄트! 아버지! 언니들! 폭풍우 속에서, 한밤중에! 이 세상엔 자비심도 없는가!' 하시면서 울부짖었습니다.

켄트 사람의 성품을 결정짓는 것은 별들이다. 그렇지 않다면 같은 배 속에서 그토록 다른 아이가 나올 수 있겠는가! 그 뒤에는 왕비를 뵌 적이 없소?

기사 없습니다.

켄트 이 일은 프랑스 왕이 귀국하시기 전에 있었는가?

기사 아닙니다. 그 뒤올시다.

켄트 가엾은 리어왕께서는 이 마을에 계신다오. 때때로 기분이 좋으실 때에는 우리가 왜 이곳에 와 있는지를 알고 있는 듯하오.

하지만 절대로 왕비이신 따님을 만나려고 하지는 않을 거요.

기사 왜요?

켄트 전하께서는 몹시 부끄러워하며 가슴을 죄고 계시오. 막내 딸을 내쫓고 짐승 같은 딸들에게 재산을 다 줘 버린 자신의 실수가 부끄러워 따님 앞에 나서지 못하는 거요.

기사 아, 가엾은 분이시군!

켄트 알바니와 콘월의 군사에 대해서는 들은 바가 없소?

기사 그들의 군대가 출전했다는 소식입니다.

켄트 자, 당신이 전하 곁에 있어 주시오. 부탁이오! 나는 깊은 사연이 있어서 잠시 신분을 감추고 있어야 하오. 나중에라도 나를 알게 된 것을 후회하지 않을 거요. 자, 함께 갑시다. (두 사람 퇴장.)

제4장

프랑스 군의 진영 천막 속.
북을 치며 군기를 앞세우고 코델리아 등장.
시의와 병사들이 뒤따른다.

코델리아 아버지를 찾아라! 방금 만나고 온 사람 얘기로는, 아버지는 거친 바다처럼 노래를 부르며, 머리에는 제멋대로 자란 잡초로 만든 관을 쓰고 계시다고 합니다. 병사들을 내보내서 잡초가 무성한 들판을 샅샅이 찾아 내 앞으로 모셔 오너라. (한 장교 퇴장.) 이 세상 온갖 의술을 다 써서라도 아버지의 정신을 되찾을 수만 있다면 내 모든 것을 바치겠다.

시의 방법이 없는 것은 아닙니다. 사람의 목숨을 지탱해 주는 길은 오로지 안정뿐입니다. 전하께서는 그것이 부족합니다. 다행히 편안히 잠을 자게 하는 효과 만점의 약초가 수두룩하게 있습니다. 마음이 아픈 사람의 눈을 스르르 감겨 주는 약이죠.

코델리아 참으로 고마운 일이다. 이 땅 위의 모든 약초야, 내 눈물에 촉촉이 젖어 자라나거라! 그리하여 훌륭하신 아버지의 병을 고쳐 주려무나! 찾아보라. 아버지를 어서 찾아보라. 아버지께서 광기로 인해 목숨마저 잃지 않도록!

사절 등장.

사절 영국 군대가 진격해 오고 있답니다.

코델리아 이미 알고 있다. 그리고 모든 준비가 갖추어져 있다. 오, 가엾은 아버지! 이 전쟁은 오로지 아버지를 위해섭니다. 위대한 프랑스 왕은 제 슬픔과 눈물을 외면하지 않았습니다. 그들을 응징하기 위해 선전포고를 했습니다. 어서 빨리 아버지를 만나고 싶구나. (모두 퇴장.)

제5장

글로스터의 성 안 어느 방.
리건과 오스왈드 등장.

리건 알바니 공작님의 군대는 출전했소?

오스왈드 네, 출전했습니다.

리건 공작님께서 직접 출전하였소?

오스왈드 권유에 못 이겨 출전했습니다. 공작부인이 더 용감하십니다.

리건 에드먼드와 알바니 공작님이 서로 만나지 않았소?

오스왈드 그런 일은 없었습니다.

리건 언니가 에드먼드에게 보낸 편지 내용은 무엇이었소?

오스왈드 도무지 알 수 없습니다.

리건 실은 에드먼드가 중대한 일로 급히 출타했소. 글로스터의 눈알을 뽑고 난 뒤, 그 늙은이를 죽이지 않았던 것은 큰 실수였어. 그가 가는 곳마다 민심을 어지럽혀, 사람들이 우리에게 반기를 들고 있소. 아마도 에드먼드는 글로스터의 눈먼 인생을 끝장내려고 떠난 것 같소.

오스왈드 그렇다면 이 편지를 손에 들고 그의 뒤를 쫓아야겠습니다.

리건 우리 군대도 내일 출전할 예정인데, 이곳에서 하룻밤을 묵도록 하오. 돌아가는 길이 위험하니까.

오스왈드 그럴 수 없습니다. 이 일에 대해서는 공작부인의 엄명이 있어서요.

리건 언니가 무슨 일로 에드먼드에게 편지를 보냈을까? 무슨 일이 있는 것이 분명해. 당신에게 사례를 듬뿍 할 테니 편지 내용 좀 봅시다.

오스왈드 마님, 그것은…….

리건 언니는 남편을 사랑하지 않소. 정말이오. 지난번에 언니가 여기 왔을 때 에드먼드에게 추파를 던지면서 의미 있는 표정을 짓는 걸 보았소. 그리고 당신이 언니의 심복이란 것을 나는 이미 알고 있소.

오스왈드 마님, 제가요?

리건 알고 있기 때문에 말하는 거요. 언니가 당신을 얼마나 신임하는지를 알고 있으니까. 그러니 내 말을 잘 귀담아 들으세요. 내 남편은 세상을 떠났고, 에드먼드와 나는 서로 뜻을 나눈 사이라오. 그러니 언니보다는 나와 결혼하는 것이 당연하지 않겠소. 더 이상 얘기하지 않아도 짐작이 가겠지? 에드먼드를 만나게 되면 이 말을 전해 주세요. 언니에게도 사정 얘기를 한 다음 현명한 판단을 내리라고 전해 주고요. 잘 가시오. 눈먼 반역자 늙은이를 찾아 목이라도 치는 날에는 출세하게 될 것이오.

오스왈드 그 늙은이를 만나고 싶습니다. 그러면 제가 어느 편인가를 밝혀 드릴 수 있을 테니까요.

리건 잘 가시오. (두 사람 퇴장.)

제6장

도버 가까이에 있는 들판.
글로스터와 농부 차림을 한 에드거 등장.

글로스터　그 언덕 꼭대기는 멀었느냐?

에드거　지금 오르고 있는 중입니다. 무척 힘드시죠?

글로스터　내 생각엔 길이 판판한데.

에드거　얼마나 가파른 길인데요. 자, 파도 소리가 들리시죠?

글로스터　안 들려, 전혀……

에드거　눈이 아프기 때문에 다른 감각도 둔해졌나 봅니다.

글로스터　그런 모양이다. 네 목소리가 변한 듯하다. 말하는 품이 훨씬 나아졌어.

에드거　아니에요. 변한 것은 걸친 옷뿐입니다. 자, 여깁니다. 가만히 서 계세요. 밑을 내려다보니 무서워서 눈이 핑핑 돌 정도로 어지러워요. 저 아래 하늘을 날고 있는 까마귀는 꼭 딱정벌레처럼 보입니다. 바닷가를 걷고 있는 어부는 꼭 생쥐처럼 보이고요. 저기 닻을 내리고 있는 커다란 배는 작은 배처럼 보이고, 더 작은 배는 너무 작아서 눈에 띌까 말까 할 정도로 보이는군요.

글로스터　네가 서 있는 곳에 나를 데려다다오.

에드거　손을 이리 주세요. 한 발만 더 옮기면 바로 벼랑 끝입니다. 달빛 아래 있는 모든 것을 준다 해도, 저는 더는 앞으로 뛸 수 없습니다.

글로스터　내 손을 놔라. 자, 너한테 돈주머니를 주겠다. 그

속에는 가난뱅이로선 감당하기 힘들 만큼의 보석이 있다. 요정들과 신들의 도움으로 네가 복을 받기를 원한다. 자, 내게서 떠나라! 어서 네가 떠나는 발소리를 들려다오.

에드거　그럼 안녕히 계세요.

글로스터　그래, 잘 가거라.

에드거　(방백) 아버지의 절망을 이토록 우롱하는 것도 오로지 아버지를 구해 드리려는 마음에서야.

글로스터　(무릎을 꿇고) 거룩하신 신이시여! 저는 이 세상을 버리겠나이다. 이제 고통을 털어 버리려고 합니다. 제가 고통을 더 견딜 수 있다 해도 언젠가는 타고 남은 재처럼 될 것입니다. 만일에 에드거가 살아 있다면 그에게 축복을 내려 주소서! (에드거에게) 잘 가거라. (그는 앞으로 쓰러졌다가 고꾸라진다.)

에드거　멀리 사라져 갑니다. 안녕히……. 스스로 목숨을 끊고 싶다는 생각을 하면 정말 귀중한 목숨을 잃을 경우도 있지. 아버지께서 왔다고 생각하시는 곳에 정말 와 계셨더라면 지금쯤 큰일 났을 거야. 그래도 의식을 잃으셨을 수도 있어. (목소리를 바꾸어) 여보세요, 늙은이! 들리십니까? 말을 해 보세요! (방백) 이대로 돌아가실지도 모르겠네. 앗, 깨어나신다! 당신, 무엇 하는 사람입니까?

글로스터　저리 가라! 죽게 내버려 둬.

에드거　당신은 거미줄이요, 새털이요, 공기요? 그러지 않는다면 그 수십 길 낭떠러지에서 굴러떨어졌으니 계란처럼 박살났어야 하는 것 아닙니까? 그런데 아직도 숨을 쉬고 있다니! 당신이 이렇게 살아 있다는 것은 기적입니다. 자, 어서 말을 해 보세요!

글로스터　내가 떨어진 게 맞더냐?

에드거　떨어졌죠. 저 무시무시한 낭떠러지에서 굴렀어요. 위를 한번 쳐다보세요.

글로스터 아, 슬프게도 나는 눈이 없어. 불행한 사람은 스스로 고통스런 목숨을 끊을 수조차 없구나.

에드거 팔을 이리 주세요. 자, 일어납시다! 어떠세요, 다리는 괜찮아요? 설 수 있지요?

글로스터 너무너무 잘 서지는군.

에드거 정말 기적이네요. 낭떠러지에서 함께 있다가 헤어진 사람은 누구죠?

글로스터 신세가 딱한 불행한 거지였소.

에드거 여기 아래 서서 쳐다보니까, 그놈은 코가 수천 개나 되고 괴상한 뿔이 여러 개 달려 있는 것 같았어요. 마치 악마 같았지요. 당신은 운이 매우 좋은 늙은이요. 매사에 공평하신 신이 구하신 거요.

글로스터 이제야 정신이 드는 것 같군. 이제부터는 고통이 아우성치다 제풀에 꺾여 사라질 때까지 참고 견디겠소. 그 악마를 나는 사람인 줄로 알았구려. 여하튼 그놈이 나를 저곳에 데려다 주었다오.

에드거 이제 걱정할 것 없습니다. 마음을 차분하게 가라앉히세요. 이곳으로 누가 오는구나.

들꽃으로 괴상하게 관을 만들어 쓴 리어왕 등장.

에드거 제정신이라면 저런 모습을 할 리가 없어.

리어왕 그래, 내가 가짜 돈을 만들었다고 해서 그놈들이 나를 해칠 수는 없어. 내가 바로 왕이니까.

에드거 아, 가슴이 저려오는구나!

리어왕 그 점에 있어서는 아무래도 인공보다는 자연이 낫지. 자, 이건 당신 품삯이오. 저 사람은 마치 새 쫓는 사람처럼 활을 쏘는군. 엉망이야, 엉망! 저런, 저런! 저 생쥐 좀 보게. 쉿, 조용히! 불에 구운 치즈 조각 하나면 잡을 수 있을 거야. 갈색 창을 갖고 오너라. 아! 잘 날아갔다. 새야! 과녁에, 과녁에 맞았다. 후훗! 암호를 대라!

에드거 박하꽃.

리어왕 통과!

글로스터 저 목소리는 귀에 익은 소린데…….

리어왕 (글로스터를 보고) 핫, 고네릴이다! 흰 수염이 났네! 저것들은 개처럼 나한테 알랑거리면서, 검은 털도 나기 전에 흰 수염 난 늙은이처럼 지혜롭다고 했지. 내가 하는 말에는 무턱대고 맞장구를 치면서 말이야. 하지만 비를 맞고 몸이 흠뻑 젖었을 때, 찬바람 때문에 이가 덜덜 떨렸을 때, 천둥이 요란하게 울렸을 때, 나는 그들의 정체를 알았어. 그들의 냄새를 맡게 된 거지. 여봐라, 그들은 거짓말쟁이다. 그들은 나를 척척박사라고 했지만 새빨간 거짓말이었다.

글로스터 저 말투를 잘 알고 있지. 전하가 아니십니까?

리어왕 그렇다. 틀림없는 왕이다. 내가 노려보면 신하들은 벌벌 떨었지. 나는 네놈의 목숨만은 살려 주겠다. 네 죄목은 뭐냐? 간통죄냐? 죽이지는 않겠다. 간통죄 때문에 사형을 할 수는 없지. 굴뚝 새도 그렇고, 작은 금파리도 내 눈앞에서 뻔뻔스럽게 음란한 짓을 한단 말이야. 하고 싶으면 실컷 해라! 저기 억지로 웃고 있는 부인을 보게! 두 가랑이 사이에 있는 그의 얼굴은 눈처럼 깨끗하다는 표정을 짓고 있지만, 사실 그 아랫도리는 악마의 소유물이야. 그곳은 지옥이야. 암흑이며, 유황이 지글지글 타고 있는 구렁텅이야. 악취가 코를 찌르면서 썩고 있지. 더러워! 더러워, 더러워! 퉤퉤! 약사, 사향 1온스만 갖고 오너라. 속이 몹시 안 좋구나.

글로스터　제발 그 손에 입 맞출 수 있는 영광을 주소서!

리어왕　우선 손을 씻어야겠어. 송장 썩는 냄새가 나거든.

글로스터　이 거대한 세상도 닳아서 없어질 것이다. (리어왕에게) 저를 알아보시겠습니까?

리어왕　자네 눈동자를 잘 기억하고 있네. 곁눈질로 나를 쳐다보고 있구나. 눈먼 큐피드, 어떤 사악한 짓을 해도 좋다. 나는 결코 상사병에 걸리지는 않을 것이다. 이 결투장을 읽어 봐. 글씨체를 잘 눈여겨보도록.

글로스터　글자 하나하나가 태양이라 할지라도 저는 볼 수 없습니다.

에드거　(방백) 이런 얘기를 전해 들었다면, 도저히 믿지 않았을 것이다. 그러나 사실 그대로이기 때문에 가슴이 미어지는구나.

리어왕　읽어라!

글로스터　뭐요? 눈꺼풀밖에 없는 이 눈으로요?

리어왕　어허! 정말 그렇다는 말이지? 머리에 눈이 없고, 주머니에 돈이 없다는 얘기로군. 빈털터리에 눈까지 없다고? 하지만 세상 돌아가는 꼴쯤은 볼 수 있을 테지.

글로스터　네, 느낌으로 압니다.

리어왕　뭐! 그럼 너는 미치광이냐? 눈이 없어도 세상 돌아가는 일쯤은 볼 수 있는 법이야. 귀로 세상을 보게. 저기 있는 재판장이 천한 도적놈을 야단치는 것을 보게. 누가 도둑이고, 누가 재판장인가? 농부의 개가 거지를 보고 짖어대는 걸 본 적이 있나?

글로스터 네, 본 적이 있습니다.

리어왕 그 거지가 개에게 쫓겨 도망치는 것도 보았겠지? 거기서 권력을 쥔 자의 위대한 모습을 볼 수 있는 거야. 개도 지위가 있으면 사람을 쫓을 수 있지. 이 악독한 병사 놈아, 왜 갈보에게 매질을 하느냐? 바로 네가 그 여자를 간음하려고 열을 올리고 있으면서! 고리대금업자가 사기꾼을 교수형에 처한다지. 누더기를 걸치고 있으면 티끌만한 죄악도 들여다보이지만, 예복이나 모피를 입고 있으면 다 감춰지지. 죄악을 황금으로 입히면 날카로운 정의의 창도 상처를 못 내고 부러져 버리지. 죄악을 누더기로 싸면 난쟁이의 지푸라기도 그것을 꿰뚫을 수 있어. 죄지은 사람은 아무도 없어. 나는 고소인의 입을 틀어막을 수 있으니까. 유리 눈이라도 해서 박지. 그리하여 천박한 모사꾼처럼 보이지 않는 것도 보이는 척해 봐. 자, 이 장화 좀 벗겨다오! 좀 더 세게, 그렇지.

에드거 (방백) 그래도 뜻이 있는 말이 섞여 있네! 광기 속에도 지혜가 있군!

리어왕 내 불행을 네가 슬퍼해 준다면 내 눈을 주겠다. 나는 너를 잘 알고 있다. 글로스터지? 너도 참아야 한다. 우리는 울면서 이 세상에 태어났다. 내가 얘기해 줄 테니 잘 들어라.

글로스터 아아, 슬픈 일이로다!

여러 명의 시종들과 함께 기사 등장.

기사 아, 여기 계시는구나. 전하를 꼭 붙들어라. 전하, 공주가…….

리어왕 도망갈 길이 없는가! 아니, 포로가 됐어? 내가 장난감이냐? 나를 함부로 다루지 마라. 보상금을 줄 테니, 외과 의사를 불러라. 머리를 찔린 기분이다.

기사 무엇이든 분부대로 하겠습니다.

리어왕 누구 없느냐? 나 혼자뿐이냐? 이렇게 되면 울보가 된다. 사람의 눈을 물뿌리개 대신으로 삼자는 거냐? 나는 새신랑처럼 떳떳하게 죽겠다. 뭐냐! 난 즐거워지고 싶다. 나는 국왕이다. 네놈들이 알고 있기나 하냐?

기사 잘 알고 있습니다. 국왕이십니다. 저희는 오로지 복종할 따름입니다.

리어왕 그렇다면 나는 살 수 있겠구나. 자, 잡을 테면 달려와서 잡아 봐라. (리어왕 뛰어나간다. 시종들 그 뒤를 쫓는다.)

기사 하찮은 종놈들도 저렇게 되면 몹시 가엾은 법인데, 하물며 전하께서 저렇게 되셨으니 그 애통함을 말로 다 할 수 없구나! 그래도 전하께는 막내따님이 있지. 언니들 탓에 천륜이 저주를 받았지만, 동생이 다시 되찾겠지.

에드거 여보세요, 안녕하십니까?

기사 안녕하시오, 무슨 일이오?

에드거 혹 전쟁이 일어난다는 소문을 들으셨는지요?

기사 누구나 알고 있는 뻔한 일이오. 말귀를 알아듣는 사람이라면 다 알고 있소.

에드거 실례지만, 저쪽 군대는 어디까지 와 있습니까?

기사 가까이 와 있소.

에드거 고맙습니다. 그것만 알면 됩니다. (기사 퇴장.)

글로스터 신이시여, 당신이 뜻하실 때 제 숨통을 눌러 주십시오. 두 번 다시 스스로 목숨을 끊겠다는 생각을 하지 못하도록 지켜 주소서!

에드거 아저씨, 기도 잘 하셨습니다.

글로스터 이봐, 도대체 너는 누구냐?

에드거 보잘것없는 놈입니다. 슬픔을 뼈저리게 겪어 온 탓에
남의 슬픔에도 쉽게 동정하지요. 제가 손을 이끌어 드리겠습니다.
쉴 만한 곳으로 모셔다 드리겠습니다.

글로스터 고맙소. 신께서 복을 내리실 거요.

오스왈드 등장.

오스왈드 현상 붙은 반역자다. 운이 터졌구나! 눈알 없는 네
머리통은 본래부터 내 출세를 위해서 만들어졌나 보구나. 불쌍한
늙은 반역자야, 각오해라. 칼을 뽑았으니 네 목숨은 내 손아귀에
있다.

글로스터 고마운 분이군. 힘껏 쳐 주시오. (에느거, 이들 사이에
끼어든다.)

오스왈드 겁도 없는 촌놈아, 무엇 때문에 반역자를 감싸느냐?
너도 이놈과 함께 죽고 싶으냐? 그 팔을 놔라!

에드거 별다른 까닭이 없는 한 못 놓겠다!

오스왈드 놔라, 노예 놈아! 놓지 않으면 죽이겠다!

에드거 여보시오, 가던 길이나 빨리 가시오! 불쌍한 사람은
놔두고. 내가 그런 위협에 죽을 놈이라면 보름 전에 뻗어 버렸지.
안 돼! 이 늙은이 곁에는 얼씬도 못할걸. 비켜라! 내 말을 들어라.
그렇지 않으면 네놈의 머리와 내 몸뚱이 중 무엇이 단단한지 시험해
볼 테다.

오스왈드   닥쳐라, 이 어리석은 놈아!

에드거   네 앞니를 모조리 뽑아 버릴 테다. 자, 덤벼라! 그 칼로 찌르려면 찔러 봐. (두 사람 싸운다. 에드거가 오스왈드를 때려눕힌다.)

오스왈드   네놈 손에 내가 죽는구나. 내 돈주머니를 가져라. 장차 편히 살려거든 내 송장을 묻어다오. 그리고 내 몸에 지니고 있는 편지를 에드먼드 글로스터 백작께 전해 다오. 영국에 가서 그를 찾아라. 아, 뜻밖의 죽음을 당하는구나! (오스왈드 죽는다.)

에드거   나는 네놈을 잘 알고 있다. 악한 일에 충성을 다한 놈이지.

글로스터   아니, 그놈이 죽었느냐?

에드거   아저씨, 거기 앉아 잠시 쉬세요. 이놈의 호주머니를 뒤져 봅시다. 지금 부탁한 편지가 우리에게 도움을 줄지도 몰라요. 이놈 숨도 끊어졌군. 어디 보자. 적의 마음을 알기 위해서 때로는 사람의 가슴을 찢기도 하지. 편지 겉봉쯤이야 문제가 되겠느냐? (편지를 읽는다.) '서로 굳게 맹세한 약속을 잊지 마세요. 그 사람을 해치울 기회는 얼마든지 있을 겁니다. 각오만 서 있으면 때와 장소는 충분히 마련될 것입니다. 그 사람이 개선장군으로 돌아오면 모든 것이 끝장나는 것입니다. 그렇게 되면 저는 죄인이 되고, 그 사람과의 잠자리는 감옥이 되고 맙니다. 진절머리 나는 잠자리에서 저를 구해 주세요. 그 보답으로 그 잠자리를 당신께 드리겠습니다. 당신을 남편이라 부르고 싶은 여인, 고네릴.' 아아, 여자의 색정은 끝이 없군! 덕망 있는 남편의 목숨을 빼앗고, 내 동생을 그 자리에 앉히려는 흉계로구나! (오스왈드의 송장을 보면서) 여기 모래 더미 속에 묻어 주마. 남의 목숨을 노린 색골들의 더러운 심부름꾼아! 때가 오면 이 추잡한 편지를 모살될 뻔한 공작에게 보여 줘야겠다. 내가 공작에게 얘기할 수 있게 되어 정말 다행이다.

글로스터 전하께서는 실성하셨다. 그런데 하찮은 내 목숨은 얼마나 모질기에 이렇게 버티면서 엄청난 슬픔을 뼈저리게 느끼고만 있을까! 차라리 미치는 게 낫겠다. 그렇게 되면 자신의 슬픔을 생각하지 않아도 되고, 갖가지 불행도 느낄 수 없을 테니까. (멀리서 북소리가 들린다.)

에드거 손을 붙잡아 드리죠. 멀리서 북소리가 들리는 듯합니다. 자, 아저씨. 벗에게 함께 계시도록 부탁해 보겠습니다. (모두 퇴장.)

제7장

프랑스 군 진영 천막 속.
코델리아, 켄트, 시의, 기사 등장.

코델리아 오, 켄트 백작님! 저는 얼마나 오래 살아야 켄트 님의 충성에 보답을 다할 수 있을까요? 신세를 갚으려면 한평생이 너무 짧고, 어떤 방법으로도 부족할 것만 같습니다.

켄트 그렇게 알아주시는 것만으로도 과분합니다. 진심 그대로입니다.

코델리아 좀 나은 옷으로 갈아입으세요. 그 옷은 지금까지의 고생을 되살리죠. 부디 그 옷을 벗어 버리세요.

켄트 용서하십시오. 제 정체가 지금 밝혀지면 계획이 틀어집니다. 때가 될 때까지 저를 모르는 척해 주십시오. 부탁드립니다.

코델리아 그렇다면 좋습니다. (시의에게) 아버지는 좀 어떻소?

시의 그대로 주무시고 계십니다.

코델리아 자비로운 신들이여, 험한 일을 당하여 얻은 마음의 상처를 고쳐 주소서. 불효자식 때문에 상하고 거칠어진 감각을 다시 살려 주소서. 오, 제정신을 찾도록 해 주소서!

시의 깨우는 것이 어떨까요? 오랫동안 주무셨습니다.

코델리아 당신의 판단에 맡기겠어요. 좋도록 하세요. 옷은 갈아입혀 드렸나요?

시종 네, 곤히 주무시는 동안에 새 옷으로 갈아입혀 드렸습니다.

시의 전하를 깨울 때 꼭 곁에 계십시오. 틀림없이 정신이 맑아지셨을 것입니다.

코델리아 그렇게 할게요.

조용한 음악.
시종들이 리어왕을 의자에 앉힌 채로 데리고 나온다.

시의 이리로 가까이 오십시오. 음악 소리를 높여라!

코델리아 아, 사랑하는 아버지! 제 입술에 아버지를 회복시키는 묘약이 있다면, 언니들이 입힌 상처를 입맞춤으로 고쳐 드리고 싶습니다. (입을 맞춘다.)

켄트 효성이 지극하신 왕비님!

코델리아 설사 그들의 아버지가 아니었더라도 이 백발은 그들에게 측은한 마음을 불러일으킬 수 있었을 텐데…… 이 얼굴이 사나운 비바람을 맞아야만 했습니까? 무서운 벼락을 품은 우레 소리를 들판에서 들으셔야만 했습니까? 더구나 하늘을 가르는 번개가 번뜩이고 있을 때도 머리에 아무것도 쓰지 않으시고요. 원수의 개가 나를 물어뜯었을지라도, 그런 밤에는 그 개를 난로 곁에서 불을 쬐도록 내버려 둬야지요. 그런데 가엾게도 아버지는 돼지나 부랑배와 함께 곰팡내 나는 짚자리에서 주무셨어요. 깨어나시는군요. 목숨과 정신을 한꺼번에 잃지 않으신 것이 놀라울 뿐입니다.

리어왕 무덤 속에서 나를 끌어내면 못 써. 너는 축복받은 사람이지. 나는 지옥의 바퀴에 묶여 있기 때문에, 내가 눈물을 흘리면 납처럼 녹아 흘러서 화상을 입지.

코델리아 저를 아시겠습니까?

리어왕 너는 망령이 아니냐? 언제 죽었나?

코델리아 아직도 정신이 안 드셨구나!

시의 잠이 덜 깨신 겁니다. 잠시 혼자 계시도록 내버려 두세요.

리어왕 지금 여기가 어디냐? 아름다운 햇살이군. 나는 어이없이 속고 있어. 딴사람이 나 같은 꼴을 겪고 있으면 너무나 가여워서 죽고 싶었을 거다. 이게 정말 내 손이냐? 어디 바늘로 찔러 보자. 아얏! 지금 내가 어떻게 되어 있는지 확실히 알고 싶구나.

코델리아 (무릎을 꿇으며) 아버지, 저를 보세요. 그 손으로 저를 축복해 주세요. 아버지, 무릎을 꿇으시면 안 돼요.

리어왕 제발 나를 놀리지 마오. 나는 어리석은 바보 늙은이라오. 나이가 벌써 여든이 넘었소. 솔직히 말해서 내가 미쳤는가 보오. 당신도 알고, 여기 있는 이 사람도 알 것만 같은데…… 확실치가 않구려. 이곳이 어딘지도 모르겠고, 이 옷도 기억할 수 없소. 어젯밤 내가 어디서 잠을 잤는지도 모르고 있을 정도라오. 비웃을지 모르지만, 이 부인은 내 딸 코델리아라고 생각되는군.

코델리아 그렇습니다! 확실히 그렇습니다.

리어왕 눈물을 흘리고 있느냐? 그렇군, 눈물이로군. 제발 울지 마라. 네가 독약을 마시라면 마시마. 네가 나를 원망하고 있다는 것도 알고 있어. 내 기억에 네 언니들은 나를 학대했으니 할 말이 없을 테지만, 너 코델리아는 나를 미워할 만한 충분한 까닭이 있지 않느냐?

코델리아 아무런 까닭도 없습니다.

리어왕 내가 프랑스에 와 있느냐?

켄트 전하의 왕국에 계십니다.

리어왕 나를 속일 셈이구나.

시의 안심하십시오. 보시다시피 무서운 광기는 이제 진정되었습니다. 그러나 지금까지 겪은 일들을 떠올리게 하는 것은 위험합니다. 안으로 모시고 들어가십시오. 좀 더 진정되실 때까지는 괴롭게 해 드리지 마십시오.

코델리아 안으로 드십시오.

리어왕 부디 나를 용서하거라. 모든 것을 잊어다오. 나는 어리석은 늙은이야. (켄트와 기사만 남고 모두 퇴장.)

기사 콘월 공작이 죽었다는 게 사실입니까?

켄트 그러한 모양이오.

기사 그럼 공작의 군대를 지휘하고 있는 사람은 누굽니까?

켄트 글로스터 백작의 사생아라오.

기사 추방당한 아들 에드거는 글로스터 백작과 함께 독일에 있다는 소문이 있습니다.

켄트 소문을 믿을 수 있어야지. 조심할 때가 되었소. 영국군이 재빠르게 밀려오고 있소.

    기사 이 싸움은 피로 물들 것 같습니다. 안녕히 계십시오. (퇴장)

    켄트 싸움에 따라서 내 계획이 달라지겠지. (켄트 퇴장.)

제 5 막

제1장

도버 근처의 영국군 진영.
북을 치며 군기를 앞세우고 에드먼드, 리건, 부대장, 장교들
그리고 병사들 등장.

에드먼드　(부대장에게) 공작에게 가서 알아보고 오너라. 계획에
변경이 없는지 확실히 알아보라. 공작께서 자격지심이 강해 변덕을
부리시는 일이 종종 있었지. (부대장 퇴장.)

리건　언니의 시종에게 뭔가 문제가 생긴 것 같아요.

에드먼드　그런 것 같아서 걱정이 되는군요.

리건　에드먼드, 내가 당신을 사랑하는 것을 알고 있나요? 말해
보세요. 진정으로 사실을 털어놓으세요. 언니를 사랑하고 있나요?

에드먼드　공경하는 마음이죠.

리건　형부만이 드나드는 잠자리에 간 적이 있나요?

에드먼드　절대 아닙니다. 어림도 없는 소립니다.

리건　하지만 마음에 걸려요. 언니와 함께 붙어 다니면서 껴안기
도 하고, 부부가 할 수 있는 짓을 다 하고 있는 것은 아닌가요?

에드먼드   그런 일은 절대로 없습니다.

리건   에드먼드, 언니와 너무 가깝게 지내지 말아요.

에드먼드   걱정 마십시오. 공작과 부인께서 오시는군요!

북을 치며 군기를 앞세우고 알바니 공작, 고네릴 그리고 병사들 등장.

고네릴   (방백) 에드먼드와 내가 멀어질 바에야, 차라리 전쟁에 지는 게 나아.

알바니   내가 가장 사랑하는 처제, 잘 만났소. (에드먼드에게) 듣자 하니 왕께서는 막내따님한테 갔다 하오. 게다가 불평 많은 일당도 따라갔다 하오. 나는 원래 공명정대하지 않은 경우에는 용감무쌍할 수 없는 사람이오. 그런데 이번 일은 프랑스 왕이 우리나라를 침략하려고 하는 것이지, 리어왕 일당을 도와주려고 하는 일이 아니오. 때문에 우리는 가만히 있을 수 없소.

에드먼드   옳은 말씀입니다.

리건   어쩌자고 그따위 말을 꺼내십니까?

고네릴   모두가 힘을 합쳐 적을 무찌릅시다! 사사로운 시비는 여기서 꺼낼 게 못 되잖아요.

알바니   그렇다면 노련한 장교들과 싸움 계획이나 짜도록 합시다.

에드먼드   바로 공작님한테로 가겠습니다.

리건   언니는 저하고 함께 가시죠.

고네릴   싫다!

리건   함께 가시는 것이 좋을 겁니다. 갑시다!

고네릴   (방백) 아아, 그 수수께끼를 이제야 알겠구나. (리건에게) 그럼 가겠어.

　　모두 퇴장하려고 할 때, 변장한 에드거 등장.

에드거　보잘것없는 사람과 한마디 나눌 수 있다면 제 말씀에 귀를 기울여 주십시오!
알바니　(모두에게) 곧 뒤따라가겠소. (알바니와 에드거만 남고 모두 퇴장.) 말해 보라.
에드거　전쟁을 시작하기 전에 이 편지를 뜯어보십시오. 승리를 거두면 나팔을 불게 해서 편지를 들고 온 저를 불러내 주십시오. 제 몰골이 엉망이긴 합니다만, 편지에 씌어져 있는 것이 거짓이 아니라는 것을 이 칼을 두고 맹세합니다. 전쟁에 지면 공작님의 운세도 끝이 나겠지요. 따라서 음모도 사라지고 말 것입니다. 행운을 빕니다!
알바니　그럼 읽어 볼 테니 기다려라!
에드거　그건 안 됩니다. 때가 오면 불러 주십시오. 다시 나타나겠습니다.
알바니　잘 가라! 편지는 잘 읽어 두겠다. (에드거 퇴장.)

　　에드먼드 다시 등장.

에드먼드　적군이 눈앞에 나타났습니다. 급히 서둘러야 합니다.
알바니　늦지 않도록 하지. (알바니 퇴장.)
에드먼드　나는 자매에게 사랑을 맹세했다. 자매가 서로 질투하는 모습은 독사한테 물린 적이 있는 사람이 독사를 싫어하는 것과 같구나. 둘 가운데 누구를 골라잡지? 둘 다? 하나만? 둘 다 살아 있으면 어느 쪽도 내 것이 될 수 없어. 과부를 택하면 언니인 고네릴이 미친 듯 화를 내겠지. 그렇다고 해서 남편이 버젓이 살아 있는 여자랑 결혼할 수도 없는 노릇이잖아. 전쟁이 끝나면 남편을 감쪽같이 처치하라고 해야지. 공작은 리어왕과 코델리아에게 자비를 베풀려고 하지만, 전쟁이 끝난 뒤 그들이 우리 쪽 포로가 되면 가만 두지 않을 테야. 지금 내게 가장 중요한 것은 나를 지키는 일이야. (에드먼드 퇴장.)

제2장

양쪽 군대 진영 사이에 있는 들판.
북과 군기 앞세우고 리어왕, 코델리아, 병사들이 무대를 가로실러 퇴장한다. 에드거와 글로스터 등장.

에드거 아저씨, 여기 나무 그늘 아래에서 쉬고 계세요. 그리고 정당한 쪽이 이기도록 기도해 주세요. 제가 다시 오게 되면 기쁜 소식을 가지고 올게요.
글로스터 신께서 지켜 주기를! (에드거 퇴장.)

안에서 경종 소리, 군인들 달아나는 소리. 에드거 다시 등장.

에드거 아저씨, 달아나세요. 어서 제 손을 잡으세요. 자, 도망갑시다! 리어왕이 싸움에 졌어요. 전하와 공주님이 잡혔어요.

글로스터 이젠 더 멀리 갈 수 없네. 여기서 죽으면 그만이야.

에드거 왜 그러시는 거예요? 또 안 좋은 생각을 하시나요? 세상에 태어나는 것이나 죽는 것은 사람 마음대로 할 수 없는 법이에요. 때가 무르익는 것을 기다려야 합니다. 자, 가시지요!

글로스터 맞는 말이다. (두 사람 퇴장.)

제3장

도버 근처의 영국군 진영.
북소리. 군기가 휘날리는 가운데 개선장군인 에드먼드 등장.
포로로 잡힌 리어왕과 코델리아가 장교들과 병사들과 함께 등장.

에드먼드 장교들은 포로들을 끌고 가라! 그들을 재판할 상관의 명령이 떨어질 때까지 잘 감시하라!

코델리아 최선을 다하고도 최악의 사태를 만난 것은 우리가 처음이 아닙니다. 고생하신 아버지를 생각하면 저는 힘이 풀립니다. 차라리 언니들을 만나 목숨을 구하세요.

리어왕 아니다, 아니야! 어서 우리는 감옥으로나 가자. 둘이서 새장 속의 새들처럼 노래를 부르며 살아가자. 네가 축복을 빌면, 나는 용서를 구하마. 기도하고 노래하고 옛날 얘기를 나누면서 금빛 나비를 보고 웃으며 세상 돌아가는 소식이나 듣자꾸나. 누가 세력을 얻고 누가 물러나는지 얘기하면서 지내자꾸나. 나는 그렇게 세월을 보내고 싶다. 비록 사면이 벽으로 둘러싸인 감옥에 있더라도 그렇게 세월을 보내고 싶다.

에드먼드 끌고 나가라!

리어왕 내 딸 코델리아야, 너같이 희생되는 제물에 대하여 신들이 향을 피워 줄 것이다. 내가 너를 붙잡고 있지? 우리를 떼어 놓으려는 놈은 하늘에서 횃불을 갖고 와야 해. 횃불로서 여우를 몰아내듯이 우리를 쫓을 수밖에 없을 거야. 눈물을 닦아라! 그들이 병에 걸려 썩어 문드러지기 전에는 울지 말아라. 그들이 굶어 죽는 꼴을 우리가 먼저 봐야지. 자, 가자. (리어왕과 코델리아 퇴장.)

에드먼드 부대장, 들거라! 이 편지를 갖고 감옥까지 따라가라. (쪽지를 준다.) 거기 적힌 대로 하면 너는 행운을 잡게 될 것이다. 나는 이미 너를 한 계급 승진시켜 두었다. 사람은 때를 잘 잡아야 한다는 걸 알아 둬라. 칼을 휘두르는 군인은 정이 많으면 안 된다. 잘 알겠느냐?

부대장 네, 분부대로 하겠습니다.

에드먼드 그럼 바로 실행해라. 내가 적어 놓은 대로 처리해라!

부대장 사람이 하는 일이라면 무엇이든 다 할 수 있습니다. (부대장 퇴장.)

나팔 소리. 알바니, 고네릴, 리건, 장교 한 사람, 그리고 병사들 등장.

알바니 백작은 오늘 확실히 용감한 집안의 자손답게 잘 싸워 주었소. 이번 싸움의 원인이 된 두 사람을 포로로 잡았으니 대단한 일이오. 이제 해야 할 일은 그들에게 적당한 대우를 하는 거요.

에드먼드 늙은 왕을 적당한 곳에 가두고, 감시병을 붙여 두는 것이 좋다고 생각했습니다. 나이도 많은데다 국왕이라는 신분 때문에 백성들의 마음을 흔들어서 혹시 우리에게 화살이 돌아올까 걱정되기 때문입니다. 프랑스 왕비도 함께 보내기로 했습니다. 내일이든 모레든 재판이 열릴 때까지 언제든 출두할 수 있게 해 놨습니다. 우리는 지금 피와 땀에 젖어 있습니다.

알바니 미안한 얘기지만, 나는 이번 전쟁에서 당신을 내 부하로 생각했을 뿐 형제로 여기지는 않았소.

리건 백작에게 형제의 자격을 줍시다! 형부가 그런 말을 하기 전에 제 생각을 물어보는 게 옳았다고 생각돼요. 백작은 저를 대신해서 군대를 이끌었어요. 그러니 형제나 다름없지요.

고네릴 너무 흥분하지 마! 네가 자격을 주지 않아도 백작은 나름대로 높은 지위에 올라갈 분이야.

리건 내가 권리를 준 이상 최고의 권력자가 될 수 있는 거죠.

고네릴 백작이 네 남편이라도 될 것처럼 말하는구나.

리건 농담이 진담이 될지 누가 알아요. 나는 지금 몸이 좋지 않아요. 그렇지 않으면 화풀이를 해 가며 대꾸할 수 있었을 거예요. (에드먼드에게) 백작, 내 군대와 포로 그리고 재산을 당신에게 바치겠소. 마음대로 처분하시오. 뿐만 아니라 나도 당신 것이오. 이 자리에서 당신을 내 남편으로 맞이하겠소.

고네릴 그렇게 네 뜻대로 될 줄 알아?

알바니 (고네릴에게) 당신 뜻대로도 안 될걸.

에드먼드 (알바니에게) 공작님 뜻대로도 못할 거요.

알바니 사생아 자식…… 난 할 수 있다!

리건 (에드먼드에게) 북을 울리세요! 당신에게 내 권리가 넘어간 사실을 알리세요.

알바니 잠깐 기다려, 에드먼드! 난 대역죄로 너를 체포한다. 그리고 동시에 (고네릴을 가리키면서) 금칠한 독사도 체포하겠다. 처제, 이놈은 내 아내와 이미 약혼한 몸이오. 그러니 그 청혼은 없었던 걸로 하시오. 남편이 필요하다면 차라리 내게 청혼하시오!

고네릴 미친 소리!

알바니 에드먼드, 어서 나팔을 불게 하라! 너와 결투할 사람이 나타나지 않는다면 내가 상대하겠다! (도전의 표시로서 장갑을 땅 위에 내던진다.) 네가 저지른 일이 얼마나 끔찍한 것인지를 네놈의 가슴을 갈라 증명할 테다.

리건 가슴이 아프다. 아아, 가슴이 답답해!

고네릴 (방백) 네년이 아프지 않으면 독약도 믿을 수 없지.

에드먼드 그렇다면 덤벼라! (장갑을 내던진다.) 나를 반역자라고 부르는 놈이 어떤 놈인지 모르지만 틀림없이 그놈은 거짓말쟁이다. 나팔을 불어서 그놈을 불러내라! 나한테 감히 덤벼드는 놈은 어떤 놈이건 가만두지 않을 테다.

알바니 이봐, 전령!

리건 아아, 가슴이 점점 더 답답해지네.

알바니 환자가 생겼군. 내 막사로 데려가라. (부축을 받으며 리건 퇴장.)

전령 등장.

알바니 전령, 이리로 오라. 나팔을 불게 하라. 그리고 이것을 큰 소리로 읽어라.

장교 나팔을 불어라! (나팔 소리.)

전령 (읽는다.) '우리 군대 내에 지체 높은 자로서 글로스터 백작이라 불리는 에드먼드에 대하여 대역죄를 범한 죄인임을 주장하고 싶은 자는 나팔 소리가 세 번 울릴 때까지 나서라. 에드먼드는 자신의 명예를 지킬 자신이 서 있다.' 불어라! (첫 번째 나팔 소리.) 다시 한 번! (두 번째 나팔 소리.) 다시 한 번! (세 번째 나팔 소리.)

세 번째 나팔 소리에, 나팔수를 앞세우고 무장한 에드거 등장.

알바니 (전령에게) 나팔 소리에 답하여 앞으로 나선 그 까닭을 물어라!

전령 이름과 신분을 말하시오! 또한 무슨 까닭으로 나팔 소리에 응하셨소?

에드거 저는 이름을 잃었습니다. 제 이름은 반역자의 이빨에 물어뜯기고 벌레에 파먹혔습니다. 그러나 제가 상대하고 싶은 자만큼이나 고귀한 집안 출신이오.

알바니 상대하고 싶은 자가 누구냐?

에드거 스스로 글로스터 백작이라고 부르는 에드먼드입니다.

에드먼드 내가 바로 에드먼드다. 할 말이 무엇이냐? 들어 보자.

에드거 칼을 뽑아라! 내 말이 비위에 거슬렸다면 네가 뽑은 칼이 분풀이를 해 주겠지. 자, 여기 내 칼이 있다. 너는 반역자다!

너는 신과 형제와 아버지를 속였고, 여기 계신 공작님의 목숨까지 노렸다. 머리털부터 발톱 때에 이르기까지 너는 점박이 두꺼비처럼 더러운 반역자다. 네가 그걸 부정한다면 내 칼과 솜씨와 용기로써 네 가슴을 갈라 증명해 보이겠다. 너는 거짓말쟁이라고!

에드먼드 다시 한 번 네 이름을 묻고 싶지만, 네 겉모습으로 보아 무식하게 자란 놈 같지 않기 때문에 그냥 싸우기로 하겠다. 그래서 나는 갖가지 오명을 네 머리 위에 둘러씌우고, 네가 말한 지옥 같은 거짓말을 네 가슴에 새겨 둬야겠다. 나팔을 불어라! (경적 소리. 둘이 싸운다. 에드먼드 쓰러진다.)

고네릴 에드먼드, 음모에 말려들었소. 기사도는 이름을 밝히지 않으려는 상대와 싸울 필요가 없는 거요. 이건 정정당당하지 못한 속임수라고요.

알바니 입 닥쳐! 그렇지 않으면 이 편지로 입을 틀어막겠소. (에드먼드에게) 이 편지를 받아라. 악독한 죄인아, 네 죄를 알라. (고네릴이 편지를 낚아채 찢는다.) 찢지 마시오. 그 편지 내용을 아는 모양이군.

고네릴 알고 있어도 법은 내 편이지, 당신 편이 아니오. 감히 누가 나를 규탄하겠소.

알바니 천하에 고약한 여자로군! (에드먼드에게) 편지 내용을 알고 있느냐?

고네릴 제발 그런 건 묻지 마시오! (퇴장)

알바니 뒤를 쫓아가라. 반미치광이가 되었구나. 진정시켜라. (장교 퇴장.)

에드먼드 나는 당신이 비난하고 있는 것보다 훨씬 더 많은 죄를 저질렀소. 밝혀질 날이 오리라 믿소. 시간은 흐르고, 나도 사라져 버릴 몸이오. 나를 물리친 행운아, 당신은 누구요? 그대가 귀족이면 내 용서하리다.

에드거 좋다. 서로 용서하자. 에드먼드, 혈통에 있어서는 너보다 뒤질 것이 없어. 만약에 내 혈통이 너보다 낮다면, 너는 내게 더 큰 죄를 진 셈이야. 내 이름은 에드거, 네 아버지의 아들이다. 신은 공평하시다. 어둠침침한 곳에서 너를 만든 벌로 아버지는 양쪽 눈을 빼앗기셨다.

에드먼드 옳은 말씀입니다. 인과응보의 바퀴가 돌고 돌아 다시 제자리에 왔습니다. 저는 다시 밑바닥이 되었군요.

알바니 자네의 거동만 보고서도 고귀한 집안 출신이라고 짐작했지. 자네를 껴안고 싶네. 내가 자네와 자네 아버님을 조금이라도 미워했더라면 가슴이 갈기갈기 찢어졌을 거야.

에드거 존경하는 공작님, 잘 알고 있습니다.

알바니 그런데 어디 숨어 있었나? 자네 아버지의 소식은 어떻게 알고 있었나?

에드거 제가 줄곧 돌봐 드렸습니다. 대충 말씀드리겠습니다. 얘길 다 털어놓은 뒤에는 아, 제 심장이 터져 버릴 수도 있습니다. 목숨에 대한 끈질긴 애착이여! 단번에 목숨을 끊기보다는 미치광이로 변장하여 하루하루를 살아갔지요. 그러다가 두 눈을 잃은 아버지를 만났습니다. 보석이 빠진 피투성이 반지처럼 되셨더군요. 그 뒤부터는 길벗이 되어 손을 이끌어 주기도 하고, 구걸도 하면서 절망에서 아버지를 구출했습니다. 삼십 분 전 투구를 쓰면서 비로소 아버지께 제 정체를 밝혔습니다. 오, 그것이 잘못이었어요! 아버지의 흠이 생긴 심장은 아, 불행하게도 허약해질 대로 허약해져 충격을 견디지 못했습니다. 기쁨과 슬픔이 왔다 갔다 하다가 결국에는 돌아가셨습니다.

에드먼드 형 얘기를 들으니 깊이 반성하게 되는군요. 얘길 계속 하세요. 할 얘기가 더 있는 듯하군요.

알바니 슬픈 얘기겠지. 그렇다면 더 얘기하지 말게. 눈물이 나서 못 견디겠네.

에드거 더 슬픈 얘기입니다. 제가 울고 불며 아버지를 껴안고 슬퍼하자, 어떤 분이 다가왔습니다. 그러더니 저를 부둥켜안고 하늘이 꺼질듯 울어 대더군요. 그리고 아버지 유해를 얼싸안고 리어왕과 그분에 관한 얘기를 들려주었습니다. 여태껏 들어 본 적이 없는 슬픈 얘기였습니다. 그분도 얘기를 하면서 슬픔을 감당하지 못하고 쓰러졌습니다. 당장에 생명줄이 끊어질 듯했습니다. 바로 그때 두 번째 나팔 소리가 들려왔기 때문에 그분을 그대로 놔둔 채 이리로 뛰어온 것입니다.

알바니 그런데 그분이 누구였나?

에드거 켄트 백작, 추방된 켄트 백작이었습니다. 변장을 하고서 원수 같은 국왕 곁을 지키며 노예처럼 헌신하고 있었습니다.

한 기사가 피 묻은 단검을 들고 등장.

기사 큰일 났습니다. 큰일 났습니다!

에드거 무슨 일이냐?

알바니 어서 말하라!

에드거 그 피투성이 칼은 뭐냐?

기사 가슴에 꽂힌 것을 방금 뽑아 들고 오는 길입니다. 오, 부인이 돌아가셨습니다.

알바니 누가? 빨리 말해라.

기사 공작님 부인이오. 공작부인께서는 동생을 독살했다고 자백하셨습니다.

에드먼드 나는 두 사람 모두에게 청혼했는데, 이제는 세 사람이 다 같이 죽는구나!

에드거 켄트 백작이 오십니다.

켄트 등장.

알바니 죽었든 살았든 간에 두 사람을 이리로 옮겨 오너라. (사절 퇴장.) 천벌 앞에서 몸이 덜덜 떨리긴 해도 불쌍하단 생각은 들지 않는군. (켄트에게) 아, 당신이 바로 켄트 백작이십니까? 사태가 이러하니 인사는 생략하겠습니다.

켄트 주인이신 전하께 작별 인사하러 왔습니다. 여기에 안 계십니까?

알바니 이런! 큰일을 잊고 있었군. 에드먼드, 전하께서 지금 어디 계시는지 바른대로 말해라. 그리고 코델리아는……? 켄트 백작, 저기를 보십시오!

시종들이 고네릴과 리건의 송장을 옮긴다.

켄트 아니, 이게 웬일입니까?

에드먼드 저는 한꺼번에 두 여자한테 사랑을 받았죠. 저 때문에 언니가 동생을 독살하고 자살했습니다.

알바니 사실이오. 송장의 얼굴을 덮어라.

에드먼드 숨이 막혀 오는구나! 여태껏 못된 짓만 해 왔지만, 한 가지라도 착한 일을 하고 싶습니다. 급히 성으로 사람을 보내십시오. 리어왕과 코델리아를 죽이라는 명령을 했습니다. 제발 빨리 사람을 보내서 목숨을 빼앗지 못하도록 하세요.

알바니 (에드거에게) 뛰어요, 뛰어! 아, 어서 뛰어가오!

에드거 누구한테 가야 합니까? (에드먼드에게) 누구한테 명령을 했지? 명령을 취소할 증거를 줘라.

에드먼드 잘 생각해 내셨어요. 제 칼을 갖고 가서 대장에게 주십시오.

알바니 뛰어라, 힘껏 뛰어! (에드거 퇴장.)

에드먼드 당신의 부인과 제가 명령을 내렸습니다. 코델리아를 감옥에서 목 졸라 죽인 다음, 절망에 빠져 스스로 목숨을 끊은 것처럼 꾸며 놓으라고 했습니다.

알바니 신들이여, 코델리아를 보살펴 주십시오. 제발 전하께서 무사하시기를……! (에드먼드를 가리키면서) 저놈을 데리고 나가라! (시종들이 에드먼드를 데리고 퇴장.)

죽은 코델리아를 팔에 안고 리어왕 등장. 부대장 등장.

리어왕 울부짖어라, 울부짖어라! 아, 너희는 돌 같은 인간들이구나. 내가 너희와 같은 눈과 혀를 가졌다면 하늘이 무너지도록 저주를 퍼부었을 것이다. 내 딸은 영원히 죽었다. 죽은 것과 산 것은 구별할 수 있지. 딸은 죽어서 흙처럼 되어 버렸다. 거울을 다오. 내 딸의 입김이 거울을 얼룩지게 하면 그건 살아 있다는 증거다.

켄트 이것이 예언된 말세인가?

알바니 모든 것이 무너지고 멸망하는구나!

리어왕 아, 깃털이 움직이네. 살아 있다! 그렇다면 그동안에 겪은 온갖 설움도 아무렇지 않을 텐데……

켄트 (리어왕 앞에 무릎을 꿇고) 오, 전하!

리어왕 제발 저리 가게.

에드거 전하의 충신 켄트 백작입니다.

리어왕 너희는 살인자요, 모두 다 반역자다! 천벌을 받아라! 나는 내 딸을 살려야 했는데, 이제는 모든 것이 끝났어! 코델리아, 잠시 기다려다오. 앗! 너 지금 뭐라고 했니? 네 목소리는 늘 부드럽고 상냥했지. 너를 죽인 노예 놈을 내가 맨손으로 죽여 버렸다.

부대장 말씀대롭니다. 전하께서 노예를 죽였습니다.

리어왕 젊은 시절에는 닥치는 대로 칼을 휘둘러 댔지만, 지금은 나이를 먹고 고생을 해서 힘이 빠졌어. (켄트에게) 자넨 누군가? 눈이 나빠서 잘 보이지 않는구려. 그러나 금세 알아볼 수 있을 거야.

켄트 운명의 여신이 한 사람을 사랑도 하고 미워도 한다고 자랑한다면, 지금 전하 눈앞에 있는 사람이 그러합니다. 제가 미움을 받았던 사람입니다.

리어왕 눈이 침침하지만, 자네는 켄트 아닌가?

켄트 그렇습니다. 전하의 충신 켄트입니다. 변장을 하고 전하의 슬픈 발자국을 줄곧 따라다녔습니다.

리어왕 참으로 잘 왔다.

켄트 모든 것이 쓸쓸하고, 두렵기만 합니다. 전하의 따님들은 스스로 목숨을 끊었습니다.

리어왕 그랬을 테지.

알바니 전하께서는 지금 넋이 나가 있소. 이런 상황에서는 우리가 이름을 대도 소용없을 것이오.

에드거　아무 소용없습니다.

　　부대장 등장.

부대장　에드먼드가 죽었습니다.

알바니　지금 그런 것은 대단한 일이 아냐. 엄청난 전하의 불행에 대해 무엇을 어떻게 해야 하는가! 전하께서 살아 계실 동안만이라도 통치권을 위임해야겠소. (에드거와 켄트에게) 두 분에게는 땅을 나눠 드리고, 큰 상을 내리리다. 우리 편인 사람은 상을 받을 것이며, 적들은 저지른 죄에 합당한 벌을 받게 될 것이오. (리어왕을 보고) 아, 저런! 가엾구나!

리어왕　아, 불쌍한 내 딸을 목 졸라 죽이다니! 숨이 끊어지다니! 개나 말이나 쥐 같은 것도 숨을 쉬는데, 너는 왜 입김조차 없느냐? 다시는 이 세상에서 너를 볼 수 없겠구나. 결코, 결코! 다시는 볼 수 없겠구나. 이 단추를 좀 풀어다오. 고맙다. 이게 보이느냐? 코델리아를 보라. 보라, 딸의 입술을……. 보라, 봐! (리어왕, 죽는다.)

에드거　전하, 정신 차리십시오!

켄트　가슴이 터질 것 같다. 가슴아, 차라리 터져 버려라! 전하를 가시도록 내버려 둡시다. 전하를 이 세상이라는 쓰라린 형틀 위에 붙잡아 두는 사람을 전하께서는 미워하실 거요.

에드거　전하께서 정말로 돌아가셨습니다.

켄트　용케도 전하께서 잘 견뎌 오셨습니다. 겨우겨우 목숨을 붙이고 계셨던 거죠.

알바니　두 분의 유해를 모시고 나가거라. 지금 우리가 할 일은 두 분을 애도하는 일뿐이오. (켄트와 에드거에게) 내 마음의 벗인 두 분은 이 땅을 다스리고, 어수선한 나라를 바로잡아 주시오!

켄트 저는 돌아오지 못할 길로 떠나야 합니다. 주인님이 부르시니 마다할 수 없습니다.

알바니 이 가혹한 슬픔에 우리는 복종해야 하오. 우리가 느끼는 것만을 말합시다. 가장 나이 많으신 분께서 가장 커다란 괴로움을 견디셨소. 젊은 우리는 그토록 많은 고난을 견딜 수도 없거니와 살아 있을 수도 없을 겁니다. (장송곡이 울리는 가운데 모두 퇴장.)

Macbeth 맥베스

맥베스 : 장군, 나중에 스코틀랜드 왕
던컨 : 스코틀랜드 왕
맬컴 : 던컨 왕의 아들
도널베인 : 던컨 왕의 아들
뱅쿼 : 장군
맥더프, 레녹스, 로스, 멘티스, 앵거스, 케스네스 : 스코틀랜드 귀족
플리언스 : 뱅쿼의 아들
시워드 : 노섬벌랜드의 백작, 영국군 장군
젊은 시워드 : 시워드의 아들
시튼 : 맥베스의 휘하 장교
소년 : 맥더프의 아들
헤카테 : 밤의 여신
맥베스 부인
맥더프 부인
3명의 마녀
뱅쿼의 유령
그 밖의 인물 : 장교, 영국인 의사, 스코틀랜드인 의사, 문지기, 노인,
맥베스 부인의 시녀, 귀족들, 장교들, 병사들, 자객들, 사절들, 시종들, 환영들

스코틀랜드 및 영국

제1막

제1장

스코틀랜드의 황야.
천둥 번개, 세 마녀 등장.

마녀 1 우리 셋이 언제쯤 다시 만날까? 천둥이 울리고, 번개가 칠 때? 아니면 비가 내릴 때?

마녀 2 떠들썩하게 소란을 피운 뒤거나 싸움에 이기거나 질 때겠지.

마녀 3 해가 지기 전이 될 거야.

마녀 1 어디서 만날까?

마녀 2 황야에서.

마녀 3 거기서 맥베스를 만나자.

마녀 1 곧 가마, 빌어먹을 늙은 고양이야!

마녀 2 두꺼비가 부르네.

마녀 3 곧 간다니까!

모두 아름다운 것은 더럽고, 더러운 것은 아름답구나. 안개 속을, 더러운 공기 속을 날아다니자. (퇴장)

제2장

포레스에 부근의 진영.
나팔 소리. 한쪽에서 던컨 왕, 맬컴, 도널베인, 레녹스가 시종들
과 함께 등장. 다른 쪽에서 장교가 피를 흘리며 등장.

던컨 피투성이가 된 저 사람은 누구냐? 몰골을 보니 반란군에
대한 정보를 알 수 있을 것 같구나.

맬컴 바로 그 장교입니다. 제가 포로가 될 뻔했을 때, 용감하게
싸워 저를 구해 준 사람이죠. 잘 왔소이다. 어서 전황을 전하께
아뢰시오.

장교 참으로 고된 싸움이었습니다. 마치 물에 빠진 두 사람이
서로 잡고 허우적거리다가 물만 먹는 꼴이었죠. 잔인한 맥도날드는
서쪽의 여러 섬에서 보병과 기병들을 끌어 모아 우쭐대고 있습니다.
게다가 운명의 여신마저 심술궂은 계략에 미소를 던지는 것이, 마치
역적의 정부가 된 것 같았습니다. 그러나 역적 놈의 행운도 잠깐이었
지요. 용감한 맥베스 장군께서 날쌔게 칼을 휘두르며 피비린내 나
는 싸움터에 뛰어들었습니다. 그야말로 용감무쌍했습니다. 적병들
을 물리치고 쳐들어가서 마침내 역적 놈과 맞섰습니다. 그놈의 목
을 단칼에 베어 성벽에 걸어 놓았습니다.

던컨 오, 내 용감한 사촌이여! 훌륭한 사나이로다!

장교 그러나 전하, 마치 마른하늘에 날벼락 치듯 행운이 넘쳐흐
르던 샘에서 갑자기 불행이 쏟아져 나왔습니다. 용기로 무장한 정
의의 군대가 패잔병의 무리를 물리치고 났을 때였습니다. 여태껏

기회만 엿보고 있던 노르웨이 왕이 별안간 아군을 공격해 왔습니다.

던컨 우리의 영웅 맥베스와 뱅쿼는 그걸 보고 당황하지 않았는가?

장교 독수리가 참새를 보고, 사자가 토끼를 보고 놀라듯이, 두 장군께서도 조금 당황하셨습니다. 그러나 두 개의 폭탄을 한꺼번에 장전한 대포처럼 두 장군은 적군에게 두 배의 공격을 마구 퍼부었습니다. 피바다에서 목욕을 하려고 마음먹었는지 혹은 또 하나의 골고다 언덕을 만들 참이었는지 알 수 없을 정도였지요. 하여튼 저는 지금 정신이 아찔한 상태입니다. 아아, 상처가 욱신거려 도저히 견딜 수가 없습니다.

던컨 네 보고는 깊은 상처만큼이나 감동을 주는구나. 명예로운 일이로다. 자, 어서 의사에게 가서 치료를 받아라. (장교, 부축 받으며 퇴장.) 저기 오는 자는 누구냐?

맬컴 로스 영주입니다.

레녹스 몹시 조급한 눈치로군요. 좋지 않은 일이 생긴 모양입니다.

로스 등장.

로스 전하의 만수무강을 비옵니다.

던컨 로스 영주, 어디서 오는 길인가?

로스 파이프에서 오는 길입니다, 전하. 그곳에는 노르웨이 깃발이 하늘을 얕보듯 휘날리면서 아군의 간담을 서늘하게 만들고 있습니다. 게다가 노르웨이 왕이 몸소 대군을 이끌고 쳐들어와 아군은 고전을 면치 못했습니다. 역적인 코더 영주까지 합세했던 탓이지요. 그러나 무적의 갑옷을 입은 맥베스 장군이 칼에는 칼, 힘에는 힘으로 오만불손한 적장과 맞서 싸웠습니다. 혼신을 다한 끝에 마침내 승리를 거뒀습니다.

던컨 다행이구나!

로스 노르웨이 왕 스위노가 화친을 청해 왔습니다. 그에 대해 맥베스 장군은 세인트 콤 섬에서 만 달러를 받기 전에는 적군의 시체를 매장하는 것조차 허락하지 않겠다고 합니다.

던컨 코더 영주는 두 번 다시 나를 배반하지 못할 것이다. 즉각 사형에 처하라. 대신에 그 벼슬과 지위를 맥베스에게 주도록 하라.

로스 분부대로 하겠습니다.

던컨 역적이 잃은 것을 훌륭한 맥베스가 차지했구나. (모두 퇴장.)

제3장

포레스 부근의 황야.
천둥소리. 마녀 셋 등장.

마녀 1 애, 어디 갔다 왔니?

마녀 2 돼지를 잡으러 갔었지.

마녀 3 너는?

마녀 1 선원의 아내가 앞치마에 밤톨을 잔뜩 담아 가지고 먹고 있었지. 그래서 좀 달라고 했더니 '꺼져, 마녀야!'라고 고함을 치는 거야. 그 계집의 남편은 얼레포에 가 있는 타이거호의 선장이거든.

난 쥐로 둔갑해서 쳇바퀴를 타고 바다를 건너가 남편을 혼내 줄 생각이야. 실컷 골려 줘야지.

마녀 2 내가 바람을 하나 줄게.

마녀 1 고맙다.

마녀 3 나도 하나 줄게.

마녀 1 나머지 바람은 내가 갖고 있어. 바람이 부는 곳이라면 어디서든 내 마음대로 할 수 있겠군. 그 계집의 남편을 북어처럼 바싹 말려 놓고 말 테야. 그 녀석 눈까풀에 잠이 내려앉지 않도록 해야지. 이레 낮 이레 밤의 아홉 곱의 아홉 곱을 배에서 뜬눈으로 허덕이게 만들 테야. 배가 가라앉지 않을 정도만 최대한 흔들어 주는 거지. 이봐, 이것 좀 봐!

마녀 2 어디 봐, 어디 봐.

마녀 1 귀국 길에 난파당한 뱃길잡이의 엄지손가락이야. (안에서 북소리.)

마녀 3 북소리다, 북소리! 맥베스가 온다. (셋이 원을 그리며 춤을 춘다. 점점 빨리 맴돈다.)

모두 (노래) 손에 손을 잡은 우리 마녀들. 바다와 육지를 떠도는 나그네. 돌자, 돌자, 빙빙 돌자. 너도 세 번 나도 세 번, 또다시 세 번 모두 합해 아홉 번 돌자. 쉿! 마술이 걸렸다. (별안간 노래와 춤을 멈추더니 안개 속에 몸을 감춘다.)

맥베스와 뱅쿼 등장.

맥베스 이토록 변덕스러운 날은 처음이오.

뱅쿼 포레스까진 얼마나 되오? (안개가 걷힌다.) 저건 뭐지?

말라비틀어진 것들이 옷차림도 웃기는군. 이 세상 사람 같지는 않은데, 그럼 무엇이지? 너희는 살아 있느냐? 말을 알아들을 수 있느냐? 내 말을 알아듣는 모양이군. 튼 손가락을 말라붙은 입술에 갖다 대는 걸 보면 여자 같은데, 수염이 나 있으니 헷갈리는구나.

맥베스 할 수 있다면 말을 해 봐라. 너희는 무엇이냐?

마녀 1 맥베스 만세! 글래미스 영주께 축복을!

마녀 2 맥베스 만세! 코더 영주께 축복을!

마녀 3 맥베스 만세! 앞으로 왕이 되실 분이여!

뱅쿼 왜 그렇게 놀라시오? 듣기 좋은 말에 뭘 그렇게 두려워하고 있소? 그런데 대체 너희는 허깨비냐, 보이는 그대로냐? 너희가 세 가지 칭호를 붙여 불러 내 친구가 어리둥절해 하고 있지 않느냐. 그런데 내게는 아무 말도 하지 않는구나. 만약 너희가 앞을 꿰뚫어 볼 수 있다면 자랄 수 있는 종자와 그렇지 못한 종자를 가려내어 예언해 보거라.

마녀 1 만세! 맥베스보다는 못하지만, 위대하신 분.

마녀 2 만세! 맥베스보다는 못하지만, 운이 좋은 분.

마녀 3 만세! 자신이 왕이 되지는 못해도, 자손 대대로 왕을 낳으실 분. 그러니 만세! 맥베스와 뱅쿼!

마녀 1 뱅쿼와 맥베스 만세! (안개가 짙어진다.)

맥베스 기다려라! 도무지 무슨 말인지 모르겠구나. 자세히 말해라! 아버지가 돌아가셨으니 내가 글래미스의 영주가 되는 것은 당연한 일인데, 코더 영주라니 무슨 말이냐? 게다가 왕이 되다니, 코더 영주가 된다는 말보다도 더 믿지 못할 얘기다. 도대체 어디서 이 같은 괴상한 소문을 듣고 왔느냐? 어째서 이 황야에서 길을 가로막고 이상한 말을 하는지 밝혀라! 자, 명령이다. (마녀들 사라진다.)

뱅쿼 땅 위에도 물속처럼 거품이 있는 모양이군. 방금 눈앞에 있었던 것들이 어디로 사라져 버렸지?

맥베스 어디론가 가 버렸소. 입김처럼 바람 속으로 사라졌구려. 좀 더 잡아 두고 싶었는데 말이야.

뱅쿼 분명 우리 눈앞에 나타났었지? 혹시 우리가 미치광이풀이라도 먹고 정신이 돈 것은 아닐까?

맥베스 당신의 자손이 왕이 된다고 했소.

뱅쿼 당신도 왕이 된다고 했소.

맥베스 코더 영주가 된다고도 했소. 똑똑히 들었지?

뱅쿼 확실하오. 잠깐, 저기 누가 오고 있군.

로스와 앵거스 등장.

로스 맥베스 장군, 전하께서는 승전 소식을 기쁘게 받아들이셨습니다. 반란군과의 분투를 아시고는 매우 놀라시며 칭찬을 아끼지 않으셨지요. 그러고 나서 묵묵히 전황을 살피시고는, 장군이 노르웨이 군을 용감하게 무찔렀다는 것을 아셨습니다. 그 뒤에도 계속해서 사절들이 왕국을 지키기 위해 위대한 공을 세운 장군에 대해 찬사를 아끼지 않았지요.

앵거스 전하께서는 장군께 치사를 전하고, 모셔 오라는 분부를 내리셨습니다. 공로에 대한 포상은 따로 있을 것입니다.

로스 그리고 전하께서 장군을 코더 영주라 칭하라고 명하셨습니다. 덧붙여 축하드립니다, 코더 영주님! 영예로운 그 이름은 이제 장군의 것입니다.

뱅쿼 오, 마녀들의 말이 들어맞는군!

맥베스 어째서 살아 있는 자의 작위를 내게 주시려 하는 것이오?

앵거스 영주였던 사람이 아직 살아 있긴 합니다만, 전하의 엄벌로 사형에 처하게 되었습니다. 본인 스스로도 죄를 자백했으니, 살아날 가망은 없는 거지요.

맥베스 (방백) 글래미스와 코더의 영주라! 이젠 제일 큰 것이 남아 있구나. (로스와 앵거스에게) 고생들 많았네. (뱅쿼에게) 장군의 자손이 왕이 된다는 것도 믿을 만한 말이 되었구려. 나보고 코더 영주가 된다고 했던 그것들이 그 말도 했으니.

뱅쿼 그런 것을 믿다가는 코더 영주가 되고 나서 왕관에까지 마음이 쏠리겠소. 아무튼 이상한 일이오. 악마의 앞잡이들이 우리를 파멸로 유혹하려고 그런 예언을 한 것은 아닌지. 여보게들, 잠깐만 이리로 오시오. 할 얘기가 있소이다. (로스와 앵거스, 그에게 다 가선다.)

맥베스 (방백) 두 가지는 이루었으니, 이제 왕위에 오르는 일만 남았다. (큰 소리로) 여보게들, 고마우이. (방백) 이런 유혹이 나쁠 것은 없지. 만일 그것이 나쁜 일이라면, 어째서 예언을 통해 내게 성공의 단맛을 미리 보여 주었겠는가? 나는 코더의 영주가 되었다. 이것이 좋은 일이라면, 어째서 나는 예언의 말에 넋을 잃고 무서운 환영이 떠오르면서 이다지도 가슴이 두근거린다는 말인가? 마음속 공포에 비하면 눈앞의 불안쯤은 문제도 아니다. 아직은 공상에 불과하지만 살인에 대한 생각은 내 마음을 뒤흔들어 놓는구나. 그것이 심신을 마비시켜, 오로지 앞날의 환상만을 눈앞에 어른어른 펼쳐 놓으니 이거 참……

뱅쿼 저것 좀 보시오. 내 친구가 골똘히 생각에 잠겨 있소.

맥베스 (방백) 만약 내가 왕이 될 운명이라면, 가만히 있어도 운명이 내게 왕관을 씌워 줄 것이오.

뱅쿼 갑작스런 영예는 마치 새 옷 같아서, 길이 들 때까지는 몸에 맞지 않는 법이야. 하지만 결국에는 편안해지는 때가 오고야 말지.

맥베스 (방백) 될 대로 되어라. 아무리 궂은 날씨도 갤 때가 있는 법이니까.

뱅쿼 맥베스 장군, 모두 기다리고 있소. 가 봅시다.

맥베스 미안하오. 뭔가 잊어버린 일이 있어서 그걸 생각하느라고 잠시 넋이 나가 있었소. 자, 어서 갑시다. (뱅쿼에게) 우리에게 일어난 일을 잊지 마시오. 앞으로 시간이 나면 이 일에 대해 거리낌 없이 생각을 말해 봅시다.

뱅쿼 (맥베스에게) 잘 알았소.

맥베스 (뱅쿼에게) 그때까지는…… 오늘은 이만 해 둡시다. 자, 들어갑시다. (모두 퇴장.)

제4장

포레스 궁전의 어느 방.
나팔 소리. 던컨 왕, 맬컴, 도널베인, 레녹스 그리고 시종들 등장.

던컨 코더의 사형은 집행했는가? 집행관은 아직 돌아오지 않았는가?

맬컴 전하, 아직 돌아오지 않았습니다. 코더의 처형을 본 사람의 말에 따르면, 코더는 자신의 죄를 자백하고 깊이 뉘우치면서 전하께 용서를 빌었다고 합니다. 마치 죽는 방법을 터득해 온 사람처럼 그의 한평생 가운데 가장 빛나는 모습으로 마지막을 장식했다고 합니다.

던컨 얼굴만 보고는 사람의 속을 알 수 없구나. 나는 그를 믿고 있었는데.

맥베스, 뱅쿼, 로스와 앵거스 등장.

던컨 오, 맥베스여! 장군의 공에 보답하지 못하여 지금 이 순간에도 마음이 무겁구나. 자네에게 해 줄 수 있는 모든 포상을 합쳐도 그대의 공로에 비하면 그저 부족할 뿐이네.

맥베스 전하께 충성을 바칠 수 있도록 기회를 주신 것이 바로 제겐 포상입니다. 전하께서는 신하들의 충성을 받아들이시면 그만입니다. 이 일을 수행해 나가는 것만으로도 전하의 은혜를 입고 명예를 얻게 되는 줄로 아옵니다.

던컨 여기에 온 것을 환영하오! 그대에게 새 지위를 심어 두고, 그것이 잘 자라 거목이 될 수 있도록 힘쓰겠소. 뱅쿼, 그대의 공로도 맥베스에 못지않소. 자, 그대를 힘껏 포용할 수 있게 해 주오.

뱅쿼 저도 그 품속에서 자란다면 그 수확물은 전하께 바치겠나이다.

던컨 오, 기쁨이 넘쳐흘러 슬픔의 눈물을 씻어 내리는구나. 자,

여기 모인 모든 사람들한테 선포한다. 이 왕위를 장차 장남 맬컴에게 물려주고, 그의 이름을 앞으로는 '컴벌랜드 공'이라 부르기로 한다. 그 영예는 모든 공신들의 머리 위에서 별처럼 빛나게 될 것이다. (맥베스에게) 이제 곧 장군의 인버네스 성으로 가기로 하였으니, 장군에게 좀 더 폐를 끼치게 될 것 같소.

맥베스 전하를 위해 쓰지 않는 휴식은 고통일 뿐입니다. 제가 먼저 성으로 가서 전하를 맞이할 준비를 하겠습니다. 그럼 이만 물러가겠습니다.

던컨 훌륭하도다, 코더 영주여!

맥베스 (방백) 컴벌랜드 공이라! 이 장애물 앞에서 주저앉느냐, 아니면 이것을 뛰어넘느냐가 문제로다. 그가 앞길을 가로막고 있다. 별들이여, 빛을 감춰라! 빛은 지옥같이 시커먼 내 속을 비추지 마라. 눈은 손이 하는 짓을 보지 마라. 그 일을 해치우고 나면 두려움에 떨면서 두 눈을 저절로 감을 것이다. (퇴장)

던컨 뱅쿼, 과연 듣던 대로 그에 대한 찬사는 하면 할수록 기분 좋은 잔치처럼 즐겁소. 그를 곧 뒤따라가자. 환영 준비를 위해 우리를 앞질러 갔으니, 참으로 흠잡을 데 없는 훌륭한 사람이오. (나팔 소리, 모두 퇴장.)

제5장

맥베스의 인버네스 성 앞.
맥베스 부인, 편지를 읽으면서 등장.

맥베스 부인 (편지를 읽는다.) '그들을 만난 것은 개선하는 날이었소. 그들은 사람의 지혜가 미치지 못하는 신비한 힘을 갖고 있었소. 더 물어보려고 했지만 그들은 연기처럼 사라져 버렸소. 어리둥절해 하면서 넋을 잃고 있을 때, 왕으로부터 사절이 왔소. 사절은 나를 '코더 영주'라 불렀다오. 이는 정체불명의 그들에게 미리 들은 칭호였소. 또한 내게 앞으로 왕이 되실 분이라고 했소. 이 일만은 당신에게 알려 주는 게 좋으리라 생각하오. 당신은 앞으로 영광을 함께 누릴 내 사랑하는 아내이기 때문이오. 이 일을 가슴 깊이 숨겨 두시오. 그럼 이만.' 당신은 글래미스 영주님, 그리고 코더 영주님! 그다음은 약속대로 될 거예요. 그러나 저는 당신의 성격이 걱정되는군요. 당신은 큰 인물이 되실 분답게 야심이 있지만, 그것을 이룰 만큼 잔인하지는 못하지요. 무엇이든 손에 넣으려고 하면서도 잘못은 저지르지 못하죠. 당신이 소원하는 것, 그것은 이렇게 외치고 있습니다. '얻고 싶거든 당장 실천하라.'고 말이죠. 당신도 결국에는 그 일을 하게 될 것입니다. 제가 당신을 위해 온몸을 바치겠어요. 당신의 머리에다 황금 관을 씌우려는데 방해하는 것이 있다면 무엇이든지 이 혀끝의 힘으로 혼을 내주겠어요.

사절 등장.

맥베스 부인 무슨 소식이오?

사절 전하께서 오늘 밤 이곳으로 납십니다.

맥베스 부인 무슨 소리요? 전하께선 장군과 함께 계시지 않소. 그런 일이 있다면, 미리 말씀을 하셨을 텐데?

사절 황공한 말씀이오나 사실입니다. 영주님도 이곳으로 오고 계십니다.

맥베스 부인 알겠소. 고생했구려. (사절 퇴장.) 던컨이 운명의 힘에 이끌려 이곳으로 오고 있다. 자, 오너라, 악령들이여! 너희도 이 놀라운 살인에 한몫 끼지 않겠느냐? 이 순간 온몸에 잔인함이 넘치도록 해 다오. 자, 오너라, 살인마들이여! 내 품속으로 와서 내 젖을 담즙으로 바꾸어다오. 너희가 은밀히 재앙을 부추기고 있지 않느냐! 오너라, 어두운 밤이여! 지옥의 검은 연기로 몸을 감싸라. 내 칼에 찔린 상처가 보이지 않도록.

맥베스 등장.

맥베스 부인 글래미스 영주님! 코더 영주님! 이보다 더 대단한 자리에 오르실 분이여! 당신의 편지를 받고 저는 현재를 뛰어넘어 미지의 저 먼 미래 속을 날고 있는 듯합니다.

맥베스 부인, 오늘 밤 던컨이 이곳에 온다오.

맥베스 부인 그러면 언제 이곳을 떠나실 예정입니까?

맥베스 내일이오.

맥베스 부인 그는 결코 내일 해를 볼 수 없을 것입니다. 영주님,

당신의 얼굴은 뭔가 비밀스러운 내용이 담긴 책 한 권 같습니다. 세상을 속이려면 세상 사람들과 똑같은 표정을 지으세요. 겉으로는 청순한 꽃처럼 보이되, 속으로는 독사가 되세요. 곧 오실 분을 위해서는 철저히 준비해야 합니다. 오늘 밤의 큰일은 저에게 맡겨 주십시오. 이 일은 앞으로 닥쳐올 우리의 나날에 크나큰 권력과 위엄을 안겨 줄 겁니다.

맥베스 나중에 더 얘기합시다.

맥베스 부인 그저 밝은 얼굴을 하고 계세요. 모든 일은 제게 맡기세요. (모두 퇴장.)

제6장

같은 장소, 맥베스의 성 앞.
피리 소리와 함께 던컨, 맬컴, 도널베인, 뱅쿼, 레녹스, 맥더프, 로스, 앵거스 그리고 시종들 등장.

던컨 이 성은 아주 좋은 곳에 자리 잡고 있군. 공기가 맑고 상쾌해서 기분이 참 좋구려.

뱅쿼 봄에 제비가 사원에 집 짓는 것을 보면, 이곳 하늘이 얼마나 맑고 아름다운가를 알 수 있습니다. 추녀 끝이나 서까래 옆에 있는 벽 구석구석마다 요람을 만들지 않는 곳이 없다고 해도 과언이 아니지요. 제비가 새끼를 치고 모여 사는 곳은 어디든지 공기가 맑고 아름답기 마련입니다.

　　맥베스 부인 등장.

던컨 　아, 저기 맥베스 부인이 오는군! (맥베스 부인에게) 호의도 지나치면 때로 귀찮을 수 있지만, 부인께서는 나를 위해 신께 축복을 빌고 내 호의를 기꺼이 받아 주시오.

맥베스 부인 　전하께서 저희에게 베풀어 주신 은총에 비하면 아무것도 아닙니다. 종전에 내려 주신 지위에다 이번에 또 새로운 영예를 내려 주셨으니, 이 은혜를 언제 다 갚게 되는지 모르겠습니다.

던컨 　코더 영주는 어디 있소? 워낙 승마의 명수라서 도저히 따라잡을 수가 없었소. 아름다운 부인이여, 이 밤을 이곳에서 보내게 해 주시오.

맥베스 부인 　전하께서 보시는 이 모든 것은 전하로부터 빌려 얻은 것이옵니다. 분부에 따라 언제라도 바칠 준비가 되어 있습니다.

던컨 　손을 이리 주오. 나를 장군에게 안내해 주오. 장군을 앞으로도 변함없이 사랑하겠소. 부탁하오, 부인 (모두 성 안으로 들어간다.)

제7장

　　맥베스의 성 안뜰.
　　안쪽으로 좌우에 입구가 보인다. 왼편 입구는 성문으로 통하고,

오른편 입구는 성 안의 방으로 통한다. 좌우의 입구 사이 정면으로는 커튼이 쳐진 또 하나의 입구가 있고, 반쯤 열린 커튼 사이로 그 방의 내부가 보인다. 그 방에는 2층으로 올라가는 계단이 있고, 계단을 이루는 벽 앞에는 의자와 탁자가 놓여 있다. 오보에 소리와 횃불. 접시와 식기를 든 하인들이 무대를 가로질러간다. 요란한 축연 소리와 함께 맥베스 등장.

맥베스 한 번으로 끝낼 일이라면 빠를수록 좋을 것이다. 왕의 암살로써 모든 일이 단숨에 매듭지어질 수 있다면, 내세의 재앙 따위는 신경 쓰지 말아야 한다. 하지만 이런 일은 반드시 현세에서 심판을 받게 되어 있어. 살인하는 법을 한 번 가르쳐 주면, 배운 사람은 가르쳐 준 사람에게 거꾸로 앙갚음을 하는 법이거든. 정의로운 신은 공평하기 때문에 독살을 준비한 자에게 반드시 독배를 마시게 한단 말이지. 왕은 나를 철석같이 믿고 이곳에 왔어. 나는 왕의 친척이며 신하인데 어찌 스스로 칼자루를 들 수 있겠는가. 던컨 왕은 청렴결백하기 때문에 만약 불시에 죽기라도 한다면 암살한 자에게 무서운 신의 저주가 내리게 될 거야. 그렇다면 이 끓어오르는 야심은 어쩌란 말이냐!

맥베스 부인 등장.

맥베스 부인 왕께서 진지를 다 드셨습니다. 왜 자리를 뜨셨어요?
맥베스 나를 찾으셨소? 계획은 없던 걸로 해야겠소. 전하께서는 이번에 내게 포상을 내리셨소. 뿐만 아니라 모든 사람들로부터 좋은 평판을 들어 이 눈부신 빛깔의 옷을 걸치게 되었는데, 입어 보지도 못하고 내버릴 수는 없잖소?

맥베스 부인 지금껏 당신의 몸을 감싸고 있던 것은 술에 취한 희망이었나요? 그래, 깨고 보니 희망 따위는 모두 사라지고 오싹한 한기만 남은 건가요? 어떤 야망도 당신을 만난다면 이런 꼴이 되고 말겠죠? 속으로는 바라지만 행동으로 옮기기는 두렵다는 거죠? 어떤 일이 있어도 왕관을 거머쥐어야겠다고 생각하면서도, 속으로는 겁쟁이가 되어 단념하고 있는 거죠? 해치우겠다고 하면서도 결국 못하는 것은 발을 물에 적시지도 않고 고기를 잡겠다는 것과 다를 바가 없지요.

맥베스 제발 그만하시오! 사나이가 할 만한 일이라면 무엇이든 하겠소. 그러나 도가 지나치면 그건 사나이가 아니오.

맥베스 부인 그렇다면 이 계획을 제게 말씀하시던 때에는 사나이가 아니었나요? 당신은 사나이였어요. 만약 제가 그때의 당신처럼 맹세했다면, 내 젖을 빠는 갓난아기일지라도 젖을 빼내고 당장 그 머리통을 박살낼 수 있을 거예요.

맥베스 만약 실패한다면?

맥베스 부인 실패한다고요? 당신이 용기만 내신다면 실패란 있을 수 없죠. 던컨이 잠들면 두 시종에게 술을 퍼마시게 해서 죽은 듯이 곯아떨어지게 하는 거예요. 호위병도 없는 던컨에게 당신이나 내가 못할 짓이 뭐가 있겠어요? 술에 잔뜩 취한 호위병들에게 우리가 저지른 죄를 덮어씌울 수도 있잖아요.

맥베스 당신은 사내아이만 낳으시오! 두려움을 모르는 그 성격은 사내아이를 만들어 내는 데는 적격일 테니. 이러면 어떨까? 자고 있는 두 호위병에게 피를 묻히고, 그들의 단도를 사용하는 거요. 그러면 그놈들의 소행으로 생각할 것 아니오.

맥베스 부인 저도 그렇게 생각하고 있어요. 우리가 왕의 죽음을 슬퍼하면서 대성통곡할 텐데 누가 의심을 하겠어요.

맥베스 이제 마음을 정했소. 힘과 용기를 짜내어 이 무서운 계획을 실행에 옮겨 봅시다. 자, 들어가서 밝은 표정으로 사람들을 대합시다. 마음속의 흉악한 생각은 가면으로 감추고 말이오. (퇴장)

제 2 막

제1장

같은 장소, 맥베스 성 안의 뜰.
뱅쿼와 횃불을 든 플리언스 등장.

뱅쿼　애야, 밤이 꽤 깊었구나.

플리언스　(하늘을 쳐다보며) 달이 졌습니다만 시간을 알리는 종소리는 못 들었습니다.

뱅쿼　달은 자정에 지지.

플리언스　자정은 지난 것 같습니다.

뱅쿼　이 칼을 좀 받아라. 하늘도 아낄 줄 아는 모양이다. 별들이 모두 불을 꺼 버린 걸 보니. (단도 혁대를 풀며) 들고 있어라. 납덩이처럼 무거운 졸음이 밀려오는구나. 그러나 잠들고 싶지는 않다. 잠이 들면 또다시 저주받은 망상이 찾아 들 테니. 내 칼을 다오.

맥베스와 횃불을 든 시종 등장.

뱅쿼　게 누구냐?

맥베스 친구요.

뱅쿼 맥베스, 여태 안 주무셨소? 왕은 잠자리에 드셨소. 무척 만족하신 모양이오. 시종들에게도 선물을 듬뿍 주셨지요. 그리고 이 다이아몬드는 극진한 대접을 받은 답례로 장군 부인에게 내리신 선물이오. 오늘 하루 지극히 즐겁게 보내신 모양이오.

맥베스 준비할 시간이 부족해 실수 투성이었소. 여유만 있었던 들 마음껏 대접할 수 있었을 텐데 말이오.

뱅쿼 모든 일이 잘 되었소. 간밤에 세 마녀 꿈을 꾸었소. 장군의 경우는 잘 맞아 들었어요. 마녀의 말대로 말이오.

맥베스 아, 깜빡 잊고 있었구려. 언제 틈을 낼 수 있으면 그에 대해 얘기 좀 나눕시다.

뱅쿼 기꺼이 그렇게 하겠소.

맥베스 기회가 왔을 때 도와주면 그 은혜는 잊지 않겠소.

뱅쿼 그러다 신세를 망치면 곤란하지만, 마음이 평화로운 가운데 충성심을 지켜 나갈 수만 있다면 어느 때라도 돕겠소.

맥베스 그럼 그때까지 편히 계시오.

뱅쿼 고맙소. 그럼 안녕히 계시오. (뱅쿼와 플리언스 퇴장.)

맥베스 가서 마님께 장군의 술상이 준비되었으면 종을 울리라고 여쭈어라. 그리고 물러가서 자거라. (시종 퇴장.) 지금 내 눈앞에 보이는 건 칼인가? 오, 칼이여, 내가 너를 낚아채마! 바로 눈앞에 보면서도 잡을 수가 없구나. 고약한 일이로다. 너는 단지 마음에 비치는 칼일 뿐인가? 망상이 낳은 것이냐? (일어선다.) 한밤중에 눈이 어떻게 되어 버린 것인가? 아니면 눈만 멀쩡한 것인가? 또 보이는구나. 칼자루와 칼날에 핏자국이 있구나. (제정신으로 돌아와서) 그럴 리가 없지. 눈에 그렇게 비치는 것은 피비린내 나는 흉계 때문이다. 지금은 세상의 반이 죽은 듯 고요한 밤이다. 잠은 장막 속에 감싸져 악몽에 시달리고 있다. 마녀들은 창백한 헤카테 여신에게 제를 올리고 있다. 말라비틀어진 살인마는 파수꾼인 늑대의 울부짖음에 잠이 깨어, 타이퀸이 정숙한 여자를 욕보이러 갈 때처럼 살금살금 목적을 향해 간다. 요지부동인 대지여, 내 발길이 어디로 향하건 그 소리를 듣지 마라. 발에 밟히는 돌들이 내가 있는 곳을 알릴까 두렵다. 고요한 밤을 깨뜨리지 마라. 이렇게 입으로 떠들어 봤자 왕은 죽지 않는다. (종소리) 가자, 그러면 일은 끝나는 것이다. 종소리가 나를 부르고 있다. 던컨이여, 저 소리를 듣지 마라. 저 소리는 그대를 저승으로 불러들이는 조종이니. (퇴장)

제2장

> 같은 장소.
> 맥베스 부인, 술잔을 들고 등장.

맥베스 부인 두 녀석을 곤드레만드레 취하게 한 이 술이 나를 대담하게 만들어 주었다. 두 녀석은 잠들었지만 내 마음은 불을 붙여 놓은 듯하구나. 그런데 저 소리는 뭐지? 쉿! 나직하게 울리는 저 소리는 올빼미로구나! 사형수에게 마지막 작별을 고하는 중인가 보다. 문이 열려 있다. 호위병들은 코를 골며 자고 있구나. 술에는 약을 타 놨으니, 저들은 그저 숨 쉬는 송장일 뿐이야.

맥베스 (안에서) 누구냐? 게 무슨 일이냐?

맥베스 부인 앗, 설마 그들이 깨어난 건 아닐 테지? 내가 두 녀석의 칼을 미리 준비해 놨는데, 그이가 그것을 못 볼 리는 없겠지. 왕의 잠든 얼굴이 내 아버지 얼굴만 닮지 않았어도 내가 해치웠을 텐데.

맥베스 부인이 계단 쪽으로 가려다 돌아서자 맥베스가 2층 입구에서 나타난다. 그는 양팔이 피투성이가 된 채 왼손에는 두 자루의 단검을 쥐고 휘청거리며 내려온다.

맥베스 부인 여보!

맥베스 (속삭이는 소리로) 해치웠어. 그런데 무슨 소리가 들리지 않았소?

맥베스 부인 올빼미가 신음 소리를 내고, 귀뚜라미가 울부짖더군요. 당신이 소리를 내지 않았나요?

맥베스 언제?

맥베스 부인 방금요?

맥베스 내가 내려올 때 말이오?

맥베스 부인 그래요.

맥베스 쉿! 저런 소리? 옆방에서 자고 있는 사람은 누구요?

맥베스 부인 도널베인이죠.

맥베스 이 무슨 비참한 꼴인가.

맥베스 부인 바보 같은 소리예요. 비참한 꼴이라뇨?

맥베스 한 녀석은 자면서 웃고, 또 한 녀석은 '살인이야!'라고 부르짖더군. 그러더니 두 놈 다 눈을 떴소. 나는 숨죽이고 서서 엿듣고 있었지. 그러나 놈들은 기도를 올리더니 다시 잠들지 뭐요.

맥베스 부인 두 사람이 함께 자고 있었나요?

맥베스 그렇소. 한쪽이 '신이여, 자비를 베푸소서!'라고 하자, 다른 쪽이 '아멘!'이라고 말했지. 마치 피 묻은 내 손을 보고 있는 듯했소.

맥베스 부인 너무 깊이 생각하지 마세요.

맥베스 외치는 소리도 들은 듯하오. '이젠 잠을 잘 수 없다. 맥베스가 잠을 죽여 버렸다.'아, 천진난만한 잠이여, 근심 걱정의 실타래를 풀어 주는 잠이여, 피로를 풀어 주는 잠이여, 마음의 상처를 아물게 하는 잠이여, 이 세상 향연의 제일가는 자양분인 잠이여!

맥베스 부인 그것이 어떻다는 거죠?

맥베스 언제까지나 부르짖고 있었소. '이젠 잠을 잘 수가 없다.'온 나라가 떠들썩했지. '글래미스가 잠을 죽였다. 그렇기 때문에 코더는 영영 잠을 이룰 수 없다. 맥베스는 이제 잠을 잘 수 없다!'

맥베스 부인 도대체 누가 그런 고함을 질렀다는 겁니까? 당신은 위대한 영주님이세요. 부질없는 생각으로 귀한 힘을 써 버리는 거라고요. 자, 어서 물을 떠다가 손에 묻은 그 더러운 핏자국이나 씻어 버리세요. 그리고 어째서 칼을 들고 오셨어요? 거기 그냥 놔두기로 했잖아요. 빨리 갖다 두고 오세요!

맥베스 이젠 못 가겠소. 내가 한 일이 무서워졌어. 다시는 볼 수가 없어요.

맥베스 부인 나약한 양반! 그 칼을 이리 주세요. 자는 사람이나 죽은 사람은 그저 그림이나 마찬가지예요. 그림 속에 있는 악마를 보고 무서워하는 것은 아이들뿐입니다. 아직 피를 흘리고 있으면, 그걸 호위병 얼굴에 발라 놓고 오겠어요. 그래야 두 사람이 저지른 일처럼 보이질 않겠어요? (계단으로 올라가며 퇴장. 이때 안에서 문 두드리는 소리.)

맥베스 저 소리는 어디서 나는 거냐? 웬일일까, 소리만 들어도 깜짝 놀라는구나! 모든 게 이 손 때문이 아니냐! 아, 바닷물이라면 이 손에 묻은 피를 깨끗이 씻어 낼 수 있을까?

맥베스 부인, 문을 닫으며 등장.

맥베스 부인 제 손도 당신의 손과 똑같이 피로 물들었어요. 그러나 마음속은 당신처럼 그토록 창백하게 질려 있진 않답니다. (문 두드리는 소리.) 남쪽 입구에서 문을 두드리는 소리가 들리는군요. 어서 방으로 돌아가죠. 핏자국을 물로 깨끗이 씻읍시다. (문 두드리는 소리.) 누가 문을 계속 두드리네요. 어서 잠옷으로 갈아입자고요. 누구든 우리가 깨어 있었다고 의심하게 되면 곤란하니까요. 제발 그렇게 멍하니 서 계시지만 말고요.

맥베스 저지른 죄를 떠올릴 바에야 차라리 나 자신을 잊어버리는 게 낫겠구나! (문 두드리는 소리.) 그 소리로 던컨을 깨워라! 제발 깨워다오! (두 사람 퇴장.)

제3장

같은 장소.
술에 취한 문지기 등장. 안에서 문 두드리는 소리가 점점 요란해진다.

문지기 잘도 두드린다! 내가 지옥의 문지기였다면, 잠시도 틈이 나지 않았겠군. (문 두드리는 소리.) 두드려라, 두드려! 지옥의 문지기 나리께서 묻겠다. 도대체 누구냐? 옳아, 풍년 들어 곡식 값이 떨어질까 봐 목을 매 죽은 농사꾼인가 보구나. 잘 왔다! 수건이나 잔뜩 준비해라. 여기서 진땀깨나 흘리게 될 테니. (문 두드리는 소리.) 두드려라, 두드려! 악마의 이름으로 묻겠는데, 도대체 넌 누구냐? 양다리를 걸치는 놈이구나. 양쪽에 다 통하는 서약을 하고 얼버무리는 사기꾼이로군. 신의 이름을 팔아 장사를 한 놈이지? 네놈은 천당엔 다 갔다. (문 두드리는 소리.) 쿵 쿵 쿵! 두드려라, 두드려! 그칠 줄 모르는구면! 대체 누구란 말이냐? 그런데 이곳은 지옥치고는 너무 춥구나. 지옥의 문지기 노릇은 그만해야겠어. 속세에서 쾌락의 길을 걷다가 영겁의 불길 속으로 뛰어드는 놈이면, 이것저것 직업을 따지지 않고 몇 놈 통과시키려고 했지만. (문 두드리는 소리.) 곧 갑니다! 제발, 이 문지기를 잊지 마시오. (문을 연다.)

맥더프와 레녹스 등장.

맥더프 간밤에 늦게 잠자리에 들었나? 이렇게 늦잠을 자는 걸 보니.

문지기 그렇습니다. 닭이 두 번째 울 때까지 술을 마셨습죠. 술이라는 놈은 세 가지 자극을 줍니다요.

맥더프 세 가지 자극이라고?

문지기 코가 빨개지고, 졸음이 쏟아지고, 오줌이 마렵다는 얘기올시다. 욕정은 일지만 힘이 없어 일은 못 치르죠. 그래서 과음하는 자가 색정에 대해 얘기하면 사기꾼이죠. 욕정을 일으켰다가는 죽여 버리고, 충동질을 했다가는 다시 물러서게 하죠. 용기를 주었다가 실망시키고, 시작하게 해 놓고 꽁무니를 빼며, 결국은 속여서 잠들게 한 다음 줄행랑을 치죠.

맥더프 간밤에 술타령에 짓눌렸구먼.

문지기 그렇습니다. 목덜미를 잡혀 쓰러졌지요. 하지만 저도 술에게 보복을 해 줬답니다. 놈을 말끔히 토해 내어 넘어뜨렸지요. 때로는 그놈이 내 다리를 붙잡고 휘청거리게도 했습니다.

맥너프 주인어른은 일어나셨나?

맥베스, 잠옷을 걸친 채 등장.

레녹스 큰 소리에 잠을 깨셨나 보군. 장군님이 오신다.

맥더프 밤새 안녕히 주무셨습니까?

맥베스 아, 두 사람 다 안녕히 주무셨소?

맥더프 전하께서는 일어나셨습니까?

맥베스 아직.

맥더프 아침 일찍 깨우라는 분부셨습니다. 하마터면 늦을 뻔했어요.

맥베스　그럼 전하께 가 보세.

맥더프　이런 것은 즐거운 일이지요.

맥베스　즐거운 일은 고통을 덜어 주오. 여기가 문이오.

맥더프　무엄하지만 들어가 봐야겠소. 명을 받았으니까요. (퇴장)

레녹스　전하께서는 오늘 출발하십니까?

맥베스　그렇소. 그렇게 말씀하셨소.

레녹스　간밤엔 어수선했습니다. 숙소의 연통이 바람에 몽땅 날아갔지 뭡니까. 그리고 사람들 얘기로는 어디선가 곡성이 들리고, 죽어가는 자의 신음 소리가 났다나요. 무시무시한 일이 일어날 징조를 예언한 소리였다고들 합니다. 저 불길한 올빼미가 밤새도록 울었답니다. 그리고 대지가 열병을 앓는 것처럼 진동했다는 얘기도 전해집니다.

맥베스　험한 밤이었구려.

레녹스　제 기억으로는 이보다 더 음산한 밤은 없었던 것 같습니다.

　　맥더프 다시 등장.

맥더프　아아, 무서운 일이로다! 상상조차 할 수 없는 일이 벌어졌도다!

맥베스, 레녹스　대체 무슨 일이오?

맥더프　잔인한 살인마가 거룩한 신전을 부수고 목숨을 빼앗아 갔습니다!

맥베스　뭐라고? 목숨이라고?

레녹스　전하의 목숨 말인가?

맥더프　방에 들어가 보오. 차마 눈뜨고는 볼 수 없는 광경이오.

(맥베스와 레녹스 퇴장.) 경종을 울려라! 살인이다! 반란이다! 여보게들, 깨어나시오! 죽음 같은 잠을 떨쳐 버리고 깨어나시오! 그리하여 진짜 죽음을 보시오! 모두 일어나시오! 일어나서 이 무서운 죽음의 광경을 보시오! 아아, 마지막 심판을 지켜보시오. 경종을 울려라! (종이 울린다.)

맥베스 부인, 잠옷 차림으로 등장.

맥베스 부인 무슨 일로 경종을 울려 사람들을 깨우는 거죠?
맥더프 오, 부인! 부인께서 들으시면 안 됩니다. 이 끔찍한 얘기를 어찌 부인께 들려드릴 수 있겠습니까?

뱅쿼, 실내복 차림으로 허둥지둥 등장.

맥더프 오, 뱅쿼! 전하께서 살해당하셨소!
맥베스 부인 아아, 이게 무슨 변고인가! 더욱이 우리 집 안에서!
뱅쿼 어디서고 간에 너무나 잔인한 일이오. 맥더프, 제발 잘못 얘기한 거라고 말해 주오. 그런 일은 결코 없었노라고 말해 주오.

맥베스, 레녹스, 로스 등장.

맥베스 아, 차라리 내가 죽었던들, 나는 행복한 삶을 살았다고 말할 수 있었을 것을. 이제 세상에 중요한 것이라곤 모두 사라져 버렸구나. 남은 것은 부질없는 것들뿐이다. 생명의 술도 메말라 버렸다. 무슨 말을 하더라도 술독에는 술찌끼밖에 남아 있지 않구나.

　맬컴과 도널베인 오른쪽 입구에서 허둥지둥 등장.

도널베인　무슨 일이오?

맥베스　전하에 대해 아무것도 모르고 계시는군요. 왕자님 혈통의 원천이요, 시작인 샘이 말라 버렸습니다. 근원이 아주 멈춰 버렸단 말입니다.

맥더프　왕께서 살해당하셨습니다.

맬컴　뭐요? 누구한테?

레녹스　호위병의 짓인 듯합니다. 두 사람 다 손이건 얼굴이건 그저 피투성입니다. 그들의 칼에도 핏자국이 남아 있습니다. 피가 씻기지도 않은 칼이 두 사람의 머리맡에 있었습니다. 그들은 얼빠진 사람처럼 서로 멍하니 쳐다보고 있었습니다. 왕의 목숨을 그런 자들에게 맡긴 것이 화근이었습니다.

맥베스　아, 분노가 복받쳐 내 손으로 그들을 죽여 버리고 말았소.

맥더프　어째서 그런 짓을 하였소?

맥베스　왕에 대한 내 충성심 앞에서 어떻게 냉철해질 수 있단 말이오. 던컨 왕은 한쪽에 쓰러져 계셨소이다. 은빛 살결에는 금빛 핏발이 서려 있었고, 벙긋이 입을 벌린 상처에는 파멸이 들이닥치는 것 같았소. 그리고 반대쪽에는 살인마들이 핏빛으로 물들어 있고, 그자들의 칼에는 핏덩어리가 눌어붙어 있었소. 충성심을 갖고 있는 자라면, 누군들 그 광경을 보고 어찌 참을 수 있었겠소?

맥베스 부인　(기절하듯이) 아, 누가 저를 좀 부축해 주세요.

맥베스, 부인 곁으로 온다.

맥더프 어서 부인을 돌보시오.

맬컴 (도널베인에게) 왜 우리는 입을 다물고 있는 거지? 누구보다도 더 뼈저리게 슬퍼해야 하는데 말이야.

도널베인 (맬컴에게 방백) 지금 무슨 말을 할 수 있겠어요. 어떤 잔인한 운명이 송곳 끝 같은 틈새에 숨어 있다가 언제 우리의 목숨을 노리고 있을지 모르는데 말이에요. 얼른 갑시다. 눈물도 말라 버렸구려.

맬컴 (도널베인에게) 그래, 슬퍼할 겨를도 없구나.

맥베스 부인의 시녀들 등장.

뱅쿼 부인을 돌봐주시오. (맥베스 부인, 부축을 받으며 나간다.) 그리고 우리도 서둘러 옷을 입은 뒤에 다시 모여 이 끔찍한 사건의 진상을 밝히기로 합시다. 공포와 의혹 탓에 온몸이 덜덜 떨립니다. 하지만 나는 신의 거룩한 손길을 믿소. 이 대역죄 뒤에 숨은 음모와 맞서 싸우겠소.

맥더프 저도 마찬가집니다.

모두 다들 그럽시다.

맥베스 빨리 옷을 갈아입고 다시 만납시다.

모두 알겠소. (맬컴과 도널베인만 남고 모두 퇴장.)

맬컴 어쩔 셈이냐? 저들과 함께 행동할 수는 없지. 마음에도 없는 슬픔을 겉으로 드러내는 일은 위선자들이나 할 짓이지. 나는 영국으로 갈 생각이다.

도널베인 저는 아일랜드로 가겠어요. 그런 것이 서로에게 더 안전하겠죠. 사람들의 웃음 속에는 칼날이 숨어 있을 겁니다. 가까운 곳에 있는 놈일수록 더 잔인한 법이거든요.

맬컴 살인의 화살은 아직 과녁에 꽂히지 않은 채 하늘을 가르고 있다. 목숨을 지키려면 화살을 피해야 한다. 어서 말에 오르자. 작별 인사는 나중에 하기로 하고, 살짝 빠져나가는 것이다. 극한 상황에 처했을 때는 슬그머니 달아나는 게 상책이야. 그렇다고 부끄러워할 필요는 없지. (두 사람 퇴장.)

제4장

맥베스의 성 앞.
로스와 노인 한 사람 등장.

노인 저는 칠십 평생 일어난 일을 잘 기억하고 있습니다. 그동안 이해할 수 없을 만큼 괴이한 일들도 많이 봐왔습죠. 그러나 간밤에 일어난 끔찍한 사건은 옛날 일들을 무색하게 합니다.

로스 (하늘을 올려다보며) 영감, 하늘도 무심치 않은지 인간들이 저지른 이 잔인한 무대를 위협하고 있구려. 대낮인데도 캄캄한 밤처럼 어둠이 내려앉았구려.

노인 심상치 않은 일입니다. 이번 사건을 생각해 보면 말이지요. 지난 화요일이었습니다. 하늘 높이 날던 매가 쥐나 잡아먹는 올빼미한테 습격을 받아 죽었답니다.

　로스　명마로 소문난 왕의 말들이 갑자기 마구간을 부수고 뛰쳐나와 사람들에게 대드는 일도 있었소.

　노인　서로 물어뜯으며, 야단법석이었답니다.

　로스　그래요. 그 광경을 보고 정말이지 나도 놀랐어요.

　　맥더프 등장.

　로스　오오, 맥더프, 일이 어떻게 되었소?

　맥더프　왜, 아직 모르시오?

　로스　끔찍한 일을 저지른 자가 누군지 밝혀졌소?

　맥더프　맥베스가 죽여 버린 그 두 사람이었소.

　로스　아아, 저런! 무엇 때문에 그런 짓을 했단 말인가?

　맥더프　매수되었겠지. 맬컴과 도널베인, 두 왕자가 살며시 빠져나가 도망쳤소. 따라서 두 왕자가 혐의를 받고 있소.

　로스　그 일 역시 천륜을 어기는 짓이오. 이 무슨 야욕인가! 그렇다면 왕위가 맥베스 장군께 돌아가겠구려.

　맥더프　벌써 추대되어 대관식을 올리러 스콘으로 떠나셨소.

　로스　던컨 왕의 유해는 어디로 모셨소?

　맥더프　콤길로 모셔졌소. 대대로 역대 제왕의 유골을 모신 곳이오.

　로스　스콘으로 가실 거요?

　맥더프　아니, 나는 파이프로 가겠소.

　로스　그럼 나는 스콘으로 가겠소.

　맥더프　그곳에서 모든 일이 잘 되기를 바랍니다. 또 봅시다. 우리들의 낡은 옷이 새 옷보다 낫다는 평이 나지 않도록 합시다.

로스 잘 있으시오, 영감!

노인 신의 축복이 함께하기를 빕니다. 악을 선으로, 원수를 친구로 만드는 분께도 축복이 내리기를 빕니다. (모두 퇴장.)

몇 주일이 흘러간다.

제3막

제1장

포레스 궁전의 알현실.
뱅쿼 등장.

뱅쿼 모두 네 손아귀에 들어갔구나. 글래미스와 코더와 왕위까지 마녀들이 예언한 그대로다. 그러나 가장 더러운 방법으로 이 모든 것을 차지한 게 아닌가 싶구나. 그러니 왕위는 네 후손에게 물려줄 수 없는 노릇이지. 대대로 이어 갈 제왕의 조상이 될 사람은 나라고 말하지 않았던가! 그렇다면 맥베스, 네 머리 위에 또 하나의 예언이 찬란히 빛나고 있다는 걸 명심해라! 그 예언이 네게 실현된 것으로 보아, 내가 받은 신탁도 기대할 수 있는 것이 아니겠는가? 쉿, 이만 해 두자.

나팔 소리. 왕이 된 맥베스, 왕비가 된 맥베스 부인, 레녹스, 로스, 귀족들과 시종들 등장.

맥베스 장군, 여기 계셨구려.

맥베스 부인 뱅쿼 장군님이 계시지 않다면 이 잔치는 마치 바람 빠진 풍선처럼 될 뻔했습니다.

맥베스 오늘 밤 잔치를 베풀 테니 부디 참석해 주시오.

뱅쿼 분부에 따르겠습니다.

맥베스 오후에는 말을 타고 어딜 갈 거라 했소?

뱅쿼 그렇습니다, 전하.

맥베스 오늘 회의에서 장군의 유익한 의견을 들으려고 했소이다. 어쩔 수 없구려. 좋소, 내일 듣기로 합시다. 멀리 갈 작정이오?

뱅쿼 지금부터 달리면 잔치가 열리기 전까지는 돌아올 수 있을 겁니다. 말이 잘 달려 주지 않으면, 어둠 속을 한두 시간 더 달려야 할지도 모릅니다.

맥베스 부디 늦지 않았으면 좋겠소.

뱅쿼 잘 알겠습니다.

맥베스 듣자 하니 달아난 두 살인마 형제가 영국과 아일랜드에 가서 몸을 숨긴 채 괴상한 소문을 퍼뜨리고 있는 모양이오. 이 일에 대해서도 내일 의논하기로 합시다. 그 밖의 나랏일에 대해 꼭 함께 의논할 일이 있소. 어서 말을 타시오. 밤에 다시 만납시다. 그럼 잘 다녀오시오. 플리언스도 함께 가오?

뱅쿼 그렇습니다, 전하. 이제 가야 할 시간이 되었습니다.

맥베스 말이 튼튼한 다리로 빨리 달려 주기를 바라겠소. 두 사람을 말 등에 맡겨 두겠소. 그럼 어서 가시오. (뱅쿼 퇴장.) 모두 저녁 일곱 시까지는 자유롭게 시간을 보내도 좋다. 손님들을 한결 즐겁게 맞이하기 위해 그때까지 혼자 있고 싶다. 다들 물러가거라. 그때 다시 만나자! (맥베스와 시종 한 사람만 남고 모두 퇴장.) 여봐라, 내가 명한 대로 그들이 기다리고 있느냐?

시종　네, 전하. 문밖에서 기다리고 있습니다.

맥베스　이곳으로 불러들여라. (시종 퇴장.) 왕이 되는 것도 부질없는 일이로다. 뱅쿼에 대한 두려움이 내 몸을 칭칭 감아오고 있다. 그의 고귀한 성품 속에는 두려움을 느끼게 하는 그 무엇이 도사리고 있다. 그는 매우 대담하다. 거기에 기백이 넘쳐 무엇이든 행동으로 옮길 수도 있다. 내가 두려워하는 것은 오로지 그의 존재뿐이다. 그와 함께 있으면 내 수호신도 맥을 못 쓰거든. 마치 시저 앞에 나타난 안토니와 같다. 뱅쿼는 마녀들을 다 그쳤지. 마녀들이 나를 왕이라고 부르자 자기에 대해서도 한마디 하라고 소리쳤어. 그랬더니 마녀들은 뱅쿼에게 자손 대대로 왕을 낳으실 분이라고 했지. 내 머리에는 열매 맺지 못할 왕관이 놓이고, 이 손에는 내 자손이 아닌 남의 자손이 왕권을 계승하게 될 홀을 헛되이 쥐고 있는 셈이다. 결국 뱅쿼의 자손을 위해 내 영혼과 손에 던컨의 피를 묻힌 꼴이 되는 게지. 내 평화스런 마음의 술잔에 원한이 섞인 것도 그들 때문이었단 말인가! 아, 이 무슨 사악하고 짓궂은 운명이란 말인가! 좋다, 운명이여! 오너라, 내가 싸워 줄 테니. 누구냐?

시종이 자객 둘을 데리고 다시 등장.

맥베스　너는 다시 부를 때까지 문밖에서 기다리고 있어라. (시종 퇴장.) 우리가 함께 얘기를 나눈 것이 어제였던가?

자객 1　그렇습니다, 전하.

맥베스　그래, 내가 한 말을 잘 생각해 봤느냐? 지금까지 너희를 불행하게 만든 사람이 난 줄로 오해하고 있었겠지만, 실은 뱅쿼 그 사람이었다. 이 문제는 지난번 만나서 충분히 얘기가 된 걸로 안다. 말끝마다 증거를 대면서 어떻게 속고 배신당했으며, 앞잡이는 누구이고 누가 이를 조종하고 있는지 모두 설명해 주었으니까. 아무리 바보 미치광이라도 뱅쿼가 한 짓이라는 것을 알 수 있겠지.

자객 1 그건 잘 알고 있습니다.

맥베스 그렇겠지. 그다음 얘기에 대해 의논하려고 부른 것이다. 너희는 이 문제를 그냥 넘겨 버릴 수 있을 만큼 참을성이 뛰어나단 말이냐? 그 알뜰한 양반과 그 자손들을 위해 기도를 올릴 만큼 신앙심이 깊단 말이냐? 그 무자비한 놈 때문에 죽음보다 더한 고초를 겪고, 가족 모두가 알거지가 되고 말았는데도?

자객 1 전하, 저희도 사람입니다.

맥베스 그렇지, 이름이 있으니 사람 축에 들지. 사냥개, 그레이하운드, 잡종, 사냥개, 불도그 따위가 모두 개 종류에 속하는 거니까. 그러나 가치를 따질 때는 구별되고 있지. 빠른 놈, 느린 놈, 영리한 놈, 집개, 사냥개 따위로 말이야. 자연이 내려 준 능력에 따라 일일이 나눠진단 말이야. 사람도 마찬가지지. 자, 너희의 가치가 최하위에 속하지 않는다고 말해 봐라. 그러면 내가 너희에게 은밀히 부탁할 일이 있다. 이를 실행하면 원수를 처치할 수 있고, 너희는 신임과 총애도 받을 수 있다. 그놈이 살아 있는 동안은 내 몸은 병든 것이나 다름없다. 그놈이 죽어야 내가 건강을 회복할 수 있을 것이다.

자객 2 전하, 저는 세상 사람들한테 얻어맞고 채이고 혼난 적이 한두 번이 아닙니다. 그래서 제 속은 울분으로 꽉 차 있습니다. 이 세상에 분풀이하는 일이라면 물불을 가리지 않을 생각입니다.

자객 1 저도 온갖 재난에 시달리며 살아왔습니다. 이 인생을 뜯어고치지 못하면 죽을 각오가 되어 있습니다.

맥베스 너희의 적은 뱅쿼라는 것을 명심하여라.

자객 1, 자객 2 네, 알겠습니다.

맥베스 그는 내 적이기도 하다. 그는 호시탐탐 내 자리를 넘보면서 언제든 내 급소를 찌를 기회만을 찾고 있다. 내가 왕권을 발휘해 내 눈앞에서 그를 쫓아내지 않는 것은 다른 친구들과의 우정에 금이 가지 않게 하기 위해서이다. 그를 드러내 놓고 처단할 수 없는 내 처지 때문에 너희의 힘을 빌리고자 하는 것이다. 그러니 너희는 아무도 모르게 일을 진행해 주기 바란다.

자객 1, 자객 2 목숨 걸고 처단하겠습니다.

맥베스 너희의 눈빛을 보니 믿음이 가는구나. 조만간 너희가 숨어 있을 곳을 알려 주겠다. 오늘 밤에 반드시 해치워라. 왕궁에서 좀 떨어진 곳이 좋겠다. 내게 티끌만큼이라도 혐의를 받게 해서는 안 된다. 장애물이 있어서도 안 되고, 증거물을 남겨서도 안 된다. 그러니 그의 아들 플리언스도 함께 없애도록 하라. 아들놈에게도 컴컴한 운명을 맛보게 하라. 그럼 물러가서 기다리고 있어라. (자객들 퇴장.) 일은 매듭지어졌다. 뱅쿼여, 오늘 밤에는 천당으로 가는 길을 찾아가야 할 것이다.

제2장

같은 장소, 다른 방.
맥베스 부인이 시종 한 사람을 데리고 등장.

맥베스 부인 뱅퀴가 왕궁을 떠났느냐?
시종 네, 늦어도 밤에는 돌아오실 겁니다.
맥베스 부인 전하께 잠시 드릴 말씀이 있다고 아뢰어라.
시종 알겠습니다. (퇴장)
맥베스 부인 모든 일이 허사로다. 허망할 뿐이로구나. 뜻을 이루었어도 달갑지 않구나! 사람을 죽이고 발 뻗고 못 잘 바에는 차라리 죽는 편이 낫겠다.

맥베스, 생각에 잠긴 얼굴로 등장.

맥베스 부인 전하, 어찌 된 일인가요? 이렇게 넋을 잃고 계시니. 그런 모습은 이미 죽은 사람과 함께 깨끗이 사라져 버려야 하지 않습니까?
맥베스 우리는 독사를 난도질했을 뿐 죽이지는 못했소. 그저 상처만 주었을 뿐이지. 상처가 아물고 나면, 우리의 서투른 행동이 드러날 것이오. 그다음에는 언제 독사에게 물릴지 모르오. 하루 세 끼 밥을 먹을 때마다 두려워해야 하고, 잠잘 때도 악몽에 시달려 몸부림칠 바에야 차라리 죽은 던컨의 뒤를 따르는 것이 낫지 않겠소? 던컨은 무덤 속에서 편히 쉬고, 우리는 왕궁에서 벌벌 떨고 있소.

이제는 칼날도, 독약도, 전쟁도, 그 무엇도 그를 괴롭힐 수 없소!

맥베스 부인 그만하면 됐어요. 전하, 오늘 밤에는 마음을 누그러뜨리고 밝은 얼굴로 손님들을 맞이하세요.

맥베스 그렇게 하리다. 당신도 밝게 웃으시오. 특히 뱅쿼에게 신경을 쓰시오. 눈과 입으로 그에게 경의를 표하시오. 그에게는 마음을 놓을 수가 없소. 왕의 명예를 유지하기 위해서는 속마음을 드러내서는 안 된다오. 얼굴에 가면을 쓰고 마음을 숨깁시다.

맥베스 부인 전하, 그런 생각마저 버리세요.

맥베스 나, 내 속에는 독충이 우글대고 있소! 당신도 알 거요. 뱅쿼와 플리언스가 아직 살아 있지 않소.

맥베스 부인 하지만 그들도 언제까지나 살아 있을 수는 없죠.

맥베스 그 얘기를 들으니 좀 편해지는구려. 그렇지, 두 사람도 칼에 찔리면 죽는 거지. 오늘 밤 당신이 기뻐할 만한 일이 생길 거요. 박쥐가 훨훨 날아다니고, 딱정벌레가 하품을 할 무렵 무시무시하고도 중요한 일이 일어날 테니.

맥베스 부인 어떤 일이 일어나는데요?

맥베스 당신은 모른 척하고 있으시오. 굿이나 보고 떡이나 먹으면 되는 거요. 자, 어서 오너라! 자비로운 한낮의 눈을 가려 줄 검은 손이여. 눈에 보이지 않는 피투성이 손으로 내 목숨을 위협하는 그를 없애라! 빛이 사라져 가는구나. 까마귀는 음산한 숲속으로 날아들고 있다. 착한 사람들은 잠이 들고, 밤의 무리들이 먹이를 찾아 꿈틀거리기 시작한다. 내 말을 듣고 당신은 야릇한 느낌에 사로잡힌 모양이구려. 하지만 가만히 기다리고 있으시오. 어차피 악으로 시작된 일은 악으로 다져져야 하는 법이지. 자, 함께 갑시다. (두 사람 퇴장.)

제3장

궁전 바깥의 숲 언덕길. 궁전의 정원으로 통하지만, 궁전에서는 좀 떨어져 있다.
세 명의 자객 등장.

자객 1 누가 당신을 이리로 보냈소?

자객 3 맥베스 왕이오.

자객 2 믿어도 될 것 같군. 우리가 해야 할 일들을 낱낱이 말하는 걸 보니.

자객 1 자, 힘을 합칩시다. 서쪽 하늘에는 아직 저녁놀이 가물거리고 있소. 지금쯤 길을 재촉하는 나그네는 머물 곳을 찾아 말을 몰아세우고 있을 거요. 우리가 기다리는 주인공도 이제 나타날 때가 되었군.

자객 3 쉿! 말발굽 소리다.

뱅쿼 (멀리서) 여봐라, 횃불을 이리 다오!

자객 2 바로 저놈이야! 초대받은 다른 분들은 이미 다 모여 있을 테니까.

뱅쿼와 횃불을 든 플리언스 등장.

뱅쿼 오늘 밤에는 비가 올 듯하군.

자객 1 오고말고! (자객 1이 횃불을 끄자, 다른 자객들이 뱅쿼에게 덤벼든다.)

뱅쿼 으악, 암살이다! 도망가라, 플리언스. 도망, 도망가라, 도망가! 너는 살아서 반드시 복수를 해야 돼. 으악, 고약한 놈! (죽는다. 플리언스, 도망친다.)

자객 3 아들놈은 달아나 버렸어.

자객 2 중요한 반 토막을 놓치고 말았군.

자객 1 여하튼 가세. 가서 상황을 보고하세. (모두 퇴장.)

제4장

궁전의 홀.
잔치가 벌어지고 있다. 맥베스, 맥베스 부인, 로스, 레녹스, 귀족들과 시종들 등장.

맥베스 모두 자기 자리에 앉으시오. 여기 오신 것을 진심으로 환영하오.

귀족들 전하, 감사합니다.

맥베스 부인은 왕후의 옥좌에 앉는다. 귀족들은 탁자 양쪽에 앉는다. 가운데 맥베스의 자리는 비어 있다.

맥베스 여러분 틈에 끼어 주인노릇을 해야겠소. 왕비께서도 한 말씀하시오.

맥베스 부인 이렇게 와 주셔서 고맙습니다.

맥베스가 왼편 입구 앞을 지날 때, 자객 1이 문 앞에 나타난다. 그때 귀족들이 일어서서 부인에게 절을 한다.

맥베스 보시오, 손님들이 진심으로 답례를 하는구려. 나는 한가운데 앉겠소. 실컷 흥겹게 놀아 주오. 우선 술잔을 들고 한 바퀴 돌겠소. 한 사람씩 건배를 해야지. (문 쪽으로 간다. 작은 소리로 자객에게) 얼굴에 피가 묻어 있네.

자객 1 (작은 소리로) 뱅쿼의 핍니다.

맥베스 (작은 소리로) 하긴 그놈의 몸 안에 남아 있는 것보다는 네 얼굴에 묻어 있는 게 낫지. 해치웠느냐?

자객 1 (작은 소리로) 물론이죠. 목덜미를 푹 찔렀습니다.

맥베스 (작은 소리로) 목덜미라! 솜씨 좋구나. 플리언스도 말끔히 해치웠겠지?

자객 1 (작은 소리로) 부끄럽습니다. 전하, 플리언스는 달아났습니다.

맥베스 (방백) 오, 그렇다면 다시 불안해지는구나! 그 실수만 없었다면 내가 안심할 수 있을 텐데. 대리석처럼 견고하고, 바위처럼 단단하며, 공기처럼 자유롭게 살 수 있을 터인데. 네 얘기를 듣고 나니 다시 골방에 갇힌 기분이구나. 하지만 뱅쿼에 대해서만은 마음을 놓아도 괜찮겠지.

자객 1 (작은 소리로) 그럼요. 머리를 스무 군데나 찌른 다음 도랑에 처박아 놨습니다. 한 번 찔린 상처만으로도 숨통이 끊길 수 있죠.

맥베스 (작은 소리로) 고생했다. 아비 뱀은 죽었구나. 달아난 새끼 뱀도 머지않아 독을 품겠지만 지금 당장은 독침이 없겠지. 이제 그만 물러가라. 내일 다시 얘기하자. (자객 퇴장.)

맥베스 부인 전하, 대접이 너무 소홀합니다. 잔칫상을 벌여 놓았으니 함께 즐기셔야 합니다. 그러지 않으면 음식점에서 먹는 것과 다를 바 없지요. 먹기만 하는 일이라면 각자 자기 집이 제일 편하지요. 대접이 소홀하면 양념이 빠진 듯합니다.

맥베스 기꺼이 함께하겠소! 자, 다들 많이 드시고, 더욱 건강하시오.

레녹스 전하께서도 옥좌에 앉으시지요.

맥베스 이 나라의 명사들이 한자리에 모였구려. 뱅쿼 장군도 함께했으면 좋았을 텐데.

뱅쿼의 유령이 나타나서 맥베스 자리에 앉는다.

맥베스 차라리 그분을 나무라는 게 낫지, 만에 하나 사고라도 났으면 큰일이오!

로스 그가 약속해 놓고 오지 않은 거라면 비난받아 마땅한 일입니다. 전하, 어서 옥좌에 앉으셔서 저희에게 은혜를 베풀어 주소서.

맥베스 자리가 꽉 찼는데.

레녹스 여기가 전하의 자리입니다.

맥베스 어디?

레녹스 여깁니다. 전하, 왜 그리 놀라십니까?

맥베스 (뱅쿼의 유령에게) 누가 이런 짓을 했느냐?

귀족들 무슨 말씀입니까?

맥베스 (유령에게) 내가 그랬다고? 피투성이 머리털을 내게 흔들지 마라. (맥베스 부인, 일어선다.)

로스 여러분, 일어납시다. 전하께서 아마 기분이 언짢으신 모양입니다.

맥베스 부인 (아래로 내려와서) 여러분, 그냥 앉아 계십시오. 전하께서는 가끔 이러십니다. 금방 좋아지실 겁니다. 그러니 못 본 척 앉아서 음식을 즐기십시오. 자꾸 지켜보고 있으면 발작이 오래갑니다. (왕에게 방백) 당신이 그러고도 사나이예요?

맥베스 (작은 소리로) 그렇소. 나는 용감한 사내라오. 악마가 보더라도 까무러칠 저 모습을 이렇게 맞서 뚫어지게 보고 있지 않소?

맥베스 부인 (작은 소리로) 아, 정말 장하시군요! 악마라니요? 그건 마음이 불안해서 생긴 환상이에요. 이게 무슨 꼴이에요. 제발 정신 차리세요. 전하께서는 지금 텅 빈 의자를 쏘아보고 계시는 거라고요.

맥베스 (작은 소리로) 제발 저기를 봐요, 저기를! 뭐, 아무것도 아니라고? 고개를 끄덕이는 걸 보니 말도 할 수 있겠구나. 무덤이 도로 토해 낸 거라면, 앞으로는 솔개의 배 속을 무덤으로 삼아야겠구나. (유령 사라진다.)

맥베스 부인 (작은 소리로) 바보같이 환영을 보고 놀라시다니?

맥베스 내 눈으로 확실히 보았소.

맥베스 부인 (작은 소리로) 정말 부끄럽군요.

맥베스 (작은 소리로) 피는 지금까지도 흘려왔다. 이전에는 사람의 골이 터져 나오면 그것으로 끝장이었는데, 지금은 머리에 스무 군데나 상처를 입고도 다시 살아나서 내 의자를 차지하는구나. 참 괴상한 일이로다.

　　맥베스 부인　여보, 손님들이 기다리고 있어요.

　　맥베스　아, 깜박 잊었군. 여러분, 이 일에 신경 쓰지 마오. 내게는 이상한 고질병이 있소. 나를 아는 사람은 아무렇지도 않게 여긴다오. 자, 여러분의 우정과 건강을 위해 건배를 하고 좌석에 앉겠소. 술을 따라라, 철철 넘치도록! 잔치에 오신 분들을 축하하고, 이 자리에 오지 못한 우리의 친구 뱅쿼를 위하여! 그가 여기 있었으면 좋았을 것을! 모두 축배를 듭시다.

　　귀족들　(건배한다.) 전하께 충성을 맹세하면서, 건배!

　　유령, 다시 나타난다.

　　맥베스　물러가라! 꺼져라! (잔을 떨어뜨린다.) 네놈은 이미 골수가 빠지고 심장도 굳어 버렸다. 보이지도 않는 눈동자를 번들거리면서 나를 노려보아 어쩔 셈이냐?

　　맥베스 부인　여러분, 다시 고질병이 도졌습니다. 별일 아닙니다.

　　맥베스　사람이 할 수 있는 일이라면 무엇이든 할 수 있다. 털이 덥수룩한 러시아 곰이건, 뿔 돋친 물소건, 하케니아의 호랑이건 모습을 바꾸고 나오너라. 지금의 그 모습만 아니라면, 내 언제든 너를 상대해 주마. 아니면 다시 살아나서, 그림자 하나 얼씬거리지 않는 벌판에서 칼싸움이라도 벌여 보겠느냐? 그래도 내가 겁을 집어먹고 떤다면, 계집아이가 갖고 노는 인형이라고 해도 좋다. 그러니 물러가라, 소름끼치는 유령이여! 어서 꺼져라! (유령, 사라진다.) 사라졌구나. 사라지기만 하면 제정신으로 돌아갈 것이다. 여러분, 자리에 앉아 주시오.

맥베스 부인 이미 전하께서는 흥을 다 깨셨어요. 즐거운 잔치가 엉망이 되어 버렸습니다.

맥베스 그것이 여름날 먹구름처럼 갑자기 들이닥치는데, 어찌 놀라지 않을 수가 있겠소! 나도 뭐가 뭔지 모르겠소. 다른 사람들은 저리 아무렇지도 않은데, 나 혼자만 겁에 질려 있으니.

로스 전하, 무엇을 보셨습니까?

맥베스 부인 제발 아무것도 묻지 마십시오. 그러면 상태가 더 악화되실 테니까요. 이만 물러들 가시는 게 좋을 듯합니다.

레녹스 그럼 편히 쉬십시오. 병이 빨리 낫기를 바랍니다.

맥베스 부인 여러분, 안녕히 가십시오! (귀족들과 시종들 퇴장.)

맥베스 아무래도 피를 보고야 말 것 같소! 피는 피를 부른다고 하지 않소. 비석이 움직이고, 나무가 입을 열어 말을 했다는데. 까치나 까마귀를 이용해 숨은 살인자를 알아낸 적도 있었다는데. 밤이 얼마나 깊었소?

맥베스 부인 밤인지 새벽인지 분간하기 어렵습니다.

맥베스 어찌 생각하오? 맥더프는 잔치에 오라는 명을 거역했지?

맥베스 부인 사람을 보내셨습니까?

맥베스 우연히 들었소. 그러나 사람을 보내겠소. 내가 매수한 하인이 없는 집은 한 집도 없으니까. 내일 아침 일찍 마녀들을 찾아가서 얘기를 더 들어 봐야겠소. 비록 최악의 말을 듣게 되더라도, 내 이익을 위해서라면 못할 일이 없소. 어차피 피를 봤으니, 여기서 멈출 수는 없소. 이제 와서 돌아서는 것은 앞으로 나아가는 것보다 더 어려운 일이오. 생각은 나중에 하고 빨리 해치워야겠소.

맥베스 부인 전하께서는 좀 주무셔야 합니다.

맥베스 갑시다. 잠자리에 듭시다. 이렇듯 환영을 보고 당황하는 것은 그저 풋내기지. 이런 면에서 우리는 아직 모자란 점이 많아. (두 사람 퇴장.)

제5장

황야.
천둥소리. 마녀 셋이 등장해 헤카테와 만난다.

마녀 1 웬일이세요, 헤카테 님? 잔뜩 화가 나신 모양이네.
헤카테 당연하지. 긴방지고 뻔뻔스러운 마녀들 같으니. 제멋대로 맥베스와 거래를 하다니. 어째서 맥베스에게 생사의 문제를 수수께끼로 거래하느냐 말이야! 너희는 마술의 스승인 내가 뒤에서 모든 재앙을 조종하거늘, 감히 나를 무시하다니! 괘씸한 짓이 어디 그뿐이냐? 너희가 한 짓은 심술궂은 고집쟁이들만을 위한 것이 되었어. 그놈도 다른 녀석들과 마찬가지로 자기 일만 생각하고 너희를 돌보지도 않고 있어. 그러니 너희들은 지금 곧 지옥의 아케론 동굴을 찾아가라. 그놈이 거기로 올 것이다. 자기 운명을 알고 싶어서 말이지. 오늘 밤에는 무시무시할 정도로 잔인한 일을 저질러야지. 내겐 정오까지 끝내야 할 큰일이 남아 있어. 보아라, 달님 한구석에 물방울 하나가 무겁게 매달려 있다. 그것이 땅에 떨어지기 전에 받아서 마술을 부리면 혼령들이 나타난다. 그놈은 환영에 시달려 악의 구렁텅이로 빠지고 말 것이다. 운명을 조롱하고, 죽음을 비웃는 그놈에게 참혹한 파멸의 맛을 보여 줘야지.

> 안에서 '오너라 헤카테, 오너라 헤카테'라는 노래가 들린다.
> 구름이 내려온다.

헤카테 들리느냐? 나를 부르고 있다. 혼령들이 구름 위에 앉아서 나를 부르고 있지 않느냐. (구름을 타고 날아간다.)
마녀 1 어서 가자, 그녀가 곧 돌아올 테니. (모두 퇴장.)

제6장

> 스코틀랜드의 어느 성.
> 레녹스와 귀족 한 사람 등장.

레녹스 제가 지금 말씀드리고 싶은 것은, 모든 일이 기묘하게 돌아가고 있다는 겁니다. 거룩하신 던컨 왕이 돌아가신 것을 맥베스가 슬퍼하는 것까지는 좋습니다. 용감한 뱅쿼는 너무 늦은 시간에 밤길을 거닐었어요. 어쩌면 그는 아들 플리언스에게 살해되었는지도 모릅니다. 플리언스가 달아났으니 말입니다. 맬컴과 도널베인이 아버지를 살해했는데, 놀라지 않을 사람이 어디 있겠소? 천벌을 받을 일이지. 맥베스가 애석하고 원통했던 모양입니다. 분에 못 이겨 그 자리에서 호위병들을 죽인 것은 당연한 일이지요. 그들은 술과 잠에 빠져 어리벙벙해 있었으니까요. 칼을 휘두른 건 훌륭한 일이지요. 변명을 늘어놓는데 분개하지 않을 사람은 없을 테니 말이오. 여기서 맥베스가 일을 잘 처리한 거지요. 혹시라도 던컨 왕의 아들들을 체포하게 되면, 아버지를 살해한 죄가 어떤 것인지 알게 될 겁니다. 플리언스도 마찬가지죠. 이쯤 해야겠군요. 하고 싶은 말을 다 하다가는 맥더프처럼 될 테니까요. 그나저나 그가 어디 숨어 있는지 아십니까?

　　귀족　맬컴이 영국에서 세월을 보내고 있죠. 에드워드 왕의 후대를 받으면서요. 역경 속에서도 잘 지내고 있답니다. 맥더프는 그곳으로 찾아가 에드워드 왕에게 도움을 받을 모양입니다. 왕자를 위해 노섬벌랜드 백작과 용감한 아들 시워드가 이끄는 원군 덕택으로 우리는 다시 마음 놓고 밤잠을 잘 수 있으리라 봅니다. 잔칫날 피로 물든 칼을 멀리할 수 있게 된 것이지요. 그런데 이 같은 소식을 들은 맥베스도 전쟁 준비를 하고 있답니다.

　　레녹스　맥베스는 맥더프에게 사절을 보냈던가요?

　　귀족　네. 그러나 단호하게 거절했다고 합니다.

　　레녹스　그런 일이 있었다면, 맥더프는 온갖 지혜를 짜내어 맥베스를 멀리해야겠군요. 신께서 사절이 되어 영국으로 가 소식을 전해 주었으면 좋겠소. 저주받은 손 때문에 앓고 있는 이 나라에 속히 축복이 내리도록 말이오.

　　귀족　나도 신께 빌고 싶소. (두 사람 퇴장.)

제4막

제1장

동굴.
동굴 한가운데에 불길이 타오르는 구멍이 있고, 그 위에는 무엇인가가 끓는 가마솥이 걸려 있다. 천둥소리와 더불어 불길 속에서 세 마녀가 차례로 나타난다.

마녀 1 얼룩 고양이가 세 번 울었다.

마녀 2 고슴도치는 세 번 울고 한 번 더 울었어.

마녀 3 흉조는 '때가 왔다.'며 울고 또 운다.

마녀 1 빙글빙글 돌자. 큰 가마솥 주위를 돌며 썩은 내장을 던져 넣자. (모두 가마솥 주위를 왼쪽으로 돌기 시작한다.) 두꺼비야, 싸늘한 돌 밑에서 서른하고 하루 동안 밤낮없이 잠을 자면서 독을 빚는구나. 두꺼비를 잡아 솥에 넣고 끓이자.

모두 불어나라, 고통이여! 불꽃이여, 타올라라! 가마솥아, 끓어라! (솥 안을 휘젓는다.)

마녀 2 늪에서 잡은 뱀을 넣고 끓여라. 도롱뇽 눈알과 개구리 발가락, 박쥐 털과 개 혓바닥, 독사 혓바닥과 독충의 침,

도마뱀 다리와 올빼미 날개여, 무서운 재앙을 불러오는 부적이 되도록 지옥의 국물이 되어 펄펄 끓어라.

　　모두　불어나라, 고통이여! 불꽃이여, 타올라라! 가마솥아, 끓어라! (솥 안을 휘젓는다.)

　　마녀 3　용의 비늘, 늑대 이빨, 굶주린 상어 내장, 한밤에 캔 독 당근, 신을 모독하는 유대인의 간, 염소 쓸개, 월식 때 꺾은 나뭇 가지, 터키인의 코, 타타르인의 입술, 창부가 낳아서 목 졸라 죽인 뒤 도랑에 버린 갓난아이 손가락, 죄다 넣어 진하게 끓이자. 한 가지 더, 호랑이 내장을 집어넣어 진하게 끓이자.

　　모두　불어나라, 고통이여! 불꽃이여, 타올라라! 가마솥아, 끓어라!

　　마녀 2　자, 이제는 원숭이 피로 식히자. 그러면 마술의 힘이 생기리라.

　　　헤카테, 또 다른 마녀 셋을 데리고 등장.

　　헤카테　오, 고생들 했다! 여기에서 얻은 것을 모두에게 고루 나누어 주마. 가마솥 주위를 돌며 노래 부르자. 요정들처럼 동그라미를 그리자. 가마솥 안 물건에 마술을 걸자.

　　　음악과 노래. 헤카테와 마녀 셋 퇴장.

　　마녀 2　엄지손가락이 쑤시는 걸 보니 불길한 놈이 이리로 오나 보다. (문 두드리는 소리.) 열려라, 자물쇠야.

문이 열리고 맥베스 등장.

맥베스 어둠 속에서 흉악한 짓을 하는 마녀들아, 무엇을 하고 있느냐?

모두 말할 수 없습니다.

맥베스 부탁이다. 너희가 어떻게 해서 예언을 하게 되었는지 모르지만, 너희에게 묻는다. 부디 대답해 다오. 바람을 몽땅 풀어 교회를 무너뜨리든, 파도에 거품을 일으켜 배를 삼켜 버리든, 바람에 보리이삭과 나무가 쓰러지든, 성벽이 파수꾼 머리 위로 허물어지든, 궁성과 탑이 기울어져 땅 위로 주저앉든, 모든 씨앗이 엉망진창이 되어 우주가 사라진다 해도 괜찮으니 내 묻는 말에 대답해 다오.

마녀 1 말해 보세요.

마녀 2 물어보세요.

마녀 3 대답해 드릴게요.

마녀 1 저희한테 들을래요? 아니면 저희 스승님한테 들을래요?

맥베스 불러다오! 너희 스승을 만나게 해 다오!

마녀 1 자기 새끼를 아홉 마리나 잡아먹은 암퇘지 피를 넣자. 살인자가 교수대에서 흘린 기름도 집어넣자.

마녀들 지옥에 있는 모든 마녀들아, 이리 나와 마술을 부려라.

천둥소리.
환영 1, 맥베스와 같은 투구를 쓰고 솥 안에서 나타난다.

맥베스 자, 내게 말해 다오.

마녀 1 당신 마음속을 이미 알고 있어요. 그러니 듣기만 하세요.

환영 1　맥베스! 맥베스! 맥베스! 맥더프를 조심하라. 이만 가야겠다. (사라진다.)

맥베스　고맙다. 내 두려움의 핵심을 찌르는구나.

마녀 1　부탁할 필요 없어요. 또 하나가 나타날 테니. 첫 번째보다 더 신통할 겁니다.

　　천둥소리.
　　환영 2, 피투성이가 된 아이의 모습으로 나타난다.

환영 2　맥베스! 맥베스! 맥베스!

맥베스　귀가 세 개 있어야겠구나. 그래야 다 들을 수 있겠는걸.

환영 2　피를 무서워하지 말고 대담하게 행동하라. 인간의 힘을 비웃어라. 여자의 배 속에서 태어난 인간 가운데 맥베스를 쓰러뜨릴 놈은 없다. (사라진다.)

맥베스　맥더프, 내가 무엇 때문에 너를 두려워하겠느냐? 하지만 확실하게 해 두기 위해 못을 박아 둬야겠다. 맥더프, 너를 살려 둘 수 없다. 이제 비겁하게 떨고 있는 내게 호통을 쳐 천둥이 울려도 편안히 잠들 수 있도록 하겠다.

　　천둥소리.
　　환영 3, 손에 나뭇가지를 들고 왕관을 쓴 아이의 모습으로 나타난다.

맥베스　아, 이건 또 무엇이냐? 왕관을 쓰고 나타난 아이는?

마녀들　귀를 기울여라. 입을 다물어라.

환영 3 사자처럼 용감해져라. 신경을 곤두세우지 마라. 누가 화를 내거나 초조해 하건, 어디서 반역자가 나타나건 맥베스는 결코 멸망하지 않으리라. (사라진다.)

맥베스 마음이 놓이는구나. 그러나 한 가지 더 궁금한 게 있다. 뱅쿼의 후손이 왕위에 오를 수 있는가?

마녀들 이제 더는 알려고 하지 마라.

맥베스 제발 알려다오. 거절한다면, 너희에게 저주가 내릴 것이다. 어서 말을 해 보아라.

피리 소리와 더불어 가마솥이 땅속으로 꺼진다.

맥베스 저 솥은 왜 가라앉는가? 또 이 소리는 무엇인가?

마녀 1 나타나라!

마녀 2 나타나라!

마녀 3 나타나라!

마녀들 그림자처럼 나타났다가 그림자처럼 사라져라. 그의 마음을 슬프게 하라.

여덟 명의 왕의 환영이 한 줄로 서서 동굴 안을 가로질러 간다. 마지막 왕은 손에 거울을 들고 있다. 그 뒤에 뱅쿼의 유령이 나타난다.

맥베스 뱅쿼의 유령이구나! 꺼져라! 네 왕관을 보니 내 눈이 타들어 가는 것 같다. 그리고 다른 놈들도 모두 똑같은 왕관을 쓰고 나타나네. 더러운 마녀들! 어째서 이런 꼴을 내게 보여 주는가? 손에 거울을 들고 숱하게 많은 놈들을 보여 주고 있군. 무서운 광경이다. 이제 보니 그렇구나! 머리털이 피에 엉킨 뱅쿼가 그들을 가리키며 자기 후손들이라고 말하고 있구나. (환영들이 사라진다.) 뭐야, 이게 정말인가?

마녀 1 그렇습니다, 틀림없습니다. 맥베스 님, 뭘 그렇게 놀라세요. 자, 다들 이분의 마음을 달래 주자. 우리가 즐거운 놀이를 보여 주자.

　　　음악. 마녀들, 춤을 추다 사라진다.

맥베스 어디로 갔나? 사라졌군. 이 순간이 영원히 저주받는 시간이 되렷다. 밖에 누구 없느냐?

　　　레녹스 등장.

레녹스 전하, 무슨 일이십니까?
맥베스 마녀들을 보았는가?
레녹스 보지 못했습니다, 전하.
맥베스 그대 옆을 지나가지 않았는가?
레녹스 전하, 그런 일은 없었습니다.
맥베스 그들이 타고 가는 바람이여, 썩어 문드러져라. 그들을 믿는 놈들은 모두 지옥에 떨어져라. 말발굽 소리는 무엇이냐? 누가 왔느냐?
레녹스 전하, 두세 사람이 소식을 갖고 왔습니다. 맥더프가 영국으로 달아났다고 합니다.

맥베스 영국으로?

레녹스 그렇습니다, 전하.

맥베스 (방백) 시간이여, 그대가 먼저 나를 앞질러 가는구나. 아무리 약삭빠른 계획이라도 행동으로 옮기지 않으면 헛일이다. 지금부터 마음속에 움트는 생각이 있으면 바로 손바닥으로 휘어잡아야지. 맥더프의 성으로 쳐들어가자. 그놈의 처자와 일가친척에게 모조리 칼의 맛을 보여 줘야겠다. 바보 같은 말이 되지 않도록 얼른 실천에 옮겨야겠다. 이제 환영 따위는 보기도 싫다! (레녹스에게) 그 사절들은 어디 있느냐? 가자, 그들이 있는 곳으로 안내하라. (퇴장)

제2장

　파이프에 있는 맥더프 성의 방.
　맥더프 부인, 맥더프의 아들, 로스 등장.

맥더프 부인 제 남편이 달아나다뇨? 무슨 잘못이라도 했나요?

로스 부인, 진정하세요.

맥더프 부인 그이야말로 참아야 했어요. 달아나다니 미친 짓이에요. 실제로 아무 짓도 하지 않았으면서도 괜스레 겁에 질려 달아나다가 누명을 쓰는 수가 있답니다.

로스 겁에 질린 건지, 지혜로운 판단인지 그건 아직 모르는 일입니다.

맥더프 부인 지혜로운 판단이오? 처자식과 집을 버렸는걸요? 자기 혼자 살겠다고 달아났는걸요? 우리를 사랑하지 않았기 때문이죠. 처자식을 지키겠다는 마음이 없었던 거예요. 새 가운데서 가장 보잘것없는 굴뚝새도 둥지 안에 있는 제 새끼를 지키기 위해서 올빼미와 싸우는데 그이는 뭐냔 말이에요? 애정도 분별심도 없는 사람이라고요.

로스 부인, 부탁이니 제발 진정하세요. 그분께서는 사리분별이 정확하신 분입니다. 더는 말씀드리지 않겠습니다만, 하여튼 고약한 세상입니다. 자신도 모르는 사이에 반역자로 찍힌다는 말씀입니다. 뜬소문을 믿게 되는 건 우리 스스로 공포에 질려 있기 때문입니다. 도대체 뭐가 그리 무서운지도 모르면서요. 다만 사나운 파도 위를 이리저리 떠돌 뿐입니다. 저는 잠시 이곳을 떠나 있겠습니다. 머지않아 다시 오겠습니다. 그럼 안녕히 계십시오.

맥더프 부인 아들은 아버지가 있으면서도 아비 없는 아이가 됐어요.

로스 제가 이곳에 더 오래 머무르는 건 바보 같은 짓인 듯싶습니다. 저뿐만 아니라 부인께도 폐가 될 것이 분명하니, 이만 떠나겠습니다. (퇴장)

맥더프 부인 얘야, 네 아버지는 돌아가셨다. 앞으로 어떻게 살아갈래? 어찌하면 좋단 말이냐?

소년 새처럼 살죠, 어머니.

맥더프 부인 벌레를 잡아먹으면서?

소년 닥치는 대로 먹죠. 새들은 그렇게 살잖아요.

맥더프 부인 불쌍한 새로구나! 그물이나 끈끈이나 구덩이 같은 새덫이 무섭지 않은 모양이지?

소년　무섭긴 뭐가 무서워요? 불쌍한 새를 누가 해치겠어요? 그리고 아버지는 돌아가신 게 아니에요.

맥더프 부인　아냐, 아버지는 돌아가셨어. 아버지 없이 어떻게 살지?

소년　어머니는 아버지 없이 어떻게 살래요?

맥더프 부인　남편감은 시장에 가면 스무 명도 살 수 있단다.

소년　그럼 샀다가 또 파시게요?

맥더프 부인　아이구, 영리한 내 아들. 넌 못하는 말이 없구나.

소년　어머니, 아버지는 반역자예요?

맥더프 부인　그렇단다.

소년　반역자가 뭐예요?

맥더프 부인　반역자란 맹세하고 나서 지키지 않는 사람이지.

소년　그럼 반역자는 다 교수형을 받아야 하나요?

맥더프 부인　그렇단다, 누구든지.

소년　누가 목을 매달아요?

맥더프 부인　그거야, 정직한 사람들이겠지.

소년　그렇다면 맹세하고 지키지 않는 사람들은 바보로군요. 맹세하고 지키지 않는 사람은 이 세상에 아주 많으니까, 정직한 사람들과 싸워서 반대로 매달면 되잖아요.

맥더프 부인　이런 불쌍한 원숭이 같으니! 하지만 아버지 없이 넌 어쩔래?

소년　아버지가 정말 돌아가셨다면 어머니는 우실 거 아니에요? 그런데 울지 않으시는 건, 저에게 곧 새 아버지가 생길 거라는 뜻 아닌가요?

맥더프 부인 아니, 얘가 못하는 말이 없구나!

사절 등장.

사절 부인, 아드님을 데리고 어서 피하시지요. 놀라시게 해서 죄송합니다. 끔찍한 일이 닥쳐오고 있습니다. 조심하십시오. 저는 더 이상 머무를 수 없습니다. (퇴장)

맥더프 부인 어디로 피하란 말이냐? 나는 잘못을 저지른 적이 없어. 하지만 내가 살고 있는 이곳을 잊어서는 안 되겠지. 나쁜 일에는 칭찬을 받고, 좋은 일에는 위험이 따르는 곳이니. 아아, 그렇다면 나쁜 일을 한 적이 없다고 발버둥 쳐 봤자 무슨 소용이 있겠는가? 그런데 저 사람들은 누구지?

자객들 등장.

자객 남편은 어디 있느냐?
맥더프 부인 네놈들이 찾아낼 수 있는 곳에는 안 계신다.
자객 그는 반역자다.
소년 거짓말쟁이, 털보 악당 놈아!
자객 뭐야, 요놈이! (칼로 찌른다.) 반역자 새끼!
소년 어머니, 저놈이 저를 찔렀어요. 어서 도망가세요! (죽는다.)

맥더프 부인이 '살인이다!'라고 외치며 뛰어나가고, 그 뒤를 자객들이 쫓는다.

제3장

영국, 에드워드 왕의 궁전 앞.
맬컴과 맥더프 등장.

맬컴 어디 아무도 없는 곳에 가서 서로 울적한 마음을 달래며 실컷 울어나 보자.

맥더프 아니, 그보다 용사답게 칼을 뽑아 들고 나라를 구합시다. 아침마다 과부가 생겨나고, 고아가 늘어나고, 슬픔이 끊이지 않습니다.

맬컴 믿을 수 있는 일이면 땅을 치며 울기라도 하겠소. 사태를 알 수만 있다면 믿을 수도 있겠지. 내 힘으로 구할 수 있는 일이라면 나서겠소. 당신이 말하는 것은 그럴듯하오. 그 폭군의 이름을 입에 담기만 해도 혀가 곪아 터지는군. 그는 아직 당신을 건드리지 못하고 있소. 나는 아직 나이 어린 풋내기지만, 당신이 나를 잘만 써먹으면 그놈의 마음을 끌어당길 수도 있소. 노발대발한 신을 달래자면 약하고 불쌍하고 죄 없는 양을 제물로 바치는 것이 현명한 방법이지.

맥더프 저는 배신할 수 없습니다.

맬컴 그러나 맥베스는 배신하고 말았소. 착하고 덕 있는 인물도 권력 앞에선 절개를 굽힐 수 있는 일이오. 물론 당신은 그렇지 않으리라는 걸 알고 있소.

맥더프 저는 이 나라에 대해 희망을 잃었습니다.

맬컴 나는 그 말을 솔직히 못 믿겠소. 어째서 당신은 처자식을 버리고 이곳까지 왔단 말이오. 이렇게 말했다고 해서 당신의 명예를 더럽혔다고 생각하지 마오. 오로지 나를 지키려는 거니까. 내가 어떻게 생각하고 있든 당신이 정의로운 사람인 것은 확실하오.

맥더프 피는 피로써 갚아야 한다. 불쌍한 스코틀랜드여! 무서운 폭정이여! 단단하게 기반을 다지겠으면 다져라. 지금은 그 누구도 너를 방해하지 않으니, 악덕을 쌓아 둬라. 이만 물러갑니다. 저는 왕자님께서 생각하는 그런 악인이 되고 싶지는 않습니다.

맬컴 화내지 말아 주시오. 당신을 믿지 못해 하는 말이 아니오. 스코틀랜드가 눈물을 흘리고 피를 흘리며, 날마다 새로운 상처가 묵은 상처 위에 더해져 가고 있기 때문이오. 하지만 내가 그 폭군의 머리를 칼끝에 매단다 하더라도, 스코틀랜드는 그 뒤에 오를 후계자로 말미암아 전보다 더한 갖가지 고난을 겪게 될 것이오.

맥더프 후계자라니, 누구 말씀입니까?

맬컴 바로 나 말이오. 내 안에 여러 가지 악덕이 있다는 것을 알고 있소. 아마 불행한 백성들은 내 악덕을 보고 오히려 맥베스를 그리워할 거요.

맥더프 지옥의 악마들 가운데서도 맥베스를 따를 자는 없을 것입니다.

맬컴 하기야 그놈은 잔인하고 음탕하고 욕심이 많으니 믿기 어렵지. 그러나 욕정에 관해서는 나도 맥베스 못지않다오. 유부녀건 처녀건 가리지 않아도 내 욕정을 채울 순 없으니까. 그러니 나라를 다스리는 데는 나보다 맥베스가 오히려 낫소.

맥더프 그런 것으로 걱정하실 필요가 없습니다. 국왕이라면 기꺼이 몸 바칠 여자가 줄을 설 테니 말입니다. 어쩌면 그 많은 여자를 모두 상대하는 것이 어려울지 모릅니다.

맬컴 그뿐만이 아니오. 내 비뚤어진 근성 속에는 탐욕이 한없이 자라고 있소. 내가 국왕이 되는 날에는 귀족들의 목을 베어서라도 영토를 빼앗고, 보석과 저택을 탐낼 것이오. 그리하여 뺏으면 뺏을수록 탐욕이 커질 것이오.

맥더프 탐욕은 여름철의 욕정보다도 더 뿌리가 깊고 해롭습니다. 여러 제왕을 멸망시킨 칼날이었지요. 하지만 걱정하지 마십시오. 스코틀랜드에는 왕자님을 충분히 만족시킬 만큼의 자원이 있습니다. 그런 것쯤은 아무런 걱정을 하지 않아도 될 겁니다.

맬컴 하지만 나에게는 그것 말고도 제왕이 갖춰야 할 갖가지 미덕 따위는 하나도 가진 게 없소. 예컨대 공정, 진실, 절제, 지조, 관용, 인내, 자비, 겸손, 경건, 억제, 용기 등은 찾아볼 수가 없단 말이오. 오히려 죄악이란 죄악이 들어차 있어서 여러 면으로 몹쓸 짓을 범할 뿐이오. 만일 내가 왕권을 장악하게 되면 이 세상의 평화는 사라지고 이 땅의 조화는 깨질 것이오.

맥더프 아아, 스코틀랜드여!

맬컴 정말 나 같은 인간도 나라를 다스릴 수 있겠소?

맥더프 나라를 다스릴 만하냐고요? 맙소사! 살아 있을 필요도 없습니다. 아, 불쌍한 백성들이여! 언제 다시 평화로운 날을 맞이할 수 있으랴? 왕위를 이어야 할 왕자님은 스스로 권리를 포기하고, 온몸에 저주를 퍼붓고 있지 않은가! 선왕께서는 거룩한 왕이셨습니다. 왕후께서는 서 계신 시간보다도 무릎 꿇고 기도하는 시간이 더 많았던 분이었고요. 그런데 어찌 이런 아드님을 낳으셨는지! 왕자님, 몸소 말씀하신 갖가지 악덕 탓에 이제 인연을 끊어야겠습니다. 아아, 마지막 희망도 사라졌구나!

맬컴 맥더프, 참으로 고맙소. 당신의 열의에 찬 한마디에 내가 가진 의혹이 눈 녹듯 사라졌소. 악마 같은 맥베스가 갖은 흉계를 꾸며 누구도 믿지 않으려 했던 거요. 그래서 잠시 시험해 본 것뿐이오. 자, 앞으로는 시키는 대로 따르겠소. 조금 전에 했던 말은 다 잊어 주시오. 나는 거짓 맹세를 한 적이 없으며, 탐욕은커녕 여자에게도 욕정을 품은 적이 없소. 진실을 목숨처럼 아끼기 때문이오. 우리 이제 힘을 합쳐 승리를 거두러 갑시다! 마침 시워드가 우리를 위해 만 명의 군대를 이끌고 이미 출전했소. 우리도 뒤쫓아 갑시다.

맥더프 이처럼 반가운 일과 반갑지 못한 일이 한꺼번에 닥치니 어리둥절합니다. 누가 오고 있습니다.

의사 등장.

맬컴 왕께서 납시오?

의사 그렇습니다. 불쌍한 백성들이 국왕의 치료만을 기다리고 있습니다. 그들의 병은 워낙 고치기 어려워 의술도 소용없지요. 하지만 전하께서 한번 손을 대면 금세 나아 버리지요. (퇴장)

맥더프 무슨 병 말씀입니까?

맬컴 부스럼을 말하는 거요. 영국 왕이 행하시는 놀라운 기적으로, 나는 이미 여러 번 봤소. 어떻게 해서 그런 효험을 거둘 수 있게 되었는지 그 비밀은 국왕만이 알고 있소. 하여튼 불치의 병에 걸려 의사들도 포기한 사람을 국왕께서 환자의 목에 금화 한 닢을 걸고 기도하면 나을 수 있다는 거요. 아마 후손들에게도 이 축복받은 치료법을 전수하셨다 하오. 이는 전하께서 신의 축복을 받고 계시다는 증거지.

로스 등장.

맥더프 저기 누가 옵니다.

맬컴 우리나라 사람 같은데, 누군지 모르겠군.

맥더프 아, 로스 군. 잘 왔소.

맬컴 아, 이제야 알겠군. 신이시여, 우리 사이를 가로막고 있는 장벽을 하루빨리 없애 주소서!

로스 아멘.

맥더프 스코틀랜드는 어떻소?

로스 아, 비참한 스코틀랜드여! 상황을 말씀드리기조차 두렵군요. 차라리 무덤이라고 부르는 것이 낫겠습니다. 바보가 아니고는 웃는 사람을 볼 수가 없습니다. 백성들의 아우성이 하늘을 찌르고 있습니다. 그러나 아무도 관심을 갖지 않습니다. 너무나 흔한 감정 정도로 넘기기 때문입니다. 장례식의 종소리가 울려도 누가 죽었는지 물어보는 사람조차 없습니다. 착한 사람들의 목숨은 모자에 꽂는 꽃보다도 더 쉽게 시들고, 병에 걸리지도 않았는데 사람들은 자꾸만 죽어갑니다.

맥더프 오, 신이여! 어찌하면 좋습니까?

맬컴 요즘에는 어떠한 참사가 있었소?

로스 한 시간 전 얘기는 이미 옛날 얘기가 되어 웃음거리가 됩니다. 일 분마다 기막힌 사건이 터지니까요.

맥더프 내 아내는 잘 지내고 있소?

로스 괜찮았소.

맥더프 아들은?

로스 역시 괜찮았소.

맥더프 폭군도 그들의 평화를 깨뜨리지는 못했군.

로스 작별 인사를 하러 갔을 땐 괜찮았소.

맥더프 시원스럽게 말해 보오. 어떻게 되어가오?

로스 이곳으로 오는 동안 들은 소문인데, 수많은 사람들이 일어났다고 합니다. 저도 폭군의 군사들이 움직이는 것을 보았거든요. 왕자님, 스코틀랜드에 모습만 나타내소서. 그럼 군사들이 구름처럼 모여들 것입니다. 여자들도 나가 싸울 것입니다. 미칠 듯한 고통을 겪지 않기 위해서요.

맬컴 이제는 백성들이 마음을 놓아도 좋을 거요. 용감한 시워드가 이끄는 일만 군대를 우리에게 허락하셨소.

로스 아, 저도 기쁜 소식을 전할 수 있다면 얼마나 좋겠습니까! 하지만 여태껏 들어 보지 못한 가장 슬픈 소식을 전해야 하다니.

맥더프 무엇에 관한 것이오?

로스 마음이 고운 사람이라면 함께 슬퍼하지 않을 수 없을 거요.

맥더프 만약 내 얘기라면 숨기지 말고 말해 주시오.

로스 당신의 귀가 제 혀를 나무라지 못하게 해 주시오.

맥더프 으흠, 짐작이 가오.

로스 성이 습격을 받았소. 부인과 아드님 모두 참살당했소.

맥더프 내 아들까지도. 아, 악귀로구나! 정말로 내 사랑스런 가족을 모두 죽였단 말이오?

맬컴 사나이답게 참으시오.

맥더프 네, 그래야지요. 하지만 아무리 사나이라 해도 눈물을 흘리지 않을 수 없군요. 제겐 그토록 소중한 가족이었는데요. 오, 신이여! 죄 많은 맥더프! 모두 내 탓이로다! 잘못은 내게 있다. 그래서 모조리 죽은 것이다. 이젠 고요히 잠들라!

맬컴 그 슬픔을 칼 가는 숫돌로 삼고 분노로 바꾸시오. 마음이 무디어지지 않도록 하시오.

맥더프 아! 여자들처럼 눈이 붓도록 울고, 허풍쟁이처럼 떠벌릴 수 있다면 얼마나 좋을까! 그러나 하늘이여, 저를 스코틀랜드의 악마와 즉시 맞서게 해 주십시오. 이 칼이 닿는 곳에 그놈을 끌어내 주십시오.

맬컴 사나이다운 말씀이오. 자, 영국 왕께로 갑시다. 작별 인사만 남았소. 맥베스는 흔들기만 하면 떨어질 썩은 과일이오. 하늘도 우리 편이 되어 돕고 있으니 힘을 냅시다. 아무리 밤이 길어도 날은 밝아오는 법이니. (모두 퇴장.)

제5막

제1장

    던시네인, 맥베스 성의 어느 방.
    의사와 시녀 등장.

의사 이틀 밤을 꼬박 지켜보았지만, 당신이 말한 증세는 나타나지 않았소. 왕비님께서 그렇게 걸어 다니신 것이 언제부터였소?

시녀 전하께서 출전하신 뒤부터입니다. 밤만 되면 잠결에 침대에서 일어나 벽장문을 열고 종이를 꺼내어 몇 자 쓰십니다. 그것을 읽어 본 다음 봉한 뒤에 다시 침대로 돌아오시죠. 그런데 이런 행동을 하시는 동안에도 내내 깊은 잠에 빠져 있는 듯했습니다.

의사 심한 정신착란인가 보오. 몽유 상태로 걸어 다니면서 여러 가지 일을 하실 때 뭐라고 말씀하시는 소리는 못 들었소?

시녀 그것만은 말씀드릴 수 없습니다.

의사 내게 말해도 괜찮소. 아니, 당연히 얘기해야 하오.

시녀 누구에게도 그것만은 말씀드릴 수 없습니다. 아무도 제 말을 믿어 주지 않을 테니까요.

맥베스 부인, 촛불을 들고 등장.

시녀 저것 보세요, 여기요! 늘 하시는 대로 깊은 잠에 빠져 계시는 거라고요.

의사 저 촛불은 어떻게 손에 넣으셨을까?

시녀 머리맡에 놔두시는걸요. 곁에 늘 촛불을 켜 두도록 분부하셨습니다.

의사 정말 눈을 뜨고 계시는군.

시녀 그러나 아무것도 볼 수는 없으세요.

의사 지금 뭘 하시는 걸까? 손을 닦고 계시는데.

시녀 늘 저러십니다. 저렇게 손을 씻으시는데, 십오 분 동안이나 계속 저러고 계실 때도 있어요.

맥베스 부인 아직도 여기 흔적이 있네.

의사 쉿! 무슨 말씀을 하시잖아! 확실히 기억해 두기 위해서 적어 두어야겠소.

맥베스 부인 지워져 버려라, 저주받을 얼룩이여! 망할 놈의 얼룩아, 지워져 버려! 한시 두시, 이제 처치할 시간이다. 지옥은 캄캄하구나. 장군이 겁을 내다니? 누가 안다고 겁을 내세요? 우리를 욕할 사람이 있을 리 없잖아요. 하지만 그 늙은이에게 이렇게 피가 많은 줄은 몰랐어요.

의사 (시녀에게) 저 소리 들었소?

맥베스 부인 맥더프에게는 아내가 있었지. 지금은 어디에 있을까? 아, 이 손이 깨끗해질 수 있을까? 그만두세요! 이젠 그만두세요! 그렇게 벌벌 떨고 있으니, 모든 일을 망쳐 버리겠어요.

의사 저런! 들어서는 안 되는 말을 들었군.

시녀 왕비님께서 해서는 안 될 말을 하셨죠.

맥베스 부인 아, 여기는 아직도 피비린내가 나는군. 아라비아의 향수로도 이 작은 손을 향기롭게 할 수는 없을 것이오. 아아! 아아! 아아!

의사 아, 저 한숨 소리! 마음이 몹시 괴로우신 모양이로군.

시녀 저런 마음을 갖는다면 차라리 왕비가 되는 것을 포기하겠어요.

의사 그럼 그렇겠지.

시녀 제발 좀 보살펴 드리세요. 빨리 나으시게요.

의사 저 병은 내 힘으로 고칠 수 없소. 몽유병 환자 가운데는 편안히 잠자리에서 죽은 사람도 있지.

맥베스 부인 당신 어서 손을 씻고 잠옷으로 갈아입으세요. 그렇게 창백한 얼굴로 나를 쳐다보지 마시고요. 뱅쿼는 땅에 묻혔어요. 무덤 속에서 다시는 나오지 못할 거예요.

의사 그럼 그분까지?

맥베스 부인 누가 문을 두드리고 있어요. 자, 갑시다. 어서 손을 이리 주세요. 엎지른 물은 다시 퍼 담을 수 없어요. 침실로 갑시다. (퇴장)

의사 이제 침실로 가 주무시는 거요?

시녀 바로 주무시지요.

의사 더러운 소문이 나돌고 있소. 도리에 어긋난 행위는 엄청난 고통이 따르는 법이지. 마음이 병들면 귀머거리 베개를 보고도 비밀을 털어놓고 싶어 하지. 왕비님께 필요한 사람은 의사가 아니라 사제올시다. 신이여, 우리의 무력함을 용서해 주소서. 잘 돌봐 드리시오. 상처를 입힐 만한 물건은 다 치워 버리고, 늘 지켜보시오. 그럼 이만 가겠소. 왕비님을 보노라니 마음이 어지럽고 눈앞이 캄캄해지는구려. 생각할 순 있어도 입밖에 낼 수는 없구나.

시녀 안녕히 가세요. (두 사람 퇴장.)

제2장

던시네인 부근의 마을.
북과 군기를 앞세우고 멘티스, 케스네스, 앵거스, 레녹스, 병사들 등장.

멘티스 영국군이 다가오고 있소. 지휘관은 맬컴 왕자와 시워드 장군 그리고 용감한 맥더프요. 그들의 가슴에는 복수심이 불타고 있소. 하기야 그들의 원한을 안다면 땅속에 묻힌 송장이라도 분에 못 이겨 벌떡 일어나 합세할 것이오.

앵거스 버넘 숲 근처에서는 우리도 합세할 수 있을 것이오.

케스네스 도널베인 왕자님도 함께 있소?

레녹스 함께 있지 않소. 합세한 귀족들의 명단을 갖고 있는데, 왕자님은 없소.

멘티스 맥베스는 뭘 하고 있을까?

케스네스 거대한 던시네인 성을 지키고 있을 거요. 대부분 그를 미치광이로 보고 있지만 더러 원한을 사지 않은 사람들은 그것을 용기라고도 하오. 그 미치광이 마음을 가죽띠로 묶어 두지 못하고 있는 것만은 확실하오.

앵거스 그렇다면 비밀리에 저지른 숱한 살인의 핏자국을 자신도 느끼는 모양이군. 하인들도 마지못해 복종할 뿐 충성심이라곤 티끌만큼도 없지. 난쟁이가 거인의 옷을 훔쳐 입은 꼴이군. 왕의 칭호가 제 몸에 맞지 않는다는 것을 이제야 느끼고 있는 거지.

멘티스 하기야 자기 스스로를 저주하고 있는 판이니 미칠 법도 하지.

케스네스 자, 우리의 충성을 진정한 군주 맬컴 왕자께 보여 줍시다. 병든 나라를 치료할 명의는 그분밖에 없소. 그와 함께 이 나라를 살리기 위해 마지막 피 한 방울까지 바칩시다.

레녹스 물론 있는 힘을 다합시다. 우리의 피로 군주의 꽃을 이슬로 적시고 독초를 뽑아 버립시다. 자, 버넘으로 돌진하자! (모두 진군하며 퇴장.)

제3장

던시네인, 성 안의 방.
맥베스, 의사, 시종들 등장.

맥베스 보고 따위는 더 이상 필요 없다. 도망갈 놈은 모조리

가도록 내버려 두어라. 버넘 숲이 이 던시네인으로 옮겨지기 전까지는 나도 겁날 것이 없다. 못난 자식, 맬컴! 그놈도 여자의 배 속에서 태어났지? 이 세상 종말까지 훤히 내다보는 마녀들이 내게 말했다. '맥베스, 두려워 마라. 여자의 배 속에서 태어난 인간 가운데 맥베스를 쓰러뜨릴 놈은 없다.' 라고. 그러니 도망가겠으면 가라, 배신자들아!

시종 등장.

맥베스 이놈, 차라리 악마한테 끌려가 시커먼 저주라도 받아라. 도대체 그 낯짝은 뭐냐? 어디서 그런 거위 같은 낯짝을 얻었느냐?
시종 저쪽에 일만이 넘는…….
맥베스 이놈아, 거위라도 쳐들어왔느냐?
시종 병사들이 오고 있습니다.
맥베스 에잇, 네놈의 면상부터 바꾸지 못할까? 겁쟁이 바보 녀석아. 병사는 무슨 얼어 죽을 병사냐? 죽어라, 이놈! 네놈의 낯짝을 보면 멀쩡한 사람까지 겁쟁이가 되겠다.
시종 영국 군대가 오고 있습니다, 전하.
맥베스 네놈은 꼴도 보기 싫다. 썩 물러가라. (시종 퇴장.) 시튼! (생각에 잠겨서) 속이 뒤집힐 것 같구나. 시튼, 거기 없느냐? 이번 싸움으로 내 생을 판가름할 것이다. 나는 이미 누렇게 뜬 낙엽처럼 살 만큼 살았어. 더욱이 늘그막에 얻을 명예나 애정, 친구 같은 건 인연이 멀다. 아니 뿌리 깊은 저주와 아첨, 빈말만이 붙어 다닌다. 이런 것들을 물리치려고 해도 마음이 약해 물리칠 수가 없구나. 시튼!

시튼 등장.

시튼 (달려 나오며) 부르셨습니까?

맥베스 새로운 소식은 또 없느냐?

시튼 여태껏 들어온 보고가 모두 사실임이 확인되었습니다.

맥베스 그럼 싸워야지. 내 살점이 다 떨어져 나갈 때까지 싸우겠다. 갑옷을 다오.

시튼 아직 그러실 필요는 없습니다.

맥베스 아냐, 입어야겠어. 병사들을 내보내라. 공포에 떠는 자들은 모조리 잡아 목을 매달아라. 어서 갑옷을 다오. (시튼, 갑옷을 가지러 나간다.) 환자는 어떻소?

의사 비관할 정도는 아닙니다. 망상으로 주무시지 못할 뿐입니다.

맥베스 그 병을 고쳐 주게. 그대는 마음의 병은 고치지 못하는가? 뿌리 깊은 슬픔을 도려내 주게. 뇌리에 새겨진 고뇌를 지워 버리게. 달콤한 약을 써서 왕비의 마음을 짓누르고 있는 독소를 씻어 내 주게.

의사 그것은 환자 자신의 마음에 달린 일입니다.

시튼이 갑옷을 들고 시종과 함께 등장.
시종이 맥베스에게 갑옷을 입힌다.

맥베스 의술 따위는 개한테 던져 줘라. 나는 필요 없다. 자, 갑옷을 입혀라. 지휘봉을 다오. 시튼, 병사를 더 보내라. (시종에게) 빨리 입혀라. (의사에게) 그대 힘으로 이 나라의 독을 씻어 낸 뒤 건강한 나라로 만들 수는 없겠소? 만일 그렇게만 한다면 내 그대에게 메아리가 치도록 찬사를 보내겠소. (시종에게) 갑옷을 벗겨라. 대황이나 완화제, 아님 설사약이라도 써서 영국 놈들을 이 땅에서 모조리 쓸어 낼 수 없나? 그놈들에 관한 소문은 들었겠지?

의사 네, 들었습니다. 전하께서 전쟁을 준비하시는 것을 본 후 소문을 듣게 되었습니다.

맥베스 (시종에게) 갑옷을 들고 따라오너라! 그것이 죽음이든 파멸이든, 버넘 숲이 던시네인으로 옮겨지지 않는 한 난 두려워하지 않는다. (퇴장. 시튼과 시종도 맥베스의 뒤를 따른다.)

의사 (방백) 던시네인을 빠져나가자. 무슨 일이 있더라도 다시는 돌아오지 말자.

제4장

버넘 숲 가까운 마을.
북과 군기를 앞세우고 맬컴, 시워드와 그의 아들, 맥더프, 멘티스, 케스네스, 앵거스, 레녹스, 로스 그리고 병사들 등장.

맬컴 여러분, 머지않아 집에 돌아갈 것이오.

멘티스 우리 모두 알고 있습니다.

시워드 저기 보이는 숲 이름이 무엇이오?

멘티스 버넘 숲입니다.

맬컴 병사들에게 가지를 꺾어 앞을 가리라고 일러라. 그러면 우리 군을 숨기고, 적의 감시를 피할 수 있을 테니.

병사들 분부대로 하겠습니다.

시워드 폭군 녀석은 숨을 죽이고 성 안에 들어앉아 우리 측의 공격만을 기다리고 있나 보오.

맬컴 그럴 것입니다. 그의 부하들은 기회만 있으면 달아날 궁리만 하고 있으니까요. 지금 그를 따르는 놈들도 마지못해 묶여 있을 뿐입니다. 하지만 그들의 마음은 딴 데 가 있지요.

맥더프 우리의 추측이 맞는지는 결과를 보아야 알 수 있습니다. 우리는 군인으로서 맡은 바 책임을 다합시다.

시워드 그렇소. 불확실한 생각은 부질없는 희망만 갖게 합니다. 그러니 싸워 이겨 확실한 결과를 얻읍시다. (진군하며 퇴장.)

제5장

던시네인 성의 안뜰.
북과 군기를 앞세우고 맥베스, 시튼, 병사들 등장.

맥베스 군기를 성벽에 매달아라. 적이 쳐들어온다는 함성이 들려온다. 네놈들을 그냥 여기에 내버려 두겠다. 너희가 굶어 죽을 때까지, 너희가 병들어 죽을 때까지. 우리 편 군사들이 그놈들과 합세하지만 않았어도 수염을 맞대고 싸워 영국 놈들을 내쫓아 버릴 수 있을 텐데. (안에서 여자들의 비명 소리.) 저 요란한 소리는 무엇이냐?

시튼 여자들이 우는 소립니다. (퇴장)

맥베스 (독백) 나는 두려움을 잊었다. 한밤중에 비명 소리를 듣고 온몸이 오싹하던 때도 있었는데. 무서운 얘기를 들으면 머리털이 살아 있는 양 곤두선 때도 있었는데⋯⋯. 나는 두려움을 실컷 맛보았다. 그러나 이제 살인에 길들여진 내 마음은 두려움 따위에는 끄떡도 않는다.

시튼 다시 등장.

시튼 전하, 왕비님께서 돌아가셨습니다.

맥베스 왕비도 언젠가는 죽어야 할 몸이다. 그런 일이 일어날 줄 알았다. 내일, 내일, 내일이 종종걸음을 치며 달아나는구나. 꺼져라, 꺼져! 촛불이여! 인생은 다만 걸어가는 그림자일 뿐. 얼마 있으면 영영 잊혀지는 가련한 배우가 아니더냐.

사절 등장.

사절 전하, 어떻게 말씀을 드려야 할지 모르겠습니다.

맥베스 어서 말하라!

사절 제가 언덕 위에서 버넘 쪽을 바라보고 있는데, 느닷없이 숲이 움직이는 것 같았습니다.

맥베스 거짓말쟁이 같으니!

사절 사실입니다. 십 리쯤 떨어진 곳에서 숲이 움직이는 것을 볼 수 있습니다. 숲이 이쪽으로 오고 있다는 겁니다.

맥베스 거짓이라면 네놈을 나무에다 매달 것이다. 하지만 그것이 사실이라면 나를 매달아도 좋다. 내 결심이 흔들리는구나. 마녀들이 거짓말을 했을지도 모르지. 칼을 뽑아라! 이제 태양을 쳐다보는 일도 지겹구나. 이 세상의 질서가 무너져 버렸으면! 종을 울려라! 바람아, 불어라! 파멸이여, 오라! 갑옷이나 입고 죽자. (모두 급히 퇴장.)

제6장

던시네인 성 앞.
맬컴, 시워드, 맥더프, 군사들, 손에 나뭇가지를 들고 등장.

맬컴 이젠 가까워졌다. 나뭇가지를 버리고 모습을 드러내라. 삼촌은 제 사촌인 아드님과 더불어 선발대를 지휘해 주십시오. 저는 맥더프와 나머지 일을 맡아서 하겠습니다.
시워드 알겠소. 오늘 밤, 우리 모두 목숨을 걸고 싸웁시다.
맥더프 힘차게 나팔을 울려라. 있는 힘을 다해서!

나팔 소리. 진군하며 퇴장.

제7장

같은 장소.
맥베스 등장.

맥베스 놈들이 나를 말뚝에 묶어 놓은 셈이구나. 달아날 수 없을 바에야 미친 곰처럼 싸울 수밖에 없지. 도대체 여자 몸에서 태어나지 않은 놈이 누구냐? 그런 놈만 아니라면 어떤 놈이라도 덤벼라!

젊은 시워드(시워드의 아들) 등장.

젊은 시워드 누구냐? 이름을 대라.

맥베스 내 이름을 들으면 까무러치게 놀랄걸.

젊은 시워드 어서 밝혀라. 지옥의 불꽃 속에 살고 있는 악마보다 더 무서운 이름을 대도 나는 까딱없다.

맥베스 내 이름은 맥베스다.

젊은 시워드 그 어느 악마보다도 가증스러운 이름이구나.

맥베스 그렇다. 내 이름보다 더 무서운 이름은 없을 것이다.

젊은 시워드 이 흉악하고 잔인무도한 놈! 이 칼로 네놈의 거짓말을 낱낱이 폭로하고야 말 테다. (둘이 싸운다. 젊은 시워드, 칼에 찔린다.)

맥베스 네놈도 여자 배 속에서 태어난 놈이로군. 어떤 칼, 어떤 무기를 휘두른다 해도 여자 배 속에서 태어난 놈이라면 두려울 게

없다. 그러니 실컷 덤벼라! (퇴장)

안에서 싸우는 소리. 맥더프 등장.

맥더프　싸움 소리가 이쪽에서 들렸는데. 폭군아, 얼굴을 내밀어라! 네놈이 죽더라도 내 칼을 맞고 죽어라. 그래야 내 아내와 아들의 유령에게 시달리지 않을 테니. 네게 고용된 불쌍한 백성들과 싸워 무엇하리. 네놈과 싸우지 않을 바에는 차라리 칼날을 쓰지 않고 고스란히 칼집에 넣어 두겠다. 아, 저기 있는 모양이군. 저 요란한 소리로 보아 대단히 큼직한 놈이 있는 것 같은데. 운명의 신이여, 그놈을 만나게 해 주소서! 더는 부탁하지 않겠나이다. (퇴장, 나팔 소리.)

맬컴과 시워드 등장.

시워드　이쪽이오, 왕자. 성은 쉽게 무너졌소. 폭군의 부하들은 두 패로 나뉘어 싸우고 있소. 영주들도 열심히 싸우고 있소이다. 이제 승리는 왕자의 것이오.
맬컴　적을 만났는데, 우리 편이 되어 싸우더군요.
시워드　그렇소. 자, 안으로 들어갑시다. (모두 성 안으로 들어간다. 나팔 소리와 북소리.)

제8장

같은 장소
맥베스 등장.

맥베스 누가 로마의 어리석은 놈들처럼 스스로 목숨을 끊겠는가. 나는 살아 있는 동안 닥치는 대로 눈앞에 있는 놈을 죽이겠다.

맥더프가 맥베스 뒤를 쫓아 등장.

맥더프 기다려라, 개만도 못한 놈아! 덤벼라!
맥베스 네놈만은 일부러 피해 왔다. 돌아가라! 내 심장은 네놈의 가족을 빨아먹은 피로 흘러넘친다.
맥더프 내뱉고 싶은 말은 이 칼날에 모두 서려 있다. 어떤 말로도 표현할 수 없는 잔인한 악당아! (둘이 싸운다. 북과 나팔 소리 울린다.)
맥베스 헛수고다! 칼이 아무리 날카롭다 해도 공기에 상처를 입히지 못하듯이 내 피를 흘리게 할 수 없을 것이다. 그 칼로 칼날이 들어가는 머리나 베어라. 내 몸에는 마력이 흐른다. 여자로부터 태어난 놈에게는 절대로 무릎을 꿇지 않는다.
맥더프 그까짓 마력은 단념하라. 네놈이 극진히 모신 그 마녀한테 물어봐라. 내가 어떻게 태어났는지 물어봐라. 어머니의 배를 가르고 달도 차기 전에 태어난 몸이니……
맥베스 그런 말을 지껄이고 있는 네 혀는 저주를 받을 것이다.

그 말 한마디에 사나이의 용기가 꺾이다니. 이 거짓말쟁이 마녀들아, 말장난으로 사람을 속이다니! 이제는 네놈들을 믿지 않겠다. 맥더프, 나는 너와 싸우고 싶지 않다.

맥더프 비겁한 놈, 그럼 무릎을 꿇어라! 목숨을 붙이고 세상의 웃음거리가 되어라. 네놈의 낯짝을 막대기에 매단 뒤 그 아래에 '폭군을 보라.'고 써 둘 테니.

맥베스 무릎을 꿇으라고? 천만에! 풋내기 맬컴의 발 앞에 엎드려 땅을 핥고, 덫에 걸린 곰처럼 온갖 놈들한테 저주를 한꺼번에 받을 수는 없다. 비록 버넘 숲이 던시네인으로 옮겨진다 해도, 여자 배 속에서 태어나지 않은 네놈이 왔다 해도 나는 끝까지 해볼 테다. 자, 덤벼라! 난 방패도 던졌다. 우리 둘 중 하나는 지옥으로 떨어지는 것이다. (두 사람, 성벽 아래에서 싸운다. 맥베스, 죽는다.)

제9장

성 안.
철수를 알리는 나팔 소리. 북과 군기와 함께 맬컴, 시워드, 로스, 귀족들과 병사들 등장.

맬컴 이 자리에 보이지 않는 친구들이 무사히 돌아와 주면 좋겠는데.

시워드 더러는 전사했을 것이오. 그러나 대충 둘러보니 우리

쪽 손실은 별로 크지 않은 것 같소. 대승을 거두었소.

맬컴 맥더프가 보이지 않는군요. 그리고 장군님의 아드님도 보이지 않습니다.

로스 아드님은 이제 겨우 성년이 된 나이로 한 치의 양보도 없이 싸우다가 사나이답게 전사했습니다.

시워드 죽었단 말인가?

로스 그렇습니다. 유해는 싸움터에서 옮겨 왔습니다. 훌륭한 아드님을 잃으신 만큼 슬픔도 크실 줄 압니다.

시워드 상처는 많이 입었던가?

로스 이마를 다쳤더군요.

시워드 그렇다면 신께서 축복을 내리시겠군. 비록 머리카락 수만큼 많은 아들이 있다 하더라도 이보다 자랑스러운 죽음을 기대할 수는 없을 거요. 이 말로써 슬픔을 대신하겠소.

맬컴 더 슬퍼해야 하지요. 제가 대신 그를 애도하겠습니다.

시워드 이것으로 충분하오. 군인으로서 훌륭하게 죽었다 하니 더 무엇을 바라겠소? 오로지 축복이 있기를 신께 빌 뿐이오. 저기 반가운 소식이 온 모양이오.

맥더프가 맥베스의 머리를 막대기에 꽂고 등장.

맥더프 국왕 만세! 보십시오. 왕위를 차지한 저주받은 머리입니다. 다시 편안한 날이 왔습니다. 많은 사람들이 국왕 주위에서 축하 인사를 진심으로 외치고 있습니다. 그들과 함께 우렁차게 외치고 싶습니다. 스코틀랜드 왕 만세!

모두 스코틀랜드 왕 만세! (나팔 소리.)

맬컴 많은 시간을 헛되이 쓰지 않고 여러분의 충성을 헤아릴 것이오. 그것에 대한 보답도 잊지 않겠소. 영주들과 친족들에게는 백작의 작위를 내리겠소. 이는 스코틀랜드 왕이 처음 내리는 명예가 될 것이오. 새로 시작되는 이 시대에 맞추어 폭군의 덫을 피해 외국으로 나간 친구들을 다시 불러들이고, 이미 죽은 살인마와 그에 못지않은 마녀 같은 왕비의 앞잡이 노릇을 한 흉악범을 잡아내겠습니다. 왕비는 자신의 더러운 손으로 스스로 목숨을 끊었다고 합니다. 그 밖에도 필요한 여러 일들은 신의 축복 아래 방법과 때와 장소를 가려 곧 실행하겠소. 자, 여러분 모두에게 다시 한 번 감사의 뜻을 전합니다. 스콘에서 거행될 대관식에 부디 참석해 주시오. (나팔 소리, 모두 행진하면서 퇴장.)

| 작가 연보 |

연도	생 애	작 품	주요 사건
1557	아버지 존 셰익스피어, 메리 아든과 결혼. 영국 중부 워릭셔 주(州) 스트라트포드에 정착.		
1564	존의 맏아들 윌리엄 셰익스피어 태어나다(4월 26일, 홀리 트리니티 교회에서 세례 받다).		
1582	셰익스피어, 여덟 살 연상인 26세의 앤 해서웨이(Anne Hathaway)와 결혼. 11월 27일, 결혼허가증 발행되다.		런던에 전염병 창궐.
1583	맏딸 수잔나 태어남.		아일랜드에 반란.
1585	쌍둥이 남매 햄넷(남)과 주디스(여) 태어남.		스페인과의 전쟁.
1588	셰익스피어가 런던 극장 업계에 진출하다.		스페인 함대가 영국과의 해전에서 패배.
1589		〈베로나의 두 신사〉〈말괄량이 길들이기〉	
1590		〈헨리 6세〉 2, 3부	
1591		〈헨리 6세〉 1부	

연도	생애	작품	주요 사건
1592		〈리처드 3세〉 〈티투스 안드로니쿠스〉	영국이 스페인 보물 함대를 공격해 성공 거둠. 런던에 전염병 창궐.
1594	'궁내대신소속 극장'의 간부로서 주주가 되다.	〈착오 희극〉 〈사랑의 헛수고〉	엘리자베스 여왕에 대한 두 차례 암살 사건, 아일랜드 반란. 4년간 계속되는 흉년의 첫 번째 해.
1595		〈한여름 밤의 꿈〉 〈로미오와 줄리엣〉 〈리처드 2세〉	해외에서 전쟁이 벌어지고, 국내의 정정이 불안정함.
1596	쌍둥이로 태어났던 맏아들 햄닛 죽다. 10월 20일, 존에게 문장 사용의 허가가 내려지다.	〈존 왕〉 〈베니스의 상인〉 〈헨리 4세〉 1부	
1597	스트라트포드의 제일 가는 저택을 60파운드로 사들이다.	〈윈저의 즐거운 아낙네들〉	
1598	벤 존슨의 희곡 〈십인십색(十人十色)〉에 출연.	〈헨리 4세〉 2부 〈헛소동〉	아일랜드 반란.
1599	'글로브 극장' 개관. 글로브 극장 공동 경영자 중 한 사람이 되다.	〈헨리 5세〉 〈율리우스 카이사르〉 〈뜻대로 하세요〉	
1600		〈햄릿〉	동인도 회사 설립.
1601	'글로브 극장'에서 〈리처드 2세〉 초연. 아버지 존 타계하다.	〈십이야〉	아일랜드 반란 실패.
1602	스트라트포드 에이번 가까운 교외의 토지 107에이커를 320파운드로 사들이다.	〈트로일로스와 크레시다〉	

연도	생 애	작 품	주요 사건
1603	'궁내대신 소속 극장'을 '국왕 극장'이라 개칭(改稱)하다.	〈오셀로〉 〈이척보척〉	엘리자베스 여왕 사망, 제임스 1세 등극.
1605		〈리어왕〉	화약 음모 사건.
1606		〈아테네의 티몬〉 〈맥베스〉, 〈안토니우스와 클레오파트라〉 〈끝이 좋으면 다 좋아〉	버지니아를 식민지로 만들기 위한 원정대 출발.
1607	맏딸 수잔나를 의사인 존 홀과 결혼시키다. 동생 에드먼드 런던에서 죽다.	〈페리클레스〉	
1608	수잔나의 첫딸 엘리자베스 태어나다. 어머니 메리 세상을 떠나다.	〈코리올라누스〉	영국 왕과 의회 사이에 갈등.
1610	은퇴 후 고향으로 돌아가다.	〈겨울 이야기〉	의회가 왕에게 '불만 사항' 호소.
1611		〈심벨린(Cymbeline)〉 〈폭풍우〉	제임스 왕이 성경 번역 승인.
1613	런던에 140파운드를 주고 집을 사다. 글로브 극장 화재로 전소.	〈헨리 8세〉 〈두 명의 고상한 친척〉	
1616	3월 15일, 유서(遺書)를 작성하다. 4월 23일, 셰익스피어 세상을 떠나다. 4월 25일, 고향 홀리 트리니티 교회에 안장되다.		
1623	아내 앤 해서웨이 죽다.	〈퍼스트 폴리오(First Folio)〉 발간	

· 사느냐 죽느냐, 이것이 문제로다. (To be or not to be, that is a problem.)

· 약한 자여, 그대 이름은 여자로다! (Frailty, thy name is woman!)

· 결심은 기억의 노예에 불과하다. (Purpose is but the slave to memory.)

· 우리 모두가 주인노릇을 할 수는 없다. (We cannot all the masters.)

· 무(無)에서 생기는 것은 무뿐이다. (Nothing will come of nothing.)

· 내가 누구인지 말할 수 있는 자는 누구인가? (Who is it that can tell me who I am?)

· (부모의) 은혜를 모르는 아이를 두는 것은 독사의 이빨에 물리는 것보다도 더 고통스럽다. (How sharper than a serpent's tooth it is to have a thankless child!)

· "이게 최악이다."라고 말할 수 있는 동안은 결코 최악이 아니다. (The worst is not so long as we can say, "This is the worst.")

· 얼굴만 보고는 사람의 속을 알 수 없다. (There's no art to find the mind's construction in the face.)

· 말은 실행의 정열에 찬바람을 몰아올 뿐이다. (Words to the heat of deeds too cold breath gives.)

· 피는 피를 부른다. (Blood will have blood.)

· 어찌할 수 없는 일은 잊을 수밖에 없다. 지나간 일은 지나간 일이다.

(Things without all remedy should be without regard; what's done is done.)

· 가난해도 만족하는 사람은 부자이다.

· 겁쟁이는 죽음에 앞서서 여러 차례 죽지만, 용기 있는 자는 한 번밖에 죽지 않는다.

· 겸손은 범인(凡人)에게는 한갓 성실이지만, 위대한 재능의 소유자인 사람에게는 위선이다.

· 공기처럼 가벼운 사소한 일도 질투하는 이에게는 성경의 증거처럼 강력한 확증이다.

· 구해서 얻은 사랑은 좋은 것이다. 그러나 구하지 않고 얻은 것은 더욱 좋다.

· 궁핍한 사람에게 필요한 약은 오직 희망이며, 부유한 사람에게 필요한 약은 오직 근면뿐이다.

· 끝이 좋으면 모두가 좋다.

· 최상급의 용기는 분별력이다.

· 평화는 예술의 보모이다.

· 타인의 비판은 되도록 받아들이는 것이 좋지만, 타인의 판단은 따로 두는 것이 현명하다.

· 험한 언덕을 오르려면 처음에는 서서히 걸어야 한다.

· 현실의 공포는 마음에 그리는 공포만큼 두렵지 않다.

· 당신의 입술에게 경멸하는 말을 가르치지 마라. 그 입술은 입맞춤하려고 있는 것이지 멸시의 말을 하기 위해 만들어진 것은 아니다.

· 돈을 빌려주면 종종 돈은 물론이고 친구까지 잃는다.

· 마음의 준비만이라도 되어 있으면 모든 준비는 완료된 것이다.

· 말리면 말릴수록 불타는 것이 사랑이다. 졸졸 흐르는 시냇물도 막으면 막을수록 거세게 흐른다.

· 흔히 말없는 보석이 살아 있는 인간의 말보다 여자의 마음을 움직인다.

· 명예는 물 위의 파문과 같으니, 결국은 무(無)로 끝난다.

· 무식은 신의 저주이며, 지식은 하늘로 비상하는 날개다.

· 미덕을 몸에 익히지 못했다면 하다못해 그 시늉이라도 하라.

· 배반당하는 자는 배반으로 인해 상처를 입게 되지만, 배반하는 자는 한층 더 비참한 상태에 놓이게 마련이다.

· 아름다운 아내를 가진다는 것은 지옥이다.

· 아름다운 자비는 고결의 진정한 상징이다.

· 악으로 시작한 것은 악에 의해 강화된다.

· 안심, 그것이 인간에게 가장 가까이 있는 적이다.

· 어느 정도라고 표현할 수 있는 사랑은 천한 사랑에 지나지 않는다.

· 여자는 약하나, 어머니는 강하다.

· 연애 과정에서는 방해가 더 열렬한 연정(戀情)의 동기가 된다.

· 우리 인생의 옷감은 선과 악이 뒤섞인 실로 짜인 것이다.

· 인생은 불확실한 항해이다.

· 일 년 내내 노는 날이 계속된다면 놀이도 일과 마찬가지로 따분한 것이 된다.

· 자식을 알고 있는 사람은 현명한 아버지다.

· 정직만큼 부유한 유산도 없다.

· 죽음이 다가옴을 그처럼 두려워한다는 것은 바로 생전의 사악한 생활의 증거이다.

· 진정한 사랑의 길은 험한 가시밭길이다.

446